古典詩歌研究彙刊

第二十輯

龔鵬程 主編

第 16 冊

馮煦詞學及其詞研究

許 仲 南 著

國家圖書館出版品預行編目資料

馮煦詞學及其詞研究／許仲南 著 — 初版 — 新北市：花木蘭
文化出版社，2016〔民 105〕
目 4+242 面；17×24 公分
（古典詩歌研究彙刊 第二十輯：第 16 冊）
ISBN 978-986-404-837-3（精裝）
1.（清）馮煦 2.清代詞 3.詞論
820.91   105015108

ISBN-978-986-404-837-3

9 789864 048373

古典詩歌研究彙刊
第二十輯　第十六冊
ISBN：978-986-404-837-3

馮煦詞學及其詞研究

作　　者　許仲南
主　　編　龔鵬程
總 編 輯　杜潔祥
副總編輯　楊嘉樂
編　　輯　許郁翎、王筑　美術編輯　陳逸婷
出　　版　花木蘭文化出版社
社　　長　高小娟
聯絡地址　235 新北市中和區中安街七二號十三樓
　　　　　電話：02-2923-1455／傳真：02-2923-1452
網　　址　http://www.huamulan.tw 信箱 hml810518@gmail.com
印　　刷　普羅文化出版廣告事業
初　　版　2016 年 9 月
全書字數　176805 字
定　　價　第二十輯共 18 冊（精裝）新台幣 28,800 元

馮煦詞學及其詞研究

許仲南 著

作者簡介

許仲南，1985 年生，基隆七堵人。東海大學中國文學系、東吳大學中國文學系碩士班畢業，目前就讀國立成功大學中文系博士班。現爲東吳大學兼任講師。曾獲國立中興大學中興湖文學獎（古典文學類）、國立成功大學鳳凰樹文學獎（古典詞曲組）。研究領域爲詞學。

提　　要

　　本書探討馮煦詞學及其詞之內容意義。首先考述馮煦生平行跡，瞭解馮煦其人性情及所處背景。再針對馮煦之師友互動關係，以喬守敬、成肇麐、薛時雨、朱祖謀四人爲例，探討對馮煦詞學及其詞之影響。最後聚焦於馮煦論詞、詞作兩大範疇，從馮煦《蒿盦論詞》、《宋六十一家詞選》、〈論詞絕句〉與若干所作詞序，嘗試建構馮煦的詞學思想，並從中辨析馮煦對於浙西詞派、常州詞派詞學觀點的接受與表現。最後探討馮煦詞作，除《蒿盦詞》以外，本書亦一併探討其晚年詞作《蒿盦詞賸》，以補充前人研究所未見之文獻材料。

　　馮煦一生橫跨晚清民國，其生平行跡考述可分爲寶應、金陵、京師、皖贛、滬上時期。本書就馮煦生平背景，輔以編年詩作爲證，探討其遭遇感觸，體現其人性情。再從馮煦與師友互動之關係，探討其中影響。

　　詞學方面，馮煦《蒿盦論詞》原爲《宋六十一家詞選》例言，本書論述《宋六十一家詞選》編選、評價等外緣問題，再分別從馮煦對於詞體、詞史、詞風、詞品、詞心、詞筆、習詞、詞派等論題進行探究，並檢討其「選詞」與「論詞」之間細微差異。最後就馮煦詞作，探討其詞羈旅寄贈、題畫寫景、傷悼紀壽、政治諷諭、登臨懷古作品。其詞風格大多幽冷淒清，詞前多有精美小序，從中亦可窺見其詞之感傷情緒。本書亦比較馮煦「論詞」及「詞作」之間差異，論析其詞是否符合其論詞要旨。

誌　謝

　　《馮煦詞學及其詞研究》即將完成，而碩班的時光，也已漸入尾聲。回首就讀中文系以來，自大度山而外雙溪，負笈求學的光陰已近八年，其中冷暖甘苦，此時卻難以言喻。無論如何，這些彌足珍貴的記憶，將化為成長養分，伴我繼續前行。此階段能圓滿順利完成，必須感謝眾人的鼓勵與支持。

　　感謝父母，他們對我總是予以信任，使我能專心致力於求學歷程。其次要感謝我的指導老師蘇淑芬教授，這本論文從選題構思到撰寫修訂，都在老師細心指導下完成。記得當年選修蘇老師的詞學研究專題，老師時常鼓勵我們要積極發表，勇於提出創見，並且要多與人討論，一定要「殺出重圍，各奔前程」。後來當我撰寫論文時，就會想起那些話，砥礪自己。還記得碩班初次課堂報告，即是詞學研究專題。當時我對如何撰寫論文還懵懵懂懂，傻傻一口氣就寫了兩三萬字，想處理的論題太多，脈絡卻太過雜亂。後來在老師的主持下，那份冗長報告在與同學互相討論後，逐漸發現些許發展的潛力。討論與修改的過程，使人逐漸從中找到參與感，而成就感以伴隨努力而來。當時我便決定以清詞為研究領域，原因一方面是傾心於詞體那種情感凝鍊、語句錯落的魅力，另方面也是緣於當時討論後所得的種種啟發和感動。

其次要感謝東吳大學陳慷玲老師。我曾在老師的研究室工讀，老師常鼓勵我要多熟讀唐宋名家詞集，培養解讀作品的基礎。又建議我應該多去了解中國古典詩歌語言的諸多議題。而老師知道我正著手研究馮煦，更將館藏於復旦大學的《蒙香室賦錄》（光緒十一年刊本）帶回借我比對，讓我在文獻上有更多依據。

再來要感謝國立臺灣大學陳建男學長。建男學長涉獵廣博，論學嚴謹，而爲人溫厚平和，無論論學態度、爲人風範都令我敬佩。學長亦師亦友，不時告知我學訊、書訊，學術熱誠亦時時感染著我們後輩。其次感謝國立政治大學許嘉瑋學長。嘉瑋學長勤學細膩，思緒敏捷，總能啓發諸多問題意識。當時嘉瑋與我曾到臺大旁聽林玫儀教授的清詞研究專題，課後我們常在臺大附近的簡體書店流連。模仿清人論詞所說的學詞途徑「問塗碧山，歷夢窗、稼軒，以還清眞之渾化」，我常就四家書店戲稱爲「問途山外，歷木石、秋水，以達若水之書店」。嘉瑋又鼓勵我塡詞創作，當時亦因此與嘉瑋以詞寄贈來往，互相砥勵。建男學長、嘉瑋學長當時都是林玫儀教授的門生，與他們互動的同時，接觸不同學風和資訊，也漸漸開啓我於東吳以外的視野。

此外還要感謝國立清華大學黃郁晴學姊。這本論文所使用的一些稀見文獻，如馮煦《蒿盦詞賸》、成肇麐《漱泉詞》、馮履和《浪餘詞》皆爲上海師範大學圖書館館藏。透過建男學長的轉託，請郁晴學姊從上海帶回這些珍貴資料。至今雖然尚未與郁晴學姊相遇，而蒙受學姊的熱心相助，使這本論文能開展出新的論述觀點，實在相當感謝。

最後要感謝國立彰化師範大學黃文吉教授、國立成功大學王偉勇教授。兩位老師特地從彰化、臺南遠道北上爲我口試，對論文悉心審閱，並提供許多寶貴意見，使這本論文得以修改的再完善一點，由衷感謝。記得口試當時，文吉老師風度翩翩，既嚴謹仔細而又不失溫和；偉勇老師則是以幽默風趣，爲論文指點迷津，同時亦規勸我下筆行文須理直氣和，讓當時還年輕的我上了寶貴一課。記得兩位老師當時提到，原先在讀這本論文初稿，或許是下筆行文比較直露，原以爲我是

甚具批判性的學生，但當時口試結束後，老師稱讚我，原來見面後才知道是位謙謙君子。我後來反思自己在撰寫論文時，對於前賢疏忽之處，時常見獵心喜，批判不餘遺力。至今方知，下筆為文，如同為人，亦須寬厚。

最後要帶著感謝之心，向每一位從事相關研究的前賢致敬，學術開闢與累積之路，篳路藍縷，實是功不可沒。

附帶感謝當時前來旁聽口試的同學，你們以行動作為支持的心意，謝謝你們。

要謝的人太多了，那就謝天吧。因為你們，使我的碩班生涯充實而值得回憶。

民國一百年七月二十二日　許仲南序於七堵
民國一百零四年十一月十五日　修訂

題　辭

許仲南〈暗香・題蒿盦詞，用馮煦題家書後韻〉：

馮煦，字夢華，號蒿庵，晚號蒿叟。有《蒿盦詞》二卷，又名《蒙香室詞》。夢華詞多感舊傷逝而發，其羈旅懷友諸作，幽冷淒清，哀戚沉鬱，騷雅處頗近白石。吾讀其詞，展卷月下，反覆沉吟，知亦傷心人也。今論文初成，謹題〈暗香〉一闋，即以夢華自題家書後韻，以表崇敬之意。

月侵舊閣。算賦詞百闋，沉吟應覺。句冷韻清，墨稿蒙香映簾幕。蒿叟而今記否，尋舊夢、重收華萼。向故里、寶應金壇，池暗徑霜薄。　　城角。更沮索。但野樹亂煙，倦枕宵柝。雁行又削。傷逝憂生字為藥。回首悲歡聚散，殘驛悄、淒涼難託。敘憶語、天末也。若聞莫卻。

附原作馮煦〈暗香・題家書後〉：

酒闌江閣。甚輕衾似水，羈人先覺。夢到淮南，澹月微霜下簾幕。常是歌離賦別，休更卜、鐙前紅萼。算幾日、鬢影都華，雙袖也應薄。　　樓角。正蕭索。記伴我微吟，數偏寒柝。沈郎瘦削。曾以鑪薰與調藥。孤負機中錦字，湘水闊、征鴻難託。便夜夜、歸去也。忍教見卻。

目

次

第一章　緒　論

第一節　研究動機與目的

　　詞原爲「娛賓遣興」的音樂文學，其發展萌芽於隋唐，繁榮於兩宋，而獲有「一代文學」之譽，自蘇軾「以詩爲詞」後，詞境始闊，使詞逐漸成爲主流文學。後來發展至元明，論詞重回《花間》傳統，專主言情，格調靡弱，詞史稱之爲「中衰時期」。直至清代，詞家紛紛提倡重尊詞體，使詞學得以復興。清詞的成就足以超越前代，張宏生《清代詞學的建構》以「清詞境界的開闊」、「清代詞家兼學人的嚴謹態度」、「清代詞派的紛呈」、「清代詞學理論的繁榮」、「清代詞人詞作的數量空前」、「清代詞作風格的多樣」來論述清詞輝煌的成就。〔註 1〕嚴迪昌《清詞史》認爲清詞的豐碩成就與清朝的時代背景攸關，詞長短錯落的句式正好適於抒發作者胸臆，表達其難言情感，清詞因而中興。〔註 2〕

　　清詞中興已爲歷來研究共識，有清兩百餘年詞學發展的脈絡就更值得關注，葉恭綽〈清名家詞序〉言：「二百八十年中，高才輩出，

〔註 1〕張宏生：《清代詞學的建構》（南京：江蘇古籍出版社，1998 年），頁
　　　　1～3。
〔註 2〕嚴迪昌：《清詞史》（南京：江蘇古籍出版社，2001 年），頁 2～4。

異曲同工，并軌揚芬，標新領異。迄於易代，猶起餘霞。今之作者，故強半在同、光、宣諸名家籠罩中，斯不可不謂極盛也已。」〔註3〕指出清詞名家更集中於同治、光緒、宣統時期，是故晚清詞學更達極盛，成就價值應當重視。

本論文以晚清詞人馮煦作爲研究對象。馮煦（1844～1927）生於清道光 23 年（1844），卒於民國 16 年（1927），生平橫跨道、咸、同、光、宣等五期及民國，同時又爲晚清詞論家、詞選家，編《宋六十一家詞選》12 卷，唐圭璋《詞話叢編》摘其編選例言作《蒿盦論詞》，是爲馮煦詞話，共 45 則。馮煦又有詞集《蒿盦詞》二卷（或作《蒙香室詞》）、《蒿盦詞賸》一卷，應當關注。

馮煦有詞選、詞話、詞作多方面成就，均可作爲其詞學研究的重要材料。以詞選而言，王兆鵬《詞學史料學》表示詞選有其理論價值，每部詞選都有其編選宗旨與選擇標準，從中可探見其價值觀念與審美趨向。〔註4〕蕭鵬《群體的選擇──唐宋人詞選與詞人群通論》則舉出「選型」、「選源」、「選心」、「選域」、「選陣」、「選系」作爲觀察詞選的途徑〔註5〕，藉由各詞選本特色可探求選家的詞學立場。

以詞話而言，朱崇才《詞話史》認爲詞話可分本事、品評、引用、考證、論述等類別。〔註6〕而《詞話學》又提出詞話所涉及「本質與起源」、「功能與價值」、「風格與流派」、「品格與境界」、「音律與格律」、「作家與作品」、「創作及創作技巧」七方面。〔註7〕詞話可作爲詞論家詞學思想的直接表述，藉由詞話材料，可歸納作者詞學特色與論詞立場。晚清詞話數量豐富，皮述平《晚清詞學的思想與方法》以《詞

〔註 3〕葉恭綽：〈清名家詞序〉，見陳乃乾輯《清名家詞》（上海：上海書店，1982 年），冊 1，頁 1。
〔註 4〕王兆鵬：《詞學史料學》（北京：中華書局，2004 年），頁 301。
〔註 5〕蕭鵬：《群體的選擇──唐宋人詞選與詞人群體通論》（南京：鳳凰出版社，2009 年），頁 9～22。
〔註 6〕朱崇才：《詞話史》（北京：中華書局，2007 年），頁 4～5。
〔註 7〕朱崇才：《詞話學》（臺北：文津出版社，1995 年），頁 13。

話叢編》爲例，計算「入於晚清的評詞家數共約 42 種」。〔註8〕約佔《詞話叢編》所收詞話的半數，可見晚清詞話著述較前代更多。若要體現晚清詞學的面貌，詞話必然是重要的材料。

以詞作而言，詞作可傳達詞人心境感受，同時又表現作品的風格趨向，成爲詞學思想的實踐。然而馮煦詞作歷來多受忽略，嚴迪昌《清詞史》論述馮煦甚少，認爲「論詞名家的創作每多令人失望」、「即若馮煦的《蒿庵詞》，也過於墨守婉約之旨，規橅前賢，新味殊不多。」〔註9〕嚴迪昌研究清詞篳路藍縷，研究貢獻極大，但對馮煦其人其詞的論述仍待補充。馮煦生於晚清動盪的時局，以至民國改朝之際，周濟言「詩有史，詞亦有史」〔註10〕，以馮煦詞作可探究晚清時局下詞人的心境感受。此外，詞作還可結合其論詞、選詞一并比較，審視彼此的詞學立場是否相合。《清詞史》認爲論詞名家眼高手低，馮煦《蒿盦詞》亦新味不多，其中應值得再作商榷。

再者，馮煦晚年詞作《蒿盦詞賸》，現爲上海師範大學圖書館館藏，今不易見得，多受忽略。朱德慈《常州詞派通論》雖偶有提及，但亦批評大於重視：「整篇能入而不能出則體現在相當多的題畫與次韻兩類詞中，晚年所作的《蒿盦詞賸》中，這種弊病尤甚。」〔註11〕陳乃乾輯《清名家詞》收馮煦《蒿盦詞》，列馮煦爲一家，嚴迪昌編《近代詞鈔》選收馮煦詞 64 首，可見馮煦詞有其價值，值得重視。

除此之外，詞人交遊與詞派影響也須關切。劉揚忠《唐宋詞流派史》指出「研究文學流派，可幫助我們掌握和分析紛繁複雜的文學歷史現象，從中整理歸納出基本的發展脈絡，並發現或總結出文學史的某些規律和經驗。不僅能指出同一歷史時期內文學的橫的分

〔註 8〕皮述平：《晚清詞學的思想與方法》（北京：學苑出版社，2004 年），頁 6。

〔註 9〕嚴迪昌：《清詞史》，頁 559。

〔註 10〕〔清〕周濟：《介存齋論詞雜著》，見唐圭璋編：《詞話叢編》（北京：中華書局，2005 年），冊 2，頁 1630。

〔註 11〕朱德慈：《常州詞派通論》（北京：中華書局，2006 年），頁 173。

化，而且也能看清前後不同時期文學縱的關聯。」〔註12〕表示研究
文學流派有助釐清複雜的文學發展。詞學流派亦然，張宏生《清代
詞學的建構》以「明確的文學主張」、「公認的領袖」、「在領袖周圍
有其創作群體」、「此群體有著相近的風格」四個要素，作為詞派的
義界。〔註13〕常州詞派對晚清詞壇影響較大，歷來研究常派專著亦
不少，如吳宏一〈常州派詞學研究〉、徐楓《嘉道年間的常州詞派》、
朱德慈《常州詞派通論》、遲寶東《常州詞派與晚清詞風》、黃志浩
《常州詞派研究》〔註14〕，以上諸書論述晚清詞史與常派理論可謂
詳細，然而對馮煦的討論仍有待補述與商榷。如馮煦論詞對常派的
接受、對浙派的態度、其交遊關係、其詞的風格等等。基於馮煦選
詞、論詞、作詞三者成就，更應重視其間互動關係，考察理論與實
踐是否達到配合。本文從此角度切入，以呈現馮煦為詞、選詞、論
詞的完整面相。

第二節　馮煦研究成果述評

　　張舜徽《清人文集別錄》曾載錄馮煦《蒿盦類稿》、《蒿盦續稿》，
論述馮煦其為人治學，頗為簡明扼要，然而卻毫無提及其詞學成就。
〔註15〕馮煦於晚清詞史具重要地位，早自王易《詞曲史》已略提及，
並錄其〈徵招〉（薄寒庭宇愁如水）一首，但並無加以論述。〔註16〕
其他詞史著作，如嚴迪昌《清詞史》、姚蓉《明清詞派史論》、莫立民

〔註12〕劉揚忠：《唐宋詞流派史》（福州：福建人民出版社，1999年），頁3。
〔註13〕張宏生：《清代詞學的建構》，頁140。
〔註14〕吳宏一：〈常州派詞學研究〉，《清代詞學四論》（臺北：聯經圖書公
　　　　司，1990年）、徐楓：《嘉道年間的常州詞派》（臺北：雲龍出版社，
　　　　2002年）、朱德慈：《常州詞派通論》（北京：中華書局，2006年）、
　　　　遲寶東：《常州詞派與晚清詞風》（天津：南開大學出版社，2008年）、
　　　　黃志浩：《常州詞派研究》（北京：中國社會科學出版社，2008年）。
〔註15〕張舜徽：《清人文集別錄》，（臺北：明文書局，1982年），頁608～
　　　　609。
〔註16〕王易：《詞曲史》（南京：江蘇教育出版社，2005年），頁300～301。

《晚清詞研究》、《近代詞史》，對馮煦的論述，也幾乎點到爲止，無太多著墨。〔註17〕而近來與馮煦相關的研究，主要可分爲以下幾類：

（一）《蒿盦論詞》與馮煦所作詞序的研究

歷來對馮煦的研究，最先關注於《蒿盦論詞》的詞學思想上。王熙元《歷代詞話敘錄》對此作出初步的整理，認爲馮煦所評，尤以柳永、秦觀、姜夔三家最值得推許，故只討論此三家。〔註18〕以敘錄方式探討馮煦詞話者，還有譚新紅《清詞話考述》。譚氏認爲馮煦論詞一主婉約，二主常派比興寄託之說。譚氏對馮煦評兩宋詞人的討論，承襲前人觀點，認爲對柳永、秦觀、姜夔評價極高，亦集中討論此三家。〔註19〕王熙元、譚新紅整理馮煦詞話，摘其要點針對三家討論，

〔註17〕嚴迪昌《清詞史》僅二處提及馮煦，如：「編有《宋六十一家詞選》的馮煦的《蒿庵論詞》等亦頗孚盛名。可是，論詞名家的創作每多令人失望。」又如：「即若馮煦的《蒿庵詞》，也過於墨守婉約之旨，規撫前賢，新味疏不多。」見氏著：《清詞史》，頁 559。姚蓉：《明清詞派史論》雖認爲「除莊、譚外，馮煦與陳廷焯也是後期常州詞派值得一提的詞家。」，但對馮煦評論僅表示：「馮煦論詞，亦重『寄託』，承常派一脈。」並無對其詞學作其他論述。見氏著：《明清詞派史論》（桂林：廣西師範大學出版社，2007 年），頁 210。莫立民《晚清詞研究》討論影響晚近常派創作的著名詞人，譜錄式的介紹陳廷焯、譚獻、馮煦等人，並認爲馮煦「所著《蒿庵詞》感時傷懷，間能反映社會現實」，最後以「馮煦雖位至大吏，但不脫書生本色，在清季詞壇有著不小的影響。見氏著：《晚清詞研究》（北京：中國社科院出版社，2006 年），頁 80～81。莫立民《近代詞史》爲其《晚清詞研究》的續作，觀點與前作相同。其言「《蒿盦詞》大多爲馮煦中進士之前、尚未顯達時的作品，所以幽咽怨斷，俯仰身世感遇爲多」，並略舉馮煦對各家詞人的評論，認爲馮煦「儘管尚屬於即興式的點評，缺乏系統性的理論闡述，也沒有提出自己的理論範疇，但其胸襟、見識都高出晚清諸多詞人。」，見氏著：《近代詞史》（北京：人民文學出版社，2010 年），頁 142～144。

〔註18〕王熙元：《歷代詞話敘錄》（臺北：臺灣中華書局，1973 年），頁 130～131。

〔註19〕譚新紅：《清詞話考述》（武漢：武漢大學出版社，2009 年），頁 137～140。

可謂簡明扼要。

　　林玫儀《晚清詞論研究》從「詞學理論」、「詞家評騭」兩部分討論馮煦論詞。「詞學理論」一節歸納馮煦論詞的源流正變、尊體思想、理想風格、鑑賞標準，其中也以馮煦〈陽春集序〉、〈唐五代詞選序〉、〈重刻東坡樂府序〉、〈和珠玉詞序〉作爲論証，指出馮煦對常州詞派的承繼。如馮煦以馮延巳與晏殊詞多寄託，是受自張惠言以來常派論詞的影響。該文也指出馮煦與常派尚有分別，認爲馮煦雖重諷諫寄託，但只著重詞的實際效用，仍無法完全脫離「詞爲小道」的觀念，此與常派以尊體而主寄託有所分別。「詞家評騭」一節以馮煦論蘇軾、辛棄疾、周邦彥、史達祖、秦觀、柳永、姜夔作爲代表。認爲兩宋詞人中，馮煦最推崇周、史，言「求之兩宋，惟片玉梅溪足以備之」，而馮煦又論姜夔「爲南渡一人」，然而南宋詞壇姜、史二人孰優孰劣，則馮煦未有說明，可見其論詞尚有不周延處。〔註20〕林玫儀較爲全面討論馮煦詞學，其中更多有創見，奠定後來研究基礎。

　　朱崇才《詞話史》、《詞話學》認爲馮煦詞學與周濟、譚獻等常派詞人相近，皆以周邦彥的「渾成」作爲詞的至境。又認爲馮煦〈東坡詞序〉所論詞何以要眇隱曲，詞何以剛柔並濟，詞何以寄託於有意無意間，詞何以無慚大雅，如此「四難」都是表現詞體內部要素的極好範例。〔註21〕朱崇才雖未就此詳加討論，但已點出馮煦所作若干詞序的重要意義，可供後人參考。

　　陳水雲《清代詞學發展史論》認爲馮煦發揚譚獻詞學，如〈唐五代詞選序〉論詞亦以「溫柔敦厚」爲旨，著重詞應以「立意爲本」，表達「憂生念亂」的情感內容，故唐五代詞人中最推重馮延巳，諸說皆表示對常派理論的認同。又認爲馮煦《宋六十一家詞選》序例

〔註20〕林玫儀：《晚清詞論研究》（臺北：臺灣大學中國文學研究所博士論文，1979 年），頁 179～209。

〔註21〕朱崇才：《詞話史》（北京：中華書局，2007 年），頁 304。又見於朱崇才《詞話學》（臺北：文津出版社，1995 年），頁 166～167。

（即《蒿盦論詞》）的中心議題，仍在闡發宋詞中的「憂生念亂」之感，強調「鬱不自達者，一於詞發之」的論詞主旨，標舉南宋愛國詞人。此外又以馮煦〈和珠玉詞序〉爲例，認爲馮煦區分詞史發展與詞代興衰，注意到文學發展規律。再對馮煦〈重刻東坡樂府序〉作出相當的闡釋，以「詞尚要眇，不要質實」、「詞當剛柔並濟，避免妖冶粗獷」、「論詞主比興寄託，反對無病呻吟與浮豔綺靡」三者歸納馮煦對詞體的看法。補充《詞話史》、《詞話學》中未論及之處。此外，陳水雲已注意到馮煦〈論詞絕句〉十六首，雖僅有摘錄而未論述，但對馮煦詞學的研究是一大提醒，表示仍有更多的論詞文獻值得重視。〔註22〕

　　謝桃坊《中國詞學史（修訂本）》表示馮煦長處在評論詞人，認爲其論詞吸收周濟的意見，皆以周邦彥爲最高境界。另外，指出馮煦不贊成劉熙載的詞品說，而認爲詞品與人品可以分離，如論史達祖詞「不以人品分升降」，又如對辛派詞人給予肯定的評價。全文認爲馮煦能從文學本位出發，給予姜夔、吳文英較公正的評價，較能擺脫門戶之見。〔註23〕該文對馮煦所評詞人的著墨較廣，已注意到姜、吳與辛派詞人，然而卻有多處仍值得商榷。如謝桃坊所引陳廷焯《白雨齋詞話》表示馮煦詞學史上的意義，但其所指「蒿庵」實爲莊棫，並非馮煦。〔註24〕另外，謝桃坊所言「關於吳文英詞，常州詞派只有周濟對它是很肯定的」〔註25〕，亦值得商榷。陳廷焯《白雨齋詞話》已言

〔註22〕陳水雲：《清代詞學發展史論》（北京：學苑出版社，2005年）頁248
　　　　～255。

〔註23〕謝桃坊：《中國詞學史（修訂本）》（成都：巴蜀書社，2002年），頁
　　　　345～355。

〔註24〕關於謝桃坊將「蒿庵」誤作「馮煦」見氏著：《中國詞學史（修訂本）》，
　　　　頁355。吳婉君：《馮煦詞學研究》亦提出此誤，見氏著：《馮煦詞學
　　　　研究》（臺南：國立成功大學中國文學研究所碩士論文，2009年），
　　　　頁2。而在其他馮煦研究中，尚可多見將「蒿庵」誤作「馮煦」的現
　　　　象，詳見本節「文獻誤用情形」部分。

〔註25〕謝桃坊：《中國詞學史（修訂本）》，頁354。

「夢窗在南宋，自推大家。惟千古論夢窗者，多失之誣」〔註26〕，表示尚肯定夢窗詞，可見謝桃坊所論恐非精確。儘管《中國詞學史（修訂本）》大醇小疵，對馮煦詞學研究仍提供寬廣的研究角度，值得後人深思。

單篇論文方面，探討馮煦詞論者有劉翠、劉石〈試述馮煦的詞學研究〉，該文收於 2010 年《詞學》23 輯，爲較近期對馮煦詞學的研究。該文分爲「《蒙香室叢書》所體現的詞學見解」、「對馮延巳的特別推重」、「《宋六十一家詞選》及所剔出的『摧剛爲柔』的詞風」、「其他理論建樹」四部分。該文注意到馮煦編《蒙香室叢書》所收四部著作，其中成肇麐《唐五代詞選》、戈載《宋七家詞選》、馮煦《宋六十一家詞選》與詞學相關。該文又敘述馮煦〈唐五代詞選序〉、〈陽春集序〉，以及對蘇、辛詞的看法。該文最後亦提及馮煦對各家詞人的品評，並略述馮煦《宋六十一家詞選》評價。〔註27〕該文爲較近期對馮煦研究的成果，可見馮煦詞學已逐漸受研究關注。然而該文試述馮煦詞學，卻以較多篇幅略述雲間、陽羨、浙西、常州對南北宋詞人的看法，而對於馮煦詞學的論述則探討有限，尚有可補充說明處。該文又舉出《蒙香室叢書》所收三部詞選，頗有探討價值，然該文僅點到爲止，不免可惜。該文亦有其疏誤，如該文所言成肇麐生卒年不詳，其實朱德慈《近代詞人考錄》已考錄其生卒年爲道光 27 年至光緒 27 年（1847～1901），並非生卒不詳。

另外，宋邦珍有〈馮煦詞論探析〉。該文以「詞尙要眇」、「詞外有事，兼有六義」、「詞有剛柔二派，渾爲至境」三點討論，所論淺顯，多同於前人看法。〔註28〕該文結論所言「（馮煦）又編《唐五代詞選》

〔註26〕陳廷焯：《白雨齋詞話》，見唐圭璋編：《詞話叢編》（北京：中華書局，2005 年），冊 4，頁 3802。

〔註27〕劉翠、劉石：〈試述馮煦的詞學研究〉，見《詞學》第 23 輯（上海：華東師範大學出版社，2010 年），頁 334～342。

〔註28〕宋邦珍：〈馮煦的詞論探析〉，《輔英學報》1993 年第 13 期，頁 248～253。

亦是使詞作編選視野擴大」〔註29〕，恐有誤差。馮煦雖作〈唐五代詞選序〉，但《唐五代詞選》應爲成肇麐所編。

　　學位論文方面，2009 年吳婉君碩士論文《馮煦詞學研究》對馮煦詞學內涵作出系統化整理，認爲馮煦論詞合於常派觀點，表示其亦以詞言志作爲尊體手段。該文據《蒿盦論詞》以及若干詞序，講解馮煦對各家詞人的評述，同時也關注《宋六十一家詞選》的組織型式，認爲其詞選例言有「補選不足」的效用。吳婉君分別從本體論、作家論、選本論三方面進行探討，結合常派理論概述馮煦論詞主張，體現其詞學較完整的概況。〔註30〕然而該文摘要所提及「最末總結出馮煦善用各種批評體裁，作爲宣揚詞學之利器」〔註31〕，其實馮煦是否刻意宣揚其詞學思想，或許不易斷言。如其選詞論詞多持折衷持平的態度，劉興暉〈馮煦《宋六十一家詞選》的論詞與選詞〉曾指出，馮煦編選乃有意「異乎人自爲集」，於詞選中盡量淡化己見。〔註32〕如此「異乎人自爲集」的態度與「作爲宣揚詞學之利器」則有所落差。另外，吳婉君探討馮煦作家論以時代爲劃分，分唐五代，北宋前、後期，南宋前、中、後期，清代詞人七部分，綱目可謂清晰。但馮煦評論詞人往往就每家本色而各有不同主題，如探討秦觀、李清照、納蘭性德，馮煦著重於其詞中萬不得已的情感。若以吳婉君的分類，此三家則分屬於北宋前、南宋前、清代三期，不免略顯分散，難以聯繫。或許應以馮煦論詞的內容作爲劃分，如從對詞體、詞風、詞筆等不同角度切入，似更能體現其詞學思想。最後，吳婉君以馮煦〈唐五代詞選序〉論述其推尊唐五代詞，認爲「馮煦以唐五代詞爲善學者入門之階」，與周濟「問塗碧山，歷夢窗

〔註29〕　宋邦珍：〈馮煦的詞論探析〉，頁 252。
〔註30〕　吳婉君：《馮煦詞學研究》（臺南：國立成功大學中國文學研究所碩士論文，2009 年）。
〔註31〕　吳婉君：《馮煦詞學研究‧摘要》，摘要頁。
〔註32〕　劉興暉：〈馮煦《宋六十一家詞選》的選詞與論詞〉，《中山大學學報（社會科學版）》2007 年第 47 卷第 6 期，頁 65～70。

稼軒，以還清眞之渾化」的由南追北不同。馮煦確實重視唐五代詞，但對於其論習詞是否以唐五代詞爲入門，值得商榷。馮煦〈唐五代詞選序〉推尊唐五代詞，認爲詞亦能兼六義，是對詞體發展的溯源，強調不應忽略其源流價值。而馮煦示人習詞的表現，更見於筆記《蒿盦隨筆》所摘兩宋佳句作爲範本。另外馮煦評述兩宋詞人，亦論及如何學詞，如論周邦彥詞所引陳子龍的「詞筆四難」，又如論姜夔詞指出「必欲求下手處，則先自俗處能雅，滑處能澀始」。馮煦並非只著眼於唐五代詞作爲學詞入門，而更能去短從長，折衷今古，就兩宋詞人長處廣泛學習。

（二）馮煦〈論詞絕句〉十六首的研究

陳水雲《清代詞學發展史論》曾提及：「馮煦還撰有〈論詞絕句〉十六首⋯⋯它論述從晚唐溫庭筠到清代的十八位重要詞人，但它迄今爲止，尚未引起當代學者的關注。」〔註33〕誠有遠見。近來〈論詞絕句〉漸爲詞學的研究焦點。孫克強《清代詞學批評史論》附錄共收清代論詞絕句 776 首，其中將馮煦〈論詞絕句〉16 首全數收入，可見對這些論詞資料的珍視。〔註34〕2010 年出版王偉勇《清代論詞絕句初編》編收清代各家論詞絕句，其中即包含馮煦〈論詞絕句〉16 首。〔註35〕後至 2014 年出版程郁綴、李靜《歷代論詞絕句箋注》，其中亦箋注馮煦〈論詞絕句〉16 首，有其參考價值。〔註36〕

王偉勇、王曉雯合著〈馮煦「論詞絕句」十六首探析〉正面關注此方面的論詞資料，認爲應將馮煦《蒿盦論詞》與〈論詞絕句〉兩者結合，才能窺探馮煦論詞的全貌。該文將馮煦十六首〈論詞絕

〔註33〕陳水雲：《清代詞學發展史論》，頁 255。

〔註34〕孫克強：《清代詞學批評史論》（上海：上海古籍出版社，2008 年），頁 476。

〔註35〕王偉勇：《清代論詞絕句初編》（臺北：里仁書局，2010 年），頁 245～247。

〔註36〕程郁綴、李靜：《歷代論詞絕句箋注》（北京：北京大學出版社，2014），頁 519～531。

句〉逐句解釋，鉅細靡遺，試圖以常派觀點來詮釋馮煦詞學，意旨明確。〔註37〕然而，對於該文仍可提出不同看法，如下：

首先，該文據馮煦〈論詞絕句〉「曉風殘月句淒清」推論「足見馮煦於柳詞亦有批評，唯多寬諒之意，終仍褒之」〔註38〕但細讀〈論詞絕句〉並參照《蒿盦論詞》，可知馮煦認爲柳詞「曲處能直，密處能疏，鬨處能平，狀難狀之景，達難達之情，而出之以自然，自是北宋巨手。然好爲俳體，詞多媟黷……三變之爲世詬病者，亦未嘗不由於此。蓋與其千夫競聲，毋寧白雪之寡和也。」〔註39〕表示馮煦讚許柳詞，並替「柳詞好俳體、多媟黷，爲世詬病」叫屈，意爲雖柳詞多受輕視，但仍自有可賞，並非全如文章所言「亦有批評」。另外，馮煦《蒿庵隨筆》甚至摘錄《宋六十一家詞選》中柳詞佳句十則，以助學詞。〔註40〕可見馮煦對柳詞的態度，並非文章所言「先批評，後寬諒，終褒之」，而是能賞柳詞佳處，同時也檢討柳詞受批評的緣由。

再者，該文據〈論詞絕句〉「三影郎中浪得名」，表示馮煦不認同屬鶚「揚張抑柳」的觀點，進而推論「顯然不滿浙西巨匠屬鶚之見解，而予以糾正。然似此揚柳抑張之觀點，與同屬常州詞派之前輩論點，亦有不同……周濟於柳詞亦多稱賞，然終不似馮煦極護其短而揚其長。至若張先兩人皆能並取其特色，張惠言尤以爲『淵淵乎文有其質焉』，絕不似馮煦以『浪得名』貶之特甚，斯可證馮煦於發揚常州詞

〔註37〕王偉勇、王曉雯：〈馮煦「論詞絕句」十六首探析〉，見王偉勇：《詩詞越界研究》（臺北：里仁書局，2009 年），頁 253～297。

〔註38〕王偉勇、王曉雯：〈馮煦「論詞絕句」十六首探析〉，見王偉勇：《詩詞越界研究》，頁 267。

〔註39〕〔清〕馮煦：《蒿盦論詞》，見唐圭璋編：《詞話叢編》，冊 4，頁 3585～3586。

〔註40〕〔清〕馮煦：《蒿庵隨筆‧蒿叟隨筆》：「往與漱泉讀毛氏汲古閣《宋六十一家詞》，選其精英別爲一編。其斷句之佳者，復摘錄於此，亦詞學者之一助也。」見沈雲龍編《近代中國史料叢刊》（臺北：文海出版社，1969 年），64 冊，頁 36～38，又見於該頁 225。

論之餘，亦自有定見。」〔註41〕仔細思索該文推論，多有未明白處。馮煦與屬鶚對張柳二家詞的看法相反，此固屬事實，但全文以「馮煦不滿浙西巨匠屬鶚之見解」，恐造成馮煦似不滿浙派觀點的混淆。浙派前後對張柳二家詞的觀點如何，仍待探討。而該文又舉張惠言、周濟對張柳二家詞的接受，認為與馮煦「揚柳抑張」不同，表示馮煦能「發揚常州詞論，亦自有定見」。推敲論述前後，僅見馮煦「揚柳抑張」，至於對浙派、常派的認同與否，前後未見其關聯。

此外，該文據〈論詞絕句〉「洗淨人間煙火氣」，舉《蒿盦論詞》評姜夔詞言「野雲孤飛，去留無跡。彼讀姜詞者必欲求下手處，則先自俗處能雅，滑處能澀始」〔註42〕，因而斷言「此段言論，顯然針對浙西詞派主清空而流於空疏淺滑者，提出針砭；期能以『雅』治『俗』、以『澀』治『滑』也。」〔註43〕由於該文多以常派觀點詮釋馮煦詞學，以為馮煦「針對浙派弊病而提出針砭」。如此詮釋，或可再多作斟酌。馮煦所言，並非「以澀治滑」，而是以「滑處能澀始」，應是讀姜夔詞而欲求其清空無跡，「下手處」須由淺入深，從先掌握澀處開始。馮煦視姜夔為「南渡一人，千秋論定，無俟揚榷」〔註44〕，故示之學詞途徑。晚清詞壇關注姜夔、柳永詞，主要是避免過多學習南宋詞所帶來的艱深晦澀〔註45〕，所以馮煦論學姜夔詞，最終目標仍在於清空無

〔註41〕王偉勇、王曉雯：〈馮煦「論詞絕句」十六首探析〉，見王偉勇：《詩詞越界研究》，頁269～270。

〔註42〕〔清〕馮煦：《蒿盦論詞》，見唐圭璋編：《詞話叢編》，冊4，頁3594。

〔註43〕王偉勇、王曉雯：〈馮煦「論詞絕句」十六首探析〉，見王偉勇：《詩詞越界研究》，頁279。

〔註44〕〔清〕馮煦：《蒿盦論詞》，見唐圭璋編：《詞話叢編》，冊4，頁3594。

〔註45〕沙先一、張暉：《清詞的傳承與開拓》（上海：上海古籍出版社，2008年）提到：「晚清以來，詞壇的風氣一直在變化，創作上開始逐漸不受常州詞風的籠罩。……其中尤以鄭文焯最突出……使得他重視清真、夢窗的同時，更酷愛姜夔、柳永。鄭文焯於晚清詞壇具有很大的影響，有許多人向他學習。……從創作上來看，效法姜夔、柳永的詞，會使詞作內容比較平實，更見神韻，可以避免過多學習南宋詞帶來的艱深晦澀。」頁232。

跡。應該並非如該文所言，有鑒於浙派末流弊病而提倡「以澀治滑」。

　　最後，該文認爲「馮煦評本朝詞，僅取（朱彝尊、厲鶚、納蘭性德）三人論之，以此三人在創作上均能脫俗趨雅，體現『雅』詞之最終理想。」又推論言「因之朱、厲兩人之流派與馮煦雖不相同，但由於提升詞體的地位，與創作『雅』詞之共同趨向，馮煦對於兩人之作品依然有深刻之體會與相當程度之認同。」〔註46〕此言略顯繁複，所要表達即是：馮煦論詞以雅爲尚，此與朱、厲等人爲詞立場相符。該文仍以常派理論詮釋馮煦，認爲「朱、厲與馮煦流派不同」。自清初以來詞壇皆倡「尊體」、「雅詞」，如陽羨、浙西、常州詞派都有主張，該文面對馮煦對朱、厲二人的立場卻含糊帶過。而馮煦〈論詞絕句〉獨評當朝朱彝尊、厲鶚、納蘭性德三人，而不過問張惠言、周濟以及其他常州詞派重要詞人，對此微妙現象，該文毫無解釋。

　　此外，該文亦有可商榷處，其結語「馮煦〈論詞絕句〉所呈現之內涵，大抵係常州詞派而來……如論身世、家國、雖亦強調比興，卻不穿鑿附會，蓋馮氏亦處於鼎革之際，於彼等境況已能了然，自不必刻意求深。」〔註47〕據《蒿盦類稿》可知〈論詞絕句〉作於光緒13年丁亥（1887）〔註48〕，距清朝結束尚有二十多年，該文所言「處於鼎革之際」，語似欠妥。又，該文解析〈論詞絕句〉論厲鶚處，也近籠統。如解釋「馬塍」句，全文以「『馬塍』爲地名，在浙江省餘杭縣西，此處總括浙西詞派活動之地點；且道出由於厲鶚接續，使浙西詞派之影響得已綿延不絕。」〔註49〕其實據夏承燾〈〈姜夔〉行實考·行跡〉可

〔註46〕王偉勇、王曉雯：〈馮煦「論詞絕句」十六首探析〉，見王偉勇：《詩詞越界研究》，頁296。

〔註47〕王偉勇、王曉雯：〈馮煦「論詞絕句」十六首探析〉，見王偉勇：《詩詞越界研究》，頁296～297。

〔註48〕〔清〕馮煦：《蒿盦類稿·續稿·奏稿》，見沈雲龍編：《近代中國史料叢刊》，第33輯，328冊，頁455。本文所引馮煦《蒿盦類稿·續稿·奏稿》內容皆出自《近代中國史料叢刊》，未求簡便，後所引相同者，但標作者、書名、頁數，出處則不詳作注。

〔註49〕王偉勇、王曉雯：〈馮煦「論詞絕句」十六首探析〉，王偉勇：《詩詞

知，「馬塍」爲姜夔卜居處，後葬於此，後世也有弔祭詩作。〔註50〕若此應從厲鶚、姜夔二人布衣江湖的境遇，以至浙派對姜夔詞風的推尊作探討，而非僅以「浙西詞派活動地點」籠統概括解釋。〔註51〕

　　然而〈馮煦「論詞絕句」十六首探析〉雖有不少疑問，但該文將馮煦〈論詞絕句〉全數說解，功不可沒，也是首次全面性注意到馮煦這方面寶貴的論詞資料。

　　期刊論文部分，關於馮煦〈論詞絕句〉的研究，還有陳龍欣、朱小桂〈馮煦「論詞絕句十六首之三」略論〉〔註52〕，但該文幾乎一字不漏抄襲王偉勇、王曉雯〈馮煦「論詞絕句」十六首探析〉。

（三）馮煦生平背景的研究

　　專以敘述馮煦生平背景爲主的研究不多，以李金堂〈清代金陵學人傳略（三）——馮煦傳〉爲先。該文略述馮煦生平背景，兼及其爲政立場與賑災活動，提以「民爲邦本」概括爲馮煦一生活動的指標。該文也提及馮煦學術成就，精研詩詞之外，又有撰修方志與書法等成就。〔註53〕該文雖初步統計馮煦《蒿盦類稿》有詞 141 闋，不過此數量並非馮煦詞作全部的數量，目前筆者所見馮煦詞作已達 193 闋。（關

越界研究》，頁 295。

〔註50〕夏承燾認爲：「（姜夔）居西馬塍即在開禧間，下數至卒年嘉定間，已久居十餘年矣。……西馬塍在西湖知湖墅，白石荒塚，清代鮑廷博、許增諸人即求訪不得。」參見氏著：《姜白石詞編年箋校》（上海：上海古籍出版社，1998 年），頁 235。

〔註51〕沈軼劉也認爲厲鶚與姜夔側近，其言：「杭州詞人厲鶚，爲浙詞中堅……其所爲詞高迴清絕，涼月一龕，秋雪盈肘，詞境在花外、馬塍間。」此處馬塍，即指姜夔。參見氏著：《繁霜榭詞札》，見劉夢芙編：《近現代詞話叢編》（合肥：黃山書社，2009 年），頁 209。另外，張宏生〈浙西別調與白石新聲〉一文，也探討厲鶚與姜夔詞接近關係。參見氏著：《清詞探微》（上海：上海古籍，2008 年），頁 285～300。

〔註52〕陳龍欣、朱小桂：〈馮煦「論詞絕句」十六首之三略論〉，《作家雜誌》2008 年第 8 期，頁 120～121。

〔註53〕李金堂：〈清代金陵學人傳略（三）——馮煦傳〉，《南京高師學報》1995 年 6 月第 11 卷第 2 期，頁 1～5。

於馮煦詞作總數，詳見第一章第三節）。該文探宏觀角度概述馮煦生平事蹟，對馮煦所處的時代背景，給予清晰的研究脈絡。

此外，2005 年金壇市政地方志辦公室、金壇市政協文史委員會所編《金壇名人》刊物，對鄉賢馮煦亦作出簡單介紹，該文以「居官政績卓越」、「治學成果豐碩」、「修志爲世稱頌」三方面介紹馮煦一生成就，其中指出馮煦爲學力主學以致用，於賑災方面多有佳績。〔註54〕該文最後言道「馮煦一生也有瑕疵，如曾負責鎮壓起義軍，緝拿并組織審訊、監斬徐錫麟；辛亥革命後參與清廷遺老策劃復辟之舉等。但這些絲毫不能抹煞馮煦居官政績、治學成果和對方志事業的建樹」〔註55〕能對馮煦生平經歷多作反思。

拙作〈馮煦、成肇廔交遊考及其詞作論詞〉，發表於道南論衡 2010 年全國研究生漢學學術研討會。〔註56〕該文關注馮煦、成肇廔二人關係，考述彼此交遊始末，並探討彼此選詞立場與來往寄贈詞作。該文側重於馮、成交遊背景。來往詞作中，可見詞人彼此感舊、傷別的情感，以形成詞作幽冷淒清的特色。而二人又有共研倚聲的經歷與共識，以造就彼此詞學成就。朱德慈《近代詞人考錄》曾譜錄馮、成二人基本資料，而該文於此基礎考述二人經歷，檢討歐明俊〈近代詞學師承論〉對成肇廔的誤解，對於馮、成在晚清詞史的細節亦有所補充。

（四）馮煦《宋六十一家詞選》的研究

相較於馮煦論詞，而以馮煦選詞狀況爲主的研究並不多。劉興暉〈馮煦《宋六十一家詞選》的論詞與選詞〉較早注意到馮煦詞選的本身。該文表示馮煦《宋六十一家詞選》由自序、例言、目錄、詞選四

〔註54〕曹春保：〈江南通儒馮煦〉，見金壇市政地方志辦公室、金壇市政協文史委員會編《金壇名人》（北京：方志出版社，2005 年），頁 90～96。

〔註55〕曹春保：〈江南通儒馮煦〉，見金壇市政地方志辦公室、金壇市政協文史委員會編《金壇名人》，頁 96。

〔註56〕許仲南：〈馮煦、成肇廔交遊考及其詞作論詞〉，發表於道南論衡 2010 年全國研究生漢學學術研討會，時未出刊。

部分組成,前二者為論詞,後二者為選詞,是為詞選主體。認為「馮煦將能體現選者立場的編纂形式,都盡可能淡化」,該文以馮煦選詞以毛晉《宋六十名家詞》為底本,毛本即收宋六十一家詞人,馮煦所選詞人皆於毛本範圍之下,故只能「選詞不選人」。此外馮煦對其選既無批注,亦不加以圈點,又將原來毛本中的序跋語全部刪除,是故從「詞選主體」難以觀察其選者立場。該文指出馮煦乃有意「異乎人自為集」,在詞選中盡量淡化己見。馮煦謹守毛本,選詞順序亦不重作調整,毛本若有未收,馮煦亦不敢再作選補。該文認為以馮煦選詞與論詞兩大部分而言,從選詞部分體現標顯意圖及宗旨,是相當困難的。〔註57〕劉氏所言明確指出《宋六十一家詞選》研究上的難度,故歷來探討馮煦詞學,多只關注其論詞,而較忽略選詞部分。

吳婉君《馮煦詞學研究》附錄一〈毛馮選詞比較表〉對毛晉輯詞、馮煦選詞數量作出統計。〔註58〕該文計算各家詞集入選比例的高低,然而毛、馮對於各家詞人的或輯或選,其比例應與當時所存的文獻數量關係較為密切。〈毛馮選詞比較表〉雖對這些詞作數量作出統計,但仍不能充分說明論詞選詞的傾向問題。馮煦選詞既有意淡化己見,如何體現馮選與毛本的差異,以及《宋六十一家詞選》於晚清詞壇的重要性,都是值得再探討的部分。

(五)馮煦《蒿盦詞》、《蒿盦詞賸》的研究

在馮煦選詞、論詞之外,對其詞作的研究更少。歷來論著針對馮煦《蒿盦詞》者,以朱德慈《常州詞派通論》較為可觀。該文舉馮煦詞作,論其寄託深意。在動盪時代下,馮煦詞中多抒身世悲感與友朋飄零。該文表示「要之,一種深層的憂患意識在詞人年輕時就已填塞胸臆」。此外,該文亦認為用比興寄託反映時事為馮煦詞的重要特徵。風格方面,該文指出馮煦詞語帶晦澀,如強行借代、重覆纏雜、句意

〔註57〕劉興暉:〈馮煦《宋六十一家詞選》的選詞與論詞〉,《中山大學學報(社會科學版)》2007年第47卷第6期,頁65~70。
〔註58〕吳婉君:《馮煦詞學研究》,頁152~153。

不明等缺失，能入而不能出的弊病更表現於晚年詞作《蒿盦詞賸》之中。該文最後也提出馮煦詞小序多精當，能與詞相得益彰，而小令清新自然亦是值得注意的長處。〔註59〕《常州詞派通論》論馮煦詞雖僅只一節，篇幅不多，但已指引後人研究馮煦詞作的基本方向，相當具有參考價值。

許楠《清末詞人馮煦研究》為 2006 年蘇州大學中文系碩士學位論文，其中論及馮煦《蒿盦論詞》與《蒿盦詞》二者。該文篇幅不多，全文三章：首章稍略介紹馮煦的生平與思想，以「穩健的保守主義者」、「積極的實踐主義者」概括馮煦的政治立場與賑災熱誠。次章從《蒿盦論詞》中講解馮煦的詞學思想，認為其主要繼承常派的詞學理論，又於此基礎有所創新。該文也討論《蒿盦詞》的作品，以「藉著友生聚散之跡」、「寫性情之鬱伊」探討詞作。然而馮煦《蒿盦詞》共百四十餘闋，該文僅各引二至三首詞作賞析，不免難以窺探馮詞全貌。該文雖將《蒿盦論詞》、《蒿盦詞》置於同章討論，但論述卻是分開的，未能一并探討其論詞與詞作的搭配，對於是否馮煦詞作能符合其論詞標準，亦無深入探討。該文的末章探討馮煦的詩歌風貌，但此處安排既不是「以詩證史」了解時代背景，也不是藉詩「知人論世」，考述生平行跡。該文以「清微澹遠」、「纏綿淒惻」說明其詩歌風格，與詞學的關聯不大。此外，該文尚未注意馮煦晚年詞集《蒿盦詞賸》，可見對於馮煦詞的研究仍猶待開發。

同時關注馮煦詞者，還有吳婉君《馮煦詞學研究》附錄三〈《蒿盦詞》內容淺析〉。該文將馮煦《蒿盦詞》分為「觀世興懷之吟」、「懷鄉念友之詠」、「離別送行之歌」、「詠物題畫之唱」、「意象選擇，詞序創作」五部分，賞析其中重要詞作並關注其詞序內容。〔註60〕不過全文多在於詞作賞析，且尚未探討馮煦晚年的《蒿盦詞賸》。其他諸如馮煦詞作與論詞的匹配、馮煦詞的小序等皆值得再作探討。

〔註59〕朱德慈：《常州詞派通論》（北京：中華書局，2006 年），頁 166～173。
〔註60〕吳婉君：《馮煦詞學研究》，頁 169～196。

　　上述可見目前對馮煦詞作的研究，幾乎都集中於《蒿盦詞》，而忽略其晚年詞作《蒿盦詞賸》。朱德慈《常州詞派通論》雖偶言及《蒿盦詞賸》，但也只是點到爲止，並無加以論述舉例。對於馮煦晚年詞作內容，仍猶待後人研究。

（六）馮煦歸屬詞派問題的討論

　　馮煦爲晚清詞論家，晚清詞壇以常派最具影響勢力，故歷來探討馮煦詞學，多依順常派的脈絡進而探討。其最主要因素乃由於徐珂曾提及：「效常州詞派者，光緒朝有丹徒莊棫、仁和譚獻、金壇馮煦諸家。」〔註61〕於是把馮煦視爲常派一員，如謝桃坊《中國詞學史》即認爲馮煦「是常州詞派理論的繼承者，以詞評著稱」〔註62〕，朱德慈《常州詞派通論》更直接視馮煦爲常州詞派守成型詞人，置於常州詞派發展的光大期，認爲：「常州詞派第五代名家主要有馮煦、陳廷焯、王鵬運、鄭文焯、朱祖謀、況周頤等。其中前二人屬於『守成型』，後四人即所謂晚清四大家，屬於『變革型』。」〔註63〕

　　歐明俊〈近代詞學師承論〉也表示「常州詞派的師承是近代詞學的主線，張惠言是祖師，周濟是眞正開宗立派者，張、周詞學師承分兩線發展，一線由譚獻承繼，同道有莊棫、葉衍蘭，復傳馮煦、徐珂、陳廷焯、葉恭綽等。」〔註64〕該文試圖建構近代詞學師承譜系，堪稱清晰。其所謂近代詞學實指晚清以來常州詞派的發展脈絡，上本自張惠言，下衍至端木埰、葉恭綽以及晚清四大家等人。該文將馮煦置於常派脈絡之下，與陳水雲《清代詞學發展史論》觀點相似，認爲馮煦傳承譚獻詞學。但該文稍顯武斷，有多處可商榷。如下：

　　該文所言「譚獻詞學傳馮煦。馮煦曾協助譚獻參校《篋中詞》，《篋

〔註61〕〔清〕徐珂：《近詞叢話》，見唐圭璋編《詞話叢編》，冊5，頁4224。
〔註62〕謝桃坊：《中國詞學史》，頁345。
〔註63〕朱德慈：《常州詞派通論》，頁38。
〔註64〕歐明俊：〈近代詞學師承論〉，《上海大學學報（社會科學版）》2007年9月，第14卷第5期，頁75。

中詞》有馮煦光緒 8 年序。」馮煦確實爲《篋中詞》作序，但馮煦並無從師譚獻的文獻紀錄，與譚獻論詞互動亦不多。該文又言「馮煦詞學又傳弟子成肇麐，成氏與馮煦合作，編有《唐五代詞選》二卷，亦傳承常州詞派家法。」〔註65〕馮煦與成肇麐交情甚篤，成肇麐爲成孺之子，成孺即爲馮煦業師。馮煦、成肇麐二人間雖有論詞經歷，但成肇麐絕非馮煦弟子。最後，該文指出「馮煦詞學又影響陳廷焯，陳廷焯對碧山詞評價甚高，即是馮氏觀點的發揮。」〔註66〕馮煦《蒿盦論詞》因《宋六十一家詞選》未收碧山詞，故亦無對碧山詞的評論。馮煦評碧山詞僅有〈論詞絕句〉（青禽一夢春無著）一首，讚許碧山詞深寓國恨。自周濟《宋四家詞選》標舉「問塗碧山，歷夢窗、稼軒，以還清眞之渾化」〔註67〕後，晚清論詞家多能關注碧山詞。該文以「對碧山詞評價甚高」即表示馮煦影響陳廷焯，所言不知何據。反觀陳廷焯推崇碧山詞，此實與周濟《宋四家詞選》的影響關聯較大。歐氏建構晚清以來詞學師承譜系，該文雖有可商榷處，但能對晚清詞壇名家逐一關注，並且紛紛各作連結，使後人對晚清詞壇的認識更加明白。

　　上述著作雖將馮煦歸屬於常派，但其他研究上亦有不同看法。吳宏一〈常州派詞學研究〉認爲「《蒿盦論詞》中曾經引用周濟學詞先求空後求實的話來論詞，但引而不論，未曾發揮，除此之外，《蒿盦論詞》找不到和常州詞派有關聯的地方。」〔註68〕所言雖稍顯絕對，但此可表示對馮煦是否屬於常州詞派，已出現質疑。

　　關於馮煦是否可屬常州詞派，侯雅文《中國文學流派學初論——以常州詞派爲例》以方法論角度檢視常州詞派的義界，對常州詞派的

〔註65〕歐明俊：〈近代詞學師承論〉，《上海大學學報（社會科學版）》2007年 9 月，第 14 卷第 5 期，頁 77。

〔註66〕歐明俊：〈近代詞學師承論〉，《上海大學學報（社會科學版）》2007年 9 月，第 14 卷第 5 期，頁 77。

〔註67〕周濟：〈宋四家詞選目錄序論〉，見唐圭璋編《詞話叢編》，冊 2，頁1643。

〔註68〕吳宏一：《清代詞學四論》，頁 221。

範圍以及其成員的判定基準，有相當的論述。將判定基準定於「詞學行為」、「深層意識與動機」、「社會或文化關係」三方面。〔註69〕該文對此解釋相當繁複，簡言則為：（一）該詞家對推尊詞體、編選詞集與自己詞作的表現。（二）該詞家是否具有常派自我的文化集體意識與儒士的社會身分認同。（三）該詞家論詞是否重視「詞的社會功能」，即詞是否可抒懷己志，針對時事，反映社會現實。該文據此觀點審視馮煦，認為馮煦〈朱校東坡樂府序〉流露出若干對認同常派之處，基此將馮煦判屬常派，但只可列屬最外圈的成員。〔註70〕侯雅文能建構中國文學流派的組成要素，並提出判定常派的條件方法，相較歐明俊〈近代詞學師承論〉更為客觀，甚具意義。然而將馮煦的判定為常派邊緣人物，或許尚能再提出不同的看法。

拙作〈論馮煦詞學的浙派面相──以師友、論詞與詞作為主要考察對象〉，發表於 2010 年《有鳳初鳴年刊》第六期。該文無意強分馮煦屬於常派或浙派，而是認為馮煦的師友關係、論詞與詞作皆有受浙西詞派影響的情形。首先，該文認為馮煦師友喬守敬、薛時雨、成肇麐論詞多有浙派特質，而又以喬守敬最為明顯，影響馮煦甚深。該文又提出馮煦「對《玉田詞》的接受與獨評浙派的傾向」與「對《白石詞》的推尊與追慕」，先比較周濟、陳廷焯等常派詞人與馮煦論詞的差異，表示馮煦不棄張炎《玉田詞》，而馮煦本身的詞作也曾用玉田韻，更有集玉田詞句為詞的例子。另外，馮煦〈論詞絕句〉當朝僅評有納蘭性德、朱彝尊、厲鶚三家，不評陳維崧，不評張惠言、周濟等常派諸人，可見其中微妙傾向。

最後，該文認為馮煦對姜夔詞心慕手追。馮煦論詞相當推尊姜夔，不但《宋六十一家詞選》將近全數選收姜夔詞作，而本身詞作效法姜夔者，還有六點特徵。如：（一）同用姜夔〈石湖仙〉壽范成大

〔註69〕侯雅文：《中國文學流派學初論──以常州詞派為例》（臺北：大安出版社，2009 年），頁 451～463。

〔註70〕侯雅文：《中國文學流派學初論──以常州詞派為例》，頁 470。

韻，以比擬自己與薛時雨的情誼。（二）喜用姜夔自度曲，亦用姜夔所改的平調〈滿江紅〉，更以白石詞爲韻。（三）詞句中表現對姜夔的接受，如其〈百字令〉中言「晚蟬高樹，重吟白石新句。」（四）詞句中有與姜夔詞有「偶合」的現象，如馮煦〈齊天樂〉首句「庾郎先自傷遲暮」極似姜夔〈齊天樂〉首句「庾郎自先吟愁賦」，有形無形中表現馮煦對姜夔的接受程度。（五）馮煦《蒿盦詞》風格亦如姜夔，如王賡《今傳是樓詩話》稱馮煦「詞學白石玉田，工力亦勝」。（六）同姜夔善爲詞序，小序皆精美有致。如其〈瑣窗寒〉序、〈暗香〉序。拙作從上述種種特點推斷，表示馮煦詞學實有相近浙派的部分，藉此補充前人從常派角度探討馮煦詞學的研究成果。〔註71〕

（七）馮煦文獻誤用情形與年歲推算問題

1. 文獻誤用情形：

歷來詞學論著資料上，雖多提及與馮煦相關論述，然而卻多有文獻誤用的情形。茲舉數例如下：

> （馮煦）其詞學基本承襲常派，陳廷焯正是在這個基點上表示對馮煦的認同，他說：「千古詞宗，溫、韋發其源，周、秦充其緒，白石、碧山各出機杼，以開來學。嗣是六百餘年，鮮有知者。得茗柯一發其旨，而斯詣不滅。特其釋解難超，尚未窮盡底蘊。然則復古之功興於茗柯，必也成於蒿庵乎！」〔註72〕（朱麗霞《清代辛稼軒接受史》）

> 陳廷焯很看重馮煦在詞學史上的意義，他說：「千古詞宗，溫、韋發其源，周、秦充其緒，白石、碧山各出機杼，以開來學。嗣是六百餘年，鮮有知者。得茗柯一發其旨，而斯詣不滅。特其釋解難超，尚未窮盡底蘊。然則復古之功興於茗柯，必也成於蒿庵乎！」〔註73〕（謝桃坊《中國詞

〔註71〕許仲南：〈論馮煦詞學的浙派面相——以師友、論詞與詞作爲主要考察對象〉，《有鳳初鳴年刊》2010年10月，第6期，頁339～356。
〔註72〕朱麗霞：《清代辛稼軒接受史》（濟南：齊魯書社，2005年），頁596。
〔註73〕謝桃坊：《中國詞學史（修訂本）》，頁355。

學史（修訂本）》

陳廷焯非常看重馮煦在詞學史上的地位，説「復古之功興於茗柯，必也成於蒿庵乎！」〔註74〕（歐明俊〈近代詞學師承論）

上述論著皆引用陳廷焯《白雨齋詞話》，其中「必也成於蒿庵乎」，此處「蒿庵」所指爲莊棫，並非馮煦。莊棫（1830～1878）字中白，別號蒿庵，江蘇丹徒人，有《中白詞》四卷、《蒿庵詞》一卷。莊棫爲常派重要人物，於晚清的活動時間與馮煦（1844～1927）有重疊處，然而上述研究論著卻以《白雨齋詞話》，誤把莊棫認作馮煦，更據此推論馮煦與常州詞派的關係，應該予以更正。

中華大典編纂委員會所編《中華大典》編收馮煦資料，亦將大量莊棫資料一併編入。〔註75〕如其所收入譚獻〈蒿庵詞題辭〉，通篇皆在論述莊棫詞作饒於興寄，與馮煦毫不相干。而其所收入陳廷焯《白雨齋詞話》24 則論詞資料，筆者比對其中所論詞集、所評詞句，全爲莊棫詞作，絕非馮煦《蒿盦詞》。而《中華大典》在編收莊棫資料時，又將上述材料編入。相較之下《中華大典》在整理馮煦資料部分文獻誤用，須予以指正。

此外，譚獻本身評馮煦詞時也模糊不清。《復堂詞話》云：「閱丹徒馮煦夢華《蒙香室詞》，趨在清眞、夢窗、門徑甚正，心思甚邃，得澀意，惟由澀筆。」〔註76〕譚獻所謂「丹徒馮煦夢華」，即非精確。據朱德慈《近代詞人考錄》可知，馮煦爲江蘇金壇人，而莊棫爲江蘇丹徒人。〔註77〕故譚獻誤將馮煦作爲丹徒人，由此可見馮煦、莊棫混

〔註74〕 歐明俊：〈近代詞學師承論〉，《上海大學學報（社會科學版）》2007年9月，第14卷第5期，頁75。

〔註75〕 中華大典編纂委員會：《中華大典·文學典·明清文學分典·清文學部三·馮煦》（南京：江蘇古籍出版社，1999年），頁891～897。

〔註76〕〔清〕譚獻：《復堂詞話》，見唐圭璋編：《詞話叢編》，冊 4，頁4000。

〔註77〕 朱德慈：《近代詞人考錄》（北京：中國社會科學出版社，2004年），頁 100、頁 125。

渻的情形。

　　造成混淆最大的原因，應是兩人皆號蒿庵，作品亦以蒿庵為名，兩人生平時代相近，故造成混淆。何以兩人皆號蒿庵？據魏家驊〈副都御史安徽巡撫兼理提督馮公行狀〉可知，記載：「（馮煦）以生時母夢僧拈花以授，遂字夢華。再宅憂，又號蒿盦。」〔註78〕所謂「宅憂」，即為父母服喪。馮煦十四歲喪父而孤，二十二歲奔母喪，其號為蒿庵，應是為此而發。而莊棫「先世業淮鹽……已而商綱改家，蓋一夕毀貌瘁」〔註79〕，莊棫家道中落，使其生計貧寒，其友譚獻〈寄莊中白〉詩提及：「稍忍逢君淚，微聞盡室貧」〔註80〕，莊棫號蒿庵，或許與此相關。

　　此外，2013年出版馮乾《清詞序跋彙編》，收錄馮煦相關詞序，整理文獻，有其助益，然而其中不免訛誤。如《清詞序跋彙編》所收錄〈蒿庵詞賸序〉，標記作者為成肇麐，即為顯誤。〔註81〕《蒿盦詞賸》既為馮煦晚年（辛亥後）所作，時成肇麐早已遇害離世，不可能為此作序。而觀其序文內容，與〈蒿盦詞序〉皆同，故當為成肇麐所作〈蒿盦詞序〉，並非〈蒿庵詞賸序〉。又，《清詞序跋彙編》所收錄〈點紅軒詞草序〉，標記作者為馮煦，亦可待商榷。〔註82〕此序文末註記「屠維協恰孟秋之月，常熟楊濟拜序。」屠維協恰，可知此序為民國八年己未（1919），楊濟所作。

　　2. 馮煦年歲問題：

　　關於馮煦生年與歲數，歷來論著所述並不一致。吳婉君《馮煦詞

〔註78〕〔清〕魏家驊：〈副都御史安徽巡撫兼理提督馮公行狀〉，見閔爾昌編《碑傳集補》（臺北：文海出版社，1973年），頁64。
〔註79〕〔清〕繆荃孫纂錄：《續碑傳集・莊棫傳》，見沈雲龍編《近代中國史料叢刊》，冊990，卷81，頁10a。
〔註80〕〔清〕譚獻：《復堂類集》，見《叢書集成》（臺北：新文豐出版社，1989年），冊161，卷五，頁161。
〔註81〕馮乾：《清詞序跋彙編》（南京：鳳凰出版社，2009年），卷17，頁1769。
〔註82〕馮乾：《清詞序跋彙編》，卷19，頁2037。

學研究》附錄二〈馮煦年譜簡編〉歸納年歲紀錄不同的情形：

> 根據《清代珠卷集成》記馮煦於道光癸卯十二月初一日生
> 於江蘇鎮江府金壇縣，此記年爲農曆，西曆則爲 1844 年 1
> 月 20 日。……嚴迪昌《近現代詞紀事會評》、《清詞史》，
> 黃霖《近代文學批評史》俱記以 1843 年，於此正之。許楠
> 《清末詞人馮煦研究》、朱德慈《中晚期常州詞派研究》已
> 明書 1844 年。魏家驊〈副都御〔註83〕史安徽巡撫兼理提督
> 馮公行狀〉、蔣國榜〈金壇馮蒿盦先生家傳〉、趙爾巽《清
> 史稿》、秦國經主編《清代官員履歷檔案全編》等原始文獻，
> 皆以馮煦虛歲行文，比馮煦實際年齡多增二年。〔註84〕

吳婉君轉換中西曆而推算馮煦應生於西元 1844 年，而非 1843 年，指
正嚴迪昌、黃霖的記年。而又指出大量文獻皆以馮煦虛歲行文，比馮
煦實際年齡多出兩歲，表示在文獻上年歲判定的混亂。其實〈馮煦
年譜簡編〉以前，朱德慈已有〈馮煦行年考〉。〔註85〕吳婉君〈馮煦
年譜簡編〉所整理，似乎多以朱德慈〈馮煦行年考〉資料爲基礎，而
另再以數則重要背景時事，稍作增補。然而，二本編年於年歲計算上，
卻幾乎不同。如馮煦一生終至民國 16 年（1927），而吳婉君指馮煦
83 歲，朱德慈指馮煦 85 歲。此情形可能如吳婉君所言，歷來文獻與
論著「以馮煦虛歲行文」，故出現編年不同的狀況。

　　關於馮煦的編年，諸家以虛歲實歲的立場，意見分歧。眾說紛紜，
究竟該以何本爲準？此不妨稍作比較檢討，以下舉四證說明。

　　其一，光緒 3 年丁丑（1877）春，馮煦始自夔州返，吳婉君推算
馮煦 33 歲，朱德慈則言馮煦 35 歲。〔註86〕筆者認爲仍應回歸文獻原
典作探討，吳婉君所言大量文獻資料皆以虛歲行文，故歲數多增二

〔註83〕吳婉君誤作爲「禦史」。本文據文獻資料改爲「御史」。

〔註84〕吳婉君：《馮煦詞學研究》，頁 154。

〔註85〕朱德慈：《中晚期常州詞派研究》，（南京：南京師範大學中國文學系
　　　　博士論文，2003 年），頁 116～127。

〔註86〕兩則資料各見於吳婉君：《馮煦詞學研究》，頁 160。朱德慈：《中晚
　　　　期常州詞派研究》，頁 121。

年。其實馮煦本身自敘年歲也與朱德慈〈馮煦行年考〉以及諸多原始
文獻相符。如馮煦日記《蒿盦隨筆》有則記載：

> 丁丑元旦，客夔州，曾爲〈自箴〉一篇。今錄於此。……
>
> 〈箴〉曰：「嗟乎！汝生三十有五年矣。……」〔註87〕

馮煦自言曾於夔州作〈自箴〉一篇，作於丁丑爲光緒 3 年（1877）。
而再從〈自箴〉的內容觀察，「汝生三十有五年」，爲馮煦 35 歲時的
自我勉勵。可證光緒 3 年丁丑（1877），馮煦爲 35 歲，與朱德慈〈馮
煦行年考〉相符。而吳婉君〈馮煦年譜簡編〉以中西曆轉換推算馮煦
年歲，言馮煦 33 歲，則有誤差。

其二，馮煦《蒿盦類稿》有〈癸未生日記〉一文，內文提及：「僕
生四十有一年矣」（《馮稿》，頁 1243），可知此年馮煦自言其 41 歲。
癸未爲光緒 9 年（1883）。即與朱德慈〈馮煦行年考〉標年吻合。

其三，根據《清詞序跋彙編》所錄馮煦〈青溪詞鈔題詞〉，後馮
煦自註「辛酉中冬，七十九叟馮煦。」〔註88〕辛酉爲民國十年（1921），
此時馮煦 79 歲。若此，推算馮煦卒年民國十六年（1927），故爲 85
歲，與朱德慈〈馮煦行年考〉相合。

其四，《蒿叟隨筆》爲馮煦晚年筆記，各卷首皆記干支紀年與馮
煦年歲。據《爾雅・釋天》可知紀年。〔註89〕卷一「昭陽大淵獻」爲
癸亥，即民國 12 年（1923），下記「時年八十有一」。卷二「閼逢困
敦」爲甲子，即民國 13 年（1924），下記「時年八十有二」。卷三「旃
蒙赤奮若」爲乙丑，即民國 14 年（1925），下記「時年八十有三」。

〔註87〕〔清〕馮煦：《蒿盦隨筆・蒿叟隨筆》頁 169。

〔註88〕馮乾：《清詞序跋彙編》，卷 15，頁 1157。

〔註89〕《爾雅・釋天》記載：「太歲在甲曰閼逢，在乙曰旃蒙，在丙曰柔兆，
在丁曰強圉，在戊曰著雍，在己曰屠維，在庚曰上章，在辛曰重光，
在壬曰玄黓，在癸曰昭陽。……。太歲在寅曰攝提格，在卯曰單閼，
在辰曰執徐，在巳曰大荒落，在午曰敦牂，在未曰協洽，在申曰涒
灘，在酉曰作噩，在戌曰閹茂，在亥曰大淵獻，在子曰困敦，在丑
曰赤奮若。」 徐朝華：《爾雅今注》（天津：南開大學出版社，1999
年），頁 200。

若民國 12 年（1923）馮煦 81 歲，回至丁丑（1877）則馮煦應為 35
歲。表示朱德慈的記年與原刻本相合。相較之下，筆者認為馮煦年歲
問題，應從朱德慈〈馮煦行年考〉以及諸多原始文獻為準，以虛歲行
年較佳，而本論文亦以此作為年歲標準。

第三節　研究材料與進行步驟

　　本論文以馮煦生平行跡、馮煦與詞人的交遊、馮煦的選詞論詞、
馮煦的詞作此四部分為目標，其主旨為體現馮煦詞學貢獻的完整面
貌，以及其於晚近詞壇的意義。

　　研究材料方面以傳統原始文獻為主，近人研究資料為輔。馮煦生
平行跡部分，採以馮煦《蒿盦類稿・續稿・奏稿》〔註90〕的編年詩作、
序文雜著。《蒿盦隨筆・蒿叟隨筆》〔註91〕的零散筆記資料。其中《蒿
盦類稿》32 卷、《續稿》3 卷、《奏稿》4 卷、《蒿盦隨筆》4 卷、《蒿
叟隨筆》5 卷，而其晚年《蒿盦賸稿》16 卷，筆者僅見其中《蒿盦詞
賸》1 卷。〔註92〕另外，2009 年出版《清代詩文集彙編》，其中收馮
煦《蒿盦雜俎》1 卷，此集前有序，可略知其要：

> 予幼嗜書，少長從喬笙巢、成心巢兩先生游學，為古文辭。
> 宦學四方，所作遂夥。壬寅在河東始編《類稿》三十卷，
> 皆六十前所作也。壬寅至辛亥復編《續稿》三卷。國變後，
> 遯跡海上，壬子至壬戌，又得《賸稿》十六卷，梅蓀復為
> 編《奏稿》四卷。而予年且八十矣，自是厥後，日益篤老，
> 心血枯竭，每有述作，輒恕而存之。歲為一集，不以類分，
> 名曰《雜俎》。媮活草間，聊以送日。凡所得者，視囊作且

〔註90〕〔清〕馮煦：《蒿盦類稿・續稿・奏稿》，見沈雲龍編：《近代中國史
　　　　料叢刊》（臺北：文海出版社，1969 年），第 33 輯，冊 328。
〔註91〕〔清〕馮煦：《蒿庵隨筆・蒿叟隨筆》，見沈雲龍編：《近代中國史料
　　　　叢刊》（臺北：文海出版社，1966 年），第 7 輯，冊 64。
〔註92〕〔清〕馮煦：《蒿盦詞賸》，民國 13 年刻本。關於《蒿盦詞賸》的文
　　　　獻取得，在此特別感謝臺灣大學中文所博士班陳建男學長、清華大
　　　　學中文所博士班黃郁晴學姊的幫助。

不遑遑論古人，二三舊雨幸繩正之。癸亥日南至，八十一
叟馮煦。〔註93〕

另外，亦以魏家驊〈副都御史安徽巡撫兼理督馮公行狀〉〔註94〕、
蔣國榜〈金壇馮蒿庵先生家傳〉〔註95〕、沃丘仲子《近現代名人小傳》
〔註96〕等傳記資料為參照。同時覈驗今人研究資料，如朱德慈《近代
詞人考錄》〔註97〕、〈馮煦行年考〉〔註98〕，楊柏嶺《近代上海詞學
繫年初編》〔註99〕，尚小明《清代士人游幕表》〔註100〕，吳婉君《馮
煦詞學研究》、〈馮煦年譜簡編〉〔註101〕。

馮煦與詞人的交遊部分，著重於其與晚清詞人的師友關係。以
喬守敬、成肇麐、薛時雨、朱祖謀四人為主。材料方面，喬守敬有
《紅藤館詞》一卷，清稿本，現存於臺北國家圖書館，詞共 201 闋。
成肇麐有《漱泉詞》一卷，光緒末年刻本，現存於上海師範大學圖
書館，詞共 82 闋。〔註102〕又有《唐五代詞選》三卷〔註103〕，收唐

〔註93〕〔清〕馮煦：《蒿盦雜俎》，《清代詩文集彙編》（上海：上海古籍出
版社，2009 年），冊 757，頁 558。
〔註94〕魏家驊：〈副都御史安徽巡撫兼理督馮公行狀〉，見閔爾昌編：《碑傳
集補》，見沈雲龍：《近代中國史料叢刊》（臺北：文海出版社，1973
年），第 100 輯，冊 993，頁 940～947。
〔註95〕蔣國榜〈金壇馮蒿庵先生家傳〉，見卞孝宣、唐文權編《辛亥人物碑
傳集》（北京：團結出版社，1991 年），頁 661～666。
〔註96〕沃丘仲子：《近現代名人小傳》（北京：北京圖書館出版社，2003 年）。
〔註97〕朱德慈：《近代詞人考錄》（北京：中國社會科學院出版社，2004 年）。
〔註98〕朱德慈：〈馮煦行年考〉，《中晚期常州詞派研究》（南京：南京師範
大學中國文學系博士論文，2003 年），頁 116～127。
〔註99〕楊柏嶺編《近代上海詞學繫年初編》（上海：上海教育出版社，2003
年）。
〔註100〕尚小明：《清代士人游幕表》（北京：中華書局，2005 年）。
〔註101〕吳婉君：〈馮煦年譜簡編〉《馮煦詞學研究》（臺南：國立成功大學
中國文學研究所碩士論文，2009 年）。
〔註102〕關於《漱泉詞》的文獻取得，在此特別感謝臺灣大學中文所博士班
陳建男學長、清華大學中文所博士班黃郁晴學姊的幫助。
〔註103〕〔清〕成肇麐編：《唐五代詞選》（臺北：臺灣商務印書館，1965 年）。

五代詞人 50 家，詞 347 闋。薛時雨有《藤香館詞二種》〔註104〕一卷，其中包含《西湖㰅唱》、《江舟欸乃》兩部分，前者有詞 80 闋，後者 79 闋，合之一卷，共 159 闋。朱祖謀有《彊村語業》三卷、《彊村詞賸》兩卷、《彊村集外詞》一卷，收於上海古籍出版社《彊村叢書》所附《彊村遺書》。〔註105〕另外亦以白敦仁《彊村語業箋注》輔以參考。〔註106〕

　　馮煦的選詞論詞部分，主要以馮煦所編《宋六十一家詞選》12 卷、馮煦所作若干詞序、馮煦〈論詞絕句〉16 首，以及《蒿盦隨筆・蒿叟隨筆》的零散筆記資料爲主。此須說明者爲：馮煦《蒿盦論詞》45 則，實爲其《宋六十一家詞選》編選例言。由於內容諸評所選兩宋詞人，故唐圭璋《詞話叢編》將此摘錄，成爲《蒿盦論詞》。〔註107〕關於馮煦《宋六十一家詞選》，據王兆鵬《詞學史料學》所錄，有光緒十三年（1887）冶城山館刻《蒙香室叢書》本、宣統二年（1910）及民國二十年（1934）上海掃葉山房石印本。〔註108〕本文僅見民國四十五（1956）年印行本。〔註109〕而馮煦〈論詞絕句〉作於光緒 13 年（1887），上自溫庭筠、李煜，下至王沂孫、張炎，共評唐宋詞人 15 家。同時又論清代詞人納蘭性德、朱彝尊、厲鶚 3 家。所論總共 18 家。馮煦於作〈論詞絕句〉之前，有〈論六朝詩絕句仿元遺山體〉，上自陸機，下至江總，共評六朝詩人 17 家。〔註110〕可見其續作〈論

〔註104〕（清）薛時雨：《藤香館詞二種》，見陳乃乾輯：《清名家詞本》（上海：上海書店，1982 年），冊 9。

〔註105〕〔清〕朱祖謀：《彊村叢書》（上海：上海古籍出版社，1989 年），冊 10。

〔註106〕〔清〕朱祖謀、白敦仁著：《彊村語業箋注》（成都：巴蜀書社，2002 年）。

〔註107〕張璋《歷代詞話續編》將馮煦《宋六十一家詞選》序例論詞摘作《蒿盦詞話》。見《歷代詞話續編》（鄭州：大象出版社，2005 年）頁 8～16。

〔註108〕王兆鵬：《詞學史料學》（北京：中華書局，2004 年），頁 361。

〔註109〕〔清〕馮煦編：《宋六十一家詞選》（臺北：文化圖書公司，1956）。

〔註110〕〔清〕馮煦：《蒿盦類稿・續稿・奏稿》，冊 1，頁 452～455。

詞絕句〉並非隨筆漫評，而是有意為之，有其參考價值。

　　關於馮煦所作詞序，今見〈唐五代詞選序〉、〈宋六十一家詞選序〉、〈陽春集序〉、〈和珠玉詞序〉、〈王子登詞序〉、〈綠梅影樓詩詞序〉，此六篇見於《蒿盦類稿》；〈重刻東坡樂府序〉見於《蒿盦續稿》。至於集外零星詞序，如〈浪餘詞序〉見於馮履和《浪餘詞》；〈賓月詞序〉見於《詞學季刊》，第 2 卷第 4 號。此外，《清詞序跋彙編》亦收錄馮煦若干詞序，除「半櫻詞題辭」、「亭秋館詞鈔題辭」為長短句形式呈現外，序文尚有：〈青溪詞鈔題辭〉、〈桐絮詞敘〉、〈和珠玉詞序〉（《蒿盦類稿》已見）、〈痕夢詞序〉（對比內容，〈痕夢詞序〉即〈王子登詞序〉，《蒿盦類稿》已見）。〔註 111〕此外，2013 年出版葛渭君編《詞話叢編補編》，其中譚新紅補收入馮煦〈論詞絕句〉十六首外，亦補詞序四篇，為〈陽春集序〉、〈東坡樂府序〉、〈唐五代詞選序〉、〈宋六十一家詞選序〉〔註 112〕，然此四篇皆不出《蒿盦類稿》範圍。

　　馮煦詞作部分，馮煦《蒿盦詞》、《蒿盦詞賸》兩部詞集。據林玫儀、吳熊和、嚴迪昌編《清詞別集知見目錄彙編》可知馮煦詞集版本：（一）陳乃乾輯《清名家詞》本《蒿盦詞》一卷。（二）民國 2 年刻《蒿盦類稿》本《蒿盦詞》二卷。（三）民國 13 年《蒿盦詞賸》刊本。〔註 113〕此三者版本收詞數量有所差異，陳乃乾《清名家詞》一卷本，共收 148 闋。《蒿盦類稿》二卷本，編次與《清名家詞》本相同，惟〈百字令・沔縣謁諸葛武侯祠〉以下 7 闋未收，僅得 141 闋。《蒿盦類稿》所未收 7 闋，則見於《蒿盦續稿》。若合之則 148 闋，與《清名家詞》本所收相同。另外，民國十三年刊本《蒿盦詞賸》現存於上海師範大學圖書館，詞共 40 闋，前有朱祖謀序。總之，目前所見馮煦詞作總數為：《蒿盦詞》詞 148 闋，《蒿盦詞賸》詞 40 闋，再加上

〔註 111〕　見馮乾：《清詞序跋彙編》，頁 1147、1557、1683、1731、1791、2075。
〔註 112〕　葛渭君編：《詞話叢編補編》（北京：中華書局，2013 年），冊 2，頁 1121～1130。
〔註 113〕　林玫儀、吳熊和、嚴迪昌編《清詞別集知見目錄》（臺北：中央研究院中國文哲研究所，1997 年），頁 200。

筆者自《蒿叟隨筆》所輯 1 闋〈八聲甘州〉（見第三章第四節），以及
《蒿盦雜俎》所輯 1 闋〈清平樂‧題葉誦先滄海雜詠〉〔註114〕，近
年馮乾《清詞序跋彙編》亦錄有馮煦題辭詞三闋，分別為「半櫻詞題
辭」〈側犯‧用彊村韻〉（頹齡久倦）、「亭秋館詞鈔題辭」〈浣溪紗‧
伏讀亭秋夫人《偕園詞鈔》，莫名欽佩，敬倚此闋〉（一駐春明碧幰車）、
（恨雨顰烟渺紫都）。〔註115〕綜上所述，合之共 193 闋，為目前筆者
所見馮煦詞作總數。

　　本論文所引用材料，出處重複者甚多，故此說明本論文主要引用
材料出處。若後文出處相同者，則但標書名簡稱、頁數，簡省其註，
以免龐雜冗贅。如下：

　　（一）所引用馮煦主要詩文，出於馮煦《蒿盦類稿‧續稿‧奏稿》，
見於沈雲龍編《近代中國史料叢刊》，後文出處簡稱為《馮稿》。〔註116〕

　　（二）所引用馮煦所撰筆記，出於《蒿庵隨筆‧蒿叟隨筆》，亦
見於沈雲龍編《近代中國史料叢刊》，後文出處簡稱為《馮筆》。〔註117〕

　　（三）所引用馮煦詞作，出於《蒿盦詞》者，見於陳乃乾輯《清
名家詞》，後文出處簡稱為《馮詞》。〔註118〕而出於《蒿盦詞賸》者，
為民國 13 年刻本，後文出處簡稱《馮詞賸》。

　　（四）所引用馮煦詞論，出於《蒿庵論詞》者，見於唐圭璋編《詞
話叢編》，後文出處簡稱為《馮論》。〔註119〕

〔註114〕　此詞見於馮煦《蒿盦雜俎》，《雜俎》前有序，成於民國 12 年（1923），
　　　　　時馮煦 81 歲。此詞似為馮煦晚年所作，然卻未見於《蒿盦詞賸》。
　　　　　參見〔清〕馮煦：《蒿盦雜俎》，《清代詩文集彙編》，冊 757，頁 571。
〔註115〕　馮煦〈浣溪紗〉詞，見馮乾：《清詞序跋彙編》，卷十一，頁 1147。
　　　　　馮煦〈側犯〉詞，見馮乾：《清詞序跋彙編》，卷二十，頁 2075。
〔註116〕　〔清〕馮煦：《蒿盦類稿‧續稿‧奏稿》，見沈雲龍編：《近代中國
　　　　　史料叢刊》（臺北：文海出版社，1969 年），第 33 輯，冊 328。
〔註117〕　〔清〕馮煦：《蒿庵隨筆‧蒿叟隨筆》，見沈雲龍編：《近代中國史
　　　　　料叢刊》，第 7 輯，冊 64。
〔註118〕　〔清〕馮煦：《蒿盦詞》，見陳乃乾輯《清名家詞》（上海：上海書
　　　　　店，1982 年），冊 10。
〔註119〕　〔清〕馮煦：《蒿庵論詞》，見唐圭璋編《詞話叢編》（北京：中華

　　（五）所引關於馮煦傳記資料者，蔣國榜〈金壇馮蒿庵先生家傳〉，見於卞孝宣、唐文權編《辛亥人物碑傳集》，後文出處簡稱〈蒿庵家傳〉。〔註120〕而魏家驊〈副都御史安徽巡撫兼理督馮公行狀〉，出於閔爾昌編《碑傳集補》，見於沈雲龍編《近代中國史料叢刊》，後文出處簡稱〈馮公行狀〉。〔註121〕

　　（六）所引用馮煦以外他人詞話，出於《詞話叢編》者，後文出處以《叢編》省略。

　　本論文分章進行，其各章大要如下：

　　第一章「緒論」，分爲研究動機與目的、馮煦研究成果述評、研究材料與步驟三節。其中著重於馮煦研究成果述評，針對前人的研究的成果進行檢視，從中觀察歷來馮煦研究的發展，以及檢討前人研究的不足與失誤。

　　第二章「馮煦行跡考述」，將馮煦生平分爲六節探討。先論述其家世背景，再以馮煦於寶應、金陵、京師、皖夔、滬上等時期爲劃分。由於馮煦本身詩文多有編年，此對掌握馮煦的行跡活動、際遇感受有極大幫助。本章參證相關史料、前人研究，檢討其中對馮煦生平論述的含糊不清。同時本章亦探究馮煦家庭、親友方面的相關材料，試圖體現馮煦較爲整體的形象。

　　第三章「馮煦與晚清詞人的師友關係」，以喬守敬、成肇麐、薛時雨三人爲焦點，探討馮煦與三人的師友關係。喬守敬爲馮煦習詞啓蒙恩師，馮煦十五歲從其學，然相隔年喬守敬過世，二人相處僅一年光陰。而後影響馮煦較深者爲成肇麐。馮、成自幼相識，二人交垂五十年，交情深厚，彼此亦有相互論詞經歷。薛時雨亦爲馮煦師輩，彼

書局，2005年），冊4。

〔註120〕蔣國榜〈金壇馮蒿庵先生家傳〉，見卞孝宣、唐文權編《辛亥人物碑傳集》。

〔註121〕魏家驊：〈副都御史安徽巡撫兼理督馮公行狀〉，見閔爾昌編：《碑傳集補》，見沈雲龍編：《近代中國史料叢刊》（臺北：文海出版社，1973年），第100輯，冊993，頁940～947。

此於金陵書局所識。馮煦對薛師「一生奉手且久」，爲人或論學應受其影響。此三人皆有詞集傳世，喬守敬《紅藤館詞》詞承襲浙派餘風，取法南宋，詠物爲多。成肇麐《漱泉詞》抒發憂生念亂、性情鬱伊之旨，又有《唐五代詞選》擇詞精研，義歸乎雅正，較受常派影響。薛時雨《藤香館詞》風格如其爲人，詞直不奧，近於東坡。對詞學的接受，較爲開闊，不入流派成見。本章於此三人之外，附論馮煦與朱祖謀的關係。由於朱祖謀學詞時間較晚，年過四十方從王鵬運學詞，此對於馮煦十五學詞，而後形成其《蒿盦詞》、《宋六十一家詞選》影響較小，故將朱祖謀附於最後探討。民國後馮、朱二人於滬上互動較多，馮煦晚年《蒿盦詞賸》詞作多與朱祖謀相關。本論文也藉其二人交遊，檢得馮煦逸詞一闋，以作爲補遺。

第四章「馮煦的詞學思想」，分爲五節。由於《蒿庵論詞》即《宋六十一家詞選》例言，故本論文認爲探討馮煦詞學，應整合詞選與詞話（即「詞選例言」）二者，一并參照，不應將「詞選」、「詞話」彼此作過多割裂。本章首先敘述《宋六十一家詞選》的外緣問題，如當時詞壇的選詞概況、《宋六十一家詞選》的選詞過程與動機，及其評價。並著重於馮煦對毛晉詞學觀的檢討以及毛本文獻的校訂。其後四節分別從詞體詞史、詞風詞品、詞心詞筆、詞派接受四面探討馮煦詞學。其中並參照馮煦〈論詞絕句〉、所作詞序，甚至其筆記的零碎論詞意見，整合參照，以體現馮煦詞學的完整面貌。

第五章「馮煦詞研究」，分爲七節。本章探討馮煦《蒿盦詞》、《蒿盦詞賸》兩部詞集。分別從不同的詞作題材，如羈旅寄贈、題畫寫景、傷悼紀壽、政治諷諭、登臨懷古等各類，從中探析馮煦詞作風格與內容情感。而本章再分別從馮煦「論詞長短句」與「其詞與論詞的差異」兩點切入，探討馮煦詞作與論詞關係。最後本章關注馮煦各闋詞前的小序，認爲其精美雅緻，宛若小品文，再從其小序屢次提及「不自知其詞之悽愴」等字語，由此亦可呼應其詞幽冷感傷的風格。

第二章　馮煦行跡考述

　　馮煦（1844～1927），原名熙，後更名煦，字夢華，號蒿庵，晚自稱蒿叟，辛亥後稱蒿隱，江蘇省鎮江府金壇縣人。其字夢華，據蔣國榜〈蒿庵家傳〉可知：「公初生時，母朱太夫人夢僧拈花入室，遂字以夢華」（〈蒿庵家傳〉，頁 661）馮煦生於清道光 23 年（1844）十二月初一，卒於民國 16 年（1927），享年 85 歲。馮煦生平橫跨晚清、民國，時代環境的變動，使其生經歷豐富，更彰顯其純篤忠厚的個性。本章先以論述馮煦其出生家教背景，再從馮煦於寶應、金陵、入京、皖夑、滬上等各時期，考述馮煦行跡與際遇。

第一節　出生書香門第，家教良善

　　馮煦家世堪稱良善，其祖父馮浩（1785？～1848），初名澤溥，字雨人，晚號退怡，嘉慶 18 年（1813）選拔貢生，官安徽巢縣教諭。父親馮元棟（1815？～1856），字稚松，一字袖海，道光 23 年（1843）舉人。[註 1] 蔣國榜稱馮煦「三世經明行修，以公貴，考贈光祿大夫，妣一品夫人」（〈蒿庵家傳〉，頁 661）。

〔註 1〕朱德慈：〈馮煦行年考〉，《中晚期常州詞派研究》（南京：南京師範大學博士論文，2003 年），頁 116。而馮煦《蒿叟隨筆》對其祖筆記載甚詳，見馮煦：《蒿盦隨筆‧蒿叟隨筆》，頁 615～622。

　　馮煦受父母教誨影響，形成其忠厚寬恕的個性。其母朱氏（？～1864），性慈仁明。馮煦自述母親身教：

> 先妣朱太夫人，仁明慈儉……煦孩提以迄成童，實得母教為多。太夫人之以身教，不以言教，其牖迪於無形者，至纖至悉，非辭所能盡。今且有不能舉其辭者，痛哉。太夫人能急人之急，邵伯徐嫗數貸麻於太夫人。……故馮煦不敢私其身而秦越於人。性簡靜，市井鄙倍之辭，不出諸口。下至臧貨，不輕鑴呵。故馮煦亦不敢以惡聲加人。性又最慈，蟲蚋則靡之，蚤蝨則攖而置之草際，云可以化為青蟲。一跬步之間，凡昆蟲草木，唯恐有傷。故煦亦不敢汨愛物之仁，今之戒殺放生，始此也。……煦所受家庭教育者如是，雖甚細微，然日用常行之道，實不外是。（《馮筆》，頁623～624）

朱氏「能急人之急」，鄰人邵伯徐嫗有急，朱氏屢屢購其所販之麻以為資助。其性簡靜，不言鄙倍之辭，不輕易呵叱臧否。其性慈藹，昆蟲草木皆恐有所傷。馮煦於耳濡目染，個性亦受薰陶。（馮煦晚年皈心佛家，亦自幼母教影響之故，見本章第六節）馮煦秉持母教，亦「不敢私其身而秦越於人」、「不敢以惡聲加人」、「不敢汨愛物之仁」。汨者，埋沒也。馮煦此生無論任官或賑災，多能出以溫厚，存其愛物之仁。

　　其父馮元棟，有士人氣節，志在經世。馮煦自述其父：

> 先考袖海，府君諱元棟，字稚松，一字袖海。志在經世，恥為無用之學。與楚帥遠燡、秦張大楠為深友，以志節相砥礪。遠燡、大楠卒殉粵寇之難。又有秦中張雲裳者，盡室染疫死，遺一女，笄矣。府君既經紀其喪，復挈女歸屬先妣朱太夫人。女之，並擇婿以嫁，世爭頌其高義焉。煦年過十二，府君授以〈太上感應篇〉，至塾時日誦一通，以希寡過。後又授〈楊椒山先生家訓〉。丙辰在都復書〈家訓〉一則「寧讓人，毋使人讓我。寧恕人，毋使人恕我。寧吃人虧，毋使人吃虧。寧受人氣，毋使人受我氣」之語，煦終身佩之，不敢忘。（《馮筆》，頁622）

馮元棟與帥遠燡（1817～1857）、張大梍（生卒未詳）為友，時以志節相砥礪。又因張雲裳（生卒未詳）盡室染疫病歿，而收留其十五歲遺女，與朱氏合議收作養女，並擇婿以嫁。時人皆頌其義。馮元棟對馮煦亦細心栽培，於馮煦十二歲時授以〈太上感應篇〉，願馮煦一生寡過。後再授〈楊椒山先生家訓〉。楊繼盛（1516～1555），號椒山，為明代名臣，為人忠義，曾彈劾嚴嵩。馮元棟藉此以期許馮煦為人忠義。咸豐6年（1856）丙辰，馮元棟又書〈家訓〉一則予馮煦。此年馮煦十四歲，馮元棟亦於此年過世。家訓以示馮煦「寧讓人」、「寧恕人」、「寧吃人虧」、「寧受人氣」，使馮煦終生不敢忘。

據馮煦光緒33年（1907）所撰〈祖譜自序〉可知馮煦的家庭：

> 兄弟五人者，亦喪其二。吾與仲兄，奉寡嫂，撫弱妹，孤姪零丁，依外家寶應，幾無以自存。……吾與仲兄橐筆走江左，庚午娶於吳氏。壬申子妻生生，家少少裕矣。……自翰林出守鳳陽，而晉而蜀，而復於皖，不可謂不遇，然同氣之親零落略盡。去年妻兒天，撫皖命下孫祖蔭會，以疾殤。……光緒三十三年秋七月，延魯公二十八世孫，煦謹序。（《馮稿》，頁1793～1795）

馮煦兄弟五人，後喪其二。遂與仲兄、弱妹相依，投靠寶應朱氏母家。後來馮煦〈祭仲兄文〉提及：「嗚呼哀哉，少罹天酷，奪我父母，伯兄繼之。何恃何怙。內則一妹，外則一兄。」（《馮稿》，頁1599）可知其「內則一妹，外則一兄」。其仲兄姓名不詳，而據馮煦詩〈己卯除夕仲兄沒兩月矣感而復此並悼伯兄〉（《馮稿》，頁381），可知其仲兄歿於光緒五年（1879）己卯十月。其妹與馮煦應無血緣關係，實為馮元棟收養而來。然兄妹三人感情真摯，馮煦時時以詩懷兄憶妹。同治9年（1870）庚午，馮煦二十八歲，娶妻吳氏。至同治11年（1872）壬申，乃得一子，名為妻生。[註2] 妻者，斂也，《詩經·角弓》有「式

居婁驕」句，爲內斂忌縱之意。據此可知馮煦對其兒的期許。婁生病逝於光緒 32 年（1906），年僅 35 歲。

第二節　依附寶應舅家，從師學習

　　馮煦十歲（1852）隨母至河南投靠外祖朱士廉，十二歲（1854）返回江蘇寶應（今江蘇省揚州市寶應縣），依附舅父朱百川，十四歲（1856）其父馮元棟過世。自幼乃於朱百川與其母的照料下成長。朱百川（1822～1872），字東之，官至甘肅涼州知府。馮煦幼時多病，多受舅父照顧，其〈大清誥受中憲大夫特用道甘肅涼州府知府署甘州知府賞戴花翎從舅朱公行狀〉言：「煦幼善病，舅氏時爲治方藥」（《馮稿》，頁 1307）。而其母朱氏影響更深，朱氏去世後，同治 13 年（1874）馮煦懷念亡母，寫下詩作〈夢母〉：

<blockquote>
夢中見母鬢如絲，猶是依依問字時。
月落烏嗁復何處，三千里外一孤兒。
</blockquote>

（《馮稿》，頁 325）

　　夢中亡母依舊鬢髮如絲，自己當年模樣，歷歷在目。夢醒後，聞慈烏夜啼，更增今孤兒的傷感。馮煦又有〈昔者嘆〉首 12 首，其中 4 首抒發對亡母的思念：

<blockquote>
昔者六月始下學，如鷹脫韝獲脫鉳。
參橫月落不肯眠，上堂下堂百騰連。
我母露坐命我前，口中授我詩百篇。
我時雖小頗自喜，汩汩誦之如流泉。
即今六月空堂坐，往事思之淚頻墮。
百篇之詩猶在口，嗟哉我母復何有。（其一）
昔者我母一何慈，我生十歲無鞭笞。
</blockquote>

兒子婁生間有質問，爰舉前人之說，斷以己意，或兼存異說以俟質之。有道者所得既多，乃彙而錄之，以資考索。若云比於小同〈鄭志〉、〈履齋示兒編〉，則吾豈敢。」可見馮煦向其子婁生示學的情形。見〔清〕馮煦：《蒿盦類稿‧奏稿‧續稿》，頁 1605。

三冬無師廢書卷，我母怒我摑我面。

我面未覺母心悲，反手默默雙淚垂。

我感此意始力學，此後怒我無一辭。

今也我面久塵垢，安得我母摑我使我顏不厚。（其二）

昔者侍母居固始，一春避寇荒山裏。

荒山筍蕨清且腴，手把長鑱劚之起。

遲歸奉母母心歡，朝來為我家一餐。

吁嗟乎，不視母餐今十年，何來筍蕨羅我前。

投箸搶袂不能食，望望荒山淚橫臆。（其三）

昔者友朋事文翰，罷講歸來夜將半。

一婢竈下垂頭眠，我母念我心拳拳。

寒衾如鐵常擁膝，聞我叩門呼婢出。

我時頑鈍百不知，夜夜使母眠無時。

而今夜半空歸來，門前剝啄聲如雷。

手鞫足繭不得入，感母之恩始啜泣。（其四）

（《馮稿》，頁 326～329）

第一首感懷其母授學，而今詩篇猶記，娘親卻已長辭。第二首感懷其母教誨，摑面責罰自己荒逸，而今長大成人，卻不得娘親再次教誨。第三首感懷與母避寇山野，掘筍奉母，而今見筍傷情，子欲養而親不待。第四首感懷其母於夜照料，而今夜半歸來，娘親不在，不禁淚流。此外，馮煦之所以自號「蒿庵」，魏家驊〈馮公行狀〉記載：「（馮煦）以生時母夢僧拈花以授，遂字夢華。再宅憂，又號蒿盦。」（頁 940）所謂「宅憂」，即為父母服喪。馮煦十四歲喪父，二十二歲奔母喪。以「蒿庵」為號，可見父母的雙雙辭世影響馮煦深遠。

馮煦十三歲（1855）從師成孺。成孺（1816～1883），原名蓉鏡，字芙卿，晚號心巢，江蘇寶應人。〔註3〕成孺其人「百行純備，稱江

<hr>

〔註3〕關於成孺字號，此據〔清〕馮煦：《寶應縣志》（臺北：成文出版社，1970 年），卷 12，頁 759。而《清儒學案·心巢學案》紀載略異，其言：「成孺原名蓉鏡，字芙卿，一字心巢。」見徐世昌編：《清儒學案》（北京：中華書局，2008 年），冊 7，頁 6945。

—37—

淮大儒」，爲馮煦「一生學行淵源之所」。（〈馮公行狀〉，頁 940）十五
歲（1857）始從師喬守敬學習詞賦。喬守敬（1803～1858），字靖卿，
號醉笙，晚號笙巢，江蘇寶應人，以授徒爲業。馮煦治詞啓蒙於喬守
敬，日後詞學成就，應歸功於喬守敬所奠定的基礎。（詳見第三章）

　　馮煦於寶應結交不少親友。馮煦〈清故靈壽縣知縣贈太僕寺卿銜
恭恪成君墓誌銘〉（以下簡稱〈成君墓誌銘〉）紀載：

> 予數從心巢先生（成孺）游，退與漱泉（成肇麐）質難，
> 所得爲多。其時共學者，若潘子伯琴（潘詠）、孔子力堂（孔
> 廣牧）、毛子次米（毛鳳虎）、朱子仲修（朱勵志）、劉子佛
> 青（劉嶽雲），所詣深淺不必同，而並不適於俗。（《馮稿》，
> 頁 1443）

時與馮煦共學者，以成、毛二人對馮煦影響較大。成肇麐（1847～
1901），字漱泉，江蘇寶應人。成肇麐爲成孺之子，馮煦四歲與之相
識，二人最爲摯友，志同道合，共研倚聲。（詳見第三章）毛次米（1842
～1867），名鳳虎，字子若，更字次米，揚州甘泉人。馮煦〈毛次米
傳〉記載：

> 君姓毛氏，名鳳虎，字子若，更字次米。揚州甘泉人。……
> 蓋人十三四，再丁大喪，體素清羸，毀脊幾殆，事母孝謹，
> 能得其歡心。……十五善屬文，十八奉母居寶應，依其姑
> 之子朱，朱又予之所自出也，因得數見君。君嚴冷，少所
> 可，獨與予如舊相識，予之交君始此也。……益肆力於古，
> 能爲漢魏之文，淡雅修潔，凌跨一代。於詩法杜陵，有怨
> 悱之旨。後更好爲詞，皆以夭折不竟其學。……君之沒也，
> 以肺疾，初不甚劇，以事歸揚州，竟卒於舟。疾革時，神
> 明不衰，手《漢書》一卷，吟諷自若，既而棄書臥跡之瞑
> 矣。時丁卯春二月十三日也。計君生二十有六年，生而孤
> 寒，少而飢乏，長而憂患，重以國是之憤激，家難之湮鬱，
> 蓋終其身無一日之歡焉。（《馮稿》，頁 1267～1273）

據毛次米「十八奉母居寶應」，推算與馮煦相識始於咸豐 10 年（1860）。
毛次米家世淒清，爲人嚴冷，勤苦力學，英年早逝。毛次米肺疾而歿，

卒於揚州舟途，年僅 26。臨終前竟仍勤讀《漢書》，吟詠未輟。其生孤寒飢乏，抑鬱滿腔，不幸早夭，「終其身無一日之歡」。馮煦幼於毛次米一歲，二人身世之悲類同。馮煦結識毛次米時，父親馮元棟已歿，而毛次米年十三四丁大喪。毛次米事母孝謹，馮煦亦與母相依為命。彼此相知相惜，體會彼此身世哀淒。

毛次米病歿，馮煦甚感悲痛，其〈毛次米哀辭〉反覆哀訴「嗟乎！天何奪吾次米之速！」，最末以騷體傷悼，言：

> 寒河湯湯兮神光儵離，虛堂冥冥兮魂歸何時。昔我過子兮
> 維娛以嬉，今我過子兮涕泣漣洏。子行孝謹兮彝倫不虧，
> 為文章卓瑩兮班揚是師。胡貧且夭兮長與世辭，衰親垂白
> 兮載寒與飢。匪子之咎兮頭方數奇，囂囂相媚兮謗子有辭。
> 引子為鑒兮淮海孤羈，重與物忤兮侍子無危。子返其真兮
> 而我遺棄，既為子悼兮終以自悲。（《馮稿》，頁 1527～1530）

悼辭追思亡友，追憶其為人孝謹、為文卓瑩。可憐身世貧苦，命運弄人，年少不幸病逝，無法奉養母親。知己的辭世，讓馮煦體會身世哀戚，影響深遠。毛次米病歿隔年（1868），馮煦時作詩傷悼，有〈予自次米沒絕絃久矣二月十三日沒且一年以詩哭〉、〈聞次米改葬于步邱〉、〈次米祭日作〉、〈祭次米墓不得賦此寫哀〉。如〈祭次米墓不得賦此寫哀〉：

> 別君有一年，置君無一日。君今在野田，形骸雜土木。荷
> 鍤去何之，阡陌盛雨雪。吞聲哭不得，但有色慘戚。……
> 江上孤舟歸，歸時感羸疾。寒河妖鳥鳴，游魂遽銷歇。親
> 故不相聞，我獨歸君骨。……我亦積瘁士，中壽苦難必。
> 百年有盡時，終當葬君側。（《馮稿》，頁 285）

「別君有一年，置君無一日」，而今見故人野葬於田，令人神傷。待百年後，此身俱滅，「終當葬君側」。直至四十二年後，光緒 34 年（1908），馮煦重過毛次米舊居，再以詩向亡友傾訴：

> 重門寂寂隱書叢，晨夕經過主客融。
> 四十二年如電抹，君為宿草我孤蓬。
>
> （《馮稿》，頁 1714）

「君爲宿草我孤蓬」，毛次米病歿四十二年，而己亦飽受歲月風霜。
傷感思舊，感嘆遭遇。

　　馮煦早年屢歷人事離別。先遷河南，後歸寶應，十四歲喪父，十
五歲從習喬師，喬師卻隔年辭世。同治 3 年（1864），馮煦二十二歲，
母親朱氏辭世，而後同治 6 年（1867），摯友毛次米病歿。雙親、恩
師、摯友紛紛離去，造就其身世悲感。

　　據成肇麐〈蒿盦詞序〉：「逾年，君迻家金壇，獨旅蘇鎮間」（《馮
詞》，頁 1），同治 7 年（1868）馮煦二十六歲離開寶應，前往金壇。
朱德慈〈馮煦行年考〉認爲馮煦移家於同治 7 年正月。〔註4〕若再觀
察馮煦此前詩作，同治 6 年丁卯（1867）詩最末首爲〈聞寇至寶應憶
妹〉，詩云：「盜寇颯然至，孤城何所爲。亦知歸不得，或恐見無期。
痛定驚魂喪，憂深惡夢疑。淮南萬溝壑，何處問瘡痍。」（《馮稿》，
頁 280）推敲詩題「聞寇至寶應」、「憶妹」，可知時馮煦已離開寶應。
詩句「亦知歸不得，或恐見無期」表示擔憂其妹留於故居。馮煦移家
始末因由雖已不得而知，然時代動亂下，此時期馮煦履歷人事別離，
對其生影響遠大，難以磨滅。

第三節　兩度金陵校書，初次赴夔

　　同治 8 年（1869）初春，馮煦入金陵書局校書。〔註5〕馮煦將赴
金陵，內心多有牽掛。其詩〈將之建康與妹別並寄仲兄吳中〉言「百
年易盡何堪別，十日相逢竟未歡」、「只今兩地同羈旅，莫更歸雲獨自
看」（《馮稿》，頁 304），與妹短暫相逢後，終須離別，踏上羈旅。馮煦
至金陵不過一年，隨即患病，〈八月六日病中寄兄妹〉言「薄病窮秋夢
敝盧」、「兩地鄉心苦迢遞」。（《馮稿》，頁 300）〈十日枕上作〉言「我
亦思歸眠不得，亂蟲更莫作秋聲」（《馮稿》，頁 300），可見其思鄉心切。

〔註 4〕朱德慈：〈馮煦行年考〉《中晚期常州詞派研究》，頁 119。
〔註 5〕朱德慈：〈馮煦行年考〉《中晚期常州詞派研究》，頁 119。

　　金陵書局由曾國藩所設，馮煦負責校書，結識不少師友，〈馮公行狀〉記載：

> 曾文正公網羅東南碩學方聞之士，開書局於金陵。公一時師友，若丹徒韓叔起弼元、寶應成心巢孺暨其子恭恪公肇麐、溧陽強賡廷汝詢、星源汝諤昆季，均先後在局。（〈馮公行狀〉，頁 941）

又如〈蒿庵家傳〉言：

> 曾文正公移設書局於江陵冶城，東南彥碩蕐集。同治己巳，公入書局，師友之間，猶及侍汪君士鐸、張君文虎、戴君望等。若丹徒韓比部弼元、溧陽強君汝詢昆仲，皆預公廣師之列。講貫之友，若毛次米、成肇麐、孔廣牧、潘詠、顧雲、鄧嘉緝、陳作霖、蔣師轍等，相與商榷今古，學乃益富。（〈蒿庵家傳〉，頁 661）

「東南碩學方聞之士」聚於金陵，馮煦因此認識韓弼元、成孺、強汝詢、強汝諤、汪士鐸、張文虎、戴望〔註6〕等人。另外又與成肇麐、孔廣牧、潘詠、顧雲、鄧嘉緝、陳作霖、蔣師轍等人，商榷今古，切磋學問。（毛次米於馮煦赴往金陵前已病逝，〈蒿庵家傳〉誤記於此）其中與師輩互動較密者為薛時雨。汪辟疆〈近代詩派與地域〉言：「馮蒿庵與上元顧雲齊名，而又出全椒薛慰農門下，夙以詞名。」〔註7〕王遽《今傳是樓詩話》言：「中丞（馮煦）為全椒薛慰農先生時雨高足。」〔註8〕可知薛、馮的師生關係。薛時雨（1818～1885），字慰農，晚號桑根老農，安徽全椒人，晚主杭州崇文書院、江寧尊經、惜陰等書院，有《藤香館詞》一卷。馮煦對薛師「奉手且久，亦依為歸宿」（〈蒿庵家傳〉，頁 661），可謂尊崇。（詳見第三章）

〔註6〕吳婉君《馮煦詞學研究》將「戴望」誤作為「戴君望」。見氏著：《馮煦詞學研究》，頁 9。

〔註7〕汪辟疆：〈近代詩派與地域〉《汪辟疆文集》（上海：上海古籍出版社，1988 年），頁 311。

〔註8〕王遽：《今傳是樓詩話》，見沈雲龍主編《近代中國史料叢刊續輯》（臺北：文海出版社，1974 年），冊 678，頁 125。

關於馮煦的入幕經歷，尚小明《清代士人游幕表》記錄馮煦有兩段經歷：同治 8 年（1869）至同治 11 年（1872）客於兩江總督曾國藩幕，光緒 3 年（1877）至光緒 4 年（1878）復應聘於金陵書局。〔註9〕尚氏所言兩次入幕大致清楚，不過時間斷限稍有誤差。尚氏表示馮煦首次入幕至同治 11 年（1872），而蔣國榜言光緒元年乙亥（1875）蒯德模邀馮煦入蘷州文鋒書院。（〈蒿庵家傳〉，頁 622）兩者時間誤差三年。然而蔣氏記載亦非精準，當以朱德慈〈馮煦行年考〉爲是。朱氏舉馮煦〈高陽臺〉詞序「甲戌仲冬，予有蘷州之役」與〈輪船中放歌贈高安丁寶馨〉詩「甲戌十一月，勞勞氏西征」，可知馮煦同治 13 年（1874）甲戌，離開金陵，前往蘷州。證明首次入幕時間當爲同治 8 年（1869）至同治 13 年 11 月（1874）。〔註10〕

尚氏所言馮煦二度於金陵書局的時間，斷爲光緒 4 年（1878），亦須商榷。朱德慈表示至少光緒 7 年（1881），馮煦仍於金陵書局。〔註11〕吳婉君〈馮煦年譜簡編〉亦不離朱說，認爲馮煦至光緒 8 年（1882）都任職於金陵書局。〔註12〕

朱氏編年可謂精詳，而關於馮煦行跡仍可再作考察。楊柏嶺編著《近代上海詞學繫年初編》指出，馮煦光緒 4 年（1878）至光緒 6 年（1880），都有在滬上的紀錄。楊氏以馮煦光緒 3 年（1878）〈香山生日招集愚園倒用梅叟〉（應爲光緒 4 年作）、光緒 4 年（1879）詩〈愚園六朝石歌用漁洋山人六朝松石韻〉（應爲光緒 5 年作）、光緒 6 年（1880）〈六月二十一日范月查丈招集愚園祀歐陽文忠生日感而作歌〉（應爲光緒 7 年作）三首詩爲證，斷定馮煦此時於滬上。〔註13〕

楊氏整理近代上海詞學資料貢獻良多，但認爲馮煦此時處於上

〔註 9〕尚小明：《清代士人游幕表》（北京：中華書局，2006 年），頁 252。

〔註10〕朱德慈：〈馮煦行年考〉《中晚期常州詞派研究》，頁 120。

〔註11〕朱德慈：〈馮煦行年考〉《中晚期常州詞派研究》，頁 121。

〔註12〕吳婉君：〈馮煦年譜簡編〉《馮煦詞學研究》，頁 161。

〔註13〕楊柏嶺：《近代上海詞學繫年初編》（上海：上海教育出版社，2003 年），頁 105～112。

海，或許可再商榷。楊氏所舉資料，以爲「愚園」位於滬上。然據馮
煦〈愚園壽白圖序〉記載「屠維單閼春正二十日，會於江甯城南偏之
愚園，是日香山生日也。」（《馮稿》，頁 899）「屠維單閼」指己卯年，
即光緒 5 年（1880）。馮煦明言「愚園」位於「江甯城南偏」，江甯爲
金陵，並非上海。

可見馮煦光緒 4 年（1879）、5 年（1880）正月二十日都參加壽
白紀念集會（壽白即紀念香山先生白居易，白居易生日爲正月二十），
甚至留至六月二十一日，范月槎又以歐陽脩生日爲題賦詩唱和。再據
馮煦〈愚園壽白圖序〉所言「是會者，凡十八人，賦詩寫圖，僕爲之
序。」（《馮稿》，頁 901）後錄與會者十八人，即有范志熙（字月槎）、
薛時雨（字慰農）、韓弼元（字叔起）等人，此多爲馮煦於金陵的師
輩，表示馮煦此時應於金陵，而非前往上海。

馮煦先後兩度入金陵書局，其中分隔爲同治 13 年（1874）至光
緒 3 年（1877），應蒯德模邀請而赴夔州文峰書院。此爲馮煦首次赴
夔。從馮煦詩作可知其心情。〈于夔雜詩〉序言：「于夔之役，中冬首
涂歲之夕矣，乃獲休止。軫徂年之易盡，閔我生之已勞。感物撫時，
間有所述。趣不一端，命之雜詩云爾。」（《馮稿》，頁 334）中冬即
仲冬，爲十一月，涂月則指十二月。此組詩爲馮煦當時赴夔的行程紀
錄，共二十六首，舉四例說明其途中心境變化。

> 第一首：「飢走逾十年，不出一方域。今也復何爲，去適夔
> 子國。……丈夫志弧矢，四方乃其職。一笑揖親故，勿復
> 重悽惻。」（《馮稿》，頁 334）

> 第三首：「執手黯無言，默默內自慙。骨肉雖三人，一氣中
> 相涵。蹉跎至今日，一者離爲三。」（《馮稿》，頁 334）

> 第十一首：「昨經九江驛，今又指漢口。……荒豔射初陽，
> 不辨赬與黝。四窗復八達，離被帶衰柳。白晝來鬼雄，人
> 反避之走。瞳碧髮連蜷，猙獰亦可醜。……感此念吾鄉，
> 亦復蒙斯垢。欲歸已無家，相偪況腋肘。……有口不敢言，

不如飲美酒。」（《馮稿》，頁 337）

第二十六首：「西邁倏一月，緬然至雲安。凌屬四千里，歲宴有餘閒。款款酬清語，欣欣接歡顏。且與歡晨夕，在遠非所患。……」（《馮稿》，頁 345）

初赴夔州時，馮煦頗有遠志，「丈夫志弧矢，四方乃其職」、「一笑揖親故，勿復重悽惻」，胸懷坦蕩。然而隨著旅途，馮煦內心有所變化。第三首詩開始思念手足，「默默內自慙」，表示對離開江南的歉疚。「蹉跎至今日，一者離爲三」爲對兄妹的不捨與惦念。至行經九江驛時，馮煦眼見夔州沿途環境，便開始感到挫折。第十一首詩「白晝來鬼雄，人反避之走。瞳碧髮連蜷，猙獰亦可醜」，馮煦意識所處蠻瘴，而「欲歸已無家」、「有口不敢言」，內心焦慮不安。然而當馮煦平安抵達夔州，最末第二十六首詩「西邁倏一月，緬然至雲安」，心情漸漸平復。「款款酬清語，欣欣接歡顏。且與歡晨夕，在遠非所患」，克服對陌生環境的惴慄。

馮煦於夔州交遊，以與「次泉」往來較多。然而次泉爲何許人，不得而知。馮煦〈丙子除夕懷人二十四絕句〉有言「何二次泉」，可知次泉姓何，排行二。（《馮稿》，頁 362）再據其詞〈摸魚兒‧憩園探梅柬次泉〉馮煦自注「次泉，嚴州人」（《馮詞》，頁 26），可知爲嚴州人。馮煦〈高陽臺〉詞序也提及：「次泉先德曾守夔州，匆匆二十年矣。次泉復客於此。」（《馮詞》，頁 27）表示次泉先祖曾居夔州，而今次泉復客夔州。關於次泉其人其事，仍有待考證。馮煦詩詞中多有懷次泉之作，是爲此時的重要知己。馮煦於夔，有助於當地文教。〈蒿庵家傳〉記載「張文襄時都蜀學，試夔州畢，下教示諸生，謂夔僻郡失學，當詣馮山長受業，士爭歸之。」（頁 662）爭先向馮煦受學的情形，可見對夔州學子的影響。

光緒 3 年（1877）春，馮煦自夔州還，仲夏重返金陵書局，與成肇麐一同校書。成肇麐〈蒿盦詞序〉言：「丁丑中夏，乃復同居冶城之飛霞閣。……益相與精研聲律，商榷同異，縱覽古今作者升降，而

折衷於大雅。」(《馮詞》，頁 1～2) 馮煦後來爲成肇麐作墓誌銘，也回憶這段往事：「光緒丁丑、戊寅間，校書冶山之巔，閣三楹。予居東頭，漱泉居西頭。」(《馮稿》，頁 1444) 二人關係極好，同治 8 年 (1869) 曾「同舍小長干里」(〈馮公行狀〉，頁 941)，而今再次同居飛霞閣，商研聲律、評論詞人，奠定馮煦日後論詞選詞的基礎。成肇麐不但是馮煦人生知己，也是詞學上的益友。(詳見第三章)

馮煦於金陵期間，得以結識更多師友，切磋學習之下，學術根基因此奠定。而中途赴至夔州四年，讓馮煦接觸到不同環境。除了懷鄉思親與環境不適的情緒外，來往途中所目睹的各地災亂，也使馮煦心有所感。如馮煦自夔州返金陵後，寫下〈紀山西災〉八首(《馮稿》，頁 366～369)，將所見所聞書於紙上。

第四節　中年始中進士，入京爲官

光緒 12 年 (1886) 馮煦殿試一甲第三名探花，授翰林院編修，自此正式入京爲官。(蔣國榜〈蒿庵家傳〉，頁 662)《清代硃卷集成》記載，光緒元年(1875)馮煦 33 歲鄉試副榜第十九名；光緒 8 年(1882)馮煦 40 歲鄉試第二十六名；至光緒 12 年 (1886) 馮煦 44 歲，分別中會試第十五名，殿試第三名。〔註14〕馮煦苦盡甘來中殿試探花，然時已步入不惑之年，金榜得來稍遲。王賡《今傳是樓詩話》言：「中丞(馮煦)通籍最晚，故壯年詩多咽苦之音，而性情之眞，亦於詩可見。」〔註15〕所謂通籍，即進士初及第。考察馮煦中舉以前詩作，亦有自比潦倒窮士的「咽苦之音」。

同治 4 年乙丑 (1865)〈上二泉師〉：「破帽欺霜郭外游，十年湖海此淹留」、「少小來依嚴尹幕，行藏莫上仲宣樓」(《馮稿》，頁 255)；

〔註14〕顧廷龍主編：《清代硃卷集成》(臺北：成文出版社，1992 年)，冊 57，頁 12。

〔註15〕王賡：《今傳是樓詩話》，見沈雲龍主編《近代中國史料叢刊續輯》，冊 678，頁 124。

同治 4 年乙丑（1865）詩〈寄漱泉並問伯琴拂青〉：「爲言有窮士，樓上日相望」（《馮稿》，頁 257）；同治 6 年丁卯（1867）〈九日示頻湘兼懷次米寶應〉：「潦倒黃塵二十年，心隨寒雁下霜天。大兒北海孔文舉，小友南漳王仲宣。窮巷一經淹歲月，危樓十尺臥風煙」（《馮稿》，頁 272）；同治 6 年（1867）丁卯〈獨漉〉：「干將雖利，不如一錐。媚世有術，焉用文爲」（《馮稿》，頁 265）；同治 7 年（1868）戊辰〈柬苕卿〉：「相逢有孤憤，醉起看吳鉤」（《馮稿》，頁 283）皆悲嘆功名無成。其中屢以窮士形象自擬，「十年湖海」、「潦倒黃塵二十年」，情狀拓落。又詩中「嚴尹幕」典出元好問詩，指元好問當年寄幕於嚴實之下，以喻自己功名未成，僅能寄人幕下。又藉王粲賦登樓，抒發懷才不遇，感嘆「媚世有術，焉用文爲」。「醉起看吳鉤」，期盼受用。

　　探究馮煦赴舉不順原因，似與晚清政局有關。戰亂之故，部分省籍暫停科考，據商衍鎏〈清代各省鄉試停科補行簡表〉得知，咸豐 8 年（1858）與同治元年（1862）江南皆爲停科。〔註16〕馮煦當時分別爲十六歲與二十歲，推測其不得年少登科恐怕是受時代背景的影響。咸豐元年（1851）太平軍始亂，咸豐 3 年（1853）捻亂爆發，各地戰火不息。同治 4 年（1865）馮煦 23 歲，有〈書憤〉詩四首。序言：「乙丑五月作，時王師潰于山東，僧邸死之，寇益張。」（《馮稿》，頁 249）考其本事，可知有感捻亂而發。《曾國藩家書》同治 4 年 5 月有類似記載：「初三日接奉廷寄，則僧邸在郓城陣亡，飭余赴山東督剿。」〔註17〕僧邸爲僧格林沁（1811～1865），同治 4 年（1865）戰死於捻亂。馮煦〈書憤〉言「養士百年憂社稷，更誰隻手挽狂瀾」（《馮稿》，

〔註16〕 商衍鎏：《清代科舉考試述錄及有關著作》（天津：百花文藝出版社，2005 年），頁 123。而楊齊福：《科舉制度與近代文化》（北京：人民出版社，2004 年），也提到「太平天國時期，清政府雖在各別省份停止科舉考試，但並沒有對科舉制度進行任何改革。」，頁 36。

〔註17〕 〔清〕曾國藩：《曾國藩家書》，見《曾國藩全集》（北京：中國華僑出版社，2003 年），冊 10，1545 頁。

頁 250），憂心時局背景。此外，馮煦鄉里金壇也有慘遭兵燹的紀錄，
據強汝詢〈金壇見聞記〉可知太平天國對金壇的打擊，如：

> 咸豐六年七月賊帥洪秀全，遣其黨秦日綱、陳玉成等寇金
> 壇。初咸豐三年賊連陷江甯、鎮江，金壇距二郡皆僅百餘
> 里，民大震恐。……賊時屢勝，氣銳甚，謀窺蘇常，知丹
> 陽有大軍不易攻，欲由金壇以達常州，遂大舉來犯。……
> 金壇城共一千九百餘堞，兵少不足守，以局兵五百人益之，
> 又不足，則以民丁佐之。〔註18〕

又如于燮〈金壇圍城紀事詩跋〉：

> 庚申同困圍城者五閱月，余欲令妻子奉老親遠避，弟則父
> 母昆季俱被陷。〔註19〕

自咸豐 3 年起（1853）大平軍攻陷江南各地，爲求發兵蘇常，而先以
金壇爲目標據點，遂大舉來犯。金壇民兵互助，力守不懈。咸豐 10
年（1860）庚申金壇被圍。這些事件多發生於馮煦年少，以至後來馮
煦轉移重心前去金陵書院，可見時局動亂對士人出路的影響。

　　光緒 12 年（1886）馮煦中殿試探花後，處境稍爲順遂。政治上
馮煦亦有作爲。光緒 16 年（1890）京東大澇，馮煦受潘祖蔭、陳公
彝奏派而賑災，此爲馮煦首度賑舉。〈馮公行狀〉紀載：「公之規劃災
振也，始於光緒庚寅」（頁 943）日後馮煦「無歲不災」、「無歲不振」，
以爲己任。馮煦晚年作〈義賑芻言〉，紀錄其賑災方法心得。前言提
到其賑災履歷：

> 光緒庚寅，予官輦下。京東大澇，潘文勤、陳文恪奏派予
> 辦，文安大城諸縣急賑。此爲予規振之始。出守鳳陽，幾
> 於無歲不災，無歲不賑。皆門下士魏梅蓀（家驊）、劉朴生
> （鐘琳）相助爲理，而朴生尤勤。秦中大飢，朴生獨往賑

〔註18〕 〔清〕強汝詢：〈金壇見聞記上〉，見鄧之誠、謝興堯編《太平天國
　　　　資料》，見沈雲龍：《近代中國史料叢刊續輯》（臺北：文海出版社，
　　　　1974 年），冊 355，頁 193～194。
〔註19〕 〔清〕于燮：〈金壇圍城紀事詩跋〉，見于桓：《金壇圍城紀事詩》，
　　　　見沈雲龍編：《近代中國史料叢刊續輯》，冊 335，頁 224。

之。本其心得，著〈義賑芻言〉一編，與賑友研究。久而
凡籌賑者，莫不奉此編爲圭臬。避地滬上，朴生復與予立
義賑協會。每值旱潦，無役不從。(《馮筆》，頁 345～346)

〈義賑芻言〉中分爲「履勘」、「集人」、「籌款」、「設局」、「查戶」、「覆
查」、「急賑」、「總賑」、「平糶」、「育孩」、「興工」、「預防糧漲」、「禁
販人口」、「醫藥」、「瘞埋」、「善後」、「程限」、「虛己」、「和衷」，共
十九則。紀錄賑災種種須注意的經驗方法，可謂鉅細靡遺。(《馮筆》，
頁 345～361)

　　光緒 20 年（1894）中日甲午戰爭爆發，馮煦與文廷式、丁立鈞
等人上疏彈劾李鴻章誤國，馮煦《蒿盦隨筆》紀載：

光緒甲午五月，日本搆釁朝鮮，八月而後其變益急，九月
初一日、初六日、初九日翰林官三上公摺，煦皆與焉。初
一日則再起恭邸，初九日則請借英國兵輪以攻寇，皆侍讀
學士文廷式爲之首。初六日則劾北洋大臣李鴻章，編修丁
立鈞爲之首。疏尤切，海內傳之。其疏曰：「伏惟倭人肇釁
變亂，藩封違約犯順，恭讀，七月初一日宣戰。」……誰
總帥干，誰思進止，以大禦小，以強敵弱，潰敗決裂一至
於此。此不能不太息痛恨於昏庸驕蹇喪心誤國之李鴻章
也！(《馮筆》，頁 141～143)

又：

甲午十二月初二日，御史安維峻劾北洋大臣李鴻章，其疏
曰：「竊北洋大臣李鴻章平日挾外洋以自重，倭賊犯順，自
恐寄頓倭國之私財付之東流，其不欲戰，固係隱情。及詔
旨嚴切一意主戰大拂李鴻章之心，於是倒行逆施皆濟倭
賊。……未見賊，先退避，偶遇賊，即驚潰。李鴻章之喪
心病狂，九卿科道亦屢言之，臣不復贅陳。」(《馮筆》，頁
151)

馮煦對李鴻章相當不滿，主張應向日本宣戰，認爲李鴻章雖領北洋艦
隊，但居心不良，無心作戰以至潰敗。以「誤國」、「喪心病狂」痛罵
李鴻章，可見悲憤。

　　光緒 20 年（1984）9 月，馮煦又親自上〈請斥和議疏〉，堅持應與日本周旋到底，提出「受紿不可」、「啓戎不可」、「示瑕不可」、「踵敗不可」、「萌亂不可」、「沮忠不可」、「廢紀不可」、「溺安不可」八大諫言，更直斥議和：

> 李鴻章耗數千百萬之帑金，養淮勇，治海軍，經營二十餘年，乃牙山之圍，丁汝昌坐擁兵船，遷延不救，則所謂海軍者安在耶！………而衛汝貴一軍，望風先潰，降者十之六七，則所謂淮勇者又安在耶！今日之事，非戰之罪。皆李鴻章專主和議，任用丁汝昌、衛汝貴、不肯一戰之罪也。
>
> （《馮稿》，頁 597）

馮煦於光緒 20 年 7 月（1984）、光緒 21 年（1895）先後又上〈請圖自彊摺子〉兩封（《馮筆》，頁 609、625），懇請力戰日本，但沒被接受。光緒 21 年（1895）清廷與日本議和，簽訂馬關條約。儘管馮煦屢屢懇切上奏，終究是無能爲力。

　　馮煦於京爲官時期，「屢言天下之利弊，無所讓。掌院徐桐深厭之」（〈蒿庵家傳〉，頁 662），與徐桐（1819～1900）有隙。光緒 21 年（1895）馮煦雖以京察一等，外簡安徽鳳翔府知府，但心中憤悶。光緒 22 年（1896）詩〈行睢河東朴生〉透露：

> 薄宦淮南空爾爲，此中況不合時宜。首陽柳下何工琢，老子韓非自等夷。燕雀處堂笑鴻鵠，豺狼當道問狐狸。抗塵走俗知吾分，勞子相從睢水湄。（《馮稿》，頁 507）

睢河東南流經江蘇、安徽北部，此詩爲將至安徽而作。馮煦感嘆自己外任「空爾爲」、「不合時宜」，在國勢關鍵時刻，無法貢獻心力，而被迫離開。「燕雀處堂」暗喻京師小人當道，自己「鴻鵠之志」屢遭抨擊。「豺狼當道」指外患強敵環伺，而朝廷卻蒙蔽於小人狐媚之言。只能聽從安排，黯然離京。

第五節　外任皖夔等地，落職返鄉

　　光緒 22 年（1896）始，是為馮煦外任時期。此時馮煦先後歷任職官複雜，光緒 22 年（1896）任安徽鳳翔知府、光緒 27 年（1901）擢山西河東道、光緒 28 年（1902）遷四川按察使、光緒 29 年（1903）署四川布政使、光緒 31 年（1905）遷安徽布政使、光緒 32 年（1906）兼安徽提學使、光緒 33 年（1907）補安徽巡撫、宣統 2 年（1910）任江皖查振大臣。職官轉換頻繁，主要以安徽、四川兩地所處時間較長，故本節以「皖夔外任時期」統稱。

　　由於無奈離京，馮煦來往寄贈詩作時常表達羈旅悲嘆。其〈次韻答吳季梅〉言：「拙宦羈淮表，三年此索居。……莫嗟士不遇，縱目更無餘。」（《馮稿》，頁 507）感士不遇，無奈羈旅。又〈答陳伯初同年〉言：「舟流所屆邈難知，忍誦宗周變雅詩。誰鼓羣蒙淆正見，獨規元覽鏡來茲。」（《馮稿》，頁 508）宦海浮沉中，對亂政小人深感不滿。

　　逼不得已的外任期間，馮煦身為地方官，時時關懷民生。其詩〈有感三首柬紹由〉記述當地的的民困。言：「頻年淮表歎斯飢，民莫難求與願違。拙政屢移河內粟，清時還采首陽薇。」（《馮稿》，頁 510）「河內粟」典自《孟子》，「首陽薇」為伯夷叔齊典。前指賑災濟民，後言當地貧瘠，勉強度日。馮煦對於當地環境不利與民生困苦，多能感同身受。其詩〈喜雪〉表達久旱所感，言：

　　　　律應黃鐘物候衰，哀鴻鎩羽下荊塗。
　　　　四方甂甂溝中斷，萬族營營海上夫。
　　　　只媿楚文稱舊尹，敢希鄭俠上新圖。
　　　　朝來一白膏原濕，蟄麥如煙得早蘇。

　　　　　　　　　　　　　　　　　　　（《馮稿》，頁 509）

久旱不雨，民不聊生。馮煦自言肯受鄭俠〈流民圖〉，表示自己的內疚。最終幸而久旱逢甘霖，當地降雪解旱。馮煦任皖時，為官清廉，整頓官家預算：

> 外任安徽鳳陽知府，擢鳳六潁泗道。當官廉惠，有聲於時。
> 道闕舊兼鳳陽關監督，歲中，飽稅帑無算。煦獨裁汰規費，
> 加解羨餘。去之日，所得不足萬金。〔註20〕

任鳳陽關監督時，歲中稅帑困難，馮煦自行裁汰規費，以補賦稅。以至馮煦「去之日，所得不足萬金」，為官清廉，不飽私囊，對地方的付出不餘遺力。

馮煦為民貢獻良多，但此時仍不免官場風波。馮煦任四川時，曾與當時雲貴總督錫良不合。錫良（1853～1917），字清弼，蒙古鑲藍旗人。如蔣國榜紀載：

> 遷四川按察使。時廣安州牧詳，有聚眾謀毀學堂，獲四人，請照土匪例正法。總督錫良是其請，公主檄本管府，先查辦，而後科罪。錫執不可，公抗顏力爭，至免冠抵幾，拂袖歸，上書請論劾。錫陽謝之，陰亦彈劾，未遑。（〈蒿庵家傳〉，頁662）

事件起因於謀毀學堂一案，尋獲四人，州牧請照土匪例正法辦理，錫良亦是其請。但馮煦卻力主應當先查辦再科罪，於是兩相意見衝突。先是馮煦抗顏力爭，而後錫良「陽謝之，陰亦彈劾」。雖未得逞，但可知二人明爭暗鬥，情勢緊張。此外，馮煦行事作風也曾受人質疑：

> 後遷四川臬司，初至為總督錫良所重，而藩司許涵度者，素豪縱爽邁，訾煦為偽道學，漸不相能，因言：「煦好盜虛譽」。久之，良亦覺其徒能為莊論，實不達政體，竟具疏劾之。〔註21〕

馮煦任四川按察使時，曾受布政使許涵度（1853～1914）批評。許涵度生性豪邁，對馮煦的作風大不認同，先以「偽道學」批評，再毀謗馮煦「欺名盜譽」。而後錫良亦認為馮煦虛有其表，於是予以彈劾。

影響馮煦外任生涯最鉅者為「徐錫麟一案」，使馮煦遭受免職：

〔註20〕沃丘仲子：《近現代名人小傳》（北京：北京圖書館出版社，2003年），頁349。
〔註21〕沃丘仲子：《近現代名人小傳》，頁348。

三十三年，巡撫恩銘爲道員徐錫麟所戕，時朝野洶洶，詔
立補公安徽巡撫。公治其獄，力持寬大，不事株連，政局
始定。……任甫一歲，江都端方以徐錫麟獄未窮治，不嗛，
陰奏公有革命之嫌。詔罷公職，以朱寶家繼，未到任前，
著繼昌署理，有不容公一日在位者。（〈蒿庵家傳〉，頁 663）
徐錫麟（1873～1907），字伯蓀。光緒 33 年（1907），徐錫麟刺殺安
徽巡撫恩銘，並率領學生軍起義，後失敗被捕。恩銘（？～1907），
字新甫，滿州鑲白旗人。事件震驚當時朝野，後由馮煦治其獄，力持
寬大，不事株連。於是受人非議，認爲其剛愎自用，未能窮治此案，
更受彈劾與革命黨有私。馮煦終遭免職，換以朱寶家繼任。朱寶家尚
未到任之前，更不許馮煦接觸政務，「有不容公一日在位者」，可知對
馮煦的嫌惡。後人對馮煦治皖有其評價：

煦固不善察吏，舉劾多失當，故以勤廉自矢，而皖終不治。
令節貢拉后既薄，親貴亦鮮餽遺。〔註22〕

認爲馮煦治皖雖勤廉自矢，但察吏方面舉劾失當。以徐錫麟案而言，
馮煦受人質疑，認爲有包庇之嫌，最終見疑於慈禧太后，遭受免職。

其實馮煦治案，不以株連追究，本出於其性處事仁厚。然而此次
案情嚴重，更牽涉滿漢衝突與革命事件，馮煦卻以持平中立視之，同
年又上〈化除滿漢畛域敬陳管見摺〉，有意調和滿漢，再次觸怒清廷。
如：

我朝以仁厚開基，迄今二百餘年。滿漢臣民從無歧視。……
茲時事多艱，凡我臣民方宜各切憂危，同心挽救。豈可稍
存成見，自相紛擾，不思聯爲一氣，共保安全。現在滿漢
畛域，就應如何全形化除。……今之歧滿漢而二之者，正
外人利用此說，以煽我革命黨人。使我自相疑貳，自相爭
競，而彼得坐收其利也。（《馮稿》，頁 1927～1928）

時事動亂，馮煦憂心滿漢互存成見，無法聯爲一氣，共渡國艱。更認
爲，當今分歧滿漢者，其實有意煽動革命黨起事，造成內鬥。馮煦此

〔註22〕沃丘伸子：《近現代名人小傳》，頁 349。

疏不但無法改善清廷的弊端，反而得罪大臣。《清史稿‧馮煦傳》紀載：

> （馮煦）復疏言：「今者禍黨已亟，民生不聊。中外大臣不
> 思引咎自責、合力圖強。乃粉飾因循，苟安旦夕，貽悞將
> 來，大局阽危，日甚一日。挽救之方，唯以覈名實、明賞
> 罰危第一義，而其要則在『民爲邦本』一言。有尊主庇民
> 之臣，用之無疑。有誤國殃民之臣，刑之毋赦。……」疏
> 入，大臣權倖多忌嫉之。明年，遂罷。〔註23〕

馮煦指責中外大臣只知「粉飾因循」、「苟安旦夕」，毫無引咎自責之
意。又提出「民爲邦本」，強調朝廷應用「尊主庇民之臣」，而非「誤
國殃民之臣」。如此直議政治得失，卻得罪朝廷，隔年即遭罷任。

　　光緒34年（1908），馮煦離任，返鄉寶應。其所作詩，充滿落寞：

> 卅年塵海藏其身，今日江湖兩散人。（〈答梁節盦前輩即用
> 乞退紀恩韻〉）
>
> 七載淮陽著此身，再來已是欲歸人。（〈再疊前韻示同舟諸
> 子〉）
>
> 龍蛇既蟄貴存身，獨立眞爲避世人。（〈五疊前韻留別少滄
> 振之〉）
>
> 卅載悽悽塵鞅身，歸來蕉萃白頭人。
>
> 　　（〈重歸寶應八疊前韻〉）（《馮稿》，頁1709～1711）

「卅年塵海」、「七載淮陽」，在經歷宦海浮沉後，而今已成「江湖散
人」、「欲歸人」、「避世人」、「白頭人」，消極落寞。自光緒22年（1896）
始，馮煦因「屢言天下利弊」，得罪於人，壯志未酬，離開京師。先
後外任於皖、夔兩地，爲官清廉勤治，關心民生疾苦。光緒33年
（1907），又因「徐錫麟案」、「化除滿漢畛域」等舉，再度得罪於人。
最後落職返鄉，結束外任時期。魏家驊〈馮公行狀〉記道：

> 公罷皖撫後，遂卜居寶應。以文史自娛，獎掖後學。貌慈
> 而氣和，時與親故相往還，言笑風發，人益敬愛之。（〈馮
> 公行狀〉，頁945）

〔註23〕趙爾巽：《清史稿》（北京：中華書局，1998年），卷449，頁12543。

馮煦罷任後以文史自娛，獎掖後學。其「貌慈氣和」，爲人忠厚純篤，歸返寶應後，受到鄉里的敬愛。

　　馮煦宦途終清正廉潔，公私分明，嚴斥投機取巧等行爲。更曾因此得罪湖廣總督張之洞。劉成禺（1876～1953，字禺生）筆記《世載堂雜憶》〈剿襲老文章釀成大參案〉篇末記載〈大參案之尾聲〉條：

　　金壇馮夢華煦，巡撫安徽，有石鳳崖者，簡放安徽鳳穎泗道，石乃大軍機定興鹿傳霖及湖廣總督張之洞之至戚也。到任時，鹿芝軒（鹿傳霖）、張廣雅（張之洞）均有私函託馮煦照料。不知何故，馮竟劾石去官。鹿、張大怒，事事與馮爲難，馮因以中傷，安徽巡撫開缺，繼者沈子培（沈曾植）。馮積怨鹿、張，對張更屬。身後有筆記一部，馮家子弟欲付印，爲竹君先生所翻閱，中載不滿之洞（張之洞）之條甚多，竹君先生大參案亦在焉。其間原雜以甚不雅馴之謗語，竹君大怒，謂太不成話，經多數名流調停陪罪，將筆記此條焚燬了結。馮夢華與張之洞之交惡，可見一斑。〔註24〕

馮煦、張之洞二人交惡經過，始於馮煦任安徽巡撫，而石鳳崖將簡放安徽鳳穎泗道。鹿傳霖（1836～1910）、張之洞（1837～1909）遂以私函託馮煦關照其鹿、張至戚石鳳崖。馮煦不容有私，便彈劾石鳳崖，致使去官，觸怒鹿、張。此後鹿、張「事事與馮爲難」。馮煦亦不免積怨鹿、張，其筆記原載大量不滿張之洞等語，後因「甚不雅馴」、「太不成話」，而焚毀滅跡。馮煦素來性情寬厚，而竟足以積怨如此，可知其當時受人爲難排擠之甚。又如類似軼事紀載：

　　才士某者，素友其從子，將之官皖中。從子自承以家書荐其賢，某不受，強而後可，以書畀之。至省投遞，（馮）煦即拜疏劾其鑽營無恥，奉旨革職。從子聞而愧憤死。〔註25〕

〔註24〕劉成禺撰，錢實甫點校：《世載堂雜憶》，見《清代史料筆記叢刊》（北京：中華書局，1997年），冊26，頁65～66。

〔註25〕沃丘仲子：《近現代名人小傳》，頁349。

某才士將任官皖中，欲請託馮煦引薦，以投遞至省。馮煦得知，立即
彈劾，痛斥引薦。可見其公私分明的原則。無論在京或外任，都保有
士人的道德操守。

第六節　晚年移居滬上，從事賑災

宣統 3 年（1911）辛亥，宣統退位，歷史進入民國時期。清朝的
結束使馮煦感到痛心，其詩〈辛亥除夕〉寫道：

> 此夕復何夕，憂來罷尊酒。四維今決潰，萬族古煩冤。
> 辟地繁星動，瞻天毒霧昏。衣冠正荼炭，吾道不須論。

（《馮稿》，頁 1761）

馮煦仕清三十餘年，無論於京於外，皆盡忠盡責。清末民初，兩代鼎
革，時局動盪。「四維」規範毀於革命戰火，混亂荼炭，一片昏天暗
地，王道蕩然無存，讓馮煦感到失望。又其作〈辛亥十二月十八日滬
上立春作〉：「每依北斗思周朔，幾戴南冠學楚囚。華表鶴歸終古怨，
坤輿龍戰幾時休」（《馮稿》，頁 1761）亦表達類似心情。辛亥後，馮
煦離開寶應，避亂滬上，生計以鬻賣書畫爲主。〔註26〕民國以後，滬
上成爲晚清遺老的活動根據地，馮煦身爲遺老之一，時常參加唱和活
動。陳虁龍〈蒿盦類稿序〉提到：

> 辛亥冬余乞病獲請，養疴津門，厥後移家滬瀆，君（馮煦）
> 亦避亂莊此，往還最數，情誼亦最篤，每以焦憤發爲詩歌，
> 一再賡和。（《馮稿》，頁 8）

陳虁龍與馮煦時有往來，「以焦憤爲詩歌，一再賡和」表示晚清遺老

〔註26〕林志宏：《民國乃敵國也——政治文化轉型下的清遺民》表示：「何
　　　以遺民會考慮如此的方式維生？又爲什麼他們的字畫，能夠普遍受
　　　到市場的歡迎？……大致來說，文字係屬傳統社會中士大夫階層的
　　　專利和象徵，惟自 1905 年科舉考試廢止後，嚴格的書法即逐漸不再
　　　爲人所重視。因此，民國初年時能夠展現藝術美感的書家，除了繼
　　　續擁有此一「文字上的權威」外，某種意義下還兼具有昔日科舉時
　　　代的社會地位與身分」，參見氏著：《民國乃敵國也——政治文化轉
　　　型下的清遺民》（臺北：聯經出版事業公司，2009 年），頁 76～84。

彼此間互相集會唱和，共遣時局變異、故國哀思。馮煦也同諸遺老參加超社、逸社的集會：

> （吳慶坻）移家至滬上，與金壇馮煦、恩施樊增祥、嘉興
> 沈曾植、貴筑陳夔龍、番禺梁鼎芬等結超社、逸社。〔註27〕

吳慶坻、馮煦、樊增祥、沈曾植、陳夔龍、梁鼎芬都是超社、逸社的成員。晚清遺老紛聚滬上，諸多集會形成特殊的文人群體。超社成立於 1913 年，超社結束後，1915 年又成立逸社。

其中馮煦與沈曾植互動較多。沈曾植（1851～1922），字子培，號乙盦，晚號寐叟，有《海日樓詩》12 卷、《曼陀羅㢧詞》1 卷。沈曾植與馮煦的互動，以詩為主，《海日樓詩》中多有和韻等作。但二人以詞互動甚少，《曼陀羅㢧詞》中尚無與馮煦有關的詞作。下表簡單整理沈曾植與馮煦互動詩作〔註28〕：

作者	詩題	頁數	備註
沈曾植	和蒿盦中丞	577	
沈曾植	蒿庵中丞近移居麥根路橋西相去不百步余以病未能祗詣也近取離騷攬木根以結莛句易書麥根曰木根詩亡字在感喂同之	709	
沈曾植	和蒿翁韻	783	
沈曾植	逸社第一集止庵相國觴同社諸公於敝齋相國與庸庵尚書詩先成曾植繼作	864	馮煦亦同作，頁 868
沈曾植	花朝日蒿盦中丞招作逸社第二集以少陵白日放歌須縱酒青春作伴好還鄉為韻余分得放字	872	馮煦亦同作，頁 877

〔註27〕 姚詒慶：〈清故湖南提學史吳府君墓誌銘〉，見閔爾昌：《碑傳集補》，見沈雲龍編：《近代中國史料叢刊》，冊 994，頁 1199。

〔註28〕 本表以錢仲聯校注：《沈曾植集校注》（北京：中華書局，2001 年）為底本，其中附收馮煦同作，亦於備註說明。另外，馮煦晚年《蒿盦賸稿》中有詩 9 卷，今為上海師範大學圖書館館藏，筆者尚無緣見得。

作者	詩題	頁數	備註
沈曾植	和庸齋尙書異鄉偏聚故人多五首	911	馮煦亦同作，頁 915
沈曾植	逸社第七集會於庸齋制軍寓分詠京師勝迹得陶然亭	927	馮煦亦同作，頁 934
沈曾植	用蒿老花近樓韻補作送歸白田詩	1042	
沈曾植	蒿庵中丞峽江雪泛圖	1346	
沈曾植	題倦知山盧圖（注：逸社第十集作）	1381	馮煦亦同作，頁 1381
沈曾植	逸社消寒第六集（即逸社第十二集作）擬東坡餽歲三詩不拘體韻倦翁用坡仙韻先成馳箋見示繼聲和之	1383	馮煦亦同作，頁 1387
沈曾植	息塵觀察招集都益處消寒並爲少石方伯子勤太守補祝	1392	馮煦亦同作，頁 1393

魏家驊提到馮煦晚年，言：「晚歲漂泊海上，往往中夜撫時悲感，若有大不得已於中者。發爲詩歌，與諸逸老相相唱和，凄痛至不忍卒讀。」（〈馮公行狀〉，頁 946）晚清遺老流連滬上彼此唱和，多有時局變異之悲。如馮煦同諸遺老和作〈和庸齋尙書異鄉偏聚故人多〉詩爲例：

> 異鄉偏聚故人多，淺醉微吟奈老何？
> 萬劫蟲沙頻變幻，一篇簡盡足研磨。
> 忍尤攘垢天難問，著相觀空佛不訶。
> 七十籠東遊物外，敢云將壽補蹉跎。（其一）
> 成虧一局渺山河，急劫旁觀已爛柯。
> 絕域每驚新鬼大，異鄉偏聚故人多。
> 頻瞻門鋮將生莠，早辦山裝更製荷。
> 濁足淸纓皆自取，滄浪孺子莫重歌。（其二）〔註29〕

此唱和以陳夔龍發端，有馮煦、沈曾植等諸遺老參與。上舉二詩即爲馮煦和作。陳夔龍（1857～1948），字筱石，號庸齋、庸叟。陳夔龍

〔註29〕錢仲聯校注：《沈曾植集校注》，頁 916。

讀黃景仁《兩當軒集》中有「異鄉偏聚故人多」一句，而緬懷身世悲感，因以此句爲唱和。〔註30〕每人各七律五首，其「異鄉偏聚故人多」句，分別各須置於一二四六八句。此舉馮煦二詩，其中悲嘆時局變異。前詩「萬劫蟲沙」爲猿鶴蟲沙典，「周穆王南征，一軍盡化。君子爲猿爲鶴，小人爲蟲爲沙。」〔註31〕以喻前朝往事幻化成空，而身爲遺老終日以書簡自遣，「一篇簡蠹足研磨」。時局更替，諸遺老忍留餘生，愧難問天，遂著相觀空，看破世事滄桑。後詩言「成虧一局」，山河邈遠，而今身爲遺老，猶如服荷衣退隱山林，莫問新局世事。滄浪清濁，用捨行藏，無奈自取。

馮煦於滬上積極於賑災活動。魏家驊〈馮公行狀〉記載：

> 公闢地滬濱，與劉鍾琳立義振協會，自是往來白田、黃浦間。有振必辦，靡一歲寧。本省於水旱外，兼及兵災，遠而推至直、魯、豫、皖、湘、浙。（〈馮公行狀〉，頁 945）

「往來自白田、黃浦間」，白田爲寶應地方，黃浦位於滬上。馮煦來往奔波，有賑必辦。水患旱災以外，兵災亦一并救濟。其救災範圍之廣，遠推至各省，如此積極態度，令人敬佩。王賡《今傳是樓詩話》也提到：

> 中丞（馮煦）國變後棲心禪悅，從事賑災，輸粟泛舟，無役不與，尤以義聲著海內。年過八十，而強健如五十許人。
> 〔註32〕

民國後馮煦用心於賑災，「年過八十，強健如五十許人」，樂此不疲，

〔註30〕「異鄉偏聚故人多」一句出自黃景仁〈別陳秋士次韻〉，詩爲「新知雖樂奈愁何，相對空爲斫地歌。去國反如歸思急，異鄉偏聚故人多。懷君曉岸垂垂柳，送我春江淼淼波。何日荊南山色下，一條銀燭共微哦。」見〔清〕黃景仁：《兩當軒集》（上海：上海古籍出版社，1998 年），頁 237。

〔註31〕〔唐〕歐陽詢編：《藝文類聚》（上海：上海古籍出版社，1999 年）卷 90 鶴部引《抱朴子》，頁 1563～1564。

〔註32〕王賡：《今傳是樓詩話》，見沈雲龍主編《近代中國史料叢刊續輯》，頁 124。

義聲名揚海內。民國 16 年（1927）丁卯七月初六，馮煦病逝，享年
85 歲。關於馮煦年歲，有此傳說記載：

> 昔年聞陳散原先生言，夢其尊人右銘中丞告之云：「馮煦當
> 延壽一紀。」時夢老先七十三歲，正大病。果癒。距去歲
> 歿時，恰十二年也云云。〔註33〕

此說見於術數之作，傳言馮煦享年 85 歲，乃因延壽一紀（12 年）之
故。馮煦年 73，時正大病，後果癒。至其離世尚延 12 年，此說正牽
合其延壽一紀之故。

　　而魏家驊〈馮公行狀〉記載：

> 丁卯七月六日以微疾薨，春秋八十有五。先是公年八十，
> 清帝賜「修道養壽」額，至是悼念遺臣，復賜「清光粹範」
> 額。江淮千里及他授賑區域聞公之薨也，皆相向哭曰「善
> 人死矣！脫有旱潦，吾屬將何恃而活耶？」公居官廉而好
> 施，親舊賴以舉火甚眾，晚境鬻文自給以故。身歿之日，
> 家無餘財。（〈馮公行狀〉，頁 946～947）

馮煦榮受清遜帝溥儀贈「修道養壽」、「清光粹範」匾額。〔註34〕病歿
後，四方受賑區域聞此消息，更相向而哭曰：「善人死矣」、「吾屬將
何恃而活」，可見馮煦賑災義舉的影響。而其「身歿之日，家無餘財」，
清廉好施，情操可貴。

　　義賑以外，馮煦晚年近佛，茹素誦經，行放生之舉。《蒿叟隨筆》
記載：

> 煦幼奉先母訓，家不特殺。少長，從成心巢丈（成孺）於
> 江寧。結放生會，月市水族放之江中。予與恭恪（成肇麐）
> 執其役，如是者數歲。既丈歸道山，予與恭恪亦宦學四方，

〔註33〕袁樹珊編著：《述卜筮星相學》（臺北：新文豐出版社，1985 年），卷
　　　　四。

〔註34〕此時已入民國，由於〈清室優待條件〉，而清遜帝溥儀仍可贈匾。呂
　　　　思勉《中國制度史・政體》提及：「民國成立，可爲創數千年未有之
　　　　局。初清室之退位也，民國與訂〈優待條件〉。其中一款，許其存尊
　　　　號，民國以外國君王之禮待之。」見氏著：《中國制度史》（上海：
　　　　上海教育出版社，2002 年），頁 384。

此會遂罷。魏君梅蓀（魏家驊）與予志同。辛亥而後，茹
素諷經。甲子，建放生池於三汊河，予與印光師贊助之。
印光師提倡喫素，有〈勸喫素文〉，曰：……。（《馮筆》，
頁 361～372）

馮煦自幼受其母朱氏「一草一木皆不忍傷」影響，往年從師成孺，結
放生會，與成肇麐每月於市購魚而放生江中。此舉行之有年，後因奔
波輾轉於外地而終止。辛亥後，馮煦弟子魏家驊（1862～1933，字梅
蓀）亦從之向佛，再建放生池，馮煦與印光法師（1861～1940，法名
聖量）皆予以贊助。馮煦筆記重抄印光法師〈勸喫素文〉以勸食素，
可見其晚年近佛的情形。

　　馮煦一生歷任清朝、民國兩代，早年由於亂世背景與親友飄零的
影響，有濃厚的身世之感，而中年為官又受人排擠，觸怒當朝，最後
罷職返鄉。晚年避地滬上，與遺老共遣時悲。儘管馮煦於各時期的遭
遇不同，始終能保有其忠厚樸實的為人，致力於義賑，力行不衰，對
社會貢獻良多。

第三章 馮煦與晚清詞人之師友關係

　　馮煦主要活動時期為清道光年間至民國初年，當時詞壇以常州詞派勢力最大。嚴迪昌《清詞史》認為常州詞派的活躍期始自道光 10 年（1830）以後，〔註 1〕即於周濟提出具體詞學觀點以後，常派勢力開始茁壯。然於此背景下，觀察此時馮煦與晚清詞人的交遊，卻發現馮煦和常派詞人來往不多。〔註 2〕晚清詞人中，以喬守敬、成肇麐、薛時雨三人與馮煦關係較密，彼此各有詞集傳世，亦有其論詞選詞成果，對馮煦相當影響。喬守敬為馮煦學詞的啟蒙先師。成肇麐為馮煦

〔註 1〕嚴迪昌：《清詞史》，頁 472。此處需要補充，嚴迪昌《清詞史》與朱德慈《常州詞派通論》對常派形成的看法稍微不同。嚴迪昌認為常派主要成於周濟，而張惠言只是後來的溯源推尊。朱德慈對此提出反對，認為把張惠言《詞選》認作常派形成的標誌，此傳統觀點無須更正。參見氏著：《常州詞派通論》，頁 23〜24。

〔註 2〕馮煦《蒿盦類稿・續稿・奏稿》詩文詞作中與常派諸人的互動甚少，有〈書爽秋詩後並懷仲修〉、〈懷寧東譚仲修〉詩作涉及譚獻，但內容與論詞關聯不大。與論詞有關者，有馮煦為譚獻作〈篋中詞序〉一例，然馮煦甚至未將此序置入《蒿盦類稿・奏稿・續稿》中。而更值得注意的是，馮煦〈論詞絕句〉中評清人詞，僅只有朱彝尊、厲鶚、納蘭性德三家而已，絕句中對常派詞人隻字不提。見於馮煦：《蒿盦類稿・奏稿・續稿》，頁 403、頁 410、頁 455。

多年摯友，互動最密，時間最長。薛時雨亦為馮煦師輩，於金陵與馮煦較有互動。本章依序討論喬守敬、成肇麐、薛時雨。最後，馮煦晚年與朱祖謀、沈曾植較有互動，朱、沈二人也有詞集傳世，但沈曾植與馮煦互動以詩為主，並無寄贈詞作，故本章僅附論馮煦與朱祖謀二人關係於第四節。

第一節　迄今詞賦粗有名，此名出自喬先生──喬守敬

　　喬守敬（1803～1858），字靖卿，號醉笙，晚號笙巢，江蘇寶應人，道光 17 年（1827）舉人，以授徒為業，有《紅藤館詞》一卷。〔註3〕馮煦十五歲（1857）始從喬師，是為馮煦習詞的啟蒙。喬守敬為人清節，鄉里推重。《寶應縣志》記載：

> 博通經史百家，為詩古文辭，醰粹儒家之言，尤工倚聲，精楷法，遠近乞書無虛日。嫻熟掌故，邑中表章名宦鄉先，鴻文鉅製，大半出守敬手。……同邑朱文定視學安徽，客諸幕有以賄賂干者，（喬守敬）輒正色拒之。文定右遷入都，鄂沈兩學使復客之。先後凡七年，節慎潔清，始終一轍。留別姑蘇，使署詩云「江水能知七載心」，紀實也。性廉謹儉樸，嘗舉程子語云「餓死事小，失節事大」，故登賢書廿餘載，束脩外不名一錢，惟以詩酒自娛。〔註4〕

喬守敬博通經史，尤精倚聲、楷法，鄉里推重，邑中表章多出自其手。其為人「節慎潔清」、「廉謹儉樸」，先正色拒賄，又以「失節事大」自惕。平生以授徒為業，然僅受束脩，不名一錢，惟以詩酒自娛，有文人操守。

　　馮煦十五歲從師喬守敬，隔年（1858）喬守敬辭世。相處僅一年光陰，然對馮煦影響卻為深遠。同治 13 年（1874），馮煦作〈昔者嘆〉

〔註3〕〔清〕喬守敬《紅藤館詞》，今存臺北國家圖書館藏清稿本。
〔註4〕〔清〕馮煦：《寶應縣志》，卷 16，頁 990。

詩追憶喬守敬。詩云：

> 昔者十五學詞賦，屈宋班揚迷不悟。
> 我師之父喬先生，忽見我作雙眼明。
> 我作豈竟無一訾，誘之使進先生慈。
> 迄今詞賦粗有名，此名出自喬先生。
> 先生一別十七年，重把所作空潸然，丹黃在眼如雲煙。
>
> （《馮稿》，頁 326）

喬守敬歿後十七年，馮煦追憶其師。馮煦當時頗受器重，「迄今詞賦粗有名，此名出自喬先生」，至今馮煦的詞賦成就，多爲喬守敬所栽培奠定。

馮煦後來編《宋六十一家詞選》，表示對毛晉《宋六十名家詞》叢本的重視，即受其師喬守敬的影響。馮煦〈宋六十一家詞選序〉提到：

> 予年十五，從寶應喬笙巢先生游，先生嗜倚聲，日手毛氏《宋六十一家詞》一編。顧謂予曰：「詞至北宋而大，至南宋而深，是刻實其淵叢，小子識之。」予時弱不知詞，然知尊先生之言，而此刻之可寶也。（《馮稿》，頁 851）

喬守敬對毛晉《宋六十名家詞》（實爲六十一家）甚爲重視，並交代馮煦「是刻實其淵叢，小子識之」。光緒 13 年（1887）《宋六十一家詞選》刻成，此時喬守敬已歿近三十年，馮煦仍毋忘喬師當年囑咐，表示喬守敬對馮煦的影響。陳廷焯《白雨齋詞話》提及：「近時馮夢華所刻喬笙巢《宋六十一家詞選》，甚屬精雅，議論亦多可採處。」（《叢編》，冊 4，頁 3889）姑且不論此選爲喬守敬抑或馮煦親選，無論如何，皆表示喬、馮煦二人師生關係密切。此外，從僅見喬守敬論詞資料中，言論竟與馮煦雷同。

> 喬笙巢云：「少游詞，寄慨身世，閑雅有情思，酒邊花下，一往而深，而怨誹不亂，得小雅之遺。」又云：「他人之詞，詞才也。少游，詞心也。得之於內，不可以傳。雖子瞻之明儁，耆卿之幽秀，猶若有瞠乎後者，況其下耶？」此與莊中白之言頗相合，淮海何幸，有此知己。（陳廷焯《白雨齋詞話》，《叢編》，冊 4，頁 3909）

（少游）……故所爲詞，寄慨身世，閒雅有情思，酒邊
花下，一往而深，而怨悱不亂，悄乎得小雅之遺，後主
而後，一人而已。昔張天如論相如之賦云：「他人之賦，
賦才也。長卿，賦心也。」予於少游之詞亦云。他人之
詞，詞才也，少游，詞心也。得之於內，不可以傳。雖
子瞻之明儁，耆卿之幽秀，猶若有瞠乎後者，況其下耶。
（《馮論》，頁 3586）

以「詞心」論秦觀詞，喬、馮二人論述幾乎相同。馮煦《蒿庵論詞》本
爲《宋六十一家詞選》序例，而《宋六十一家詞選》刊刻時喬守敬已歿，
此「詞心」觀念亦可能爲馮煦得之於其師傳授，馮煦秉持師說。若排除
陳廷焯誤記的可能，喬、馮論詞的一致，仍可見馮煦受喬守敬的影響。

　　喬守敬《紅藤館詞》一卷，詞共 201 闋。其有兩項主要特色，一
是追步南宋，二是詠物詞多。

一、學步南宋──喬守敬之習詞傾向

　　《紅藤館詞》中有數闋明顯以南宋詞爲韻的相關作品，如下表：
〔註 5〕

詞牌	題名	取法對象	頁數
滿江紅	向晦陰沉，溟濛作雨，甫就枕即得「蚖膏照夜終輪月，螢耀流光欲補星」十四字。亟構全章，申且未就，因用石帚翁〔註 6〕平韻調〈滿江紅〉元韻，隱括之，覺轉側無眠，尙不呼負負也。	姜夔	16

〔註 5〕喬守敬《紅藤館詞》稿本原無頁數，此表格頁數爲筆者自行標記，以
　　　便查詢。
〔註 6〕據姜夔創平韻調〈滿江紅〉，此處喬守敬所言石帚翁實爲姜夔無誤。此
　　　要另外補充說明的是，在晚清以前，「姜石帚」多被視爲姜夔。但自王
　　　國維、梁啓超始疑《夢窗詞》中之姜石帚並非姜白石，後經夏承燾等人
　　　考辨，夢窗詞中的姜石帚乃爲宋末元初杭州士子，並非姜夔。詳見夏承
　　　燾〈姜石帚非姜白石辨〉、楊鐵夫〈石帚非白石之考證〉，見龍榆生編《詞
　　　學季刊》（上海：上海書店，1985 年），第 1 卷，4 號，頁 18～25。

詞牌	題名	取法對象	頁數
法曲獻仙音	春郊賦柳，用碧山次草窗聚景亭梅韻，即擬其體。	王沂孫、周密	24
月下笛	晚春自蜀岡之十三里廟展奠外王父墓，即依玉勾詞中書《山中白雲詞》後韻。	張炎〔註7〕	27
掃花遊	花事闌珊未忺春意，次夢窗韻。	吳文英	34
醉落魄	雨怱，依弁陽翁韻。	王沂孫〔註8〕	35
國香慢	題施雪亭洗硯圖，用草窗韻。	周密	47
探春慢	清明自松岡□□，用白石韻。	姜夔	61

除了與張炎詞的關係較難斷定以外，喬守敬其詞多效南宋。如有：姜
夔〈滿江紅〉(仙姥來時)、王沂孫〈法曲獻仙音・聚景亭梅次草窗韻〉
(層綠峨峨)、吳文英〈掃花遊・送春古江村〉(水源沁碧)、王沂孫

〔註7〕筆者比對喬守敬〈月下笛〉(一片楸陰) 以及張炎《山中白雲詞》(北
京：中華書局，1983 年)，發現張炎〈月下笛〉詞兩闋，皆與喬守敬
〈月下笛〉(一片楸陰) 無直接關聯。據喬守敬〈月下笛〉序可知，
此詞為弔奠外王父作。與喬守敬外王父相關《玉勾詞》，應有「書山
中白雲詞後」之作，而此〈月下笛〉為喬守敬再依其外王父韻之作。
雖喬守敬與張炎的直接關聯仍有商榷，但透過攷關其外王父之《玉勾
詞》，使喬守敬與張炎有間接關係。至於喬守敬所稱之外王父為何人？
應為鄭澐。鄭澐 (？～1795，字晴波，乾隆壬午舉人)，有《玉句草
堂詞》三卷。吳熊和、嚴迪昌、林玫儀編：《清詞別集知見目錄彙編：
見存書目》(臺北：中央研究院中國文哲研究所，1997 年)，頁 26。
著錄鄭澐《玉句草堂詞》三卷，有嘉慶十三年刻玉句草堂集本，藏於
北京圖書館。又，成孺〈清故優貢生道光丁酉科舉人大挑二等候選教
職考取學正學錄六品銜笙巢喬先生行狀〉提及：「倚聲則集益於南宋
諸家，顧尤得外氏，傳當未冠時，詣儀徵鄭耐圃茂才，授《玉句草堂
詞》，寢饋者數十年，故所纂詞稿，幾盈尺焉。」鄭澐即儀徵人，與
推論相合。見《心巢文錄》，《清代詩文集彙編》，冊 666，頁 173。
〔註8〕筆者比對周密《草窗詞校注》(濟南：齊魯書社，1993 年)，並無發
現任何〈醉落魄〉屋字韻詞作。查證後得知，喬守敬所依韻者實為王
沂孫〈醉落魄〉(小窗銀燭) 一闋。據唐圭璋《宋詞四考・宋詞互見
考》(南京：江蘇古籍出版社，1985 年)，亦無發現有互見於周密、
王沂孫的〈醉落魄〉詞作。喬守敬詞序中所言「依弁陽翁韻」，應是
將王沂孫詞誤認作周密詞。

〈醉落魄〉（小窗銀燭）、周密〈夷則商國香慢・賦子固淩波圖〉（玉潤金明）、姜夔〈探春慢〉（衰草愁煙）。此表示喬守敬熟習於南宋詞，並具有相當的接受程度。

下以喬守敬〈醉落魄・雨悤依弁陽翁韻〉為例，探析其詞特色，並與原作王沂孫〈醉落魄〉相作比較：

> 小窗銀燭，輕鬟半擁釵橫玉。數聲春調清真曲。拂拂朱簾，殘影亂紅撲。垂楊學畫蛾眉綠，年年芳草迷金谷。如今休把佳期卜。一掬春情，斜月杏花屋。（王沂孫〈醉落魄〉）
> 〔註9〕

> 暝閣宜燭，癡陰溼逗鉤簾玉。舊聲慵唱瀟瀟曲。半展初桐，低影葦風撲。香羅委婉牆東綠。喦扃一例成空谷。如今休向詹鳩卜。愁誰姓（晴）來，紅閃篆蝸屋。（喬守敬〈醉落魄・雨悤依弁陽翁韻〉）〔註10〕

王沂孫〈醉落魄〉擬閨情以懷人。上闋所寫，燭旁窗下聞歌，簾外花影亂紅襲來。下闋觸景生情，遙想畫眉初時，年復一年，如今伊人已去，相會佳期難再。陳廷焯評此詞「婉麗中見幽怨，殆亦借題言志耶。」（《叢編》，冊4，頁3946）意在言志，詞境婉麗幽怨。而喬守敬〈醉落魄〉以雨窗為題，同王沂孫用屋字韻。喬詞先賦雨窗即景，暗窗小燭，雨珠打濕簾玉。「瀟瀟曲」所指瀟湘雨。梧桐成熟前開裂，故言「半展初桐」，指梧桐將熟。下闋賦雨後，牆東花草因而嫩綠。然而金屋華美，只添得一片寂寞空谷。休向堂前雀鳥問卜，愁盼雨後初晴，伊人重來，小屋將再紅暖。「姓」為「晴」的異體，意指雨雪歇止。王、喬皆表達幽怨寂寞之感，喬詞藉雨窗寄託思人情懷，言語雖不如王詞自然流暢，但淒冷幽怨的風格，已近南宋姜、張等人。

另外，《紅藤館詞》也受到南宋以來游詞餘習的影響。南宋時劉過已開先例，其〈沁園春〉（銷薄春冰）詠美人指甲、〈沁園春〉（洛

〔註9〕〔宋〕王沂孫著，吳則虞箋注：《花外集》（上海：上海古籍出版社，1988年），頁109。
〔註10〕〔清〕喬守敬：《紅藤館詞》，清稿本，自註頁35。

浦凌波）詠美人足，以女子身體爲詠。喬守敬亦有這類作品，如〈沁園春‧染指甲〉：

> 靚倚蘭閨，背數瓜期，旱珠豔時（自注：鳳仙別名）。正輕移蓮屧，露叢深處，玉纖蔥剝，慢揀紅蕤。細碾瑩礬，勻調膩粉，和入冰甖碎杵宜。嫣然笑，任響侵條脫，袖顫風微。　　情怡吮墨依稀，倩掃黛毫香鬪樣奇。學宮砂點臂，霞頰烏爪，梅妝暈額，的映春菱，豆葉纏青，絲絲絡紫，礙煞瑤琴欲撫遲。朝來褪，怕環羞火齊，唇黯燕支。
>
> 〔註11〕

金應珪〈詞選後序〉探討詞壇三弊，其中一類爲「游詞」，所指：「規模物類，依托歌舞，哀樂不衷期性，慮嘆無與乎情。連章累篇，意不出乎花鳥。感物指事，理不外乎酬應。雖既雅而不艷，斯有句而無章，是爲游詞。」（《叢編》，冊2，頁1619）即爲無深意寄託，徒爲字面應酬詞作。浙派領袖朱彝尊《茶煙閣體物》中有大量詠女子肩、乳、臂、耳等詞，描寫著重體態，並無深意，便是游詞一例。而喬守敬同以〈沁園春〉賦染指甲，詞中多描寫體態，如以指背數瓜期、輕移蓮屧，形容指如玉蔥、紅蕤、烏爪，再以吮墨、宮砂、梅妝描寫染指甲，「燕支」即「胭脂」。「旱珠」自注爲鳳仙花別名，《燕京歲時記》記載：「鳳仙花即透骨草，又名指甲草。五月花開之候，閨閣兒女取而擣之，以染指甲，鮮紅透骨，經年乃消。」〔註12〕全詞濃麗，但寄託淺，無深意。對於此類作品，謝章鋌曾批評：「長蘆腹笥浩博，樊榭又熟於說部，無處展布，藉此已抒其叢雜。然實一時遊戲，不足爲標準也。乃後人必羣然效之。」（《叢編》，冊4，頁3443）認爲詞壇自朱彝尊、厲鶚以降，爲詞多「一時遊戲」之作，浙派末流更群然而效之，蔚爲風氣。金應珪所謂「游詞之弊」即爲此而發，此類「意不出乎花鳥」、「理不外乎酬應」之作，喬守敬亦不能免此「游詞」餖飣餘習。

〔註11〕〔清〕喬守敬：《紅藤館詞》，清稿本，自註頁11。
〔註12〕〔清〕富察敦崇：《燕京歲時記》，見《筆記續編》（臺北：廣文書局，1969年），冊41，頁73。

《紅藤館詞》中還有追步姜夔的痕跡，如喬守敬擇以姜夔所創平韻〈滿江紅〉，其詞序爲：

> 向晦陰沉，溟濛作雨，甫就枕即得「蚖膏照夜終輸月，螢耀流光欲補星」十四字。亟構全章，申旦未就，因用石帚翁平韻調〈滿江紅〉元韻隱括之，覺轉側無眠，尚不呼負負也。〔註13〕

〈滿江紅〉宋以來多以柳永爲正格，前片四仄韻，後片五仄韻，一般多用入聲韻。龍榆生認爲此調聲情激越，宜抒豪壯情感與恢張襟抱。姜夔改作平韻，則情調俱變。〔註14〕姜夔改制平韻〈滿江紅〉，以爲方能協律。〔註15〕而喬守敬因枕上得「蚖膏昨照夜終輸月，螢耀流光欲補星」十四字，欲以櫽括成詞。喬守敬不惜「情調俱變」，而同姜夔以平韻作〈滿江紅〉，可見重視音律，亦對姜夔有足夠認同。

喬守敬活動於道光年間，此時常派勢力逐漸萌芽。然而喬守敬偏好南宋詞，代表浙派仍具相當影響。朱彝尊《詞綜》發凡所言：「世人言詞必稱北宋，然詞至南宋始極其工。」〔註16〕此與喬守敬讀《宋六十名家詞》而囑咐馮煦：「詞至北宋而大，至南宋而深，是刻實其

〔註13〕〔清〕喬守敬：《紅藤館詞》，清稿本，自註頁16。全詞爲：「虛閣搖風，樣六尺、湘紋皺瀾。漸隔檻、晚煙無影，闌然屏山。閣雨情懷□中（去聲）酒，作涼天氣未宜冠。透霄光、幾點碧螢流，飛□環。銀蟬障，何處看。燭龍爐，黯黷南。鎭趣人無睡，夜啓松關。三逕莓憑猩屐碎，一庭花被墨雲瞞。待朝朶、鏡海擁紅輪，蒼樹間。」自註頁16。

〔註14〕龍榆生：《唐宋詞格律》（上海：上海古籍出版社，1999年），頁106。

〔註15〕關於姜夔制平韻〈滿江紅〉緣起，其〈滿江紅〉詞序云：「滿江紅舊調用仄調，多不協律，如末句『無心撲』三字，歌者將『心』字融入去聲，方協音律。予欲以平韻爲之，久不能成。因泛巢湖，聞遠岸簫鼓聲，問之舟師，云：『居人爲此湖神姥壽也。』予因祝曰：『得一席風徑至居巢，當以平韻滿將紅爲迎送神曲。』言訖，風與筆俱駛，傾刻而成。末句云：『聞佩環』，則協律矣。」參見夏承燾校箋：《姜白石詞編年箋校》（上海：上海古籍出版社，1998年），頁32。

〔註16〕〔清〕朱彝尊：〈詞綜發凡〉，《詞綜》（上海：上海古籍出版社，1978年），頁10。

淵叢」立場相似。喬守敬之所接受南宋詞，應受詞壇上浙派餘風的影響。

　　成孺〈清故優貢生道光丁酉科舉人大挑二等候選教職考取學正學錄六品銜笙巢喬先生行狀〉曾提及：

> 學詩則取法於秀水朱氏《曝書亭集》，倚聲則集益於南宋諸家，顧尤得外氏，傳當未冠時，詣儀徵鄭耐圊茂才，授《玉句草堂詞》，寢饋者數十年，故所纂詞稿，幾盈尺焉。〔註17〕

如同成孺〈喬先生行狀〉所論，喬守敬詩法朱彝尊，詞從南宋，此與其《紅藤館詞》內容所見情形相符合。

二、詠物詞多──《紅藤館詞》之精工體物

　　《紅藤館詞》詞共 201 闋，詠物詞近占 39 闋，約佔兩成，數量不少。上文已述喬守敬追效南宋詞的現象，謝章鋌《賭棋山莊詞話》云：「夫詠物詞南宋最盛，亦南宋最工。」（《叢編》，冊 4，頁 3415）喬守敬詞學步南宋，是故為大量吟詠賦物。《紅藤館詞》詠物詞不少自成系列。如：〈賣花聲・榆錢〉、〈賣花聲・苔錢〉、〈賣花聲・荷錢〉、〈賣花聲・楮錢〉，又如：〈買陂塘・柳絲〉、〈望湘人・藕絲〉、〈長亭怨・菱絲〉、〈水龍吟・蓴絲〉，又如：〈玲瓏四犯・蜉蝣〉、〈祝英臺近・蝙蝠〉。此類詞作多無深意寄託，不免有「游詞」之弊。

　　此外，喬守敬詞的詠物題材相當特別，除卻文人多所吟詠的花鳥之外，其詞中還以糉餻、驚閨葉、女兒紅蘆菔為吟詠。首先是〈高陽臺・糉餻〉：

> 翠釜凝香，糉花透液，幾番碎碾胡麻。粉滴酥槎，團團絕勝摶沙。芬流纖手銀光漾，□飢腸、一飽容賒。拭晶盤、略點猊錫，滑膠瓃牙。　　何須餅試雲腴潤，記熬

〔註17〕〔清〕成孺：〈清故優貢生道光丁酉科舉人大挑二等候選教職考取學正學錄六品銜笙巢喬先生行狀〉，《心巢文錄》，見《清代詩文集彙編》，冊 666，頁 173。

－69－

籽舊味，腼脬聲譁。角糉輸圓，糖餚細膩休誇。劉郎鎮日
垂涎否，悔題詩、雅不知他。問年時，芳飫紅綾，風味
爭加。〔註18〕

「糍餻」即餈糕，爲一種糯米所製的糕餅。全詞賦寫餈糕的製作及美
味，上闋先寫蒸煮香味，再以胡麻調味，口感團圞紮實，絕非摶沙。
纖手製餅，一飽飢腸，「餳」爲麥芽糖，指晶盤猶留糖漿，滑膠黏牙。
下闋寫餈糕美味，「餚」指蒸餅。據上闋餳漿與糖餚，可知爲甜餅類
食物。全詞最末用「劉郎」典，可作二解，先用劉晨、阮肇，入天臺
采藥，遠不得返，經十三日飢之典故，以喻垂涎餈糕。後又以劉禹錫
二度題詩玄都觀一事，「前度劉郎今又來」以喻對餈糕的依戀。全詞
著重於賦寫餈糕風味，雖香溢滿紙，然並無深意寄託。

其次是〈解連環‧驚閨葉〉：

六州新鍊，愛勻裁幾葉，雁行穿線。趁手攜、來□花街，
似銅漏催晨，玉籤投院。脆薄輕柔，儘一握、擔頭舒卷。
聽玲瓏韻徹，夢警翠閨，取次行遍。　　紅區粉凝黛胸，
算星郎別後，驚照偏嬾。乍牎外、響和鈴風，便低喚香鬟，
倩揩塵面。磨洗春雲，又惹却、九迴腸轉。出蘭閣、笑攜
寸鐵，鏽痕半斂。〔註19〕

「驚閨葉」爲舊時磨刀匠以搖動招引顧客的器具，以鋼鐵片製成，形
狀似葉，因而得名。工匠或雜貨郎亦以搖響「驚閨」，吸引閨秀兒女
前來磨鏡、磨刀剪以至於販賣針線脂粉，「驚閨」又作「驚繡」、「喚
嬌娘」。〔註20〕全詞上闋賦寫其形其聲。其形以鍊穿透鐵葉片，其聲
如計時銅漏、玉籤投壺，其聲玲瓏響徹，驚警來往顧客。下闋言女子
閨情，自情郎別後，嬾照鸞鏡久矣，而忽聞窗外驚閨聲響，遂「低喚
香鬟」、「倩揩塵面」梳妝打扮，攜鏡出門待磨。最後女子歸來，舊鏡

〔註18〕〔清〕喬守敬：《紅藤館詞》，清稿本，自註頁11。

〔註19〕〔清〕喬守敬：《紅藤館詞》，清稿本，自註頁1。

〔註20〕關於驚閨葉的解釋，參照陳新：〈汪曾祺先生沒錯──也說驚閨〉，《閱
讀與寫作》第12期，2002年，頁20～21。

鏽痕已近半斂。全詞重點於女子複雜心情。情郎不再，無心照鏡，舊鏡是否應該修補，成為女子「又惹却、九迴腸轉」的內心矛盾。此詞藉詠物以託閨情，堪為《紅藤館詞》的佳作。

又如〈惜紅衣·女兒紅蘆菔〉：

> 粉雨揉香，脂渥沁紫，倒栽圓蒂。小摘離塵，嫣然惹芳思，烟裙襯綠，**頰一點、紅嬌如醉**。堪喜，妝的微添，似楊妃春睡。　　廚孃凝睇，□手拈春，□呼笋奴侍。霞含玉乳試嚼。嫩還脆。顆賽小樊櫻口，暈亞壽陽梅蕊。記子瞻新句，蘆菔有兒知否。〔註21〕

「蘆菔」即「蘿蔔」，此詞為詠紅蘿蔔作。上闋先賦紅蘿蔔物形，色澤渥然紅潤，圓蒂倒栽，種植於地。摘拔離土時，「烟裙襯綠」，綠葉紅莖。如女兒初嫁，嫣然芳思，「紅嬌如醉」、「妝的微添」。又似楊妃春睡。「春睡」用楊貴妃典，為楊妃宿醉未醒，上皇笑喻海棠春睡一事。〔註22〕此詞以女兒紅妝、貴妃醉顏為喻，描寫蘿蔔的紅嫩可愛。下闋從廚娘凝視以至試嚼，寫紅蘿蔔既嫩且脆的鮮美口感，再以小樊櫻桃口、壽陽梅花妝比喻紅蘿蔔精緻紅暈，最後引東坡煮「蔓菁蘆菔羹」一詩作結。〔註23〕全詞側重於紅蘿蔔的精緻與鮮美，較無深意寄託。

綜上所述，喬守敬受浙派影響，其詞追效南宋。《紅藤館詞》亦受游詞風氣影響，詠物作品雖題材特殊，但深意較少，反而精工於賦物形貌。喬守敬為馮煦奠基詞學的基礎。雖馮煦其詞風格仍與喬守敬

〔註21〕〔清〕喬守敬：《紅藤館詞》，清稿本，自註頁4。

〔註22〕關於「楊妃春睡」典故，《海錄碎事》卷十〈后妃門〉記載：「上皇登沉香亭，詔太真妃子。妃子時卯醉未醒，命力士從侍兒扶掖而至。妃子醉顏殘粧，鬢亂釵橫，不能再拜。上皇笑曰：『豈是妃子醉，真海棠睡未足耳。』」，參見〔宋〕葉廷珪：《海錄碎事》（北京：中華書局，2002年），頁537。

〔註23〕蘇軾〈狄韶州煮蔓菁蘆菔羹〉：「我昔在田間，寒皰有珍烹。常支折腳鼎，自煮花蔓菁。中年失此味，想像如隔生。誰知南嶽老，解作東坡羹。中有蘆菔根，尚含曉露清。勿語貴公子，從渠醉膻腥。」參見〔宋〕蘇軾：《蘇軾詩集合注》（上海：上海古籍出版社，2001年），卷44，頁2259。

有別，但如兩人對淮海詞心的認同以及馮煦〈昔者嘆〉對其師的敬重，表示喬守敬於馮煦心中地位以及影響。

第二節　成君與予交垂五十年──成肇麐

與馮煦交游最久，影響最大者，當屬成肇麐。成肇麐（1847～1901），字漱泉，江蘇寶應人，同治 12 年（1873）舉人，官河北滄州、直隸靈壽知縣，八國聯軍來犯，投井死，諡號恭恪。成肇麐有《漱泉詞》一卷，另編有《唐五代詞選》三卷。馮、成二人關係甚密，馮煦曾將所編詞選交付與成肇麐審正，如〈宋六十一家詞選序〉言：「復郵成子漱泉審正之，再寫而後定，遂壽之木以質同好，刊譌糾闕，一漱泉力也。」（《馮稿》，頁 852）而成肇麐為馮煦《蒿盦詞》作序提及：「丁丑中夏，乃復同居冶城之飛霞閣……讎斠之隙暑，益相與研精聲律，商榷同異。」（《馮詞》，頁 1）兩人相研倚聲，商榷同異。蔣國榜〈蒿庵家傳〉亦記：「（馮煦）與成君漱泉校書冶山之巔最久。旁究聲律，一以南唐北宋為則。成為心巢子，與公為從母昆弟，時譽并稱『馮成』。」（〈蒿庵家傳〉，頁 661～662），時人並譽馮、成，可見彼此詞學地位。成、馮彼此交垂五十年，終其一生影響彼此。本節以考訂馮、成二人交游關係為主，並述成肇麐的論詞立場及其《漱泉詞》。

一、馮、成交游始末考

蔣國榜言「成（肇麐）為心巢子，與公（馮煦）為從母兄弟」（〈蒿庵家傳〉，頁 662），表示馮、成的血緣關係。再據〈清故靈壽縣知縣贈太僕寺卿銜恭恪成君墓誌銘〉（以下簡稱〈成君墓誌銘〉）可知：

> 漱泉，予從母之子也。弱予四歲，與予交垂五十年。父孤，
> 學行醇備，儒林傳之，世所稱心巢先生。咸豐甲寅識漱泉
> 寶應，外家兄弟以百數，獨親子。（《馮稿》，頁 1443）

若再據馮煦〈成恭恪寶應祠堂記〉：「煦與恭恪同出於朱，五十年深友

也。」（《馮稿》，頁 1799）、馮煦〈清故寶應縣學生成先生墓誌銘〉：「（成孺）初娶朱氏，煦之從母也。」（《馮稿》，頁 1398）皆表示成肇麐為馮煦從母之子。所謂從母即母親的姊妹，兩人同出於朱氏姊妹，可知馮、成二人的表親關係。成肇麐年幼於馮煦四歲，故馮煦為其表兄。

成肇麐其父為成孺。成孺。（1816～1883），原名蓉鏡，字芙卿，晚號心巢，江蘇寶應人。據魏家驊紀載：

> 咸豐壬子侍母往河南，時外祖父朱士廉知固始縣事。越三歲返，依寶應外家以居。從成心巢先生學。先生名孺，百性純備，稱江淮大儒，國史儒林有傳。是為公一生學行淵源之所。（〈馮公行狀〉，頁 940）

咸豐 2 年（1852），馮煦隨母至河南依附外祖，越三歲返至寶應後，始從師成孺。成孺為江淮大儒，「是為公一生學行淵源之所」，影響馮煦為人治學。成肇麐為馮煦表弟，而馮煦又為成孺的弟子，馮、成兩家關係匪淺。馮煦與成肇麐相識，始於與母家的血緣關係。〔註24〕據上文〈成君墓誌銘〉可知，咸豐 4 年甲寅（1854），馮、成始識於寶應。時二人皆未弱冠，而「外家兄弟以百數，獨親予」，可見二人的契合。

馮、成二人「交垂五十年」，此間彼此數分數合。同治 3 年（1864），馮煦離開寶應，往游京師，首度與成肇麐分別，但該年六月馮煦奔母喪，遂返回寶應。同治 5 年（1866），馮煦有詩〈七夕同滋泉次米漱泉仲脩〉：

> 風高月黑天蒼茫，清秋鳥鼠巢空堂。
> 山雨颯颯溪水急，野雲悄悄林煙荒。
> 監門鄭俠有涕淚，窮途阮籍何猖狂。
> 河漢無聲北斗挂，莫為東人歌酒漿。

（《馮稿》，頁 264）

〔註24〕本文以論馮煦、成肇麐兩人關係為主，視母家血緣關係為兩人相識的基礎，故將不針對馮煦父輩進行詳論。關於馮煦父輩相關文獻，可參馮煦：〈祖譜自序〉《蒿盦類稿‧續稿‧奏稿》，頁 1791～1795。〔清〕馮煦：《蒿叟隨筆》，頁 615～622。

七夕本爲織女牽牛相會，但馮煦卻以鄭俠上流民圖，阮籍佯狂哭窮途，抒發其衰世感嘆。「莫爲東人歌酒漿」，將心中所感，寄予鄉里諸子，成肇麐即是其中。同治 7 年（1868）馮煦離開寶應，移家金壇。成肇麐〈蒿盫詞序〉言：「君移家金壇，獨旅居蘇鎮間」（《馮詞》，頁 1）此時成肇麐亦離開寶應，旅居蘇鎮，兩人再別。此年馮煦出游焦山，仍不忘故友，其詩〈游焦山歸寄滋泉漱泉仲脩苕卿〉，其中二首：

> 陰崖日落見千里，一綫海雲吞寺樓。
> 如此江山君莫妒，舊盟我亦負閒鷗。（其一）
> 悲歌痛飲都非昨，白雁燈前落月低。
> 夜夜相思忘不得，冷風吹夢過淮西。（其二）
>
> （《馮稿》，頁 296～297）

游山歸返，思念故人。坦言自己仍負鷗盟，感嘆昨是今非，將思念寄夢淮西。

同治 8 年（1869），馮、成二人相會江寧。據尚小明《清代士人游幕表》考察，此年馮煦入職金陵書局校書，而成孺「年逾五十應聘入金陵書局」，表示成孺自同治 5 年（1866）後也於金陵書局。〔註25〕魏家驊〈馮公行狀〉紀載：

> 曾文正公網羅東南碩學方聞之士，開書局於金陵。……寶應成心巢孺暨其子恭恪公肇麐、溧陽強虧廷汝詢、星源汝諤昆季均先後在局。（頁 941）

由於同任金陵書局，馮煦得以與成肇麐相會。此時兩人同游江寧，魏家驊〈馮公行狀〉又紀載：「（馮煦）與恭恪公（成肇麐）同舍小長干里」（頁 941），同居同游，交情甚密。此年馮煦詩〈同蘋香漱泉登北極閣〉言：

> 層雲白晝暗，虛閣氣蕭森。瘦馬棲殘碣，枯鷹下遠林。
> 湖光千頃合，野色一城陰。十廟今墟莽，臨風感不禁。
>
> （《馮稿》，頁 297）

〔註25〕尚小明：《清代士人游幕表》（北京：中華書局，2006 年），頁 200、頁 252。

二人同登北極閣，所見「十廟今墟莽」，有感興衰。此年馮煦又作〈寄伯琴拂青即送漱泉之淮南〉二首，表達臨別感受：

> 煙雨淒迷畫裏春，殘山賸水斷無人。
>
> 潘郎憔悴劉郎隱，誰向江干采白蘋。（其一）
>
> 杜宇催歸酒半醺，數聲風笛不勘聞。
>
> 勞勞亭上空迴首，日落淮南有暮雲。（其二）
>
> （《馮稿》，頁 299）

詩中反用劉禹錫詩「前度劉郎今又來」句，發離別之感，即若潘安，臨別貌亦憔悴。杜宇催歸，知音已遠，臨風聞笛，故人不在。詩先舉向秀〈思舊賦〉，又用李白「天下傷心處，送客勞勞亭」詩，表達送行不捨。

隔年同治 9 年（1870），成肇麐去客嘉定。成肇麐〈蒿盦詞序〉紀載：「又越一年，肇麐去客嘉定，遭難離人事，僕僕跋寧趾，雖時聚首，而游興亦少衰減矣。」（《馮詞》，頁 1）馮煦同治 10 年（1871）作〈送漱泉之嘉定〉詩：

> 五月江城草不芳，匆匆分手劇淒涼。
>
> 應劉並逝哀吳質，李杜齊名重范滂。
>
> 斷郭雲深叢竹暗，窮湖日落亂山蒼。
>
> 此行正及歸潮上，直送離心到建康。
>
> （《馮稿》，頁 308）

成肇麐五月前赴嘉定，馮煦只能「匆匆分手」，設想故人此時應行於潮上，亦將離心送至仍於金陵的自己。同治 13 年（1874），馮煦將赴夔州。馮煦有詩〈黃鵠磯望雪寄漱泉〉：

> 念子在舊京，濁醪聊自適。
>
> 我亦同袍人，歲宴為逐客。
>
> 凝寒裂肌膚，重裘忽如綌。
>
> 何當何笠去，與子釣東澤。
>
> （《馮稿》，頁 324）

詩於羈旅行役中，懷念故人，期盼來日能共隱江畔。至光緒 2 年

（1876），馮煦於夔作〈丙子除夕懷人二十四絕句〉懷念諸師友，其中記下與成肇麐間的往事：

> 去歲僧廬同聽雨，今年講舍又停雲。
>
> 西征孤負連牀約，夜夜燈前一憶君。
>
> （成大漱泉）（《馮稿》，頁 362）

往年聽雨廬下，同牀共約，而今獨處於西南異地，燈前思念故人。

　　光緒 3 年（1877），馮煦自夔州返金陵，復聘於金陵書局。據成肇麐〈蒿盦詞序〉：「丁丑中夏，乃復同居冶城之飛霞閣」（《馮詞》，頁 1），可知此年馮、成再度相會，同居於飛霞閣。而馮煦初返金陵，對故人思念的迫切，從詩〈自夔州歸江寧遲漱泉不至〉可知：

> 三載風塵同惜別，幾回書札勸加餐。浮雲玉壘猿聲落，落
> 日金臺馬色寒。北闕上書成底事，西征作賦若爲歡。如何
> 一月無消息，獨向淮南守釣竿。（《馮稿》，頁 365）

「三載風塵」指赴夔三年，詩以古樂府「上言加餐飯，下言長相憶」，表達思念。然而馮煦自返金陵，卻無法立即與成肇麐相會，「如何一月無消息」，可見馮煦的焦急。只好「獨向淮南守釣竿」，以待故人的遲來。不過，馮煦至終仍與成肇麐相會，同居於飛霞閣，朝夕相研倚聲。成肇麐〈蒿盦詞序〉紀載：

> 丁丑中夏，乃復同居冶城之飛霞閣，閣踞山巔，與鍾阜石
> 城相峙，頫睨塵闤如越世，雲煙朝夕，瑰奇變幻，千端萬
> 態，讎斠之隙暑，益相與研精聲律，商榷同異。縱覽古今
> 作者升降而折衷於大雅，每登臺舒嘯，或就斗室煮茗，促
> 膝夜話，至足樂也。（《馮詞》，頁 1）

馮、成二人於校書閒暇，便相研倚聲，商榷同異，閱覽古今詞人，以「折衷大雅」作爲共識，此對日後二人各編詞選有極大影響。馮煦〈成君墓誌銘〉亦回憶此段往事：

> 光緒丁丑戊寅間，校書冶山之巔閣三楹，予居東頭，漱泉
> 居西頭，去地數十尺，絕遠塵壒。夏五六月，風謖謖自北
> 窗至，解衣盤礴，旁若無人。霜月之夕，篝鐙共讀，一字

得失，往復再四而後安。(《馮稿》，頁 449)

丁丑戊寅分別為光緒 3（1877）、4 年（1878），馮、成二人臨戶而居，
各住東西。時論學至夜，籌鐙共讀。「一字得失，往復再四而後安」，
可見商研謹慎。早於光緒元年（1875）乙亥，馮、成二人即有論詞互
動，馮煦筆記中曾有此記錄：

> 偶於舊書中檢得乙亥冬十月荊州道中與漱泉、端甫、季子、
> 禮卿書一通。……錄之以識不忘云：……前有詞一冊質漱
> 泉，乞其攻我之失。漱泉閱之，久終有不盡言者，其以我
> 之自足，不能虛己以聽之也。否則自以所見之未精，且確
> 而有所不敢盡也。否則恐我知其失而益力於學，將以出己
> 上也。始則我不若是，既則我知漱泉必不若是，終則漱泉
> 必不至是，特以此言相激耳。然為漱泉計則不智甚矣。我
> 年長於漱泉，一旦先朝露，有為我留半寸蕙者，則詞之一
> 宗，不責之漱泉，而誰責耶？故今日攻我之失，我或者思
> 而改之，便省漱泉將來幾許心血也。仍有九首在漱泉處，
> 可一一相攻。勿再囁嚅，自貽伊戚。九日蒿盦。(《馮筆》，
> 頁 172～182)

馮煦以詞向成肇麐切磋，期望對方能「攻我之失」，以檢討缺點。不
料成肇麐卻認為馮煦其尚自足，恐不能虛心聽之，故語帶含蓄保留，
「終有不盡言者」。成肇麐並非顧忌馮煦「知其失而益力其學」、「以
出己上」，超越自己，而不願切磋。馮煦亦知「漱泉必不若是，必不
至是」，只是以此作為相激。然馮煦終究認為「漱泉計則不智甚矣」，
馮煦年長，倘若先行辭世，所留詞稿受後人議論，必怪之成肇麐當初
未能指正其缺失。所以馮煦仍希望「今日攻我之失」，便可「思而後
改之」，也避免連累成肇麐日後煩惱。尚有詞九首，仍望成肇麐一一
相攻，勿再保留。這段看似「吵架」的隨札中，馮煦對成肇麐毫不客
氣，二人互動密切，毫不做作。

　　光緒 9 年（1883）冬，成肇麐其父成孺離世，馮煦亦返寶應弔唁。
此後至光緒 12 年（1886）馮煦中殿試一甲第三名探花，授翰林院編

修，而成肇麐時任直隸知縣，兩人才於京師得以相會。馮煦〈成君墓誌銘〉紀載：

> 予通籍官翰林，漱泉以一縣令之直隸。數以事至京師，輒彌月留。漱泉清才雅尚，俯同群碎。予亦以國步多艱，鬱鬱不自得。無復昔者之樂。（《馮稿》，頁 1449～1450）

二人於京相會，然時已國事艱難，所處不如往昔，使馮煦時感「鬱鬱不自得」。此年初馮煦寄成肇麐詩，亦常見其抑鬱心情。如〈丙戌元旦作並寄漱泉〉：

> 我年四十四，衰鬢謝蓬賓。舊約遲歸計，微陰斂暗塵。
> 人如雲共嬾，春與歲俱新。卻憶淮南隱，清尊迥獨親。
>
> （《馮稿》，頁 431）

馮煦經歷人事滄桑後，已有嘆老嗟卑之感，而冀望能與故人共隱淮南，忘卻世勞。

光緒 21 年（1895），馮煦外任離京，再次與成肇麐相別。〈成君墓誌銘〉紀載：

> 乙未予出守鳳陽，漱泉送予，海舶相持，泣年日衰，迹日遠，合併不可期也。（《馮稿》，頁 1450）

直到光緒 25 年（1899），馮煦入京述職，短暫與成肇麐相會。〈成君墓誌銘〉紀載：

> 己亥予入覲，過漱泉天津歸，復過漱泉靈壽，同拜陸清獻祠。予戲謂漱泉曰：「好為之，它日與清獻並祠也。」嗚呼！孰謂別才〔註26〕一歲，漱泉果與清獻並祠邪！（《馮稿》，頁 1450）

馮煦同成肇麐拜靈壽陸清獻祠。陸清獻即陸隴其（1630～1692），康熙 9 年（1670）進士，曾任直隸靈壽縣知縣，以清正廉潔著稱。馮煦本欲勉勵成肇麐，好為之清正廉潔，以陸清獻為榜樣，他日可與之並祠，受後世尊敬。不料一年以後，成肇麐因八國聯軍入犯靈壽，義不受辱，遂投井而死。馮煦對當時戲言成讖，深感痛心。

〔註26〕原刻本作「財」，疑誤。此據上下文改作「才」。

　　光緒 26 年（1900）辛丑拳亂，八國聯軍順勢攻入京師，成肇麐於此戰亂投井自盡。《寶應縣志》紀載：

> 二十六年，拳匪變起，聯軍入京師，縱兵旁掠，延及靈壽，責貢牲畜糧芻甚厲。肇麐壹不應，又自念義不受辱，作絕命詩見志，有「屈己全民命，捐軀表素懷」之語。即於二十七年三月初一投井死。將死時，自繕遺牒，附絕命詩。……言：「連日洋兵紛至，西向力攻，自係大局決裂。若再接待供應，是以臣子助攻，君父私心何安？守土之義，避無可避。勢處萬難，祇有一死。」〔註27〕

馮煦〈成君墓誌〉亦有類似紀載：

> 其殉也以德軍西躪靈壽，義不辱，投署旁井，死之。光緒二十七年辛丑三月初一日夜將半夜，年五十有五。（《馮稿》，頁 1451）

辛丑事變，德軍攻入靈壽，成肇麐眼見賊兵燒殺擄掠，更向靈壽地方逼貢供應。成肇麐不肯答應，義不受辱，便投井自盡。將死之時，自言「連日洋兵紛至，西向力攻，自係大局決裂。若再接待供應，是以臣子助攻，君父私心何安？守土之義，避無可避。勢處萬難，祇有一死。」以誓不願助敵，勢處萬難，為保全忠義，唯有一死。光緒 27 年（1901）三月初一，夜將半時，投井而死，年五十五。

　　成肇麐遇難後，光緒 33 年（1907），鄉士大夫依成肇麐原籍建祠，馮煦於隔年（1908）有〈成恭恪寶應祠堂記〉：

> 丁未夏四月二十二日，奉恭恪之主於堂，守土吏與鄉士大夫咸會。四方觀禮者，識與不識，靡不歔歙感愴。……有逡巡濡忍喻旦夕之生，而復援可以死、可以無死之說，以自文其不忠之實者，皆恭恪之罪人也。後之論者，謂寶應忠義之風，自恭恪始。（《馮稿》，頁 1797～1799）

恭奉牌位儀式上，四方觀禮者，無論相識與否，對成肇麐的遇難，都深感歔歙愴然。鄉人更將成肇麐作為忠義精神的榜樣，而對當時「可

〔註27〕〔清〕馮煦：《寶應縣志》，卷 12，頁 773～774。

以死可以無死」苟且偷生等掩飾不忠之論，認爲皆有負於成肇麐爲國捐軀的情操。

　　成肇麐於光緒 18 年（1892）爲馮煦《蒿盦詞》作序時，曾言：「君今年五十，肇麐亦四十有六，蓋自總角而弱冠，而壯而強，而逮五十之年，兩人蹤跡，數離數合。」（《馮詞》，頁 2）二人自幼相識，數離數合，終至殉難。二人情誼彰顯晚清時局遭遇下知己的眞摯情感。

二、「緣情寄託，上躋雅頌」——成肇麐之選詞立場

　　成肇麐所留論詞文獻不多，主要有《唐五代詞選》，可表現論詞主張。《唐五代詞選》編成於光緒 13 年（1887），共三卷，收唐五代詞人 50 家，詞 347 首。成肇麐〈唐五代詞選序〉敘述其詞學觀念，全序可分爲兩部分，首先是其對詞體源流演變的看法：

> 十五國風息而樂府興，樂府微而歌詞作。其始也，皆非有
> 一成之律以爲範也。抑揚抗隊之音，短修之節，運轉於不
> 自已，以蘄適歌者之吻，而終乃上躋雅頌，下衍爲文章之
> 流別。詩餘名詞，蓋非其朔也。唐人之詩，未能胥被絃莞，
> 而詞無不可歌者，五季以逮宋初，沿而勿變。大晟設官，
> 宮調迪備。南渡而還，競尚慢體，爰目宋以前所作爲令，
> 而計其字數而小之。彼其勝者，一唱三歎，乃界騷賦，而
> 曼聲俳曲，變本加厲，益無當於風雅已。〔註28〕

爲了彰顯唐五代詞的價值，成肇麐從國風、樂府以至五季、宋初詞體的發展作出整理，認爲詞應能「上躋雅頌，下衍爲文章之流」，與國風、樂府精神相同。此外成肇麐認爲唐詩未能皆入樂，但詞皆可歌，此是詞的獨到之處。最後成肇麐認爲詞至南宋，文人競作長調慢詞，詞的可歌性質逐漸淡化，失去其唐五代詞「一唱三歎，乃界騷賦」的感化意義，致使詞「益無當於風雅」。表示詞體發展至南宋，「競尚慢體」之下，詞已遠離「上躋雅頌」的精神。可見成肇麐重視唐五代詞，

〔註28〕〔清〕成肇麐：《唐五代詞選》（臺北：臺灣商務印書館，1965 年），頁3。

認爲其可親近國風、樂府，而對發展至後的南宋詞有所微辭。此與常派張惠言以「詩之比興，變風之義，騷人之歌，則近之矣」論詞，重視詞可反映現實意義，觀念上較爲相近。

其次是成肇麐對詞的「寄託」觀念，也與常派多有相合：

> 唐五代作者數十人，大抵緣情託興，無藉湛冥奧窔之思，而耳目所寓，出入動作之所適，舉以入諸樂章　或意中之悁，不克徑致，則隱謬其辭，旁寄於一物一事，而俯仰之際，萬感橫集，使後之讀者，如聆其聲，覩其不言之意，世有鬱伊於內，無可訴語。偶有觸焉，亦且恍然於其中之纏綿蘊結。故有先我而發之者，又皇論其詞之貞邪正變，與其人之妍媸也。〔註29〕

成肇麐認爲唐五代詞多「緣情託興」之作，將意中所旨寄於樂章，隱謬其辭，寄於物事之中。使讀者聞其聲，即能體會作者胸中難言之隱，將心中抑鬱、纏綿等情感，藉詞傳達出來。成肇麐最後自謙此觀念已有「先我而發之者」，故不加以深論詞之貞邪正變。所謂「先我而發之者」，如周濟編《詞辨》「以飛卿爲正，南唐後主爲變」（《叢編》，冊2，頁1636），即指常派諸人論詞的正變觀。成肇麐此處點到爲止，對正變說表示認同常派觀點，而不作太多論述。

《唐五代詞選》的編選，乃實踐其「緣情寄託，上躋雅頌」的詞學觀。從其評價可證，首先是知己馮煦所作〈唐五代詞選序〉：

> 成子漱泉竺嗜過我，手寫一編，既精且審，日夕三復，雅共商榷，損益百一，授之剞氏。凡得人某十有某，得詞某十有某。詞雖小道，本末爛然，先河後海，蒙有取焉。夫詩有六義，詞亦兼之，是雅非鄭，風人恒軌，而是編涉樂必笑，言哀已嘆，率緣情靡曼之作，感遇怨誹之旨。揆厥所由，或乖貞則。〔註30〕

成肇麐所編詞選，多與馮煦商榷。《唐五代詞選》能藉緣情靡曼之作，

〔註29〕〔清〕成肇麐：《唐五代詞選》，頁3～4。
〔註30〕〔清〕成肇麐：《唐五代詞選》，頁1。

以發感遇怨誹之旨，達至「是雅非鄭」的標準，而由於編選宗旨的明確，常派詞人陳廷焯也對《唐五代詞選》頗爲讚賞。《白雨齋詞話》認爲：

> 成肇麐《唐五代詞選》，刪削俚褻之詞，歸於雅正，最爲善本。唐五代爲詞之源，而俚俗淺陋之詞，雜入其中，亦較後世爲更甚。至使後人陋《花間》、《草堂》之惡習，而並忘緣情託興之旨歸……得此一編，較顧梧芳所輯尊前集，雅俗判若天淵矣。（《叢編》，冊4，頁3889）

唐五代詞本多側豔俗淺之作，使人忘卻緣情託興原旨，如《尊前》、《花間》便有此習。成肇麐重新整理唐五代詞，其「刪削俚褻」、「歸於雅正」，頗合常派詞旨。陳匪石《聲執》對此選的評價，也有類似看法：

> 所選各詞，雖存各家之眞面，而本意內言外之旨，緣情託興之義，因身世之遭逢，以風雅爲歸宿。凡意淺旨蕩者，概從刪削。故即花間所有，亦多甄擇，尊體而例嚴。成氏自序謂「上躋雅頌，下衍文章之流別。俯仰之際，萬感橫集。不得記其字數而小之」，可以見纂輯之旨矣。宋後，《唐五代選本》止此一種，而實爲最精，宜乎聲家人手一編也。（《叢編》，冊5，頁4955）

《唐五代詞選》以風雅爲本，表達「意內言外」、「緣情託興」要旨。全選尊體而例嚴，意淺旨蕩之作一律刪削。將唐五代詞給予「緣情寄託，上躋雅頌」的積極意義，從常派詞人對此選的推重，更可見其選詞立場與常派相符。

三、「性情之鬱伊」──《漱泉詞》之傷時感懷

成肇麐《漱泉詞》一卷，詞共82闋，今爲上海師範大學圖書館館藏，目前關注者尚少。其詞風格與馮煦趨近，以「性情之鬱伊」抒發亂世感傷。

馮、成二人詞作亦代表彼此相交的軌跡，成肇麐〈蒿盦詞序〉曾言：

> 君今年五十，肇麐四十有六。蓋自總角而弱冠，而壯，而強，而逮五十之年，吾兩人之蹤跡，數離數合，且跡疏而

心愈親者，未嘗不一一見之所爲詞也。(《馮詞》，頁 2)

彼此數離數合，「跡疏而心愈親」，皆見於其詞。二人詞作觀念，如成肇麐所言：

> 君雅不以自名，惟孜孜焉究心天下之大計，以備當代一日
> 之用，宜於詞彌無取焉。然而少小所習，長大有不能忘，
> 薄技且然，刻足以寫性情之鬱伊，而藉著友生聚散之跡者
> 哉。若夫君詞之工，則明者能自會之，固無俟肇麐之區區
> 私論也。(《馮詞》，頁 2)

相較於究心於天下大計，馮煦非以詞自名，但少小所習長大不忘，藉以抒發「性情之鬱伊」，如此性情，實則有感「友生聚散」而發。

同治 13 年（1874）馮煦入蜀任文峰書院山長，成肇麐送行歸途作〈渡江雲‧夢華入蜀送之江干他鄉遠別益難爲懷歸途馬上賦此〉：

> 清笳凝遠戍，漸催暝色，江上去潮寒。大隄攜手處，蕨
> 蕨驚風，倦柳莫重攀。天涯此別，念鄉園、更阻層巒。
> 遙望極、斜陽帆影，低轉古城灣。　　歸鞍。驚沙慘淡，
> 槁葉飄搖。隔相思不斷。嗟我亦、頻年寄旅，帶減圍寬。
> 人生聚散秋鴻跡，問甚時、飛倦知還。書縱寄、林花卻
> 與誰看。〔註31〕

馮煦將赴他鄉，「天涯此別，念鄉園、更阻層巒」，相會不易。詞序所言「遠別益難爲懷」，離情難捨。下闋寫送行以後，歸途意興闌珊。感嘆人生聚散不定，只好自問何時「飛倦知還」。縱有書信相寄，故人遠去，林花只剩自己獨賞。

馮、成兩人還有各賦半闋的聯作。如〈清波引‧盟心古井圖同漱泉各賦半闋〉：

> 秋聲淒楚。又驚起、宿鴉〔註32〕起舞。碎桐搖雨。摀鐙暗
> 無語。斷蛩絮吟蟀，慘共良宵深機杼。自看寒井沉沉，忍
> 冰雪、此終古。(肇麐)　　凝塵漫數。舊闌影、今在甚處。

〔註31〕〔清〕成肇麐：《漱泉詞》，光緒末年刻本，頁 4b。
〔註32〕《清名家詞》本作「雅」，爲便於閱讀理解，本文改作「鴉」。

海雲歸否，認苔際庭宇。荒墳渺千里，我亦傷心孤露。賸
有殘月西樓，爲吟愁句。（煦）（《馮詞》，頁 18）〔註33〕

此爲題畫之作。上闋由成肇麐先作，以宿鴉起舞、梧桐落葉、亂蛩斷
吟構成一幅秋聲景象，表達盟心古井的冰心貞節。下闋由馮煦續作，
情感較爲直露，表達對伊人的思念。景物依舊，人事已非，而今只剩
殘月西樓，共伴孤獨。此詞馮、成兩人合力完成，上闋言景，下闋寫
情，兩相搭配得宜。

　　光緒 3 年（1877）馮、成同居於冶城之飛霞閣。日後成肇麐以詞
回憶，寫下〈洞仙歌〉：

涼颸幽閱，渺冶城天際。斜繞宮垣鎖煙翠。最難忘、亮月
幾度憑闌，衣袂薄，庭砌惜惜如水。　　　可惜登臨地，海
燕初歸，猶認空梁舊巢漬。酹酒問山靈，薜老苔蕪，有誰
會、西園高致。縱飛霞招我說重來，總誤卻年時，冷吟閒
醉。〔註34〕

此詞有序：「丁丑五月，偕夢華寓冶城山之飛霞閣上，層臺聳出，鍾
阜石頭諸勝，環帶左右，時於月夜憑高舒嘯，不自覺其在塵世也。揭
來兩載先後他去，迴矚舊遊，悵然有作。」〔註35〕光緒 3 年（1877）
5 月，馮、成二人共寓飛霞閣，月下憑高舒嘯，宛若與塵世隔絕，後
來彼此先後離去。成肇麐回憶舊游，悵然有感。上闋懷念當時「亮月
憑闌」、「庭砌如水」情景，下闋感嘆舊游不再。「縱飛霞招我說重來，
總誤卻年時」，縱景物依舊，而兩人年華已遠，難以重返回憶當下，
於是寄情於吟醉，悵然思舊與懷友之間。

　　《漱泉詞》除了攸關馮、成二人的交遊外，更有其他對亂世感傷
的作品。如〈三姝媚・書蜀主衍甘州曲後〉：

〔註33〕此詞雖是兩人同賦，各作半闋，然此闋詞卻不見於成肇麐詞集《漱
　　　　泉詞》中。
〔註34〕〔清〕成肇麐：《漱泉詞》，光緒末年刻本，頁 8a。
〔註35〕〔清〕成肇麐：《漱泉詞》，光緒末年刻本，頁 8a。

蛻旌敲縹瓦。望雲霞飄飄，纴〔註36〕衣如畫。路轉元（玄）
都，想彩毫題柱，靜霏沉麝。輦促星流，偏六出、紅梔低
亞。唱徧羅裙，終古青城，總憐姚冶。　　腸斷秦川迴馬。
念玉几金牀，夢魂縈惹。冷月昏黃，浸露盤鉛水，莫尋殘
霸。小集煙花，將恨與、雙流俱瀉。剩有摩訶池畔，哀鵑
夜夜。〔註37〕

據《詞林紀事》引《十國春秋》紀載：「蜀王衍奉其太后、太妃禱青
城山，宮人皆衣霞之衣，後主自製〈甘州曲〉，令宮人唱之，其詞哀
怨，聞者悽慘。衍意本謂神仙而在凡塵耳。後降中原，宮妓多淪落人
間，始驗其語。」〔註38〕成肇麐曾編選《唐五代詞選》，讀王衍〈甘
州曲〉後，有感而發。〔註39〕全詞如《詞林紀事》所言，上闋寫蜀主
等人祝禱於青城山情景，下闋寫故國淪亡後，昔日良辰佳景不在，惟
有冷月昏黃、露盤鉛水，一片幽怨淒涼。詞以「哀鵑夜夜」作結，甚
為貼切，杜鵑相傳為古時蜀王杜宇所化，國破而死，日夜悲啼，淚繼
以血，此處同為蜀主王衍而賦，全詞藉宮妓淪落以發亡國之悲。又如
〈南浦·海天南曙歌以寫憂〉：

沉煙一碧，認迴帆、天際未分明。聚散浮雲千態，蒼狗
倏縱橫。欲訊海西消息，奈飢鷗、莫與証前盟。衹重重
巖嶺，依依芳樹，夢斷舊郵程。　　等是欲留無計，已
拌教、心事化春冰。翻怨癡鶯著意，好語慰勞生。難道
御溝躞蹀，儘因風、流轉比輕萍。倚寥空愁覷，中宵長
鋏為誰鳴。〔註40〕

〔註36〕原刻本作「纴」，同「絍」。
〔註37〕〔清〕成肇麐：《漱泉詞》，光緒末年刻本，頁 4a。
〔註38〕〔清〕張宗橚：《詞林紀事·詞林紀事補正合編》（上海：上海古籍
　　　　出版社，1998 年），頁 87。
〔註39〕關於王衍〈甘州曲〉，全詞為：「畫羅裙，能結束，稱腰身。柳眉桃
　　　　臉不勝春。薄媚足精神。可惜許、淪落在風塵。」見曾昭岷等編：《全
　　　　唐五代詞》（北京：中華書局，1999 年），頁 491。
〔註40〕〔清〕成肇麐：《漱泉詞》，光緒末年刻本，頁 19a。

海天南曙，歌以寫憂。上闋遠望天際，蒼茫未明，浮雲千態，聚散不定，一如世事變幻無常。欲訊消息，然事與願違，鷗盟難再。眼見亂世下殘破景況，更添傷心夢斷。下闋欲留無計，身不由己，心事如化春冰，付諸東流，無可再尋。「躞蹀」為小步行走貌，此以卓文君〈白頭吟〉詩「躞蹀御溝上，溝水東西流」為典，表現出今非昔比的飄零之感。士人於亂世感嘆無奈，歌其「長鋏歸來兮」，以澆胸中塊壘。《漱泉詞》作品的風格大多如此，感傷友生聚散無常，哀嘆亂世無奈，氣氛淒冷沉重，與馮煦詞作風格相近。

　　馮煦、成肇麐二人關係密切，詞集多有同題詞作，下表整理以供參考：〔註41〕

馮煦《蒿盦詞》	成肇麐《漱泉詞》
〈迷神引・過露筋祠叢樹荒煙愴然成弄〉（水佩風裳寒未翦）	〈河瀆神・露筋祠晚泊〉（叢樹摀層扉）
〈徵招・題夢軒師江上聞箏圖〉（離聲驀帶歸潮起）	〈念奴嬌・題江上聞箏圖〉（別懷正苦）
〈淒涼犯・再題夢軒師江上聞箏圖〉（峭帆半掠）	
〈聲聲慢・蟢聲〉（游絲弄暝）	〈聲聲慢・蟢聲同夢華〉（孤帆乍斂）
〈壽樓春・過二泉師宅示蘋湘〉（招梅邊秋魂）	〈壽樓春・過曾二泉先生宅同夢華賦〉（尋青溪前彎）
〈長亭怨慢・鈴聲〉（自江左甘郎歸後）	〈長亭怨慢・鈴聲〉（又催起疏林嗁鳥）
〈秋宵吟・柝聲〉（擁孤衾）	〈秋宵吟・柝聲〉（雁聲遲）
〈壽樓春・予共祖兄弟四人予次在末兩兄並早世小春從兄亦旅沒臨安其幸而在者小韱從兄耳兄生道光丁亥閏五月七日一尊為壽輒以五月代之其閏者道光丙午咸豐丁巳同治乙丑光緒丙子迨今甲申而五矣往在己未	〈霓裳中序第一・馮君小韱以道光丁亥閏月生□光緒癸未而夏五五閏夢華既為詞紀之更以相屬逡巡未報也今年君寓鍾山之屯營元武五洲與牛首雞籠諸峯列峙若屏障余一再過訪因盡出近作相示爰成此解〉（大旗姓

〔註41〕本表檢閱馮煦《蒿盦詞》、成肇麐《漱泉詞》整理而成。參見〔清〕馮煦：《蒿盦詞》，見陳乃乾輯《清名家詞》，冊10。〔清〕成肇麐：《漱泉詞》，光緒末年刻本。

馮煦《蒿盦詞》	成肇麐《漱泉詞》
從兄歸里中舍陳氏西樓庚申依兄南村暨來江表兄亦繼至每話舊游歷歷如昨而兄年五十有八予亦越四十諸父諸兄罕有存者南村既易主陳氏樓亂後墟矣上下三十年疇昔弦誦之地遂不可問世變日亟予亦少壯衰而兄神識聰彊過予遠甚爰賦此解紀之〉（羅西堂青袍）	半捲）
〈甘州・答漱泉淤玄武湖見懷之作即用其韻〉（去南鴻）	〈甘州・八月之望散步元武湖上憶己卯中春偕夢華來遊瞬以七易歲矣〉（渺殘荷）
〈百字令・登黃樓有懷漱泉〉（斷虹初霽）	〈百字令・雨中登冶山有懷夢華彭城即用其見寄之韻〉（楝花開遍）
〈齊天樂・題程與九望雲圖〉（春暉知在閒庭宇）	〈訴衷情・用仙源居士體爲程訓導與九題望雲圖〉（廿年疊損老萊衣）

第三節　嗟我薛夫子，一往難追量——薛時雨

　　師友輩與馮煦關係較密者，尚有薛時雨。馮煦亦受業於門下，王
賡《今傳是樓詩話》言：「中丞（馮煦）爲全椒薛慰農先生時雨高足。」
〔註42〕又汪辟疆〈近代詩派與地域〉提及：「馮蒿庵與上元顧雲齊名，
而又出全椒薛慰農門下，夙以詞名，而詩歌亦清麗縣遠，頗近新城。」
〔註43〕可見師生關係。薛時雨（1818～1885），字慰農，晚號桑根老
農，安徽全椒人，晚主杭州崇文書院、江寧尊經、惜陰等書院，有《藤
香館詞》一卷。下文先敘述薛時雨與馮煦間的情誼，再探析其詞的內
容特色。

〔註42〕王賡：《今傳是樓詩話》，見沈雲龍主編：《近代中國史料叢刊續輯》
　　　　（臺北：文海出版社，1974 年），冊 678，頁 125。
〔註43〕汪辟疆：〈近代詩派與地域〉《汪辟疆文集》（上海：上海古籍出版社，
　　　　1988 年），頁 311。

一、「民之所嚮，士心歸之」之薛時雨

　　薛時雨在主持眾書院前，曾有段為官歷程，可見其體恤民勞的為人。文獻記載：

> 先生與仲兄同榜進士，分發浙江，受嘉興知縣。行縣憫旱，歸罷徵賦，大府催科檄下，置勿問。以是解任，而仁聞大起。署嘉善令，終日坐堂皇，治庶獄三百，數月之後幾幾無訟。浙西人士文而好禮，先生從容引與講義。……嗚呼！先生賢聲既昌，而忌者日眾。素憺榮利，雅不欲與夸毗者競進。方提調崇文書院，於是曠無堂階，往時學者日親群焉。築室湖濱，曰薛廬，以不忘友教。（譚廷獻〈薛先生墓誌銘〉）〔註44〕

> 薛師宰我邑，歲丙辰值大旱，扁舟一葉巡行各鄉邨，慰勞農氓，課之庠水，躑躅烈日中。自奉則脫粟蔬食，觀者咸嘆「好官」。守杭郡，攝糧儲，承凋蔽之後，尤多惠政。時蔣果敏為布政，初甚重公，後有恭之者，遂決然乞病。馬端敏師留之不可，乃延主崇文講席。端敏師移督兩江，聘師為尊經院長，著弟子籍者益眾。（張鳴珂《寒松閣談藝瑣錄》）〔註45〕

薛時雨任杭時，正值大旱。其憫災農氓，巡行各鄉，躑躅烈日中，而又私罷民稅徵賦，自奉則脫粟蔬食，與民共苦。後又「治庶獄三百，數月之後幾幾無訟」，誠可謂良吏。不料後遭小人忌妒，薛時雨遂乞病告歸，後受聘於書院以授業。退隱官場後，遂於湖濱築「薛廬」，以不忘友教。

　　薛時雨與馮煦相識，緣於入幕金陵書局期間，當時正值薛時雨聘主尊經書院。曹仁虎《秦淮志》記載：

> （薛時雨）與湘鄉曾文正公同舉進士，同官翰林，至相得

〔註44〕〔清〕譚廷獻：〈薛先生墓誌銘〉，見繆荃孫編：《續碑傳集補》，見沈雲龍主編：《近代史料叢刊》，冊990，卷80，頁15a～16a。

〔註45〕〔清〕張鳴珂：《寒松閣談藝瑣錄》，見《續修四庫全書》（上海：上海古籍出版社，2002年），子部，冊1088，頁367。

也。既而外簡浙中知府，歷官十餘年，調杭州府。年爲衰，
遽引告歸。文正督兩江，招游金陵，聘主尊經書院。愛士
若飢渴，士心歸之。〔註46〕

薛時雨自杭州隱退後，受曾國藩招聘，入金陵主持書院。其愛士若飢
渴，士人歸之，而馮煦即是其一。而在「士心歸之」薛門之下，薛、
馮的師生關係尤密。蔣國榜〈蒿庵家傳〉記載：

全椒薛慰農先生時雨主尊經、惜陰兩書院，宏獎士類，于
公噓植尤摯，公奉手且久，亦依爲歸宿。（頁661）

薛時雨宏獎士類，對馮煦格外器重，而馮煦亦「奉手且久」，以薛師
爲歸宿。從馮煦詩作，亦可見彼此互動。先是〈丙子除夕懷人二十四
絕句〉：

西走建康東越絕，孤寒八百得陽春。自慙我亦焦尾桐，欂
下知音更幾人。（薛丈慰農）（《馮稿》，頁360）

光緒2年（1876）馮煦首次離開金陵，任於夔州，作〈丙子除夕懷人
二十四絕句〉，薛時雨即其一。對馮煦而言，薛時雨有如孤寒重得陽
春，又如東漢蔡邕知其爲良木，裁作焦尾琴。表示彼此賞識相知，相
當感恩。薛時雨退隱官場後，遂於薛廬閒居，馮煦也至薛廬，其中互
動。如馮煦詩：

東南有碩師，高風扇河汾。今夕復何夕，章縫來詵詵。萬
流歸一冶，何有矜與群。（〈薛廬十詠〉）（《馮稿》，頁402）

人日題詩莫歎嗟，酒腸芒角劇枒杈。游楊竝侍雪三尺，維
迪幽棲水一涯。世事已悲漆室緯，鄉心猶憶綺窗花。歸然
鶴骨春同健，日駐玄亭問字車。（〈乙酉人日薛廬挑菜用慰
農丈病中自遣韻〉）〔註47〕（《馮稿》，頁419）

〈薛廬十詠〉作於光緒9年（1883）。「東南有碩師」即指薛時雨，而
於薛廬中，萬流歸一，一視同仁，無矜群之別。〈乙酉人日薛廬挑菜
用慰農丈病中自遣韻〉作於光緒11年（1885），「人日」爲正月初七。

〔註46〕〔清〕曹仁虎：《秦淮志》（南京：南京出版社，2007年），頁33。
〔註47〕〔清〕馮煦：《蒿盦類稿・續稿・奏稿》，頁419。

「挑菜」風俗源自宋代，每年春日佳節，百草始生，人至郊外挖取野菜，以應時節，供制春盤。詩中馮煦用薛師病中自遣韻，同作寬慰之意。人生難免芒角撐腸，嗟嘆牢騷，見世事悲涼，猶憶鄉心。幸而尚有師生情誼足以寬慰，學子立雪從師，師徒與春同健。

然而於同月初二十二日，薛時雨辭世。馮煦甚感傷心，其詩〈送桑根師之喪歸全椒歌以當哭〉：

> 往者歲在巳，師始至自杭。煦也亦飢驅，挾策游建康。奏賦愧薄劣，師乃謂之臧。……煦退而自喜，得師韓歐陽。……匪惟情話洽，直欲形骸忘。款款逾家人，況在弟子行。……撫我亦何厚，策我亦何良。凡此身所被，百喙不可詳。……嗟我薛夫子，一往難追量。素車走薄薄，丹旐飛央央。送者相向哭，煦也行自傷。（《馮稿》，頁 422～424）

此詩可見薛時雨對馮煦的器重。「師乃謂之臧」，臧者，善也。馮煦受教其下，對薛時雨亦有如韓愈、歐陽脩般尊之。馮煦言薛師「撫我亦何厚，策我亦何良」，可見其栽培點滴。「嗟我薛夫子，一往難追量」，而今薛師已歿，追憶往事，不勝感傷。馮煦還有〈薛慰農先生墓表〉、〈祭桑根師文〉，也表露對薛師的追念：

> 煦嘗侍先生江寧薛廬，春秋佳日，花竹翳如，負杖西潭上，與樵牧相酬答，幾幾黜陟不知，理亂不聞矣，而酒酣耳熱，仰天四顧，悼世變之傲詭，閔人才之媮窳。危辭篤論，又若霆摧而的破。（〈薛慰農先生墓表〉）（《馮稿》，頁 1413～1415）

> 疇昔之游，曠如前日，方忻撰杖，據悲撤瑟。盍山盤盤，潭水彌彌，風景不殊，我師已矣。鳴呼！宋歐陽沒，子瞻有辭：「民有父母，國有蓍龜，斯文有傳，學者有師。」師于歐陽，是二是一何圖，今日師不我，即民胡父母？國胡蓍龜？斯文胡傳？學者胡師？西州再過，涕下如縻。為天下痛，匪哭其私。鳴呼哀哉！尚饗。（〈祭桑根師文〉）（《馮稿》，頁 1566～1567）

馮煦與薛時雨交遊於江寧薛廬，時兩人共步西潭，任其真率，與樵牧

酬答而忘我，酒酣耳熱而感懷世變良否、人才優劣，大放其辭，情誼甚篤。而今先生已矣，曩昔之游，恍如昨日。蘇軾〈祭歐陽文忠公〉曾以「民有父母，國有蓍龜，斯文有傳，學者有師」〔註48〕表明對其師歐陽脩的敬重與追念。而今馮煦視恩師薛時雨亦然，先生一去，如同民何有父母可依？國何有蓍龜可鑑？斯文何以可傳？學者何有恩師可從？如馮煦所言，對於薛時雨辭世，更爲天下人遺憾。

薛時雨爲人「士心歸之」，對馮煦甚爲賞識，二人交誼關係密切，成爲馮煦「奉手且久」的歸宿，影響馮煦治學爲人。薛時雨納才寬廣的個性，不但「士心歸之」，也連帶滲透於薛時雨的讀詞態度。其〈風入松・舟中讀汲古閣刻宋詞〉，可見其讀詞體會的寬廣接受：

> 風騷遺響在詞場。蘭蕙採幽芳。青衫紅袖才人淚，一聲聲、賞盡柔腸。多少英雄兒女，話來情短情長。酒棋斜影又斜陽。何處譜宮商。瓜皮艇子春愁種，倚孤篷、聞爇心香。有井能歌豔曲，無波未減清狂。〔註49〕

所謂汲古閣所刻宋詞，即指明毛晉《宋六十名家詞》。再據《續修四庫全書》所收薛時雨《藤香館詞》，原詞有序：「西江購得汲古閣宋詞，舟中日日諷誦，如見蘇辛姜柳諸公銜杯按拍時也」〔註50〕。此闋〈風

〔註48〕〔宋〕蘇軾著，孔凡禮點校：《蘇軾文集》（北京：中華書局，2008年），冊5，頁1937。

〔註49〕〔清〕薛時雨：《藤香館詞》，見陳乃乾輯《清名家詞》，冊9，頁45。

〔註50〕〔清〕薛時雨：《藤香館詞》，見《續修四庫全書》（上海：上海古籍出版社，2002年），冊727，頁92。陳建男指出：「《續修四庫全書》將《藤香館詞》的作者著錄爲『蔣時雨』，算是罪魁禍首。但《藤香館詞》應正名爲《藤香館詞鈔》才是。《回族典藏全書》中所收木刻本《藤香館詞鈔》應來自續修本，同爲同治七年本。此套書中又收有《藤香館詞二種》，爲仿古鉛印本，是出自《清名家詞》，二種分別爲「西湖櫂唱」、「江舟欸乃」，《藤香館詞鈔》只有「江舟欸乃」部分。又，《藤香館詞鈔》所收之詞較多，詞序亦較完整，《藤香館詞二種》刪除詞作與詞序甚多。《回族典藏全書》最大的缺點是沒註明出處。」簡言之，即：（一）續修本所收薛時雨詞，因爲不全，只有「江舟欸乃」部分，故應爲《藤香館詞鈔》。（二）清名家詞本兼

入松〉為薛時雨讀《宋六十名家詞》心得，全詞寫宋詞的整體情感，
或訴諸風騷、寄情香草，或青衫紅袖、酒筵歌泣，皆「話來情短情長」。
而此情感或感嘆日暮斜陽，或傷春悲秋，或感嘆人生飄零，或相思佳
人分離，皆可譜入為詞，傳唱下去。猶如「有井水飲處，便能歌柳詞」，
柳詞如此，整個宋詞亦然。全詞僅概括宋詞的普遍狀況，並無強調論
詞立場或偏好。猶如薛時雨的讀詞態度，寬廣接受而不加以分判。

二、「詞直不奧，如其為人」之《藤香館詞》

薛時雨《藤香館詞》一卷，其中包含《西湖櫂唱》與《江舟欸乃》
兩部分，前者有詞 80 闋，後者 79 闋，合之共 159 闋。薛時雨詞如其
人，王賡《今傳是樓詩話》提及：

> 曾國藩聘主尊經、惜陰諸院講席，一時吳下文人，多其弟
> 子。時雨和厚曠達，不持儀節，士皆親之。……而詞不晦
> 奧，如其為人。〔註51〕

所謂「詞不晦奧，如其為人」，即《藤香館詞》最佳寫照。薛時雨為
人磊落，士心歸之，其詞亦與個性相若。馮煦〈祭桑根師文〉提及：

> （先生）出處翛然實一，其摨作詩歌，秋水委地，灌白沃
> 蘇，盪無厓際。詞筆自放，屈蟠龍蛇，下視靡靡，噤不敢
> 譁。（《馮稿》，頁 1566）

由於個性「翛然實一」，薛時雨能詞筆自放，屈蟠龍蛇，大開大闔，
他輩觀之，噤不敢譁。《藤香館詞》多有爽朗之作，薛時雨〈江舟欸
乃自序〉言：

> 蘧伯玉行年五十，而知四十九年之非。余四十有九矣，生平

收「江舟欸乃」、「西湖櫂唱」二者。（三）續修本的「江舟欸乃」由
於為較早版本，故較清名家詞本的「江舟欸乃」保留更多原詞原序。
（四）《回族典藏全書》同收《藤香館詞鈔》、《藤香館詞二種》，前
者來自續修本，後者來自清名家詞本，然未註明出處。上文為國立
臺灣大學中國文學研究所博士班陳建男學長私下提出。
〔註51〕沃丘仲子：《近現代名人小傳》（北京：北京圖書館出版社，2003 年），
上冊，頁 391。

之非在直。居官涉世，獲戾不少，思有以變化之，計文字中
最曲者莫若詞。……題曰《江舟欸乃》，自取而讀之，律疏
而語率，無柔腸冶態以蕩其思，無遠韻深情以媚其俗，病根
仍是犯一直字。噫，言者心之聲，幾者動之微。詞翰小道，
無足比數。顧能直不能曲，儻所謂習與性成耶？〔註52〕

「文字中最曲者莫若詞」，詞本易於曲折隱晦。然薛時雨自言為詞「律
疏而語率」，不作「柔腸冶態」之態。所謂「病根仍是犯一直字」，「詞
直」正為薛時雨其詞特色。由於「習與性成」，《藤香館詞》詞直不晦，
如其為人。此外，薛時雨〈西湖欸唱自序〉亦言：

噫！余俗吏，雖詞人也。顧十年游蹤，強半寄此。姑編存
之，以誌春夢。若云搓酥滴粉，咀宮含商，於律法不差銖
黍，則詞人之能事，俗吏謝不敏矣。〔註53〕

所言己作只是平生游歷的點滴，姑且編存之。並非如同一般詞人，善
為旖旎之作，精研宮商，恪守格律等能事。「俗吏不敏詞人能事」，薛
時雨自謙俗吏，不特以詞人自居。儘管如此，《藤香館詞》仍受好評，
如蔣敦復《芬陀利室詞話》言：

全椒薛慰農明府，以名進士出宰百里，有古循吏風，愛才
不下士，賓至如歸。今于同人詞選中，得《西湖欸唱》，讀
之天骨開張，具見風力，非塵俗吏也。(《叢編》，冊4，頁
3660）

蔣敦復謂《西湖欸唱》「天骨開張，具見風力」，言其詞磊落爽朗，可
見風骨。正如其為人，有古循吏風，非泛泛塵俗吏。

其實《藤香館詞》有兩種特色，一為即如其為人，磊落爽朗，詞
風近於東坡。而另部分亦有寄情綿邈之作，詞風近於姜夔。不過仍以
前種風格為主，薛時雨詞亦多用東坡韻，如〈滿庭芳‧和東坡韻二首〉
〔註54〕、〈水龍吟‧楊花和東坡韻〉〔註55〕，較具代表者為〈百字令‧

〔註52〕〔清〕薛時雨：《藤香館詞》，見陳乃乾輯：《清名家詞》，冊9，頁9。
〔註53〕〔清〕薛時雨：《藤香館詞》，見陳乃乾輯：《清名家詞》，冊9，頁8。
〔註54〕〔清〕薛時雨：《藤香館詞》，見陳乃乾輯《清名家詞》，冊9，頁46。
〔註55〕〔清〕薛時雨：《藤香館詞》，見陳乃乾輯《清名家詞》，冊9，頁48。

黃天蕩用東坡赤壁韻〉：

> 長江千里，到黃天蕩口，別開風物。水立雲垂天異色，返
> 照江翻石壁。大將樓船，美人桴鼓，千載濤驅雪。中流憑
> 弔，古今有數人傑。記我小住西湖，荒墳拜岳，歸棹遲遲
> 發。末路英雄驢背穩，多少壯懷消滅。獄底埋冤，亭邊挹
> 翠，生死爭毫髮。臨江釃酒，江心湧起明月。〔註56〕

「黃天蕩」，為歷史古戰場，位於金陵東北，面臨長江。南宋韓世忠
曾於此圍困金兵，大敗金兀朮。全詞用蘇軾〈念奴嬌·赤壁懷古〉韻，
抒發懷古感嘆。上闋記眼前壯景，江翻石壁，別開風物，遙想當年戰
事，樓船桴鼓，怒濤驅雪，古今多少豪傑。下闋寫憑弔所感，感嘆韓
世忠曾力救岳飛，然岳飛終究受「莫須有」誣陷，埋冤獄底。〔註57〕
全詞悲嘆英雄末路，事與願違，壯懷都滅，最後「挹翠」舀酒，臨江
灑醪，凝望江月，憑弔韓世忠。相較於蘇軾原詞「人生如夢，一尊還
酹江月」，薛詞「江心湧起明月」更為沉鬱悲壯。此可見薛時雨「詞
直不奧」特色。又如〈水調歌頭·二月十五夜大江看月〉，亦有意追
效蘇軾，如：

> 獨飲不成醉，橫槳望江天。吟魂飛落天外，無語對嬋娟。
> 萬里山河寂靜，淒絕嫦娥孤影，偏喜十分圓。鶴唳不知處，
> 縹緲入雲烟。人渺渺，春寂寂，夜縣縣。長空如此寮闊，
> 一客倚孤船。過眼風光誰賞，回首錢塘江上，鐵笛會群仙。
> 今夕復何夕，香霧襲衣寒。〔註58〕

全詞寫大江看月，上闋獨飲江畔，橫槳望月，山河遼闊寂靜，遙想嫦
娥孤淒，縹緲於雲霧之中。下闋抒發胸臆，壯景下自己孤舟夜泊，回
憶往歲錢塘江上盛事，此夕江月只能自看。全詞氣象遼闊，江夜看月，
更添孤獨。相較於蘇軾〈水調歌頭〉「千里共嬋娟」的曠達飄逸，薛

〔註56〕〔清〕薛時雨：《藤香館詞》，見陳乃乾輯《清名家詞》，冊9，頁44。
〔註57〕〔元〕脫脫編：《宋史·韓世忠傳》（北京：中華書局，1985年），卷
　　　364，冊32，頁11355～11368。
〔註58〕〔清〕薛時雨：《藤香館詞》，見陳乃乾輯《清名家詞》，冊9，頁43。

時雨雖不能及，但亦直抒胸臆，表達其孤清寂寞感受。

至於《藤香館詞》寄情綿邈、風格近於姜夔的作品，可以〈齊天樂・絡緯用白石蟋蟀韻〉爲例：

> 歐陽吟罷秋聲賦，中庭寂無人語。乙乙徐抽，申申不斷，豆葉瓜花多處。輕攏薄訴。恰涼月當篝，好風穿杼。徹夜機關，曉來理就甚絲緒。　　清宵那堪聽雨。更淒淒切切，遙應鄰杵。去日如梭，離情似織，淚點縱橫無數。迴文寄興。道天上星期，又逢牛女。譜入相思，并闌啼最苦。〔註59〕

「絡緯」即「促織」，意爲蟋蟀。全詞用姜夔〈齊天樂〉詠蟋蟀韻，記寫蟋蟀哀鳴，夜闌人靜，蟲聲「乙乙徐抽」、「申申不斷」，如人泣語，瀰漫月下。下闋「清宵那堪聽雨」，同姜夔詞「西窗又吹暗雨，爲誰頻斷續，相和砧杵」，以雨聲形容蟲鳴，淒淒切切，似與擣衣相和。末以「促織」作結，「譜入相思」正如牛郎織女，寄託人間別離情緒，如同姜夔詞「寫入琴絲，一聲聲更苦」。全詞託物寓情，哀音似訴。〔註60〕

楊叔懌〈藤香館詞序〉以「遠追白石，近抗迦陵」概括薛詞的兩面特色，所論精到。其言：

> 惟其結想孤高，寄情綿邈，謝逋招隱，貨騎買舟，故能本嶔奇磊落之胸，發宕渺幽微之韻，洵可遠追白石，近抗迦陵也已。〔註61〕

由於其性「嶔奇磊落」，而其詞能近抗迦陵，如陳維崧般豪放手筆。而「洵可遠追白石」，其詞實可遠追白石，應指寄情綿邈的風格。如

〔註59〕〔清〕薛時雨：《藤香館詞》，見陳乃乾輯《清名家詞》，冊9，頁26。

〔註60〕姜夔〈齊天樂〉詠蟋蟀詞爲：「庾郎先自吟愁賦，淒淒更聞私語。露濕銅鋪，苔侵石井，都是曾聽伊處。哀音似訴。正思婦無眠，起尋機杼。曲曲屏山，夜深獨自甚情緒。　　西窗又吹暗雨。爲誰頻斷續，相和砧杵。候館吟秋，離宮弔月，別有傷心無數。幽詩漫與，笑籬落呼燈，世間兒女。寫入琴絲，一聲聲更苦。」見夏承燾箋：《姜白石詞編年箋校》（上海：上海古籍出版社，1998年），頁58～59。

〔註61〕〔清〕薛時雨：《藤香館詞》，見陳乃乾輯《清名家詞》，冊9，頁3。

其〈齊天樂〉詠蟋蟀詞，能發幽微之韻，此成為薛詞的不同特色。而盧前〈望江南・飲虹簃論清詞百家〉更進而申論，認為薛時雨的長調慢詞近於朱彝尊、厲鶚，其言：

> 藤香老，楹帖俊能腴。偶作令詞追小晏，若為長慢厲朱餘。
> 潭上有新盧。〔註62〕

盧前從薛詞「遠追白石」申論。浙西詞派追法姜、張詞的清空雅正，而由朱彝尊、厲鶚發揚。薛時雨其詞部分側近姜夔詞的幽清淒冷，盧前認為可能受朱、厲等浙派諸人影響，此亦表示浙西詞派於當時仍有其影響力。

第四節　與君同是避秦人——朱祖謀

　　馮煦與朱祖謀亦有往來。朱祖謀（1857～1931），原名孝臧，一字古微，號漚尹，別署上彊村民，為晚清四大詞人之一。馮煦《宋六十一家詞選》刊於光緒13年（1887），而其《蒿盦詞》亦為同治至光緒時期作品〔註63〕，然而馮、朱二人互動主要在於民國時期，故影響較小於喬守敬、成肇麐、薛時雨三人。此外，朱祖謀四十歲才向王鵬運（1850～1904，字幼霞，號半塘老人）學詞，如朱祖謀自言：

> 予素不解倚聲，歲丙申，重至京師。半塘翁時舉詞社，強邀同作。翁喜獎借後進，於予則繩檢不少貸，微叩之，則曰：「君於兩宋塗徑，固未深涉，亦幸不睹名以後詞耳。」
> 〔註64〕

朱祖謀光緒22年（1896）後，年近四十才學詞於王鵬運。遠遠晚於馮煦「昔者十五學詞賦」，咸豐7年（1857）從喬守敬習詞。如此看

〔註62〕盧前：《飲虹簃論清詞百家》，見陳乃乾輯《清名家詞》，冊10，頁8。
〔註63〕據馮煦《蒿盦詞》可考作品以〈琵琶仙〉（蟾月籠寒）最早，作於同治八年。以〈百字令〉（塵纓乍濯）最晚，作於光緒三十二年。見〔清〕馮煦：《蒿盦詞》，見陳乃乾輯《清名家詞》，冊10。
〔註64〕〔清〕朱祖謀：〈彊村詞原序〉，《彊村詞賸稿》，見朱祖謀編：《彊村叢書》（上海：上海古籍出版社，1989年），冊10，頁8406。

來，詞壇上朱祖謀是馮煦的後輩，故對馮煦詞學影響較小。然而馮、朱二人實有互動，特別於辛亥後，二人避居上海，成爲大清遺老，互動較多。馮煦晚年詞集《蒿盦詞賸》即是朱祖謀作序，如：

> 往歲在京師，同年馮蒿盦示以寶應成恭恪公《漱泉詞》一卷，因舉倚聲源流之正變之故，輒瞠然不曉所謂。丙申丁酉間，始從半塘老人學爲詞，而君已之官皖中，勞燕分飛，眒爲十稔。諏律稽譜未獲，奉手喁于之雅，邈不可致。辛亥國變後，先僑海上，同作流人。憂離傷生，往往託之謠咏，以遣其無涯之悲。而與孝臧酬唱爲獨多。逃空谷者聞足音而喜，君與孝臧殆有同感矣。（《馮詞賸》，頁1）

馮煦曾將成肇麐《漱泉詞》示予朱祖謀，作爲範例以論倚聲源流，然朱祖謀此時尚未學詞，故「不曉所謂」。而至朱祖謀丙申（1896）從師王鵬運後，馮煦外任皖中，勞燕分飛，二人無因相會。朱祖謀還試圖追效馮煦「奉手喁于之雅」，只惜邈不可致。辛亥後，馮、朱同作流人，寓居上海，彼此多有吟詠酬唱，同感憂離傷生。至於馮、朱二人何時交識，以馮煦所見詩作而言，最早寄贈朱祖謀詩爲光緒16年（1890）庚寅，詩作分別爲〈聞古微有消寒之局占此調之〉、〈再答古微〉。既是「再答」，表示彼此有來往贈答。〔註65〕此時馮煦尚未外任，仍於京師，與朱祖謀序言「往歲在京師」吻合。

　　辛亥後二人同爲遺老，寓居上海，時有共遣故國感懷之作。如：

> 短陌飛絲，長波皺麴，市廉江柳爭青。中酒年光，買春猶是旗亭。綵旛長記花生日，甚綠窗、兒女心情。盡安排、畫桁吳縑，鈿閣秦箏。　　白頭未要料理，要哀吟狂醉，消遣餘生。無主東風，博勞怨不成聲。朦朧幾簇東闌雪，

〔註65〕馮煦〈聞古微有消寒之局占此調之〉全詩：「蕭蕭哀鴻天際瀚，群公尊俎足盤桓。獨憐衰颯蒙香叟，日拚空齋守歲寒。」「消寒」俗稱「九九消寒會」，指冬至過後約八十一天，節氣漸暖，因而飲酒聚會。而〈再答古微〉全詩：「聞道移封到酒泉，朝朝白眼看青天。還愁十指如椎樣，鞭馬踏泥輸少年。」二詩均作於光緒十六年庚寅（1890），參見〔清〕馮煦：《蒿盦類稿・續稿・奏稿》，頁494。

算今年、又看清明。怕相逢、社燕歸來，還訴飄零。（朱祖
謀〈高陽臺‧花朝渝樓同萬叟作〉）〔註66〕

款燕梁空，祈蠶市遠，無端薺麥青青。滿目河山，幾人淚
濺新亭。鷓鴣嗁後西樓暝，是阻風、中酒心情。只輸它、
珠箔飄燈，銀甲彈箏。　　與君散髮滄江曲，奈歸飆又殢，
草長波生。瘦沈愁潘，而今一例彫零。欺花困柳春無主，
況鏡中、眉樣難明。怕東園、冶翠倡紅，還弄陰晴。（馮煦
〈高陽臺‧西樓暝坐，羈緒無端，漚尹詞來重增於邑，次
均答之〉）（《馮詞賸》，頁 4a）

據白敦仁考證，朱祖謀此詞爲逸社第二集作〔註67〕，作於民國 4 年乙
卯（1915），而馮詞爲和作。渝樓爲古渝軒，二詞表露同爲亡清遺老
的感嘆。借傷春而感嘆故國難再，朱詞「無主東風」頗似李璟〈浣溪
紗〉「風裡落花誰是主」，人如落花，身不由己，飄零於時局之中。馮
詞「薺麥青青」、「淚濺新亭」，傷心故國，發黍離之悲。古今如何，
終是「一例凋零」。只好彼此「與君散髮滄江曲」、「哀吟狂醉，消遣
餘生」，將感懷託之倚聲。又如二人〈虞美人〉詞：

經年未醒鷗夷夢。雁外荒波動。不須商略掛帆人，便與扁
舟出世已無津。　　頑秋腰腳慵難理。久斷傷高淚。故人
書札墮西風。卻道江山塵土我清空。（朱祖謀〈虞美人‧晚
秋病起浮家石湖〉）〔註68〕

鬧紅一舸搖殘夢。眇眇予愁動。與君同是辟秦人，只恐桃
花如雪易迷津。　　雲旗畫下紛難理。贏得嗁鵑淚。玉樓
天半又東風。可奈伶俜乳燕舊巢空。（馮煦〈虞美人‧和漚
尹石湖秋泛均，日月不居，春韶又屆，黯然譜此，於邑彌
襟〉）（《馮詞賸》，頁 1a）

朱詞爲晚秋病起作，所謂「浮家」，意指以船爲家或水上生活，此指

〔註66〕〔清〕朱祖謀著，白敦仁箋注：《彊村語業箋注》（成都：巴蜀書社，
　　　　2002 年），頁 270。
〔註67〕參見白敦仁箋注：《彊村語業箋注》，頁 270～271。
〔註68〕〔清〕朱祖謀著，白敦仁箋注：《彊村語業箋注》，頁 260。

秋泛。全詞以范蠡避禍五湖，莫問世事，以喻身爲遺老的心情。故人往事，墮淚西風，不堪卒讀。「江山塵土我清空」，看似消極，實則無奈。而馮詞爲和韻作，詞中「殘夢」，喻指故國往事，消散難再。而今「與君同是避秦人」，同爲遺老，故國已猶如桃源迷津，邈邈難尋，無奈舊巢成空。馮煦「黯然譜此」，與朱祖謀共悵時局變異。

馮煦晚年與朱祖謀互動頻繁，《蒿盦詞賸》詞共 41 闋，與朱祖謀次韻、同作者，近占四分之一，共 12 闋。簡列如下表：

詞牌	題序	頁數
虞美人	和漚尹石湖秋泛均，日月不居，春韶又屆，黯然譜此，於邑彌襟	1a
滿江紅	同古微前輩賦精忠柏次岳忠武韻	2b
高陽臺	西樓暝坐，羈緒無端，漚尹詞來，重增於邑，次韻答之	4a
高陽臺	乙卯清明，張園坐雨，闃其無人，孤抱淒黯，仍倚漚尹韻寫之	4a
清平樂	題宋夢仙女史遺畫，次漚尹韻	4b
霜花腴	題古微前輩彊村校詞圖，即用其乙卯哈園九日韻〔註69〕	5a
水調歌頭	題古微前輩彊村校詞圖（代）〔註70〕	6a

〔註69〕關於清遺民與上海洋人的往來，林志宏《民國乃敵國也——政治文化轉型下的清遺民》以猶太商人哈同、日本學者諸橋撤次爲例，敍述彼此之間的互動。詳參見氏著：《民國乃敵國也——政治文化轉型下的清遺民》，頁 54～57。

〔註70〕陳建男指出：「林開謩〈水調歌頭・漚尹老前輩屬題校詞圖〉，爲馮煦代寫，見馮氏《蒿庵詞賸》，題爲〈水調歌頭・題古微前輩彊村校詞圖〉。二詞上片字句稍異，茲錄如下：馮煦〈水調歌頭・題古微前輩彊村校詞圖〉：『十日九風雨，坐嘯對南樓。莫話夢中槐蟻，富貴本雲浮。卻羨婆婆老子，分付小紅低唱，獨自按空侯。草歇又砠礧，靈瑣杳難求。　修簫譜，邀笛步，眇予愁。十載困花孈酒，海曲且淹留。還恐霓裳法曲，換了念家山破，淒咽不成秋。今世復何世，散髮弄扁舟。』林開謩〈水調歌頭・漚尹老前輩屬題校詞圖〉：『竹所靜無籟，坐嘯對南樓。莫話夢中槐蟻，富貴等雲浮。卻羨婆婆老子，分付小紅低唱，獨自按箜篌。草歇又砠礧，靈瑣杳難求。　修簫譜，邀笛步，眇予愁。十載困花孈酒，海曲且淹留。還恐霓裳法曲，換了念家山破，淒咽不成秋。今世復何世，散髮弄扁舟。』」此

詞牌	題序	頁數
長亭怨慢	春且半矣，餘寒猶㳘，獨夜空齋，黯然羈抱，撫此呈漚尹，即用其送予歸白田韻	6a
紫萸香慢	戊午九日，漚尹前輩同病山、愔仲、仁先焦山登高，賦此記之，根觸予懷，亦成此解	7a
虞美人	和漚尹韻	10b
摸魚子	龍華看桃歸，北眺有感，依漚尹韻寫之	11a
滿庭芳	題劉蔥石枕雷圖用古微前輩韻	11b

《蒿盦詞賸》中馮、朱來往詞多，甚至序言也是由朱祖謀所寫。朱祖謀對馮煦而言，宛若當年成肇麐那般，情同知己，以詞相會。此外在馮煦對朱祖謀的論詞，亦頗爲接受。馮煦《蒿叟隨筆》特別抄錄朱祖謀〈望江南〉論清朝詞人 25 闋，馮煦前言提及：

> 歸安朱古微前輩祖謀，詞宗夢窗，得其神髓，爲海內大家。
> 有望江南二十五闋，論本朝一代詞，多洞微之論，錄之以
> 資研索。(《馮筆》，頁 303)

朱祖謀詞好夢窗，曾四校夢窗詞，而其有〈望江南〉25 闋評論自屈大均至況周頤各家。馮煦認爲其論洞微，頗具價值，可資研索，便將之全數抄錄。此外，馮煦晚年以書札寄贈朱祖謀，可爲詞家之間的通訊：

> 古微老前輩同年大人左右：蘇臺于役，一奉清塵。譚宴之
> 歡，足愜孤抱。別又匝月，靡日不思。冬陽不潛，道屢佳
> 旵。比者如詞壇頗尚柳調，誠足避俗。然棘喉鉤吻，讀之
> 使人不爽。且不善學之，亦易留爲俳體。似仍不若周姜習
> 用之調流轉自如也。弇陋之見，尚乞教之。夏陳皆詞家巨
> 擘，其所著乞代索一足本。冀廣所未睹耳。侍於此事，所
> 涉至淺，今更頹唐，不復能學邯鄲之步矣。蘋珊有書不？
> 錢生當與之俱北耶？地震彗變，天象極可畏。杞憂正未艾

觀點由國立臺灣大學中國文學研究所博士班陳建男學長私下提出，而馮詞引自馮煦：《蒿盦詞賸》，頁 6a。林詞引自龍楡生輯錄《彊邨校詞圖題詠》，見朱祖謀編：《彊邨叢書》，冊 10，頁 8801。

也。敬請道安。年侍煦再拜。詠春同年,並乞寄聲。〔註71〕
馮煦向朱祖謀請教「詞壇顧尙柳調」情形。柳調多用俗語,「讀之使
人不爽」,應以避俗爲要,否則「不善學之,亦易留爲俳體」,總不如
周、姜詞流轉自如。又,馮煦乞託朱祖謀代索夏敬觀、陳洵(疑或爲
陳匪石、陳銳)著作,以「冀廣所未睹」。詞家之間的往來通訊,由
此可見。

最後,透過馮、朱等人活動,發現馮煦尙有詞集外的零散詞作,
可作補遺。民國13年甲子(1924),杭州雷峰塔出佛經若干卷,朱祖
謀、陳曾壽、馮煦等人多有題詠,朱祖謀還爲此作跋。〔註72〕朱詞〈浣
溪紗‧雷峰塔經卷〉爲:

龍象銷沉幾杵鐘,諸天無路問靑峰,莊嚴輸與畫圖工。

天水荒涼依舊碧,劫灰生滅可憐紅,散花香處萬緣空。

〔註73〕

全詞圍繞經卷,生滅緣空,頗有佛意。而馮煦亦隨陳曾壽(字仁先,
號蒼虬,1878～1949)、胡嗣瑗(1868～1935後,字琴初,號愔仲),
作〈八聲甘州〉:

甚南樓、一角日棲遲,衰顏鏡湖光。對蕭蕭塔影,雲荒石
老,幾閱滄桑。忽漫土花蕭落,無分挂殘陽。依約前塵在,
鴉陣回翔。況值修羅舞戚,激怒潮千尺,努射何方。賸草
閒媮活,經卷坐藜牀。待重來、摩娑斷臂,望斛稜、一樣
戰繁霜。嗟何似、頹垣野叟,猶話錢王。(甲子大雪後八日
八十二叟馮煦)(《馮筆》,頁302)

如前作陳曾壽、胡嗣瑗等人都有署名。此詞後註「甲子大雪後八日八

〔註71〕龍楡生編:《詞學季刊》,〈近代名賢論詞遺札〉,頁165。
〔註72〕雷峰塔經卷一題詠作品及其相關序跋,馮煦《萬盦隨筆》多有所抄
　　　錄。詳見馮煦:《萬盦隨筆‧萬叟隨筆》,頁290～303。其中胡嗣瑗
　　　〈八聲甘州‧雷峰塔圯同蒼虬作〉,署名「甲子九月霜降節嗣瑗」。
　　　見《萬盦隨筆‧萬叟隨筆》,頁301。
〔註73〕〔清〕朱祖謀:《彊邨集外詞》,見朱祖謀編:《彊邨叢書》冊10,頁
　　　8648。

十二叟馮煦」，可知爲馮煦詞。此未見於馮煦晚年詞集《蒿盦詞賸》，
其光緒前詞集《蒿盦詞》必更無此詞。從參與朱祖謀等人的題詠活動，
搭配馮煦筆記文獻，檢得此闋，以作其詞補遺。

第四章　馮煦詞學思想

　　馮煦論詞文獻以《蒿盦論詞》與所作若干詞序爲主，另有〈論詞絕句〉16 首作於光緒 13 年（1887），共評 18 家詞人。〈論詞絕句〉與《蒿盦論詞》有主客觀的不同。《蒿盦論詞》由於爲詞選編選例言，故論詞儘量持平折衷，客觀掌握各家本色。而〈論詞絕句〉爲馮煦私人詩作，較能探見馮煦主觀偏好，如其中不評南宋辛派詞人、所論清代詞人僅止納蘭性德、朱彝尊、厲鶚三家，完全不評陳維崧等陽羨詞人，以及張惠言等常派詞人。隱隱可見馮煦較不傾心於辛派豪詞，而對當時日盛的常派亦無特別推尊。本章先敘述《宋六十一家詞選》的編選，探討此選的外緣問題，其後聚焦於馮煦各項論詞主題，最後探討馮煦其詞學對常、浙兩派的相關接受，以體現其詞學完整面貌。

第一節　《宋六十一家詞選》之編選

　　馮煦《宋六十一家詞選》以毛晉《宋六十名家詞》爲底本（下簡稱毛本），選錄兩宋詞人 61 家，詞共 1249 闋，與毛晉所輯 7152 闋詞差距 5 倍多。〔註 1〕可見馮煦從中刪汰大量詞作，汲取各家菁華。然

〔註 1〕關於馮煦《宋六十一家詞選》、毛晉《宋六十名家詞》的收詞數量統計，參見吳婉君《馮煦詞學研究》附錄一〈毛馮選詞比較表〉，頁 152～153。

而馮煦僅以毛本範圍進行選錄，對於毛本所未輯，馮煦亦不據他本補選：

> 毛氏就其藏本，更續付梓，於兩宋名家，若半山、子野、方回、石湖、東澤、日湖、草窗、碧山、玉田諸君子，未及彙入。即所刻諸家之中，亦仍有裒輯未備者，茲既從之甄采，雖別得傳本，亦不敢據以選補。（《馮論》，頁 3599）

對未彙入毛本的王安石、張先、賀鑄、范成大、張輯、陳允平、周密、王沂孫、張炎詞，「雖別得傳本，亦不敢據以選補」。表示《宋六十一家詞選的》的選錄範圍完全受限於毛本。此外，馮煦對各家詞人的編排順序也依毛本，不另作更動：

> 汲古閣原刻未嘗差別時代……蓋隨得隨雕，無從排比。今選一依其次，亦不復第厥先後。惟篇帙較原書不及十之二三，聯合成卷，異乎人自爲集矣。（《馮論》，頁 3597）

由於毛本爲「隨得隨雕」，是故各家詞人的先後次第，並非按照年代先後排序。毛本如此，馮煦亦「一依其次，不復第厥先後」，完全據毛本排列進行編選。馮煦自言其所編選，乃從毛本中選出，「較原書不及十分之二三」，集合成卷而已。「異乎人自爲集」，表明馮煦選詞的主要立場，即不特意宣揚詞學主張，亦無爲詞派樹立典範選本的意圖，與朱彝尊《詞綜》、張惠言《詞選》、周濟《宋四家詞選》的選詞態度不同。〔註2〕下文先敘述《宋六十一家詞選》的成書，再探析馮煦對毛本的接受與修正，討論此選於晚清詞壇評價與地位。

一、常派勢力下詞壇之選詞概況

《宋六十一家詞選》編於光緒 13 年丁亥（1887），當時詞壇以常州詞派影響最大。嚴迪昌《清詞史》認爲自道光 10 年（1830）後，

〔註 2〕龍榆生所言：「自朱彝尊《詞綜》、張惠言《詞選》、周濟《宋四家詞選》，乃至近代朱彊邨先生《宋詞三百首》，蓋無不各出手眼，而思以扶持絕學，宏開宗派爲己任。」參見氏著：〈選詞標準論〉，《龍榆生詞學論文集》（上海：上海古籍出版社，2009 年），頁 78。

常州詞派始活躍於詞壇。〔註3〕道光 10 年（1830）到光緒 13 年（1887）間，詞壇上幾部重要詞選先後問世，據孫克強〈清代詞學年表〉可知有：道光 10 年（1830）張琦重刻張惠言《詞選》，道光 27 年（1847）周濟《宋四家詞選》刊行，光緒 8 年（1882）譚獻《篋中詞》刊行，光緒 13 年（1887）成肇麐《唐五代詞選》、馮煦《宋六十一家詞選》也相繼刊行。〔註4〕此期詞選編者，以常派人物較爲顯著，如張惠言、周濟、譚獻，紛紛藉詞選表現其詞學思想。〔註5〕張惠言〈詞選序〉首倡詞有「意內言外」之旨：

> 傳曰：「意內言外謂之詞」。其緣情造端，興於微言，以相感動。極命風謠里巷男女哀樂，以道賢人君子幽約怨悱不能自言之情。低徊要眇以喻其致。蓋詩之比興，變風之義，騷人之歌，則近之矣。（《叢編》，冊 2，頁 1617）

以「意內言外」論詞透過低徊要眇的語言，表達「賢人君子幽約怨悱不能自言之情」，視詞爲風、騷寄託微言大義，以言士人心志。金應珪〈詞選後序〉也重新檢討詞壇三蔽：

> 近世爲詞，厥有三蔽。義非宋玉，而獨賦蓬髮。諫謝淳于，

〔註3〕嚴迪昌據馮金伯《詞苑萃編》和吳衡照《蓮子居詞話》推論，認爲此二人與張惠言同期，兩部詞話的成書均於張惠言卒後（《詞苑萃編》成於嘉慶 10 年（1805），《蓮子居詞話》成於嘉慶 23 年（1818），張惠言卒於嘉慶 7 年（1802）），然兩部詞話均未提起張惠言《詞選》，表示其影響力尚未形成。另外，嚴迪昌認爲常派的茁壯始於周濟，即道光 10 年(1830)後才得以擴大。參見氏著：《清詞史》，頁 470～472。

〔註4〕參見孫克強〈清代詞學年表〉，見《清代詞學》附錄二（北京：中國社會科學院出版社，2004 年），頁 414～440。

〔註5〕傳統觀念將譚獻視爲常派人物，如龍榆生〈論常州詞派〉所言「譚復堂爲清季浙中詞學大師，所輯《篋中詞》，於張周二氏亦深致推挹，又評《詞辨》，發止庵未盡之奧蘊。……則兩浙詞人亦早沾常州之芳潤矣。」參見氏著：《龍榆生詞學論文集》，頁 441。然而近來劉深〈譚獻與浙西詞派〉認爲譚獻編《篋中詞》亦多參考浙派《詞綜》、《明詞綜》、《國朝詞綜》等選，其亦能深入了解浙派，並檢討其弊病，最終不僅以浙派、常派的詞學視野發言，而是有融通二派之意。參見氏著：〈譚獻與浙西詞派〉，見朱萬曙編：《古籍研究》2008 卷下（合肥：安徽大學出版社，2009 年），頁 190～196。

而惟陳履焉舄。揣摩床第，汙穢中冓，是謂淫詞，其蔽一
也。猛起奮末，分言析字。詼嘲則俳優之末流，叫嘯則市
井之氣盛，此猶巴人振喉以和陽春，黽蜮怒嗌，以調疏越，
是謂鄙詞，其蔽二也。規模物類，依託歌舞。哀樂不衷其
性，慮歎無與乎情。連章累篇，義不出乎花鳥。感物指事，
理不外乎應酬。雖既雅而不艷，斯有句而無章，是謂游詞，
其蔽三也。〔註6〕（《叢編》，冊2，頁1618）

三蔽即說明三種詞作取向的缺失。言情之作，太過類於閨房言語，而
無深意寄託，則有淫詞之弊。豪放之作，太過傾於詼嘲叫嘯，徒爲率性
使氣之作，則有鄙詞之弊。摹寫之作，太過傾於應酬遊戲，不衷於性情，
雖句工但意淺，則有游詞之弊。鑒於三弊，故常派以「意內言外」論詞，
極力強調於言志寄託，重振詞體。而後周濟也主張以寄託論詞：

夫詞非寄託不入，專寄託不出。一物一事，引而伸之，觸類
多通。（〈宋四家詞選目錄序論〉）（《叢編》，冊2，頁1643）

初學詞求有寄託，有寄託則表理相宣，斐然成章。既成格
調，求無寄託，無寄託，則指事類情，仁者見仁，知者見
知。北宋詞，下者在南宋下，以其不能空，且不知寄託也。
高者在南宋上，以其能實，且能無寄託也。（《介存齋論詞
雜著》）（《叢編》，冊2，頁1630）

所謂「非寄託不入，專寄託不出」，意爲「有寄託入，無寄託出」。強
調初學詞須求有寄託，引伸物事，觸類多通，不空虛爲詞。直至既成
格調後，可再求無寄託境界。所謂無寄託，並非屏棄寄託而空虛爲詞，
而是爲詞不刻意穿鑿故求寄託。〔註7〕無寄託出，使詞能讓人讀後「仁
者見仁，知者見知」，以達渾化無跡的至境。

〔註6〕〔清〕金應珪：〈詞選後序〉，見唐圭璋編：《詞話叢編》，冊2，頁1618。
〔註7〕詹安泰〈論寄託〉對「無寄託」亦作解釋：「周氏所謂無寄託，非不
必寄託也，寄託而出之以渾融，使讀者不能斤斤於迹象，以求其眞諦，
若可見、若不可見，若可知、若不可知。反復玩索不容自已也。曰『仁
者見仁，智者見智』，則其意有所屬可知。」參見吳承學、彭玉平編：
《詹安泰文集》（廣州：中山大學出版社，2004年），頁197。

　　常派以寄託諸說重尊詞體，一方面攸關晚清時局，有感而發，寄於詞中。另方面也針對清中詞壇以來弊病，前清影響詞壇甚鉅的陽羨、浙西詞派，發展至末流已趨僵化，率意為詞，如前述「詞壇三蔽」即此代表。繼張惠言、周濟後，譚獻編《篋中詞》，亦反思浙派蔽病。《復堂詞話》言：

> 南宋詞弊，瑣屑餖飣，朱、厲二家，學之者流為寒乞。（《叢編》，冊 4，頁 4009）

> 《樂府補題》別有懷抱，後來巧構形似之言，漸忘古意，竹垞、樊榭不得辭其過。浙派為人詬病，由其以姜、張為止境，而又不能如白石之澀，玉田之潤。（《叢編》，冊 4，頁 4008）

譚獻指出浙派詞取南宋，末流有餖飣瑣屑之弊。又如南宋王沂孫、唐珏等《樂府補題》，本感傷亡國哀思而作，詠物多有寄託。後自朱彝尊康熙 18 年（1679）攜《樂府補題》鈔本北上赴京，後由蔣景祁刊刻，遂開啓「輦下諸公」紛紛同題和作風氣，帶動浙派的興盛。[註8] 然而此和作風氣下，卻更著重於詠物詞的「巧構形似」、而「漸忘古意」，無所寄託。又如浙派言詞，常以姜夔、張炎為效仿對象，「家白石，戶玉田」，有意追求其清空騷雅，譚獻批評浙派末流「不能如白石之澀，玉田之潤」，即針對浙派的弊病「空疏滑易」而發。

　　馮煦編《宋六十一家詞選》前，詞壇已有多部詞選問世，其中以張惠言、周濟、譚獻影響較大。在常派影響的籠罩下，選詞家紛紛反思前清詞壇以來狀況，其以比興寄託論詞，檢討浙派弊病，可見當時詞壇風氣，即以常派論詞為主流。

〔註 8〕關於南宋詞集《樂府補題》的重新問世，歸功於朱彝尊，其〈樂府補題序〉所言「《樂府補題》一卷，常熟吳氏抄白本，休寧汪氏購之長興藏書家。予愛而亟錄之，攜至京師。宜興蔣京少好倚聲為長短句，讀之賞激不已，遂鏤板以傳。」〔清〕朱彝尊著，杜澤遜、崔曉新點校：《曝書亭序跋・潛採堂宋元人集目錄・竹垞行笈書目》（上海：上海古籍出版社，2010 年），頁 61。另外，關於《樂府補題》與浙派興盛的關係，嚴迪昌有詳細的論述。參見氏著：〈樂府補題的復出與浙派詞鋒熾熱的背景〉《清詞史》，頁 244～254。

二、《宋六十一家詞選》之編選過程與動機意義

　　馮煦《宋六十一家詞選》的編選動機與其師喬守敬有關。馮煦十五歲（1857）從喬守敬學習詞賦，在喬師的教誨下，馮煦對毛本遂有初步認識。馮煦〈宋六十一家詞選序〉言道：

> 予年十五，從寶應喬笙巢先生游，先生嗜倚聲，日手毛氏《宋六十一家詞》一編，顧謂予曰：「詞至北宋而大，至南宋而深，是刻實其淵叢，小子識之。」予時弱不知詞，然知尊先生之言，而此刻之可寶也。（《馮稿》，頁851）

馮煦對毛本的認識，始於其師引領。喬守敬「日手一編」，並囑咐馮煦「是刻實其淵叢，小子識之」。雖然當時馮煦未能領略，然而馮煦尚知「尊先生之言」，謹記囑咐，對毛本加以重視。此為馮煦日後編選《宋六十一家詞選》動機的根苗。

　　而後喬守敬過世，毛本亦失散不復得。直至三十年後，馮煦才偶然再見毛本。馮煦〈宋六十一家詞選序〉言道：

> 十七八少少學為詞，先生已前卒，無可是正。友學南朔求是刻，亦竟不得。乙酉有徐州之役，道宿邏過王氏池東書庫，則是刻在焉。服先生之教懷之幾三十年，始獲一見，驚喜欲狂。因從果亭假得之。……先生所云大且深者，亦比比而在。讀之凡三月，未嘗去手。且念赭寇之亂，是刻或為煨燼，以予得之之難，而海內傳本不數數覯也。（《馮稿》，頁851）

喬守敬歿於咸豐6年（1858）。喬師已歿，馮煦學詞之途便「無可是正」。於是馮煦遂重尋當年先生所教「此刻之可寶也」的毛本，然而「亦竟不得」。直至光緒11年（1885）乙酉，馮煦於收藏家王為毅（1864～1923，字果亭，宿遷人）池東書庫發現毛本。馮煦相隔三十年，重見此刻，「始獲一見，驚喜欲狂」，不勝感動。便向主人借之，「讀之凡三月，未嘗去手」。當年喬守敬所云大而深者，馮煦而今皆能領略，於此編中比比而在。馮煦亦感嘆毛本於晚清時局，或毀於煨燼，得之之難，海內傳本亦不多見。

　　馮煦出於秉持師命與文獻珍重，在「讀之凡三月」後，從中擇取佳詞，開始編選。馮煦〈宋六十一家詞選序〉言道：

> 乃別其尤者，寫爲一編，復郵成子漱泉審正之。再寫而後定，遂壽之木以質同好，刊譌糾闕，一漱泉力也。(《馮稿》，頁852)

馮煦「別其尤者，寫爲一編」，並寄於成肇麐審正，再寫而後定，最後付梓刊行。成肇麐曾與馮煦相研詞學，商討古今詞人升降，亦有《唐五代詞選》刊行於世，選詞依歸雅正。而馮煦《宋六十一家詞選》經成肇麐審正而刊行，可見此選亦爲成肇麐認同。最後於光緒13年（1887），7月成肇麐刊行其《唐五代詞選》，至9月馮煦《宋六十一家詞選》亦相繼問世。

　　《宋六十一家詞選》對馮煦而言，不僅是一部益於習詞的選本，而更有「憶往」的紀念意義。馮煦〈宋六十一家詞選序〉言道：

> 嗟乎！往予與先仲兄事先生於吾園。先生愛予甚，嘗賦七絕句書扇畀我。首章云「自昔名聞大小馮，而今鵲起又江東。世家科第尋常事，難得清才鳳噦桐。」其六章今不復記憶矣。酒酣耳熱，執卷烏烏，爲予畍原流正變甚悉。既綴講，則與兄各述所聞相上下。……先仲兄之歿忽忽且十年矣，是刻竟既悼先生不復作，又重予人琴之戚也。光緒丁亥九月既望金壇馮煦。(《馮稿》，頁852)

馮煦回憶往年與仲兄從師喬守敬，喬守敬賦七首絕句於扇贈之，至今已隔三十年，馮煦猶記「自昔名聞大小馮」一章。對馮煦而言，此部詞選有「憶往」的紀念意義。往年馮煦與仲兄二人聽完先生講授後，「各述所聞相上下」，而今先生與仲兄皆已離世。此選「既悼先生不復作，又重予人琴之戚」。所謂人琴之悲，原指晉王獻之死後，王徽之彈其琴，久不成調，悲嘆人琴俱亡，馮煦藉此感傷仲兄。馮煦所編此選，追念喬師，實踐當年先生「此刻之可寶也」囑咐。其所言「仲兄之歿忽忽且十年矣」，亦爲追思之意。（按：馮煦其仲兄歿於光緒5

年（1879），﹝註9﹞而此選成於光緒 13 年（1887）。先後相隔九年多，故馮煦此概言十年。）

三、《宋六十一家詞選》對毛本之批評

　　《宋六十一家詞選》的選源即毛本。馮煦若得他本，亦不補選，選詞範圍完全受限於毛本。儘管如此，馮煦仍能提出自己的體認，對前人如毛晉、楊慎、《四庫全書總目提要》（下簡稱《四庫提要》）的看法，輔以參照、反思，甚至檢討前人觀點。此外，雖然選源不離毛本，但馮煦於文獻上也對毛本多作校訂修正。從論詞、文獻角度審視，可知《宋六十一家詞選》並非全然恪守毛本，而是有取有捨，融合自己的意見於其中。下文以馮煦《宋六十一家詞選》對毛本的接受批評為主，從論詞與文獻兩方面討論。

（一）論詞觀點

　　毛晉（1599～1659，字子晉，號隱湖，室名汲古閣）為明末藏書家，匯輯大量文獻，並以汲古閣出版刊行，《宋六十名家詞》即是其一。毛晉對所藏文獻書目撰作題跋，有《隱湖題跋》、《續跋》各一卷。今人整理毛晉書跋資料，是為《汲古閣書跋》。﹝註10﹞鄧子勉《宋金元詞籍文獻研究》論及藏書家的詞學觀，認為毛晉論詞主張「尊崇豪放，貶抑豔曲」。﹝註11﹞並以毛晉〈跋稼軒詞〉、〈跋龍川詞〉、〈跋龍

﹝註 9﹞關於馮煦仲兄的卒年，據馮煦詩〈巳卯除夕仲兄沒兩月矣感而復此並悼伯兄〉，可知於巳卯年十月馮煦仲兄已歿，即光緒五年（1879）。見馮煦：《蒿盦類稿‧續稿‧奏稿》，頁 381。

﹝註10﹞關於毛晉題跋資料的整理，參見潘景鄭校訂：《汲古閣書跋》（上海：上海古籍出版社，2005 年）。

﹝註11﹞鄧子勉《宋金元詞籍文獻研究》指出：「明熹宗天啓四年（1624），為毛氏刻書之始，而詞集之刻或更晚些。所謂『考其世，知其人』，尚有談校訛，辨真贋，品詞作，論優劣，不一而足。」又認為「尊崇雄豪大聲，貶抑妖豔小曲，是毛晉論詞的主要觀點。」參見氏著：《宋金元詞籍文獻研究》（上海：上海古籍出版社，2008 年），頁 382～385。

川詞補遺〉為例說明，對辛派詞人評價頗高。此外亦以毛晉〈跋石林詞〉、〈跋西樵語業〉、〈跋審齋詞〉、〈跋花間集〉為例說明，表示其對俗語豔情的排斥。〔註12〕

　　馮煦論述各家詞人，多引述前人觀點表示認同或批評，其中時而提及毛晉、楊慎、《四庫提要》的論詞意見。而其中又對楊慎、毛晉論點，多表示批評，整理大要如下表：〔註13〕

論題	馮煦《蒿庵論詞》原文	認同與否
論大小晏	子晉欲以晏氏父子追配李氏父子，誠為知言。	認同毛晉
論程垓	升庵乃亟稱之，真物色牝牡驪黃外矣。	批評楊慎
論謝逸	子晉祇稱其輕倩，猶為未盡。	批評毛晉
論趙師俠（一作師使）〔註14〕	毛氏既許坦庵為放翁一流，又謂其多富貴氣，不亦自相矛盾耶。	批評毛晉
論蔡伸道	毛氏謂其遜酒邊（向子諲詞）三舍，殊非篤論。	批評毛晉
論曾覿	曾純甫賦進御月詞，其自記云：「是夜西興，亦聞天樂」。子晉遂謂天神，亦不以人廢言。不知宋人每自好神其說……於海野（曾覿詞）何譏焉。	批評毛晉
論劉過	子晉亟稱其〈天仙子〉、〈小桃紅〉二闋云：「纖秀為稼軒所無」，今視其語，〈小桃紅〉褻矣而未甚也，〈天仙子〉則皆市井俚談，不知子晉何取而稱之。	批評毛晉

〔註12〕關於毛晉論詞「尊雄豪，貶豔曲」的說明，鄧子勉有詳細的論述，可參見氏著：《宋金元詞籍文獻研究》，頁382～385。本文不另作贅述。

〔註13〕本表為筆者據《蒿庵論詞》整理而成，以馮煦論詞文字中直接對毛晉、楊慎、四庫提要觀點的引用或批評為依據，其中較多對毛晉的批評，與本文相關，故特別標記。參見馮煦：《蒿庵論詞》，見唐圭璋編《詞話叢編》，冊4，頁3585～3599。

〔註14〕據《全宋詞》紀載：「趙師俠，一名師使，字介之。」見唐圭璋編：《全宋詞》（北京：中華書局，1965年），冊3，頁2072。

論題	馮煦《蒿庵論詞》原文	認同與否
論陸游	《提要》以爲詩人之言，終爲近雅，與詞人之冶蕩有殊，是也。至謂「游欲欲驛騎於東坡、淮海之間，故奄有其勝，而皆不能造其極」，則或非放翁之本意歟。	對《四庫提要》各有認同、批評〔註15〕
論沈端節	《提要》以爲沈端節吐屬婉約，頗具風致，似尚未盡克齋之妙。	批評《四庫提要》
論吳文英	《提要》云：「天分不及周邦彥，而研鍊之功則過之，詞家之有文英，如詩家之有李商隱。」予謂商隱詩學老杜，亦如文英之學清眞也。	認同《四庫提要》
論洪瑹、張榘	詞家各有途徑，正不必強事牽合。毛子晉於洪叔嶼（洪瑹），則舉⋯⋯等語，而信不減周美成。楊用修於李俊明，則以爲〈蘭陵王〉一首可比秦、周。至於《芸窗詞》（張榘詞）全卷只五十闋，而應酬諛頌之作，幾及十九。子晉乃取其警句分配放翁、邦卿、秦七、黃九。以一人之筆，兼此四家，恐亦勢之所不能也。	批評楊愼、毛晉
論劉克莊	升庵稱其壯語，子晉稱其雄力，殆猶之皮相也。	批評楊愼、毛晉
論蔣捷	子晉之於竹山深爲推挹，謂其有世說之靡，六朝之隃，且比之二李、二晏、美成、堯章。《提要》亦云：「鍊字精深，調音諧暢，爲倚聲家之矩矱。」然其全集中，實多可議者。〈沁園春〉「老子平生」二闋、〈念奴嬌·壽薛稼翁〉一闋、〈滿江紅〉「一掬鄉心」一闋、	批評毛晉、《四庫提要》

〔註15〕馮煦對於《四庫提要》所論陸游詞，各有所認同、批評之處。如馮煦認同《提要》以爲詩人之言近雅，與詞人之冶蕩不同。而對於《提要》論陸游驛騎於蘇、秦兩家而不能造其極，馮煦則表示批評，認爲此非陸游本意。可參照《四庫全書總目提要·放翁詞提要》所言：「游生平精力盡於爲詩，填詞乃其餘力。故今所傳者僅及詩集百分之一。劉克莊《後村詩話》謂其時掉書袋，要是一病。楊愼《詞品》則謂其『纖麗處似淮海，雄快處似東坡。』平心而論，游之本意，蓋欲驛騎於兩家之間。故掩有其勝，而皆不能造其極。要之，詩人之言，終爲近雅，與詞人之冶蕩有殊。其短其長，故具在是也。」（清）紀昀總纂：《四庫全書總目提要》（石家莊：河北人民出版社，2000 年），冊 4 頁 5475。

論題	馮煦《蒿庵論詞》原文	認同與否
	〈解佩令〉「春晴也好」一闋、〈賀新郎〉「甚矣吾狂矣」一闋，皆詞旨鄙俚，匪惟李晏周姜所不屑爲，即屬稼軒亦下乘也。又好用俳體，如〈水龍吟‧仿稼軒體〉，押腳純用「些」字。〈瑞鶴仙〉「玉霜生穗也」，押腳純用「也」字。〈聲聲慢‧秋聲〉一闋，押腳純用「聲」字，皆不可訓。	

上表可見馮煦對毛晉、楊愼、《四庫提要》的認同與批評。馮煦選詞範圍雖不脫毛本，然而其論詞時與毛晉看法相左。表示馮煦並非盲從毛本。如馮煦認爲毛晉只見劉克莊其詞雄力，僅爲皮相之論。又如毛晉大力推崇張榘詞，認爲可比陸、史、秦、黃四家，但馮煦批評其「應酬之作，幾及十九」、「兼此四家，恐亦勢之所不能」，不認同毛晉看法。

　　馮煦亦重新檢討毛晉對劉過、蔣捷的評論。毛晉跋劉過詞所言：

　　改之家於西昌，自號龍洲道人，爲稼軒之客，故小詞亦多相溷。……宋子虛稱爲天下奇男子，平生以氣義撼當世，其詞激烈，讀者感焉。花庵（黃昇）謂其詞學辛幼安。如別妾〈天仙子〉、詠畫眉〈小桃紅〉諸闋，稼軒集中能有此纖秀語耶？〔註16〕

毛晉認爲劉過詞不僅激烈憤慨、近似稼軒，且又如〈天仙子〉、〈小桃紅〉等詞，則爲稼軒不及劉過纖秀之處。毛晉所論劉過詞，本是欲補充其詞激烈豪放以外的不同面相。但馮煦對毛晉所舉〈天仙子〉、〈小桃紅〉二例，頗不以爲然：

　　子晉亟稱其〈天仙子〉、〈小桃紅〉二闋云：「纖秀爲稼軒所無」，今視其語，〈小桃紅〉褻矣而未甚也，〈天仙子〉則皆市井俚談，不知子晉何取而稱之。（《馮論》，頁3592）

毛晉所言其「纖秀爲稼軒所無」，而馮煦卻視〈小桃紅〉「褻矣而未甚」、〈天仙子〉「市井俚談」，毛晉舉例失當。其實，如前文所述，毛晉本

〔註16〕〔明〕毛晉著，潘景鄭校訂：《汲古閣書跋》，頁95。

身論詞立場大體亦爲「貶抑豔曲」，然此處舉例卻誤以「俚俗」爲「纖秀」。細觀劉過〈天仙子〉（別酒醺醺容易醉），全詞口語。馮煦認爲實爲俚俗，並非纖秀，反對毛晉看法。另外，毛晉對蔣捷詞相當推崇，給予較高評價，認爲應佔詞壇一席之位：

> 昔人評詞，盛稱李氏晏氏父子，及耆卿、子野、少游、子瞻、美成、堯章止矣。蔣勝欲泯焉無聞。今讀《竹山詞》一卷，語語纖巧，眞世說靡也。字字妍倩，眞六朝腴也。豈有稍劣於諸公耶！或讀「招落梅魂」一詞，謂其磊落橫放，與辛幼安同調。其殆以一斑而失全豹矣。〔註17〕（跋蔣捷《竹山詞》）

毛晉鑒於昔人評詞，多止於數家而已，至於蔣捷詞則「泯焉無聞」，多受忽略。更認其詞有「世說之靡」、「六朝之腴」，語語纖巧，字字妍倩，不在諸家之下。毛晉也注意到蔣捷詞〈水龍吟・效稼軒體招落梅之魂〉，其磊落橫放，近似稼軒。馮煦卻認爲毛晉對蔣捷所評過高，實多可議：

> 子晉之於竹山深爲推挹，謂其有世說之靡，六朝之腴，且比之二李、二晏、美成、堯章。《提要》亦云：「鍊字精深，調音諧暢，爲倚聲家之矩矱。」然其全集中，實多可議者。〈沁園春〉「老子平生」二闋、〈念奴嬌・壽薛稼翁〉一闋、〈滿江紅〉「一掬鄉心」一闋、〈解佩令〉「春晴也好」一闋、〈賀新郎〉「甚矣吾狂矣」一闋，皆詞旨鄙俚，匪惟李晏周姜所不屑爲，即屬稼軒亦下乘也。又好用俳體，如〈水龍吟・仿稼軒體〉，押腳純用「些」字。〈瑞鶴仙〉「玉霜生穗也」，押腳純用「也」字。〈聲聲慢・秋聲〉一闋，押腳純用「聲」字，皆不可訓。（《馮論》，頁 3596）

馮煦認爲蔣捷諸作「詞旨鄙俚」，不但李、晏、周、姜諸家不屑賦此，即近稼軒詞風者亦屬下乘。馮煦更批評蔣捷好用俳體，如〈水龍吟〉等詞，韻腳皆不可訓。馮煦對毛晉所予蔣捷詞評價，表示反對。綜上

〔註17〕〔明〕毛晉著，潘景鄭校訂：《汲古閣書跋》，頁 88～89。

所述，可見馮煦選詞雖源自毛本，但毫不盲從，更能針砭前人論詞缺失，提出自我見解。

（二）文獻校訂

陳廷焯言「宋六十家詞，已病蕪雜，識著宜分別觀之」。（《叢編》，冊4，頁3961）馮煦也在文獻上對毛本重作整理。若毛本所輯字句有訛誤者，馮煦即據他本校訂，並非完全恪守毛本。如：

> 四庫總目，盛推毛氏考證鑒訂之功，觀其所跋，知於辨譌糾謬所得已多。然字句之間，頗有尚待商榷者。爰以見存選錄，校刊各本，一一校對。凡義得兩通者，一仍毛本之舊。其有顯然舛失，則從別本改正。如淮海〈菩薩蠻〉詞「欲似柳千縷」，「縷」誤「絲」，據王氏敬之刊本所引汲古改。小山「泛清波摘遍」詞「暗惜光陰恨多少」，「光」上衍「花」字，據萬氏《詞律》刪。《琴趣外篇》〈滿江紅〉詞「便江湖與世相忘」，「與世」誤在「江湖」上，據趙氏聞禮《樂府雅詞》改。〔註18〕聖求〈小重山〉詞「小窗風動竹」，「小」誤上，據朱氏彝尊《詞綜》改。蒲江〈賀新郎〉詞「荒祠誰寄風流後」，「祠」誤「詞」，據黃氏昇《花庵詞選》、周氏密《絕妙好詞》改。若片玉、梅溪、白石、夢窗諸家，則率從近世戈氏、杜氏校訂之本，亦即用戈選宋七家例，不復指明所出，以省繁重。惟原刻可通而他本異文足資參酌者，則旁注篇中，以質大雅。（《馮論》，頁3597）

認為毛本「字句之間，頗有尚待商榷者」，須重新校對勘誤。其中若「義得兩通者」，仍尊重毛本，不作改動，而若「顯然舛失」，則據他本改正。如對秦觀、晏幾道、晁補之、呂濱老、盧祖皋、周邦彥等詞，分別據「王氏敬之刊本」、萬樹《詞律》、趙聞禮《陽春白雪》、朱彝尊《詞綜》、黃昇《花庵詞選》、周密《絕妙好詞》、戈載、杜文瀾等校本改正。

〔註18〕此下有唐圭璋案語：「趙聞禮撰陽春白雪，非樂府雅詞。」

馮煦也表示毛本有其疏處，如：

> 楊西樵名炎正，號濟翁，《文獻通攷》誤「正」作「止」，
> 且屬下爲號。竹垞、紅友並沿其謬。汲古初刻亦舛，今定
> 從後改之本。此外人名、集名，有待參攷者，如黃叔暘名
> 昇，諸書所同，而毛氏獨以「昇」爲「昃」。又，楊无咎《逃
> 禪詞》，楊字從木，《提要》據《圖繪寶鑑》改「楊」作「揚」。
> 李公昂《文溪詞》，《提要》據《宋史・黃雍傳》及《文溪
> 集》定爲「昂英」，辨毛題李公昂之誤。然今本實作「公昂」，
> 非「公昂」，與《提要》所見之汲古歧出。盧炳《烘堂詞》，
> 《提要》據《書錄解題》，改「烘」作「哄」。多足證明子
> 晉之疏，今悉附著於此。而篇中則疑以傳疑，不改遽變其
> 舊。（《馮論》，頁 3598～3599）

《文獻通考》、朱彝尊、萬樹將楊炎正誤作「楊炎止」，而毛晉汲古閣
初刻亦誤，後而改之。馮煦審慎從之，不沿襲前人謬誤。而前人文獻
底本則多有待校考，如：黃昇，毛本作黃「昃」。楊无咎，《四庫提要》
作「揚」。較可議者爲：《文溪詞》的作者，《四庫提要》作「李昂英」
以辨毛本作「李公昂」之誤，馮煦則認爲今本實作「公昂」，應同毛
本。又，盧炳詞集《烘堂詞》，《四庫提要》改「烘」作「哄」。如再
以朱居易〈宋六十名家詞勘誤〉、唐圭璋《全宋詞》輔以參照，可見
其分歧情形：〔註19〕

毛晉《宋六十名家詞》	作「李公昂」
朱居易〈宋六十名家詞勘誤〉	作「李公昂」（據毛斧季校本）
馮煦《宋六十一家詞選》	作「李公昂」
《四庫提要》	作「李昂英」（據《宋史・黃雍傳》及《文溪集》）
唐圭璋《全宋詞》	作「李昂英」

〔註19〕參見朱居易：〈宋六十名家詞勘誤〉，見毛晉輯：《宋六十名家詞》（上
　　　海：上海古籍出版社，1989 年），頁 611～627。唐圭璋編：《全宋詞》
　　　（北京：中華書局，1965 年）。

　　朱居易以毛扆（字斧季，毛晉子）校本勘誤，並無對毛本所記「李公昂」作更動，馮煦《宋六十一家詞選》亦同。而《四庫提要》作「李昂英」，唐圭璋所編《全宋詞》亦同。

毛晉《宋六十名家詞》	烘堂詞
朱居易〈宋六十名家詞勘誤〉	烘堂詞（據葉遐庵藏鈔本）
馮煦《宋六十一家詞選》	烘堂詞
《四庫提要》	哄堂詞（據《直齋書錄解題》）
唐圭璋《全宋詞》	烘堂詞

　　朱居易據葉恭綽（號遐庵）藏鈔本勘誤，對毛本「烘堂詞」亦無更動，馮煦《宋六十一家詞選》、唐圭璋所編《全宋詞》，皆同作「烘」。相反的，只有《四庫提要》據《直齋書錄解題》改作「哄」。面對分歧的文獻版本，馮煦「篇中則疑以傳疑，不改遽變其舊」，表示若有不明之處，則暫依循原本（即毛本），不作更動。總而言之，馮煦對毛本的態度為：若毛本有明顯疏誤，則據他本校訂。若毛本篇中有未定疑處，則疑以傳疑，暫同毛本。上述可見馮煦對毛本的整理，態度持正，有取有捨。

四、《宋六十一家詞選》之評價

　　馮煦《宋六十一家詞選》成書後，頗受詞壇好評。特別是馮煦的編選例言與其後的所選詞作，兩者正足以相互參照，使詞選更具價值。晚清詞論家陳廷焯、陳銳皆關注於此：

> 近時馮夢華所刻喬笙巢《六十一家詞選》，甚屬精雅，議論亦多可採處。（陳廷焯《白雨齋詞話》）（《叢編》，冊 4，頁 3889）

> 本朝詞選，周止庵最精，張皋文最約，若馮夢華之《宋六十一家詞選》例言，可謂囊括先民之矩矱，開通後學之津梁，字字可寶矣。（陳銳《袌碧齋詞話》）（《叢編》，冊 5，頁 4220）

所謂「議論亦多可採處」、「囊括先民之矩矱，開通後學之津梁」，可見《宋六十一家詞選》的重要價值。又如陳匪石《聲執》評述《宋六十一家詞選》：

> 故務存諸家之本來面目，別其尤者，寫為一編，而不以己意為取舍。然擇詞尤雅，誹諧之作，則所無也。諸家卷帙多寡不同，多者至一卷，少者或數首，不氾濫也。前冠例言，只最後八條，義屬發凡，為選錄校讐之事情。餘皆評騭各家，而論其長短高下周疏之實，蓋不啻六十一家之提要與六十一家之評論，與其所選之詞參互觀之，即可了然於何者當學，及如何學步。而非有宗派之見存，可謂能見其大者矣。（《叢編》，冊5，頁4967）

陳匪石所言要點有三。首先，如前文所述馮煦「異乎人自為集」，務存兩宋諸家原來面目，尊重各詞家特色，不以己意為取捨。再者，馮煦選詞能刪汰諧謔，擇以尤雅，不氾濫隨意選詞。最後是馮煦於例言評騭各家長短高下周疏，更可與所選之詞相互參照，以示人如何學詞，且無門派成見，誠可謂成其大者。

夏敬觀〈蕙風詞話銓評〉亦提及馮煦《宋六十一家詞選》，認為此選為學詞重要選本：

> 夫初步讀詞，當讀選本。選本以何者為佳，不能不告之也。故予答來問，必先告以讀《草堂詩餘》及《絕妙詞選》。近人所選者，則告以馮煦所選《宋六十一家詞》，及朱漚尹所選《宋詞三百首》、龍榆生所選《唐宋名家詞選》，並告以應備萬紅友《詞律》及戈順卿《詞林正韻》，以便試作時之參考應用。此論雖極淺之言，來學者亦恆有不知。
> 〔註20〕

初步學詞，當選讀本。夏敬觀認為近人所選讀本，首推馮煦《宋六十一家詞選》、朱祖謀《宋詞三百首》、龍榆生《唐宋名家詞選》三者，

〔註20〕夏敬觀：〈蕙風詞話銓評〉，見況周頤著、孫克強輯：《蕙風詞話・廣蕙風詞話》（鄭州：中州古籍出版社，2003年），頁468。

是為初學者必備。相較馮煦與朱祖謀二部宋詞選本，馮選共 61 家 1249 闋，朱選定稿共 82 家 283 闋。朱祖謀選詞有其偏好，如吳梅〈宋詞三百首序〉所言：「所尚在周、吳二家，故清真錄二十二首，君特錄二十五首，其義可思也」。〔註 21〕而馮煦受限毛本，選家較少，然於各家選詞較多，能深入探求彼此不同風格，以甄錄各家本色。

　　《宋六十一家詞選》也有美中不足之處。其受非議者，如王國維（字靜安，1887～1927）的批評。先看馮煦論曾覿詞：

> 曾純甫賦進御月詞，其自記云：「是夜，西興亦聞天樂。」子晉遂謂天神亦不以人廢言。不知宋人每好自神其說，白石道人尚欲以巢湖風駛，歸功於平調〈滿江紅〉，於海野何譏焉。《獨醒雜誌》謂遷卒聞張建封廟中鬼，歌東坡燕子樓樂章，則又出他人之傅會，益無徵已。(《馮論》，頁 3592）

曾覿（1109～1180，字純甫），有《海野詞》。馮煦收其詞 16 首，其中〈壺中天慢〉（素飆漾碧）一闋下附註：「原註此進御月詞也，上皇大喜曰：『從來月詞不曾用金甌事，可謂新奇。』賜金束帶、紫番羅、水晶盤，上亦賜寶盞。至一更五點還宮。是夜西興，亦聞天樂焉。」〔註 22〕馮煦檢討毛晉說法，毛晉以為「天神亦不以人廢言」，馮煦舉姜夔〈滿江紅〉巢湖風駛、東坡〈永遇樂〉燕子樓夢盼盼等軼事，說明乃為「宋人每好自神其說」。然而王國維對此批評，認為毛晉、馮煦的解釋是不明文義。《人間詞話》提到：

> 曾純甫中秋應制，作〈壺中天慢〉詞，自注云：「是夜，西興亦聞天樂。」謂宮中樂聲，聞於隔岸也。毛子晉謂「天神亦不以人廢言」。近馮夢華復辨其証。不解「天樂」二字

〔註 21〕朱祖謀：《宋詞三百首》（臺北：臺灣中華書局，1972 年），頁 3。
〔註 22〕馮煦所收曾覿〈壺中天慢〉：「素飆漾碧，看天衢穩送、一輪明月。翠水瀛壺人不到，比似世間秋別。玉手瑤笙，一時同色，小按霓裳疊。天津橋上，有人偷記新闋。　　當日誰幻銀橋，阿瞞兒戲，一笑成癡絕。肯信群仙高宴處，移下水晶宮闕。雲海塵清，山河影滿，桂冷吹香雪。何勞玉斧，金甌千古無缺。」見〔清〕馮煦：《宋六十一家詞選》，卷 10，頁 14。

文義，殊笑人也。（《叢編》，冊 5，頁 4256）

所謂「天樂」，實爲宮中樂聲，與毛晉所言「天神不以人廢言」毫無關係。馮煦雖辨明毛晉疏誤，然仍著眼於「好自神其說」，同樣誤解「天樂」文義。

上文探討《宋六十一家詞選》的編選，並比較馮煦論詞與毛晉的差異、對毛本文獻的校訂，可知馮煦選詞的認眞態度。雖亦有美中不足的失誤，但整體評價多受好評，有其影響。

第二節　論詞體觀念與詞史發展

馮煦以「異乎人自爲集」的態度編選詞選，無意藉詞選宣揚流派主張。然而馮煦對詞體觀念與兩宋詞史發展，亦能表達自我見解。如前所述，常派於當時詞壇有相當影響，在推尊詞體的意識下，詞家論詞多須正本清源，討論詞體源流與發展，對詞體本質進行探討。本節討論馮煦的詞體觀念與詞史發展脈絡。

一、「詩有六義，詞亦兼之」之詞體觀念

清初以來，詞家有鑑前代詞學衰蔽，紛紛提出尊體諸說。康熙 10 年（1672）。陳維崧〈今詞苑序〉提出「存經存史」，將詞與經史相提並論，重振詞體。〔註23〕朱彝尊〈紅鹽詞序〉則言「善言詞者，假閨房兒女之言，通之於離騷變雅之義。」〔註24〕將詞體上溯詩騷，革新前人視詞爲小道的觀念。至清代中期，由於浙派論詞的影響，對雅詞過分追求，使詞逐漸淪爲文人應酬唱和、歌頌昇平，意淺浮泛之作。隨著時局轉衰，詞家開始重新反思詞體意義，張惠言提出「意內言外」，金應珪檢討「詞壇三蔽」，以至後來常派詞人論詞，多主張詞

〔註23〕陳維崧〈詞選序〉所言：「選詞所以存詞，其即所以存經存史也夫。」〔清〕陳維崧著，陳振鵬標點：《陳維崧集》（上海：上海古籍出版社，2010 年），頁 54～55。
〔註24〕〔清〕朱彝尊著，杜澤遜、崔曉新點校：《曝書亭序跋・潛採堂宋元人集目錄・竹垞行笈書目》，頁 117。

應寄託士人胸志抱負，而排斥應酬遊戲爲詞的態度。

　　馮煦論詞的重視尊體，一方面爲與成肇麐的共識，成肇麐《唐五代詞選》以「緣情寄託，上躋雅頌」爲旨（詳見第三章），馮煦爲之所作〈唐五代詞選序〉也表達同樣看法：

> 詞有唐五代，猶文之先秦諸子，詩之漢魏樂府也。近世學者，祖尚南渡，天水而上，罕或及之，殆文禰唐宋八家，而祧東西京，詩學黃涪翁，而不知有蘇李十九首，可謂善學乎？……詞雖小道，本末爛然，先河後海，蒙有取焉。夫詩有六義，詞亦兼之，是雅非鄭，風人恒軌，而是編涉樂必笑，言哀已嘆，率緣情靡曼之作，感遇怨誹之旨。揆厥所由，或乖貞則。然晚唐五季，如沸如羹，天宇崩折，彝教凌遲。深識之士，陸沉其間，懼忠言之觸機，文俳語以自晦。黍離麥秀，周遺所傷，美人香草，楚纍所託。其辭則亂，其志則苦。（《馮稿》，頁 849）

爲了強調唐五代詞價值，而以先秦文章、漢魏樂府爲喻，表示應重視唐五代詞去古未遠的根源意義。若論詞全然「祖尚南渡」，則不可謂善學。馮煦又將「詩有六義」、「是雅非鄭」等觀念置於詞體，認爲唐五代詞乃寄「緣情靡曼」，而發「感遇怨誹」。馮煦處於晚清動盪時局，與晚唐五季衰世背景相似，以「黍離麥秀、美人香草」的詩騷傳統視詞，認爲唐五代詞「其辭則亂，其志則苦」，爲詞人忠言自晦之語。

　　出於詩騷傳統，馮煦評詞亦能注意其寄慨、怨亂的精神。如評論秦觀、向子諲詞：

> 少游以絕塵之才，早與勝流，不可一世。而一謫南荒，遽喪靈寶，故所爲詞，寄慨身世，閑雅有情思，酒邊花下，一往而深，而怨悱不亂，悄乎得〈小雅〉之遺。後主而後，一人而已。（《馮論》，頁 3586）

> 《酒邊詞》「紹興乙卯大雪行鄱陽道中」〈阮郎歸〉一闋，爲二帝在北作也。眷戀舊君，與鹿虔扆之「金鎖重門」、謝

> 克家之「依依宮柳」，同一辭旨怨亂。不知壽皇見之，亦有
> 慨於心否？宜爲賊檜所疾也。終是愛君，獨一「瓊樓玉宇」
> 之蘇軾哉？（《馮論》，頁 3590）

秦觀寄慨其貶謫南荒的身世悲感，一往情深，怨悱不亂，可喻小雅遺
音。向子諲〈阮郎歸〉感憂二帝北困，與鹿虔扆、謝克家詞同，詞旨
怨亂。〔註25〕馮煦對此類詞作，多爲讚賞。

二、「揆之六義，比興爲多」推尊馮延巳

馮煦將唐五代詞上溯於詩騷，最顯著者爲對馮延巳的評述。馮煦
對馮延巳評價極高。馮煦〈唐五代詞選序〉論其詞上承南唐二主，下
啓歐晏諸公，有重要地位，言：「吾家正中翁鼓吹南唐，上翼二主。
下啓歐晏，實正變之樞貫，短長之流別。」（《馮稿》，頁 849）光緒
15 年（1889）8 月，馮煦遇王鵬運於京，王鵬運出示汲古閣《陽春集》
舊鈔，馮煦借而讀之。而後馮煦爲王鵬運四印齋所刻《陽春集》作序，
序文以引其端，推尊馮詞：

> 往與成子漱泉有《唐五代詞選》之刻，嘗以未見吾家正中
> 翁《陽春集》足本爲憾。後二年，來京師，遇王子幼霞出
> 彭文勤家所藏汲古舊鈔，借而讀之，得未曾有。幼霞遂以
> 是編授之厫氏而屬煦引其端。詞雖導源李唐，然太白樂天
> 興到之作，非其顓詣，逮於季葉，茲事始盬。溫韋崛興，
> 專精令體。南唐起於江左，祖尚聲律，二主倡於上，翁和
> 於下，遂爲詞家淵叢。翁頻仰身世，所懷萬端，繆悠其辭，
> 若顯若晦，揆之六義，比興爲多。若〈三臺令〉、〈歸國謠〉、
> 〈蝶戀花〉諸作，其旨隱，其詞微，類勞人思婦，羈臣屏

〔註25〕鹿虔扆〈臨江仙〉詞：「金鎖重門荒苑靜，綺窗愁對秋空。翠華一去
寂無蹤。玉樓歌吹，聲斷已隨風。　煙月不知人事改，夜闌還照
深宮。藕花相向野塘中。暗傷亡國，清露泣香紅。」見曾昭岷、王
兆鵬、曹濟平、劉尊明編校：《全唐五代詞》（北京：中華書局，1999
年），頁 569。謝克家〈憶君王〉詞「依依宮柳拂宮牆。樓殿無人春
晝長。燕子歸來依舊忙。憶君王。月破黃昏人斷腸。」見唐圭璋編：
《全宋詞》，頁 715。

子，鬱伊愴悗之所爲。翁何致而然耶？周師南侵，國勢岌
岌。中主既昧本圖，汶闇不自彊，彊鄰又鷹瞵而鴞睨之。
而務高拱，溺浮采，芒乎芴乎，不知其將及也。翁負其才
略，不能有所匡救，危苦煩亂之中，鬱不自達者，一於詞
發之。其憂生念亂，意內而言外，迹之唐五季之交，韓致
堯之於詩，翁之於詞，其義一也。世亶以靡曼目之誣巳。
善乎！劉融齋先生曰：「流連光景，惆悵自憐，蓋本易飄颻
於風雨者。」知翁哉！知翁哉！（《馮稿》，頁 853～854）

序言先略述唐詞發展要略。詞於唐季始盛，溫、韋專精令體，南唐二
主與馮延巳相繼爲之，遂爲詞家淵叢。誠如同馮煦於〈唐五代詞選序〉
所言「揆之六義，比興爲多」，認爲馮延巳寄託家國身世於詞，所謂
「危苦煩亂之中，鬱不自達者，一於詞發之」，如〈三臺令〉、〈歸國
謠〉、〈蝶戀花〉（即〈鵲踏枝〉）等詞，旨隱詞微，若顯若晦，發「憂
生念亂，意內而言外」之旨。另外，唐五代詞本以風流婉麗爲主，馮
延巳亦多有側艷靡曼之作。馮煦此爲馮延巳平反，認爲其詞同劉熙載
所言「飄颻於風雨者」，實爲感於時事，藉詞發之，並非爲泛泛艷情
之作。

　　馮延巳於晚清多受關注，馮煦〈論詞絕句〉讚賞其詞：「吾家正
中才絕代，羅衣行地冐殘薰。東風吹皺一池水，不分人傳成幼文。」
（《馮稿》，頁 456）更重申其〈謁金門〉（風乍起）一闋，當爲馮延
巳所作，而非成幼文詞。〔註26〕另外，成肇麐所編《唐五代詞選》，
在有限選源之下，收馮延巳詞竟然最多，共 54 闋。（成肇麐選詞時，
尚未見馮延巳《陽春集》足本。）而至光緒 22 年，王鵬運和作〈鵲
踏枝〉詞，序言提到：

馮正中〈鵲踏枝〉十四闋，鬱伊愴悗，義兼比興。蒙嗜誦

〔註26〕關於馮延巳〈謁金門〉（風乍起）一闋，陳振孫《直齋書錄解題》、
　　　朱彝尊《詞綜》作成幼文詞，而據曾昭岷考《南唐書》、《賓退錄》、
　　　《尊前集》、《唐宋諸賢絕妙好詞選》、《草堂詩餘》、《花草粹編》、《全
　　　唐詩》、《歷代詩餘》、《唐五代詞選》、《詞林紀事》，均題馮作。參見
　　　曾昭岷、王兆鵬、曹濟平、劉尊明編校《全唐五代詞》，頁 677。

　　焉。春日端居，依次屬和，憶雲生云：「不爲無益之事，何

　　以遣有涯之生」三復前言，我懷如揭矣。〔註27〕

「鬱伊惝怳，義兼比興」，其詞寄託，亦如馮煦所言。王鵬運四印齋
所重刻《陽春集》補其先前「未見足本」的缺憾，而又依次屬和馮延
巳〈鵲踏枝〉，可謂推尊發揚。

　　晚清詞家多視馮延巳詞憂生念亂、義兼比興，可視爲常派論詞以
來，詞家的尊體共識。不過對於馮煦等人所論，後人亦有持存疑態度
者，蔡嵩雲《柯亭詞論》提到：

　　正中〈鵲踏枝〉十四章，鬱伊惝怳，究莫測其意指。劉融

　　齋謂其詞流連光景，惆悵自憐。馮夢華則以爲有家國之感

　　寓乎其中，然歟否歟？（《叢編》，冊5，頁4910）

蔡嵩雲對劉熙載、馮煦所論其詞「流連光景」、「有家國之感寓乎其
中」，均持保留態度。馮延巳評價，受人存疑，而此亦表示馮煦、劉
熙載的論詞有所影響，可供後人參考反思。

三、「綜其旨要，厥有四難」之詞體特性

　　馮煦除了推尊詞體，確立其意義之外，對詞體特性的掌握也相當
全面。王國維曾以「要眇宜修」四字概括詞的特性（《叢編》，冊5，
頁4528），繆鉞〈論詞〉則以其文小、其質輕、其徑狹、其境隱四點
申論。〔註28〕然而早在宣統2年（1910）馮煦〈重刻東坡樂府序〉即
已藉「詞有四難」全面討論詞體特性：

　　綜其旨要，厥有四難。詞尚要眇，不貴質實，顯者約之使

　　晦，直者揉之使曲。一或不善，鉤輈格磔，比于禽言，撲

　　朔迷離，或儕兔跡。而東坡獨來獨往，一空羈靮，如列子

　　御風，以游無窮，如藐姑射神人，吸風飲露，而超乎六合

　　之表。其難一也。

〔註27〕〔清〕王鵬運：《半塘定稿》，見陳乃乾輯：《清名家詞》，冊10，頁
　　　　14。
〔註28〕繆鉞：《詩詞散論》（臺北：臺灣開明書店，1982年），頁5～10。

詞有二派，曰剛曰柔，毗剛者斥溫厚爲妖冶，毗柔者目縱軼爲麤獷。而東坡剛亦不吐，柔亦不茹。纏綿芳悱，樹秦柳之前旃，空靈動蕩，導姜張之大輅。唯其所之，皆爲絕詣。其難二也。

文不苟作，寄託興焉，所謂文外有事在也，于詞亦然。然世非懷襄，而效靈均九歌之奏，時非天寶，而擬杜陵八哀之篇。無病而呻，識者恫之。而東坡夙負時望，橫遭讒口，連蹇廿年，飄蕭萬里，花邊酒下，其忠愛之誠，幽憂之隱，旁礡鬱積於方寸者間，時一流露。若有意，若無意，若可知，若不可知。後之讀者，莫不睪然思，逌然會，而得其不得已之故，非無病而呻者比。其難三也。

夫側艷之作，止以導淫，悠繆之辭，或將損性，拘墟小儒，縣爲徽纆。而東坡涉樂必笑，言哀已嘆。「暗香水殿」，時軫舊國之思，「缺月疏桐」，空弔幽人之影。皆屬寓言，無慚大雅。其難四也。（《馮稿》，頁 1831）

所謂「詞之四難」，即從四方面論述詞體特性。首先是詞須要眇、曲晦，張炎《詞源》曾言「詞要清空，不要質實」（《叢編》，冊 1，頁 259）馮煦論詞亦不貴質實，表示詞應「約之使晦」、「揉之使曲」。更強調拿捏曲直隱晦須特別留心，太過隱晦則如鶻鵃啼聲「鉤輈格磔」、雌雄兔跡「撲朔迷離」，不明所云，莫知詞意。

其次爲詞或剛或柔、婉約豪放的偏好。陳師道《後山詩話》論「退之以文爲詩，子瞻以詩爲詞，如教坊雷大使之舞，雖極天下之工，要非本色。」〔註 29〕東坡雖拓闊詞境，兼作豪放，然終非詞家本色。而

〔註 29〕〔宋〕陳師道：《後山詩話》，見何文煥編：《歷代詩話》（北京：中華書局，2004 年），頁 309。此要補充說明，此書乃出於依託，非陳師道本人所撰。據《四庫全書總目提要‧後山詩話提要》：「此書必非師道所撰。今考其中於蘇軾、黃庭堅、秦觀俱有不滿之詞，殊不類師道語。且謂蘇軾詞如教坊雷大使舞，極天下之工，而終非本色。案蔡絛《鐵圍山叢談》稱雷萬慶宣和中以善舞求教坊。軾卒於建中靖國元年六月。師道卒於是年一月，安能預知宣和中有雷大使借爲譬喻？其出於依託，不問可知矣。」見〔清〕紀昀總纂：《四庫全書總目提要》，頁 5369～5370。

馮煦對詞之剛柔的態度，頗有調和持平之意。論詞毗倚剛者，多排斥溫厚婉約以為妖冶，毗倚柔者，多鄙棄豪放縱逸以為粗獷，皆為執於一己成見。而東坡卻能兼容纏綿動盪，剛柔合一，實屬可貴。

再者為論詞的寄託性。詩文不苟作，於詞亦然，詞同詩文，亦能寄託。然而寄託須出於本性，緣事而發，不可無病呻吟，矯揉造作。東坡接連貶謫，而不忘其忠愛之誠，心中幽憂之隱，不得已而流露於詞，寄託胸志於有意無意、可知不可知之間。

最後，馮煦提及詞的側豔。認為拘墟小儒將詞視為導淫、損性，引以為戒，視為繩墨規矩，卻不知東坡為詞涉樂必笑，言嘆已哀，寓志於中，如〈洞仙歌〉(冰肌玉骨)、〈卜算子〉(缺月掛疏桐)諸作，皆無慚大雅，誠能超越流俗。詞的雅俗，為歷來詞家所關切。朱彝尊〈詞綜發凡〉曾言：「言情之作，易流於穢，此宋人選詞，多以雅為目。法秀道人語涪翁曰：『作豔詞當墮犁舌地獄』。」〔註30〕馮煦亦以「是雅非鄭」態度視詞，陳匪石讚賞馮煦「擇詞尤雅，誹謔之作，則所無也」〔註31〕從上述論及「詞有四難」，表示詞要眇曲晦、豪放婉約可剛可柔、寄託言志、易於側豔，馮煦藉東坡詞能表現此四點的成就，亦再次重新審視詞體的特性。

四、反對「詞，衰世之作也」之詞史發展

在晚清詞壇的尊體風氣下，馮煦也再次釐清「世衰詞盛」的不必然。詞史的發展軌跡，看似令詞盛於唐季，慢詞盛於宋季，世衰而詞盛。若此，則詞得以興盛發展則與世變背景有密切關係。固然於時局動盪下，文人寄託心志於詞，加深詞作內容，賦予其精神意義。傳統觀念亦據此脈絡，將歷史發展與詞史發展二者作聯結。

然而詞是否真為衰世之作？朱彝尊〈紫雲詞序〉曾不諱言表示「詞

〔註30〕〔清〕朱彝尊：《詞綜》(上海：上海古籍出版社，1978年)，頁14。
〔註31〕陳匪石：《聲執》，見唐圭璋編：《詞話叢編》，冊5，頁4967。

則宜於宴嬉逸樂，以歌詠太平」〔註32〕，朱彝尊詞學觀念轉變如何，此且不論，而盛世亦有盛世之詞顯然可見。馮煦〈和珠玉詞序〉重新檢討詞史發展，釐清前人的模糊概念：

> 或曰：「詞，衰世之作也。令莫盛於唐季，慢莫盛於宋季，衰乎否乎？」是說也，蒙嘗疑之。宋之爲慢詞者，美成首出，姜張而極。片玉所甄，率在大觀、政和間，北宋之季也。白石、玉田，連蹇不偶，黍離之歌，橘頌之章，比比有之，南宋之季也。慢爲衰世之作，殆有徵耶。小令則不然，溫韋之深隱，南唐二主之淒咽，亦云衰矣。然而太白、樂天，實其初祖。開天元長，世雖多故，衰猶未也。至宋晏元獻、歐陽永叔，則承平公輔也。元獻所際，視永叔彌隆，身丁清時，迴翔臺省，間有所觸，爲小令以自攄，與吾家陽春翁爲近。上窺二主，其若遠若近，若可知若不可知，幾幾有難爲言者，然所詣則然，非世之衰否有以主張之也。（《馮稿》，頁 855）

令詞唐季最盛，慢詞宋季最盛，詞是否即爲衰世之作？馮煦重新檢視唐宋詞史發展，以慢詞而言，周邦彥成其大，姜夔、張炎造其極，確實一於北宋之季，一於南宋之季，故言「爲衰世之作，殆有徵耶」。以小令而言，則並非如此，溫庭筠、韋莊尚屬唐季，李白、白居易諸作時非衰世，而擅作令詞的晏殊、歐陽脩，也處於宋初承平時局，並非衰世。馮煦就事論事的檢視令、慢極盛是否在於衰世，慢詞名家如周、姜、張皆處於宋季，但令詞如歐晏諸公並非處於衰世，表示「詞，衰世之作也」不能成立，理性看待歷史與詞史發展二者，而非籠統混爲一談。

其實，北宋柳永、張先大量賦作長調慢詞，描寫都城繁華、節令諸作，時皆非於衰世。宋翔鳳《樂府餘論》論慢詞興盛，言：「其慢詞蓋起宋仁宗。中原息兵，汴京繁庶，歌臺舞席，競賭新聲。耆卿失意無俚，流連坊曲，遂盡收俚俗語言，編入詞中，以便伎人傳習。一

〔註32〕〔清〕朱彝尊著，杜澤遜、崔曉新點校：《曝書亭序跋·潛採堂宋元人集目錄·竹垞行笈書目》，頁 119。

時動聽，散播四方。其後東坡、少游、山谷輩，相繼有作，慢詞遂盛。」
（《叢編》，冊3，頁2499）可見慢詞興於盛世，並非只限衰世。

五、論唐宋詞史之傳承與定位

　　馮煦《蒿盦論詞》、〈論詞絕句〉部分瑣碎的論詞見解關乎於兩宋
詞史發展，並相互連結詞人的上下傳承關係，可建構出兩宋詞史發展
的脈絡。首先，如前文所引〈陽春集序〉：「詞雖導源李唐，然太白樂
天興到之作，非其顓詣。逮於季葉，茲事始鬯。溫韋崛興，專精令體。
南唐起於江左，祖尚聲律。二主倡於上，翁和於下，遂為詞家淵叢。」
（《馮稿》，頁 853）表示詞史發展的脈絡為：（一）詞導源於唐，而
李白、白居易諸作只是一時興會，此時尚未有專門致力於詞者。（二）
後至溫庭筠、韋莊、南唐二主、馮延巳等努力下，晚唐五代詞遂為詞
史發揚的起點。同此脈絡，馮煦〈論詞絕句〉評溫庭筠詞「謫仙去後
風流歇，一集金荃或庶幾」亦以李白作為詞史根源。

　　詞史發展至宋初，歐晏諸公詞多承自南唐。馮煦認為晏殊去五代
未遠，有「北宋倚聲家初祖」的重要地位。如馮煦論晏殊：

> 至南唐，二主作於上，正中和於下，詣微造極，得未曾有。
> 宋初諸家，靡不祖述二主，憲章正中；譬之歐、虞、褚、
> 薛之書，皆出逸少。晏同叔去五代未遠，馨烈所扇，得之
> 最先，故左宮右徵，和婉而明麗，為北宋倚聲家初祖。（《馮
> 論》，頁3585）

宋初詞家多祖述五代，晏殊詞和婉明麗，開北宋詞壇風氣，當為北宋
詞家初祖。馮煦亦關注歐陽脩於北宋詞史的地位：

> 宋初大臣之為詞者：寇萊公、晏元獻、宋景文、范蜀公與
> 歐陽文忠並有聲藝林；然數公或一時興到之作，未為專詣；
> 獨文忠與元獻學之既至，為之亦勤，翔雙鵠於交衢，馭二
> 龍於天路。且文忠家廬陵，而元獻家臨川，詞家遂有西江
> 一派。其詞與元獻同出南唐，而深致則過之。宋至文忠，
> 文始復古，天下翕然師尊之，風尚為之一變。即以詞言，

亦疏雋開子瞻，深婉開少游。（《馮論》，頁 3585）

宋初寇準、宋祁、范仲淹雖間有詞作，但亦「一時興到之作，未爲專詣」。宋初詞壇可謂沉寂，直至晏殊、歐陽脩，詞壇才形成氣候。〔註33〕歐陽脩詞深於晏殊，而又「疏雋開子瞻，深婉開少游」，分別下啓蘇軾、秦觀，對詞壇影響遠大。

北宋詞壇而言，馮煦給予柳永極高評價，稱之「自是北宋巨手」（《馮論》，頁 3585），表示其地位。而北宋詞壇其他優秀詞人更能繼承南唐，特別以李煜詞的哀戚感傷爲主。馮煦評論這些詞人時，多著重與南唐詞的傳承：

> 少游以絕塵之才，早與勝流，不可一世；而一謫南荒，遽喪靈寶，故所爲詞，寄慨身世，閑雅有情思，酒邊花下，一往而深，而怨悱不亂，悄乎得小雅之遺；後主而後，一人而已。（《馮論》，頁 3586）

> 淮海、小山，眞古之傷心人也。其淡語皆有味，淺語皆有致，求之兩宋詞人，實罕其匹。子晉欲以晏氏父子追配李氏父子，誠爲知言。（《馮論》，頁 3585）

> 玉簫聲斷人何處，合與南唐作替人。（論李清照）（《馮稿》，頁 458）

王國維認爲「詞至李後主而眼界始大，感慨遂深，遂變伶工之詞爲士大夫之詞。」（《叢編》，冊 5，頁 4242），爲李煜的重要意義。馮煦著眼於北宋詞與南唐詞的傳承關係。秦觀詞得小雅之遺，「後主之後一人而已」。晏幾道同爲古之傷心人，可配南唐二主，李清照詞淒婉，「合與南唐作替人」。

馮煦論詞文獻對南宋詞史的傳承與定位，遠不如北宋周詳。原因是馮煦對南宋詞人的關注，不再往向上與南唐五代、北宋牽繫，而更著重其他面向，故對詞史傳承與定位的探討，較顯薄弱。不過，馮煦

〔註33〕劉揚忠從時局背景與文學發展的軌跡，解釋「宋初六十年詞壇沉寂的原因」。可參見氏著：《唐宋詞流派史》（福州：福建人民出版社，1999 年），頁 133～138。

對南宋詞人的定位以及南北宋之間的轉換關鍵，偶有精到見解。如以論周紫芝詞闡述「南北宋詞之關鍵」：

> 周少隱自言少喜小晏，時有似其體製者。晚年歌之，不甚如人意。今觀其所指之三篇，在《竹坡集》中，誠非極旨，若以爲有類小山，則殊未盡然。蓋少隱誤認幾道爲清倩一派，比其晚作，自覺未逮。不知北宋大家，每從空際盤旋，故無椎鑿之跡。至竹坡、無住諸君子出，漸於字句間凝煉求工，而昔賢疏宕之致微矣。此亦南北宋之關鍵也。（《馮論》，頁 3590〜3591）

周紫芝（1082〜1155，字少隱）晚年自覺其詞未逮，不甚如意，與年少喜從小晏詞風格不似。馮煦解釋其因乃爲北宋詞無椎鑿痕跡，而南宋詞漸於字句求工，故風氣有異。自周紫芝、陳與義（1090〜1138，有《無住詞》）之後，詞入南宋後多凝煉字句，漸失北宋風貌。相較劉熙載言：「北宋詞用密亦疏，用隱亦亮，用沉亦快，用細亦闊，用精亦渾。南宋只是掉轉過來。」〔註34〕（《叢編》，冊 4，頁 3696）馮煦的解釋更爲清楚。

最後，馮煦也肯定一些南宋詞人的特殊地位，認爲其詞能獨步當時。如對姜夔、陸游、辛棄疾評價極高：

> 白石爲南渡一人，千秋論定，無俟揚榷。（《馮論》，頁 3594）

> 劍南屏除纖艷，獨往獨來，其逋峭沈鬱之概，求之有宋諸家，無可方比。（《馮論》，頁 3593）

> 稼軒負高世之才，不可羈勒，能於唐宋諸大家外，別樹一幟。自茲以降，詞遂有門戶、主奴之見。（《馮論》，頁 3592）

馮煦對「南渡第一人」的姜夔，「有宋諸家無可方比」的陸游，各予好評。且能識辛棄疾「於唐宋諸大家外，別樹一幟」的獨到，認爲因風格不同，自此詞遂各自立其門戶。表示稼軒詞對詞壇有其開創性。

本節討論馮煦所論詞體見解，認爲詞亦可兼有六義，故推尊馮延

〔註34〕 〔清〕劉熙載：《詞概》，見唐圭璋編：《詞話叢編》，冊 4，頁 3696。

已。再藉東坡詞而論「詞有四難」，闡述詞體特性。馮煦也從詞史發展，從令體慢體的興盛反思「詞非衰世之作」。另外，馮煦論兩宋詞人也多能結合詞史傳承，如北宋詞家對南唐詞的承繼與開拓，又如對兩宋詞人的特殊定位與評價，都能清楚掌握詞史的發展。

第三節　論詞風取捨與詞品升降

馮煦言其《宋六十一家詞選》「是在讀者折衷今古，去短從長」。（《馮論》，頁 3599）刪汰各家，存其佳作，去蕪存菁，表示馮煦選詞有其取捨。朱彝尊曾言：「言情之作，易流於穢，此宋人選詞，多以雅爲目。」〔註35〕馮煦選詞尚雅棄俗，亦兼取豪放，賞識辛派品格。對於人格所受爭議的詞人如毛滂、史達祖、曾覿等人，馮煦亦持平論之，不因人而廢詞。

一、擇詞就雅棄俗

成肇麐〈蒿盦詞序〉言：「詞於藝事，雖微之微者，而源流正變之故，要非慢無所持擇也。」（《馮詞》，頁 1）表示擇詞有所標準。光緒 3 年（1877）馮煦與成肇麐於飛霞閣相研倚聲，二人「縱覽古今作者升降，而折衷於大雅」〔註36〕（《馮詞》，頁 2），「雅」爲二人詞學共識。馮煦〈唐五代詞選序〉也表示「詩有六義，詞亦兼之，是雅非鄭」（《馮稿》，頁 849）馮煦選詞多能尚雅棄俗，陳匪石更給予《宋六十一家詞選》「擇詞尤雅，誹謔之作，則所無也」的評價。（《叢編》，冊 5，頁 4967）

清人鑒於明詞的俚俗豔麗，重新反思詞的雅俗。明人王世貞《藝苑卮言》曾以「寧爲大雅罪人」論詞，（《叢編》，冊 1，頁 385）認爲詞寧俗而不失本色。至清朱彝尊編《詞綜》，以雅爲尚，力洗《草堂》

〔註35〕〔清〕朱彝尊：〈詞綜發凡〉《詞綜》，頁 14。
〔註36〕〔清〕成肇麐：〈蒿盦詞序〉，見馮煦《蒿盦詞》，見陳乃乾輯：《清名家詞》，冊 10，頁 2。

之陋,重振詞學。〔註37〕「擇詞尤雅」的觀念乃爲有清詞壇共識。馮煦亦奉此標準,對雅詞評價較高,如評秦觀詞得小雅之遺,稱其「閑雅有情思」。又如評謝逸《溪堂詞》「溫雅有致,於此事蘊釀甚深」(《馮論》,頁 3588),評趙師使、趙彥端、趙長卿詞「坦庵、介庵、惜香,皆宋氏宗室,所作並亦清雅可誦」(《馮論》,頁 3589),評蔡伸道詞「雅近南唐」(《馮論》,頁 3590)。又如對陸游詞頗爲讚賞,不但認爲「求之有宋諸家無可方比」,給予特殊地位,又認同「提要以爲詩人之言,終爲近雅」。(《馮論》,頁 3593)對於詞人多讚賞詞能閑雅、溫雅、清雅、近雅,表示其「擇詞尤雅」觀點。

　　馮煦對詞俗而不雅者也提出檢討。前文已說明馮煦認爲蔣捷「詞旨鄙俚」,好用俳體,劉過〈小桃紅〉〈天仙子〉俚俗不雅。又如馮煦雖賞識柳永詞,但對其詞「好爲俳體,詞多媟黷,有不僅如提要所云『以俗爲病』」(《馮論》,頁 3586)感到遺憾。評黃庭堅詞也提到「柳詞明媚,黃詞疏宕。而褻諢之作,所失亦均」(《馮論》,頁 3586)惋惜詞涉褻諢,未能近雅。鑒於對雅詞的堅持,馮煦更認爲石孝友《金谷遺音》好爲俳語,不及他家:

> 《金谷遺音》小調,間有可采。然好爲俳語,在山谷、屯田、竹山之間,而雋不及山谷,深不及屯田,密不及竹山,蓋皆有其失,而無其得也。今選於此數家,披揀尤嚴,稍涉俳諢,寧從割捨。非刻繩前人也。固欲使世之譚藝者,羣曉然於此事,自有正變,上媲騷雅,異出同歸。而淫蕩浮靡之音,庶不致靦顏自附於作者,而知所返哉。(《馮論》,頁 3594)

《金谷遺音》雖間有可採,然好爲俳語,更不及黃庭堅、柳永、蔣捷(此三人詞皆有失雅之憾)。馮煦藉此再次申明其「擇詞尤雅」的堅持,「稍涉俳諢,寧從割捨」,目的在於醒目世人,力戒淫蕩浮靡之音。

〔註37〕 朱彝尊編《詞綜》有意取代《草堂詩餘》於明代的影響力,以重振詞學。如其發凡所言 「獨《草堂詩餘》所收最下最傳,三百年來學者守爲兔園冊,無惑乎詞之不振也。」見朱彝尊:《詞綜》,頁 11。

正如同馮煦〈唐五代詞選序〉所言詞是雅非鄭，上溯風騷。故不論是成肇麐的《唐五代詞選》，或是馮煦《宋六十一家詞選》，都堅持「擇詞以雅」，斥收淫俗。

以姜夔為例，馮煦極愛姜詞，給予評價甚高，入選比例也最高。毛本有姜夔詞 34 首，馮煦即選 33 首，幾乎全選。唯一未入選者為〈鷓鴣天〉：

> 京洛風流絕代人，因何風絮落溪津。籠鞋淺出鴉頭襪，知
> 是凌波縹緲身。　　紅乍笑，綠長嚬，與誰同度可憐春。
> 鴛鴦獨宿何曾慣，化作西樓一縷雲。〔註38〕

此為詠妓之作。上闋言溪津所見歌妓，「籠鞋淺出鴉頭襪」、「知是凌波縹緲身」寫女子步履體態。下闋繪歌妓情狀，「紅乍笑」指女子絳唇一笑，「綠長嚬」指蹙眉發愁。末句用宋玉〈高唐賦〉巫山神女與楚王相會典，以訴思情。馮煦幾乎全選姜詞，唯獨此不入選。此詞過於著墨歌妓體態與情思，稍近艷情，不及其他作品清空騷雅，是以未得入選。可見馮煦選詞尤雅的嚴謹。

二、重視辛派詞人

馮煦對於辛派詞人嶔崎磊落的性格，多為敬佩。然此須說明馮煦對辛派詞人的看法，多是出於敬重，不似馮煦私人的為詞偏好。以馮煦本身性格的純篤寬厚，其詞淒冷，追慕姜夔，與辛派詞風差距較大。且馮煦〈論詞絕句〉完全不評辛派，清詞亦不評豪放詞家陳維崧，隱隱可見其主觀偏好。然而《宋六十一家詞選》因出於各家均選，必須持平折衷要論各家，取其本色。基於詞選的客觀性，馮煦不偏廢辛派詞人。前文已述，馮煦〈重刻東坡樂府序〉認為「詞有二派，曰剛曰柔」。馮煦〈論詞絕句〉評蘇軾詞言：「後起銅琶兼鐵撥，莫教初祖謗東坡」（《馮稿》，頁 456）肯定蘇軾「詞自是一家」，能對豪放詞表示肯定。

〔註38〕〔宋〕姜夔著，陳書良箋注《姜白石詞箋注》（北京：中華書局，2009年），頁 76。

　　歷來研究界定辛派詞人，範圍上大多相近。〔註 39〕本文基於論述考量，暫且將張元幹、張孝祥列入辛派範圍討論（單芳認為二張不算辛派詞人，只能算是先驅）。馮煦評價辛派詞人，首先重於其忠憤君國的節操。讚賞張孝祥詞：「于湖在建康留守席上賦〈六州歌頭〉，感憤淋漓，主人為之罷席。他若〈水調歌頭〉之「雪洗虜塵靜」一首，〈木蘭花慢〉之「擁貔貅萬騎」一首，〈浣溪沙〉之「霜日明霄」一首，率皆睠懷君國之作」（《馮論》，頁 3591），其〈六州歌頭〉感憤淋漓，主人為之罷席。「睠懷君國」節操令人敬佩。〔註 40〕又評價陳亮詞：

> 龍川痛心北虜，亦屢見於辭，如〈水調歌頭〉云：「堯之都，舜之壤，禹之封，於今應有，一個半個恥和戎」。〈念奴嬌〉云：「因笑王謝諸人，登高懷遠，也學英雄涕」。〈賀新郎〉云：「舉目江河休感涕，念有君如此何愁虜」。又：「涕出女

〔註 39〕關於辛派界定的標準。蘇淑芬認為：「所謂辛派詞人，其詞作的特色須涵蓋在以下數點特色中：（一）反映國家分裂，立志收復中原，鼓舞抗戰精神，堅決反對主和為要務。（二）喜用長調，來表達愛國思想的心聲，以及社會內容。（三）喜愛融化經史子集的內容，有淵博的學問，並善於運用典故來表達個人愛國思想。（四）風格大多豪邁悲壯、慷慨激昂。（五）以散文、口語入詞。參見氏著：《辛派三家詞研究》（臺北：文史哲出版社，2006 年），頁 6。單芳認為：「筆者在充分吸收前賢的基礎上，以稼軒體特徵為旨歸，以詞人作品為依據，確定辛派詞人的界定應有五個標準：一是從時間上看，先有稼軒體後有辛派，「前南渡詞人」如張元幹、張孝祥等應是辛派的先驅，不應算作辛派詞人。二是具有強烈的社會責任感，關注政治、社會問題，以大視野寫大題材。三是在詞的審美追求上偏重對陽剛美的愛賞，常以慷慨悲壯或激切的方式來表現，較多直接而不假借。四是在蘇軾「以詩為詞」的基礎上進一步「以文為詞」，意論縱橫，體現出散文化的傾向。五是不刻意追求音律。對他們來說，詞是抒情言志的載體而不是和樂演唱的歌詞。」參見氏著：《南宋辛派詞人研究》（成都：巴蜀書社，2009 年），頁 45～46。

〔註 40〕關於張孝祥〈六州歌頭〉，主人為之罷席一事。張宗橚《詞林紀事》卷 10 引《朝野遺記》：「安國在建康留守上賦此，歌闋，魏公為罷席而入。」見朱崇才編：《詞話叢編續編》（北京：人民文學出版社，2010 年），冊 2，頁 1051。

　　吳成倒轉，問魯爲齊弱何年月。」忠憤之氣，隨筆涌出，

　　並足喚醒當時聾瞶，正不必論詞之工拙也。(《馮論》，頁

　　3591）

南宋與金兵對峙，守其半壁江山。陳亮憤慨神州陸沉，朝廷只求偏安
自保，忍辱議和。陳亮主張力戰，收復失土，「一個半個恥和戎」。〈念
奴嬌〉批評消極緬懷故土，而不爲眼前努力。〔註41〕陳亮詞發忠憤，
隨筆涌出。馮煦認爲尚不必論其詞工拙，其詞感於忠憤，大聲疾呼，
已足喚醒時人。而評價劉克莊詞：

　　後村詞與放翁、稼軒，猶鼎三足。其生丁南渡，拳拳君國，
　　似放翁。志在有爲，不欲以詞人自域，似稼軒。如〈玉樓
　　春〉云：「男兒西北有神州，莫滴水西橋畔淚」，〈憶秦娥〉
　　云：「宣和宮殿，冷煙衰草。」傷時念亂，可以怨矣。又其
　　宅心忠厚，亦往往於詞得之。〈滿江紅〉送宋惠父入江西幕
　　云：「帳下健兒休盡銳，草間赤子俱求活」。〈賀新郎・壽張
　　史君〉云：「不要漢庭誇擊斷，要史家編入循良傳。」〈念
　　奴嬌・壽方德潤〉云：「須信諂語尤甘，忠言最苦，橄欖何
　　如蜜」胸次如此，豈翦紅刻翠者比邪？升庵稱其壯語，子
　　晉稱其雄力，殆猶之皮相也。(《馮論》，頁3595）

馮煦對劉克莊評價頗高，認爲可與辛棄疾、陸游鼎足爲三，其詞「拳
拳君國」、「志在有爲」，情操可貴。〈玉樓春〉「男兒西北有神州，莫
滴水西橋畔淚」，積極渴望收復失土，其詞忠厚，傷時念亂。〈念奴嬌〉
「須信諂語尤甘，忠言最苦」，語語懇切，發自肺腑，並非泛泛兒女
情詞可比。馮煦也批評楊愼、毛晉只關注其詞表面豪壯，未能深入其
忠愛之情，猶恐失之皮相。

　　馮煦亦能關切辛派詞風，評其瑕瑜。辛派之首的辛棄疾，馮煦給
予評價極高，並說明後人欲學作豪詞，卻淪爲浮囂的弊病：

〔註41〕余嘉錫：《世說新語箋疏・言語》：「過江諸人，每至美日，輒相邀新
　　　亭，藉卉飲宴。周侯中坐而嘆曰：『風景不殊，正自有山河之異。』
　　　皆相視流淚。唯王丞相愀然變色曰：『當共戮力王室，克復神州，何
　　　至作楚囚相對。』」(北京：中華書局，2007年)，冊上，頁109～110。

稼軒負高世之才，不可羈勒，能於唐宋諸大家外，別樹一
幟。自茲以降，詞遂有門戶主奴之見。而才氣橫軼者，羣
樂其豪縱而效之。乃至里俗浮囂之子，亦靡不推波助瀾，
自托辛、劉，以屏蔽其陋，則非稼軒之咎，而不善學者之
咎也。即如集中所載〈水調歌頭〉「長恨復長恨」一闋，〈水
龍吟〉「昔時曾有佳人」一闋，連綴古語，渾然天成，既非
東家所能效顰，而〈摸魚兒〉、〈西河〉、〈祝英臺近〉諸作，
摧剛爲柔，纏綿悱側，尤與粗獷一派，判若秦越。(《馮論》，
頁 3592)

陳廷焯《白雨齋詞話》曾言辛棄疾「詞極豪雄，而意極悲鬱」，(《叢
編》，冊 4，頁 3925) 馮煦則識稼軒詞「於唐宋諸家外別樹一幟」，異
軍突起於南宋詞壇。並認爲此後詞遂有門戶之見，乃因於才氣縱橫
者，喜作豪放詞。推波助瀾，形成詞壇風氣，以至末流，不善學者，
缺乏辛派爲詞的精神，而淪爲里俗浮囂使氣之語。此皆後人「不善學
者之咎」，「非稼軒之咎」。此外，稼軒詞如〈水龍吟〉、〈西河〉、〈祝
英臺近〉諸闋，纏綿悱惻，摧剛爲柔。辛棄疾不僅能作豪語，更能剛
柔並濟，風格豐富，誠爲詞壇大家。

又如馮煦評陸游：「劍南屏除纖艷，獨往獨來，其逋峭沈鬱之概，
求之有宋諸家，無可方比。」(《馮論》，頁 3593) 給予較高評價。其
詞逋峭沉鬱，獨來獨往，有宋諸家無可方比。馮煦對辛派詞人的讚賞，
重視陳亮、劉克莊的胸懷襟抱，而對辛棄疾、陸游詞的特殊地位，亦
給予較高評價。

馮煦所論辛派詞人，彼此有高下之分。對劉過、周必大、黃機、
楊炎正、程珌、洪咨夔評價較低詞人，也分別提出檢討。前文已討論
馮煦對劉過的批評，認爲「龍洲自是稼軒附庸，然得其豪放，未得其
宛轉」，而〈天仙子〉、〈小桃紅〉過於俚褻。前章亦已討論劉過〈沁
園春〉詠美人指甲、美人足的影響與批評。又如馮煦對洪咨夔、周必
大、黃機、楊炎正、程珌的評述：

平齋工於發端，其〈沁園春〉凡四首，一曰「詩不云乎，

蒹葭蒼蒼，白露爲霜。」二曰「歸去來兮，杜宇聲聲，道
不如歸。」三曰「飲馬咸池，攬轡崑崙，橫鶩九州。」四
曰「秋氣悲哉，薄寒中人，皇皇何之」皆有振衣千仞氣象，
惜其下並不稱。（《馮論》，頁 3593）

周必大《近體樂府》、黃機《竹齋詩餘》，亦幼安同調也。
又有與幼安周旋而即效其體者，若西樵（楊炎正）、洺水（程
珌）兩家，惜懷古味薄。濟翁（楊炎正）筆亦不健，比諸
龍洲，抑又次焉。（《馮論》，頁 3593）

馮煦舉洪咨夔〈沁園春〉四闋，言其詞首能開拓氣象，以論其詞「工
於發端」。但卻也「止於發端」，而後不相稱，遺憾其有始無終。而對
周必大、黃機則點到爲止，認爲與稼軒同調，可視爲辛派後人。又認
爲楊炎正、程珌其詞懷古味薄。楊炎正筆力不健，不如劉過，劉過自
是稼軒附庸，不如辛棄疾。可見辛派詞人之間的層次高下。

　　清代詞家對稼軒一派詞作取捨各有不同。金應珪〈詞選後序〉檢
討詞壇學辛末流者，有「鄙詞」之弊。周濟視稼軒詞「斂雄心，抗高
調，變溫婉，成悲涼」，列爲一家。（《叢編》，冊 2，頁 1643）而馮煦
所論辛派，更能就各家本色，辨其高下分別，舉詞以證，可謂深入。

三、不以人品分升降

　　歷來討論詞品，範疇與看法不同。〔註 42〕以「人品與詞品」的
對應關係而言，楊柏嶺討論此複雜關係較爲詳盡，認爲晚清民初部分

〔註42〕歷來對詞品的討論，各有不同看法。朱崇才以品格爲詞的境界論。
　　　　認爲詞品即對詩品的直接模仿。又舉陳廷焯《白雨齋詞話》認爲「回
　　　　文、集句、疊韻皆是詞中下乘」、「古人爲詞，興寄無端，行止開闔，
　　　　實有自然而然。一經做作，便失古意。世人好爲疊韻，強己就人，
　　　　必竟出工巧以求勝。爭奇鬥巧，乃詞中下品。」詳見氏著：《詞話理
　　　　論研究》（此書內容即《詞話史》）（北京：中華書局，2010 年）頁
　　　　219～230。乃就文學與藝術方面探討。而楊柏嶺〈品第之辨：詞品
　　　　觀念的孕育發展及其意義〉對詞品說的範疇討論較廣，並對詞品說
　　　　的人格基礎作以論述。詳見氏著：《晚清民初詞學思想建構》（合
　　　　肥：安徽大學出版社，2006 年），頁 185～200。

詞家對此多有反思。〔註43〕不過諸書尚未對馮煦「詞不以人品分升降」觀點多作申論。馮煦敬佩陳亮、劉克莊的襟抱節操，對於馮延巳的憂生念亂、寄託家國，也充分肯定。認爲其人忠厚，使詞作精神更加可貴。然而對於另外一些品格受誹議的詞人，馮煦亦給予同樣關注，不因人廢詞，持以客觀態度看待。

馮煦論毛滂、史達祖、王安中、曾覿人品爭議詞人，提出「詞爲文章末技，固不以人品分升降」的立場，如：

> 詞爲文章末技，固不以人品分升降。然如毛滂之附蔡京，
> 史達祖之依侂冑，王安中之反覆，曾覿之邪佞，所造雖深，
> 識者薄之。梅溪生平，不載史傳，據其〈滿江紅·詠懷〉
> 所云「憐牛後，懷雞肋」，又云「一錢不值貧相逼」，則韓
> 氏省吏之說，或不誣與？（《馮論》，頁 3587）

毛滂（生卒不詳，約 1106 前後）曾獻諛詞於蔡京，以求受用。〔註44〕史達祖（生卒不詳），屢試不第，後爲韓侂冑省吏，負責起草文書。王安中（1075～1134），楊愼《詞品》言：「初爲東坡門下士，詩文頗得膏腴。其詞有『橡燭垂珠清漏長，遲留春笋緩催觴』之句。……爲時所稱。其後附蔡京，遂叛東坡，其人不足道也」。（《叢編》，冊 1，頁 478）曾覿（1109～1180），先勾結龍大淵，後與王抃、甘昇結黨。〔註45〕此四者人品多受批評。〈四庫提要〉批評毛滂「徒擅才華，本非端士」〔註46〕。許昂霄評曾覿〈金人捧露盤〉言「海野東都故老，詞多感慨，惜其人無足稱」（《叢編》，冊 2，頁 1575）而馮煦反而能

〔註43〕楊伯嶺：《晚清民初詞學思想建構》，頁 188～190。

〔註44〕《四庫全書總目提要·東堂詞提要》記載：「（毛滂）見賞於蘇軾，其詞爲〈惜分飛〉，今載集中。然集中有太師生辰詞數首，實爲蔡京而作。蔡絛《鐵圍山叢談》載其父柄政時，滂獻一詞，甚偉麗，驟得進用者。當即在此數首之中，則滂雖由軾得名，實附京以得官。徒擅才華，本非端士。」見〔清〕紀昀總纂：《四庫全書總目提要》，冊 4，頁 5454。

〔註45〕詳見〔元〕脫脫編：《宋史·佞幸·曾覿傳》（北京：中華書局，1985年），卷 470，冊 39，頁 13688～13692。

〔註46〕〔清〕紀昀總纂：《四庫全書總目提要·東堂詞提要》，冊 4，頁 5454。

客觀以論，讀史達祖〈滿江紅・詠懷〉「憐牛後，懷雞肋」、「一錢不
值貧相逼」句，體會其人苦衷。史達祖入幕於韓侂冑，只是出於現實
無奈，並非有意依附權貴。馮煦〈論詞絕句〉：「一程烟草一程愁，歲
晚晚歸鬢已秋。怪底梅溪跋珠履，解吟雙雁月當樓。」（《馮稿》，頁
457）也評賞史達祖，不因人品受疑，而一概以人廢詞。

　　人品與詞品關係，歷來多有爭論。劉熙載《詞概》認爲詞與人品
須相對應：

> 詞進而人亦進，其詞可爲也。詞進而人退，其詞不可爲也。
> 詞家毂到名教之中，自有樂地，儒雅之內，自有風流。斯
> 不患其人之退也夫。（《叢編》，冊4，頁3711）

詞進而人進，其詞可爲。詞進而人退，其詞不可爲。認爲詞應與人相
連結，入於名教儒雅之內，將人品列爲品評的標準。對於詞與人兩者
關係的反思，況周頤提出更客觀的看法，認爲詞不可概人，《蕙風詞
話》論及：

> 晏同叔賦性剛峻，而詞語特婉麗。蔣竹山詞極穠麗，其人
> 則抱節終身。……國朝彭羨門孫遹《延露詞》，吐屬香豔，
> 多涉閨襜。與夫人伉儷綦篤，生平無姬侍。詞固不可概人
> 也。〔註47〕

晏殊、蔣捷性格與風格不同，而彭孫遹（1631～1700，號羨門）詞多
香豔，然卻能與夫人伉儷情深，無納姬妾。皆說明詞與人的分別，表
示「詞不可以概人」。對詞品與人品的關係，劉熙載「詞進而人退，
其詞不可爲」主觀結合二者，而況周頤「詞固不可概人」，反思彼此
關係。至馮煦「詞不以人品分升降」，更能持平折衷論之，不一概偏
廢。

　　蔣寅《古典詩學的現代詮釋》討論詩歌作者與文本的相關性問
題，歸納前人看法，澄清文如其人的含意及適用限度，認爲從歷來文

〔註47〕〔清〕況周頤著，孫克強輯考：《蕙風詞話・廣蕙風詞話》（鄭州：
　　　　中州古籍出版社，2003年），頁13～14。

論家的角度來看，所謂文如其人著眼於文學特徵與作家氣質、性格的相符。〔註48〕此說甚確。陳維崧也有曾類似看法，〈董文友文集序〉言：

> 夫言者，心之聲也。其心慷慨者，其言必磊落。其心窶者，其言必和平而忠厚。偏狹之人，其言狷。詇蕩之人，其言靡。誕逸之人，其言樂。沉鬱之人，前言哀。要而論之，性情之際微矣。〔註49〕

性情之際微，可從其言察之，其心如何，則其言似之，故所謂言者心之聲也。不僅詩文如此，於詞亦然。沈祥龍《論詞隨筆》也提及：

> 古詩云：「識曲聽其眞。」眞者，性情也。性情不可強。觀稼軒詞知爲豪傑，觀白石詞知爲才人。其眞處，有自然流出者。詞品之高低，當於此辨之。（《叢編》，冊5，頁4052）

詞人性情各異，稼軒詞壯，白石詞紗，可知辛爲豪傑，姜爲才人。詞品高低，當從詞中流露性情分辨。馮煦論毛滂等人，不以人品分升降，如沈祥龍所謂「其眞處，有自然流出者。詞品之高低，當於此辨之」，而正如馮煦細讀史達祖詞，明其苦衷，能給予客觀評述。

　　本節討論馮煦對詞風雅俗的取捨，評詞多以雅爲目，排斥淫俗。檢討柳永、黃庭堅、劉過、蔣捷其詞俚俗，其中以石孝友評價爲最下，表示「披揀尤嚴，稍涉俳諢，寧從割捨」的選取標準。另外，馮煦重視辛派詞人，認爲陳亮、劉克莊等人情操可貴，值得敬佩。而辛派又有高下層次，對辛棄疾、陸游評價最高，劉過僅爲稼軒附庸，而楊炎正又不及劉過。最後，本節討論馮煦「不以人品分升降」，重視歷來人格受爭議的毛滂、王安中、曾覿、史達祖。不因人廢詞，更從詞中細察詞人的無奈際遇，予以同情，客觀對待。

〔註48〕蔣寅：《古典詩學的現代詮釋》（北京：中華書局，2003年），頁181～197。

〔註49〕〔清〕陳維崧著，陳振鵬標點：《陳維崧集》，頁43。

第四節　論詞心詞筆與習詞

　　馮煦評詞時有深入領會。其中尤貴詞人「一往而深」、「得之於內」的詞心，亦重視諸家詞筆的下手處。本節分別討論馮煦評以秦觀詞最具詞心，並輔以其評李煜、晏幾道、李清照、納蘭性德等情近淒婉詞人作爲參照。其次討論詞筆，以馮煦評周邦彥舉陳子龍言詞有用意、鑄詞、設色、命篇四難，以及所論柳永、姜夔、吳文英詞作爲參照。最後探求馮煦示人習詞的貢獻。

一、詞心乃得之於內

　　馮煦言：「淮海、小山，眞古之傷心人也。其淡語皆有味，淺語皆有致，求之兩宋詞人，實罕其匹。」（《馮論》，頁 3587）表示其詞淒婉韻致，獨出兩宋。其實，詞近此旨者，不獨秦觀、晏幾道二人。李慈銘《越縵堂讀書記》言：

> 余於詞非當家，所作者眞詩餘耳，然於詞中頗有微悟。蓋必若近若遠，忽去忽來，如蛺蝶深花，深深款款。又須於無情無緒中，令人十步九迴。如佛言食蜜，中邊皆甜。古來得此旨者：南唐二主、六一、安陸、淮海、小山及李易安漱玉詞耳。（卷八）〔註50〕

所謂「古來得此旨者」，舉南唐二主、歐陽脩、張先、秦觀、晏幾道、李清照數家，詞皆情深意款，深之於內。此「古來得此旨者」，馮煦亦多有所評述，其最具代表者，當屬秦觀。馮煦論秦觀獨具詞心：

> 少游以絕塵之才，早與勝流，不可一世。而一謫南荒，遽喪靈寶，故所爲詞，寄慨身世，閒雅有情思，酒邊花下，一往而深，而怨悱不亂，悄乎得〈小雅〉之遺。後主而後，一人而已。昔張天如論相如之賦云：「他人之賦，賦才也。長卿，賦心也。」予於少游之詞亦云：「他人之詞，詞才也。少游，詞心也。得之於內，不可以傳。」（《馮論》，頁 3586～3587）

〔註50〕〔清〕李慈銘：《越縵堂讀書記》（上海：上海書店，2000 年），頁 1230。

明人張溥以「賦心」評司馬相如賦，〔註51〕馮煦借之以評秦觀詞，其
詞閑雅情思，一往而深，寄慨身世而怨悱不亂。將所遇所感、心中的
難言之隱，融於要眇宜修的詞體中。秦觀獨具詞心，因於其詞動人幽
微，抒發悲歡離合、坎坷遭遇下的深情，低徊柔婉，感人肺腑。王國
維《人間詞話》言「少游詞境最爲淒婉」（《叢編》，冊5，頁4245），
馮煦以「眞古之傷心人」評論秦觀，其詞動人深處可見。前述李慈銘
所謂「古來得此旨者」，與馮煦所指「詞心」類似，關乎詞人本身所
發之性情，得之於內，不可外傳。

　　秦觀以外，詞能體現此旨者，有李煜、晏幾道、李清照等人。後
人評此亦多連結彼此並論。陳廷焯言：「李後主、晏叔原皆非詞中正
聲，而其詞則無人不愛，以其情勝也。」（《叢編》，冊4，頁3952）
王國維言李煜：「詞人者，不失其赤子之心者也」（《叢編》，冊5，頁
4242）而能發此詞旨者更至清代，納蘭性德可承繼此脈絡。《詞苑萃
編》記載顧貞觀言：「容若詞，一種悽惋處，令人不能卒讀」，又記陳
維崧言：「飲水詞，哀感頑豔，得南唐二主之遺」（《叢編》，冊2，頁
1937）蔡嵩雲《柯亭詞論》言：「納蘭小令，丰神迥絕，學後主而未
至，清麗芊綿似易安而已。」（《叢編》，冊5，頁4913）將納蘭、李
煜、李清照三人聯結，可見其詞彼此相近特質。由於馮煦《宋六十一
家詞選》並不收李煜、李清照、納蘭詞，故馮煦《蒿盦論詞》自然即
不會討論這些詞人。然而馮煦〈論詞絕句〉卻特別對這些詞人作出評
述。若包括秦觀在內，〈論詞絕句〉所論具此特色者，共有四首：

　　夢編羅衾夜未央，秦淮一碧照興亡。
　　落花流水春歸去，一種銷魂是李郎。（李煜）
　　楚天涼雨破寒初，我亦迢迢清夜徂。
　　淒絕柳州秦學士，衡陽猶有雁傳書。（秦觀）

〔註51〕〔明〕張溥著，殷孟倫注：《漢魏六朝百三家集題詞注》提及：「蓋
　　　　長卿風流放誕，深于論色，即其所自敘傳。琴心善感，好女夜亡，
　　　　史邊形狀，安能及此？他人之賦，賦才也。長卿，賦心也。得之於
　　　　內，不可以傳。」（北京：中華書局，2007年）頁5。

金石遺文迥出塵，一編漱玉亦清新。

玉簫聲斷人何處，合與南唐作替人。（李清照）

迴腸盪魄成容若，小令重翻邈不群。

自折哀弦吟楚些，爭奈空谷蕙蘭焚。

（納蘭性德）（《馮稿》，頁 456～458）

李煜感傷國破家亡，其詞銷魂哀戚。秦觀訴羈旅相思，寄託遭遇，其詞凄絕無端。李清照訴衷閨怨、家國之思，其詞疏冷凄清，「合與南唐作替人」。納蘭性德傷悼亡妻，悲感自身，其詞纏綿深情。若再加上同為「真古之傷心人」的晏幾道（〈論詞絕句〉並未評小晏詞），這些詞人性格敏感衷情，李煜有「赤子之心」、「生於深宮之中，長於婦人之手」（《叢編》，冊 4，頁 4242）秦觀曾自作挽詞，其語甚哀，〔註52〕晏幾道癡絕可稱，〔註53〕李清照身為閨秀，納蘭性德多病早夭。這些詞人能由衷而發，為詞真切動人，非雕章麗句、隨賦隨歌，誠可謂深具詞心。

馮煦借「賦心」而造「詞心」，雖尚未有完整具體的解釋。不過「詞心」此語多為後人沿用。馮煦之後，沈曾植、況周頤都談到詞心。楊柏嶺表示「『詞心』由馮煦首創，沈曾植沿用，至況周頤而大放光芒」，並討論馮煦、沈曾植、況周頤三家詞心異同，認為三家詞心觀念雖偶有不同，但也有相同的概念，其共識為「深於詞」、「有詞境」、「得之於內」三者。〔註54〕 馮煦以詞心評秦觀詞，對後人有相當影響。況周頤《蕙風詞話》解釋詞心最明，言：

〔註52〕〔元〕脫脫編：《宋史・文苑・秦觀傳》，卷 444，冊 37，頁 13113。
〔註53〕黃庭堅〈小山詞序〉提到：「(晏幾道)其癡亦自絕人。仕宦連蹇，而不能一傍貴人之門，是一癡也。論文自有體，而不肯一作新進士語，此又一癡也。費資千百萬，家人飢寒，而面有孺子之色，此又一癡也。人百負之而不恨，己信人終不疑其欺己，此又一癡也。」見張草紉箋注：《二晏詞箋注》（上海：上海古籍出版社，2009 年），頁 603。
〔註54〕楊柏嶺〈詞心觀念：詞家心性的審美觀念〉對馮煦、沈曾植、況周頤三家所論詞心的異同討論甚詳，參見氏著：《晚清民初詞學思想建構》，頁 96～100。

> 吾聽風雨，吾覽江山，常覺風雨江山外有萬不得已者在。
>
> 此萬不得已者，即詞心也。而能以吾言寫吾心，即吾詞也。
>
> 此萬不得已者，由吾心醞釀而出，即吾詞之真也。〔註55〕

所謂萬不得已者，即詞心。相較馮煦所言，詞心得之於內不可外傳，況周頤的解釋更為完整。內心所醞釀的難言之隱，發之為詞，由於出自詞心，故詞能示以真情，深感動人。如前文所述秦觀、晏幾道等人詞之所以淒婉動人，在於詞人以性情為詞，表達其「萬不得已者」，即是詞心的發揮。

二、詞筆能曲直渾密

馮煦評述詞人亦著重其技巧特色，即所謂「填詞筆法」。詞筆為詞作表現的方式，係指詞的句意曲直、布局疏密。陳廷焯《白雨齋詞話》言：「詞法莫密於清真，詞理莫深於少游，詞筆莫超於白石，詞品莫高於碧山。」（《叢編》，冊4，頁3808）最擅詞法、詞理、詞筆者，周、秦、姜三家各為首選。而馮煦對詞筆的討論，焦點於掌握諸家特色。對於各家詞筆不同，馮煦多能尊重差異，不強分高下。前文提到馮煦〈東坡詞序〉論詞有四難，所謂「詞尚要眇，不貴質實，顯者約之使晦，直者揉之使曲」，表示馮煦對詞筆基本概念，即尚於要眇、曲晦，不可過於直顯。然而馮煦評論各家詞人往往就其本色論之，評論角度時有不同。如其言柳永詞「曲處能直」，與〈東坡詞序〉所言「直者揉之使曲」的論調便有差異。基於尊重各家本色，馮煦客觀論詞，接受詞家不同特色，並非恪守一家詞法標準而套用於評詞。觀其評柳詞：

> 耆卿詞，曲處能直，密處能疏，纍處能平，狀難狀之景，達難達之情，而出之以自然，自是北宋巨手。（《馮論》，頁3585）

馮煦以「能直」、「能疏」、「能平」評柳詞，可謂中肯。夏敬觀手批《樂

〔註55〕〔清〕況周頤著，孫克強輯：《蕙風詞話・廣蕙風詞話》，頁7。

章集》言：「耆卿詞當分雅俚二類。雅詞用六朝小品文賦作法，層層鋪敘，情景兼融，一筆到底，始終不懈。」〔註56〕對於柳詞「層層鋪敘」、「一筆到底」的直敘手法，正如馮煦所言「曲處能直」，爲柳詞賦筆直敘的特長。柳詞能以自然筆法寫其難狀之景、難達之情，無愧爲北宋巨手。

　　馮煦評吳文英也提出詞筆看法，認爲其詞學周邦彥，而失之於晦。如前述〈東坡詞序〉所言「一或不善，鉤輈格磔，比于禽言，撲朔迷離，或儦兔跡」，不能得其詞端倪。其評吳文英：

　　夢窗之詞麗而則，幽邃而綿密，脈絡井井，而卒焉不能得其端倪。尹惟曉比之清眞。沈伯時亦謂深得清眞之妙，而又病其晦。張叔夏則譬諸七寶樓臺，眩人眼目。蓋《山中白雪》專主清空，與夢窗家數相反，故於諸作中，獨賞其〈唐多令〉之疏快。實則「何處合成愁」一闋，尚非君特本色。《提要》云：「天分不及周邦彥，而研煉之功則過之。詞家之有文英，如詩家之有李商隱。」予則謂：商隱學老杜，亦如文英之學清眞也。（《馮論》，頁3594～3595）

所謂「麗而則」，「則」意謂有其法度。夢窗詞筆幽邃綿密，雖有脈絡，但「卒焉不能得其端倪」，令人費解。馮煦再舉尹煥、沈義父、《四庫提要》等觀點，認爲吳文英與周邦彥的承繼關係。又如馮煦〈論詞絕句〉評吳文英言「七寶樓臺迥不殊，周姜而外此華腴。」（《馮稿》，頁457）即共列周邦彥、姜夔、吳文英三家。最後，馮煦討論張炎的看法。張炎論詞尙清空雅正，以「七寶樓臺」批評夢窗詞。（《叢編》，冊1，頁259）張炎獨喜夢窗詞〈唐多令〉風格疏快之作。如蔡嵩雲《柯亭詞論》所言：「玉田於其慢詞，譏如七寶樓臺，……而獨賞其〈唐多令〉之疏快，以爲不質實。」（《叢編》，冊4，頁4912）但馮煦認爲疏快僅爲張炎個人偏好，幽邃綿密才是夢窗詞本色。

　　馮煦評周邦彥詞，舉以較多前人所論詞筆，表達對其詞的推崇。

─────────

〔註56〕葛渭君輯：〈映庵詞評〉，見施蟄存編：《詞學》（上海：華東師範大學出版，1986年），第5輯，頁199。

首先舉以陳子龍所言「詞筆四難」：

> 陳氏子龍曰：「以沈摯之思，而出之必淺近，使讀之者驟遇
> 之，如在耳目之前，久誦之，而得雋永之趣，則用意難也。
> 以儇利之詞，而制之必工鍊，使篇無累句，句無累字，圓潤
> 明密，言如貫珠，則鑄詞難也。其爲體也纖弱，明珠翠羽，
> 猶嫌其重，何況龍鸞？必有鮮妍之姿，而不藉粉澤，則設色
> 難也。其爲境也婉媚，雖以驚露取妍，實貴含蓄不盡，時在
> 低回唱歎之餘，則命篇難也。」（《馮論》，頁 3588）

陳子龍（1608～1647）言「用意」、「鑄詞」、「設色」、「命篇」表示「作
詞四難」。用意之難在於須將胸臆深入淺出置於詞作，使讀者讀誦時
如在耳目之前，使人感動。鑄詞之難在於詞句須工鍊，全詞無累句累
字，如貫珠明密。設色之難在於詞本爲其質小的文體，故字句用色須
得宜，如鮮紅翠羽、金玉龍鳳都有恐過重，不可過豔。應不藉粉澤而
出鮮妍之姿，以適度自然而尚。命篇之難在於詞須於低迴唱嘆，含蓄
不盡訴諸己意。馮煦繼而再舉張綱孫、毛先舒所論：

> 張氏綱孫曰：「結構天成，而中有艷語、雋語、奇語、豪語、
> 苦語、癡語、沒要緊語，如巧匠運斤，毫無痕跡。」毛氏
> 先舒曰：「北宋，詞之盛也，其妙處不在豪快，而在高健；
> 不在艷冶，而在幽咽。豪快可以氣取，艷冶可以言工；高
> 健幽咽，則關乎神理骨性，難可強也。」又曰：「言欲層深，
> 語欲渾成。」諸家所論，未嘗專屬一人，而求之兩宋，惟
> 片玉、梅溪足以備之。周之勝史，則又在渾之一字。詞至
> 於渾，則無可復進矣。（《馮論》，頁 3588～3589）

張綱孫（1619～？，字祖望）所謂「巧匠運斤、毫無痕跡」即詞筆結
構天成的至高境界。而毛先舒（1620～1688）言北宋詞妙處高健幽咽，
較之豪快豔冶更勝一籌。其關乎神理骨性，詞之渾成深厚，不能刻意
力強以至。馮煦認爲兩宋只有周邦彥、史達祖足以達到諸家所論。周
詞能渾，渾爲詞的至高境界，故又更勝於史。馮煦〈論詞絕句〉也推
崇周詞：「大晟樂府宗風扇，裏質裏文孰與多」（《馮稿》，頁 456），

重視其詞的文質並貌，所謂文者，即是就詞筆而言。

馮煦以周邦彥爲詞筆典範，而對於模擬追效周詞者，提出批評，明其高下：

> 千里和清眞，亦趨亦步，可謂謹嚴。然貌合神離，且有襲跡，非眞清眞也。其勝處則近屯田。蓋屯田勝處，本近清眞，而清眞勝處，要非屯田所能到。趙師岌序呂濱老《聖求詞》，謂其「婉媚深窈，視美成、耆卿伯仲。」實只其〈撲胡蝶近〉之上半在周、柳之間，其下闋已不稱，此外佳構，亦不過〈小重山〉、〈南歌子〉數篇，殆又出千里下矣。(《馮論》，頁 3589)

方千里（1122 前後在世）《和清眞詞》爲效周邦彥詞韻而作。馮煦認爲其詞趨步周詞，可謂嚴謹，但貌合神離，徒有襲跡而已，不如周詞。方千里詞的佳處反而近於柳永，但柳永本已不及周邦彥。方千里終究只能列屬周詞附庸。而所評呂濱老（1122 前後在世）《聖求詞》僅部分佳篇在於周柳之間，其後已不相稱。評價又更低於方千里。對於這些詞筆效仿者，馮煦給予評價不高，原因在於其詞只從形式上模擬，襲跡太過，而達不到如前人所論詞筆的深層意義。

三、讀詞宜配合指引

馮煦《宋六十一家詞選》乃出於實踐喬守敬囑咐而編，往年喬守敬曾示以毛本《宋六十名家詞》，作爲習詞指引。後來馮煦自毛本以編詞選，亦爲助益後人習詞。下文探討馮煦示人習詞的貢獻。

（一）「蒿庵論詞」爲選詞參照

陳匪石曾表示將馮煦「六十一家評論」與「所選之詞」搭配參照，即能明白如何習詞。馮煦選詞、論詞的彼此搭配，即爲實踐選本示人習詞的最好說明。前人對馮煦詞學的研究已有關注，不過仍待補述。如吳婉君《馮煦詞學研究》〈馮煦「選」與「論」的和合〉舉馮煦選柳永、黃庭堅、盧祖皋、姜夔以及南渡豪放詞的內容概況，

說明馮煦選、論的和合。〔註57〕筆者更關心馮煦《蒿盦論詞》中論詞所舉詞例（即「所論之詞」），是否皆選收於《宋六十一家詞選》，以作為示人習詞的範例。檢閱結果為：馮煦大部分「所論之詞」都有選收。至於未入選的「所論之詞」，一部分是馮煦所評的劣作，如劉過〈天仙子〉、〈小桃紅〉的不雅，洪咨夔〈沁園春〉的前後不稱，張矩〈蘭陵王〉的應酬諛頌，蔣捷詞的鄙俚、好用俳體、字句雕琢者幾乎都不入選。

另一部分少數不入選的「所論之詞」，似與馮煦個人偏好有關，幾乎都為豪放詞。如張元幹〈瑞鶴仙〉，馮煦認為疑壽秦檜，恐有爭議，於是未選。陳亮〈賀新郎〉，馮煦識其忠憤之氣，但卻未入選。劉克莊〈滿江紅〉、〈賀新郎〉、〈念奴嬌〉，馮煦識其胸懷，但也未入選。這些未入選之作，所得評價尚且不差，但何以不能入選？原因在於前文已提到馮煦對於豪放詞人的態度，乃是出於敬重，並非個人偏好。如馮煦〈論詞絕句〉不評辛派詞人的現象，正表現出此主觀意識。是故馮煦探討這些豪放詞，須出於折衷持平的客觀態度，而至實際選詞時，則有較大的選擇空間，能依個人主觀或多或少作出增減。

就整體而言，馮煦《宋六十一家詞選》的「所論之詞」與「所選之詞」彼此大多相互配合。前者作為理論，後者可作為範例。如陳匡石所言，能益於學者明白何者該學，如何學步。

（二）「隨筆摘詞」為詞例示範

馮煦《宋六十一家詞選》有益後人習詞。而馮煦又自《宋六十一家詞選》，再次作出一次選取，萃取精華，簡便於學詞，誠可謂用心良苦。這些再次被選出的佳篇，見於其筆記《蒿盦隨筆》：

> 往與漱泉讀毛氏汲古閣《宋六十一家詞》，選其精英別為一編。其斷句之佳者，復摘錄於此，亦學詞者之一助也。（《馮筆》，頁36）

〔註57〕參見吳婉君：《馮煦詞學研究》，頁132～136。

馮煦自《宋六十一家詞選》再摘錄「斷句之佳者」，錄於筆記。（此簡稱爲「隨筆摘詞」）從毛本《宋六十名家詞》到《宋六十一家詞選》，再到「隨筆摘詞，馮煦總共進行兩個層次摘選，其用意無非是便於助人學詞。

　　「隨筆摘詞」分散於馮煦筆記兩處，前段於《蒿盦隨筆》卷 1，後段在《蒿叟隨筆》卷 1。〔註 58〕「隨筆摘詞」共摘 40 家，每首詞只摘完整半闋，並標註上下闋，共 164 闋。由於此 164 首詞的篇幅過大，在此無法呈現全貌，故以下表統計說明〔註 59〕：

詞家	馮摘	馮選	毛本	詞家	馮摘	馮選	毛本
晏殊	4	20	131	張孝祥	4	32	180
歐陽脩	2	32	171	程垓	0	3	40
柳永	10	20	194	葛立方	0	2	39
蘇軾	5	51	328	劉過	0	11	41
黃庭堅	5	21	178	王安中	0	4	42
秦觀	2	38	87	陳亮	0	6	37
晏幾道	6	87	254	李之儀	3	10	86
毛滂	0	20	203	蔡伸友	6	27	175
陸游	8	36	131	戴復古	0	2	33
辛棄疾	10	38	561	曾覿	3	16	123
周邦彥	3	64	194	楊无咎	2	6	173
史達祖	2	49	111	洪瑹	0	5	17
姜夔	0	33	34	趙彥端	4	17	126
葉夢得	1	17	99	洪咨夔	2	1	44

〔註 58〕兩篇筆記各見於《蒿盦隨筆・蒿叟隨筆》，頁 36～38、頁 225～245。
〔註 59〕本表「馮選」、「毛本」兩項數據，參照吳婉君：《馮煦詞學研究》附錄一〈毛馮選詞比較表〉，頁 152～153。「馮摘」（隨筆摘詞）數據爲筆者檢閱《蒿庵隨筆・蒿叟隨筆》統計而成。

詞家	馮摘	馮選	毛本	詞家	馮摘	馮選	毛本
向子諲	6	15	178	李公昂	1	2	30
謝逸	5	23	63	葛勝仲	2	2	76
毛开	2	14	42	侯寘	2	12	92
蔣捷	1	11	93	沈端節	2	8	44
程垓	3	31	155	張榘	0	9	50
趙師使	5	14	154	周紫芝	6	35	150
趙長卿	10	33	358	呂濱老	6	13	130
楊炎正	0	9	39	杜安世	0	7	86
高觀國	5	23	108	王千秋	0	5	61
吳文英	9	138	357	韓玉	1	3	28
周必大	0	1	12	黃公度	0	7	15
黃機	0	16	96	陳與義	0	12	18
石孝友	4	19	149	陳師道	0	8	49
黃昇	3	7	43	盧祖皋	0	17	25
方千里	3	23	93	晁補之	4	23	155
劉克莊	0	11	123	盧炳	0	6	63
張元幹	2	24	185	總計	164	1249	7152

表格統計其六十一家詞的入選數量。其中「毛本」指毛晉《宋六十名家詞》，「馮選」指馮煦從毛本選出的《宋六十一家詞選》，而「馮摘」指馮煦從《宋六十一家詞選》再摘出的「隨筆摘詞」。詞作數量方面，「隨筆摘詞」只占「毛本」的 2.2%，占「馮選」的 13.1%，比例之小，可見汰選精細。然而，上表卻呈現其不尋常的情形：「隨筆摘詞」只選取出 40 家，上表有 21 家詞人都不受馮煦摘句。何以馮煦忽略這些詞人？

筆者推測詞家未被摘錄其因有二：（一）馮選詞作數量本來就寥寥無幾，故很難從中摘出佳作。如周必大、戴復古等人（二）馮選詞

作數量雖有十至二十首，但不得馮煦青睞。如劉克莊、劉過、毛滂等人。儘管此兩種推測能夠說明詞人不受摘錄的原因。然而，其中惟一人特例，原因不屬上述兩種推測。此人即是姜夔。

馮煦對姜夔相當重視。毛本輯其詞 34 闋，馮煦即選 33 闋，幾乎全選。更評曰「白石爲南渡一人，千秋論定」，又言「彼讀姜詞者，必欲求下手處，則先自俗處能雅，滑處能澀始」，表示其詞多有可採，值得研讀。但是，何以「隨筆摘詞」對其詞一闋也不摘錄？較合理的解釋爲：馮煦認爲其詞篇篇可讀，故無須特別斷句選之。如馮煦《蒿盦論詞》認爲「其實石帚所作，超脫蹊逕，天籟人力，兩臻絕頂，筆之所至，神韻俱到。……又何事於諸調中強分軒輊也。」（馮論》，頁 3594）此心態亦似於王安石編《唐百家詩選》，對於李、杜、元、白諸家聲名顯赫者都不選，並非不重視這些詩人，而是無抽選必要。如陳振孫言「其顯然共知者，故不待選耶」。〔註60〕馮煦對姜詞的推崇，不但從毛本選收最多，甚至自己詞作也有趨步效仿姜夔的現象。（詳後節〈對姜夔詞之追慕推尊〉）「隨筆摘詞」不摘姜詞的特例現象，表示姜夔有不同於他家的獨特地位。

本節討論馮煦詞心、詞筆、習詞三者。詞心方面，詞人發於其「萬不得已」眞情，如李煜、秦觀、李清照、納蘭性德，馮煦給予較高評價。詞筆方面，無論直曲渾密，如柳永、周邦彥、吳文英詞的不同，馮煦能就各家特色給予讚賞。而對詞人的模擬追效，如方千里、呂濱老，給予「貌合神離」的批評。而馮煦示人習詞貢獻，從其「所論之詞」與「所選之詞」的比對，可見其選論搭配的意義。再從馮煦筆記中的「隨筆摘詞」，皆能體會其示人習詞的用心。

〔註60〕參見黃炳輝：《唐詩學史述論》（上海：上海古籍出版社，2008 年），頁 85～86。

第五節　對詞派論詞的態度

　　馮煦為晚清詞壇大家。錢仲聯〈近百年詞壇點將錄〉曾列馮煦為「總探聲息頭領一員，天速星神行太保戴宗」，言：

> 蒿盦早生於半塘、大鶴、彊村諸家，而歿後於半塘、大鶴。
> 詞名早著，《蒙香室詞》無愧正宗雅音。著《蒿盦論詞》，
> 選《宋六十一家詞》，可謂總探詞壇聲息。〔註61〕

馮煦詞名早著，於詞壇貢獻良多。其生自道光橫跨至民國，活動時間較長。對於晚清以來詞壇風氣，應有所感受，或多或少受其影響。前章已述馮煦與幾位關係較密詞人的互動。晚清以常派影響詞壇較大，前人研究亦多連結彼此，將馮煦置於常派討論。本文並不認同強將馮煦論詞全盤套入常派，曾提出其詞學亦有「浙派面相」。（見第一章）然而馮煦也並非全屬浙派，朱庸齋《分春館詞話》曾言：「清季，凡詞學大家均合浙西、常州為一手，取長補短，無復明顯分界矣。」〔註62〕下文討論馮煦對常、浙兩派的受容情形。

一、對常派論詞之認同

　　常派論詞重視源流正變，張惠言將詞上推至詩騷，認為詞以道君子賢人幽約怨悱。常派亦重比興寄託，張惠言以「意內言外」論詞，以「感士不遇」、「離騷初服」評溫庭筠〈菩薩蠻〉（《叢編》，冊 2，頁 1609）認為有寄託之意。而馮煦論詞亦表示「詩有六義，詞亦兼之」，〈唐五代詞選序〉即從詩騷傳統探論詞的根源意義與發展。至〈東坡詞序〉所提出「詞有四難」，其中一難即是討論寄託，表示詞有寄託性。而於〈陽春集序〉論馮延巳詞「揆之六義，比興為多」，肯定其詞，觀念多與常派論詞相合。

　　繼而發揚常派者為周濟，周濟《宋四家詞選》提出「問塗碧山，歷夢窗、稼軒，以還清真之渾化」（《叢編》，冊 2，頁 1643）的學詞

〔註61〕錢仲聯：《夢苕盦論集》，（北京：中華書局，1993 年），頁 405。
〔註62〕朱庸齋：《分春館詞話》，見劉夢芙編《近現詞話叢編》（合肥：黃山書社，2009 年），頁 324。

途徑，依序以王沂孫、吳文英、辛棄疾爲學詞對象，終至周邦彥渾化無跡的最高境界。而馮煦評價周邦彥詞，亦表示「貴渾」。所謂「詞至於渾，則無可復進矣」，表示至渾則達最高境界。可見馮煦論詞受到常派影響，能吸取前人觀點，以對兩宋詞人作出適當評論。

馮煦受常派影響較直接因素，與其友成肇麐有關。成肇麐《唐五代詞選》「緣情寄託，上躋雅頌」的選詞立場，與常派所視唐五代詞意義相符。序中成肇麐亦對常派寄託、正變觀表示認同。成肇麐的論詞受常派影響較深，而馮、成關係親密，論詞上亦有共識，此爲馮煦能吸收常派觀念的直接因素。

據筆者目前所見，馮煦與常派詞人論詞互動並不多。然而有限資料中，可知馮煦與譚獻相識，譚獻所編《篋中詞》即馮煦作序。譚獻（1831～1901），原名廷獻，字復堂，號仲修。馮煦曾有〈書爽秋詩後並懷仲修〉、〈懷寧柬譚仲修〉二詩寄贈譚獻，前作於光緒 9 年（1883），後作於光緒 10 年（1884）。詩中言及常派詞人：

> 莊生恒化（中白）戴君夭（子高），之子能鳴青玉絃。筆下栖遲淹歲月，漸西歌歇渺雲煙。爭禁桑海千年感，解說天龍一指禪。譚子天南志寥廓，卻隨斥鷃啄腥羶。（《馮稿》，頁 403）

此詩爲書袁昶詩後作，並懷仲修。袁昶（1846～1900），字爽秋，號重黎。馮煦此詩寄贈譚獻，首句「莊生恒化戴君夭」下自注「中白」、「子高」，可知所指爲莊棫（1830～1878，字中白）、戴望（1837～1874，字子高）。戴望致力於經學，莊棫即爲常派詞人。戴、莊二人皆曾任於金陵書局編校（馮煦更於金陵書局與戴望相識，見第二章），而作此詩時光緒 10 年（1884），莊、戴皆已逝世。由此詩能確認馮、譚彼此相識，從首句更表示馮煦知聞莊棫此人。然而從可見文獻中，馮煦與莊棫、譚獻的實際互動情形，卻憾而少見。譚獻《復堂詞話》曾言：「閱丹徒馮煦夢華《蒙香室詞》，趨在清眞、夢窗、門徑甚正，心思甚邃，得澀意，惟由澀筆。」（《叢編》，冊 4，頁 4000）表示譚獻曾

評價馮煦詞。但莊棫《中白詞》、譚獻《復堂詞》、馮煦《蒿盦詞》均無彼此寄贈詞作。不過馮煦對常派仍是有所體認，馮煦曾協譚獻校訂《篋中詞》，馮煦作序曰：

> 仲修有《篋中詞》今集之選，始自國初，迄于并世作者，而以所爲《復堂詞》一卷附焉，刻于江寧，屬爲校字。是選與青浦王氏、海鹽黃氏，頗有異同，旨隱辭微，且出二家外。……刻既竟，爰述其緣起如此。〔註63〕

此序作於光緒 8 年（1882），馮煦言此選與青浦王氏、海鹽黃氏二家不同。王昶（1724～1806），字德甫，江蘇青浦人，有《國朝詞綜》。黃燮清（1805～1864），字韻甫，浙江海鹽人，有《國朝詞綜續編》。王、黃皆爲浙派人物。作爲清詞選本，而以譚獻《篋中詞》能異於王、黃二家，在於能以「旨隱辭微」爲要。此即貫徹常派論詞宗旨。馮煦能肯定譚獻此選，可見其對常派的認同。

二、對浙派論詞之肯定

浙派始自朱彝尊，後由厲鶚等人接續而成。浙派論詞亦重寄託，朱彝尊〈紅鹽詞序〉言「善言詞者假閨房兒女之言，通之於離騷變雅之義。」〔註64〕而更傾向於以醇雅、清雅爲尚，尤忌俚俗、淫藝。馮煦所活動的道光年間，浙派勢力已不如往昔，漸有被常派取代的趨勢，然而馮煦的詞學表現中，卻往往可見其對浙派論詞的肯定。馮煦論詞選詞最重「大雅」，「稍涉俳諢，寧從割捨」。其批評劉過、蔣捷，正是因此而發。馮煦肯定浙派論詞，還可從其對張炎詞的接受、〈論詞絕句〉獨評浙派的現象、對姜夔詞的追慕推尊三方面探討。

（一）對張炎詞之接受

浙、常二派論詞不同，成因複雜，此且不論。而彼此取法對象即

〔註63〕〔清〕馮煦：〈篋中詞序〉，見〔清〕譚獻輯，羅仲鼎編校：《清詞一千首》（即《篋中詞》）（杭州：西泠印社出版社，2007年），頁0。

〔註64〕〔清〕朱彝尊著，杜澤遜、崔曉新點校：《曝書亭序跋·潛採堂宋元人集目錄·竹垞行笈書目》，頁117。

有明顯差異。陳匪石《舊時月色齋詞談》提及：

> 浙西唱自竹垞，實衍玉田之緒。常州起於茗柯，實宗碧山
> 之作。迭相流衍，垂三百年。世之學者，非朱（彝尊）即
> 張（惠言），實則玉田、碧山兩家而已。〔註65〕

浙派「衍玉田之緒」，常派「宗碧山之作」，表現二派不同立場。朱彝
尊自言詞集「不師秦七，不師黃九，倚新聲、玉田差近」〔註66〕，屬
鶚讚賞張炎「玉田秀筆溯清空」〔註67〕而常派對張炎詞卻多為批評，
周濟認為「姜張在南宋，亦非巨擘」（《叢編》，冊2，頁1629）、「近
人喜學玉田，亦為修飾字句易，換意難」（《叢編》，冊2，頁1635）、
「玉田才本不高，專事磨礱雕琢，裝頭作腳，處處妥當，後人翕然宗
之。……戶誦不已，真耳食也。」（《叢編》，冊2，頁1644）陳廷焯
認為張炎「大純而小疵，能雅而不能虛，能清不能厚也」（《叢編》，
冊4，頁3808）張炎詞清雅詞工，但不及王沂孫詞渾厚，故於常派論
詞地位中張不及王。

　　馮煦對王沂孫詞固然好評，〈論詞絕句〉言：「青禽一夢春無著，
頗愛中仙絕妙辭。一自冷雲埋玉笥，黃金不復鑄相思。」（《馮稿》，
頁457）表示其詞深寓亡國悲痛。而對張炎詞接受的表現更多。〈論
詞絕句〉言：「王孫風調極清遒，石老雲荒眇眇愁。猶見貞元朝士否，
空彈清淚下西州。」（《馮稿》，頁458）馮煦亦重視其家國悲感，但
相較王沂孫，馮煦更注意到張炎的「風調清遒」，而非常派諸人只以
「專事雕琢」貶之。

　　馮煦自作詞中，更多可見取法張炎的情形。如〈探芳信‧重過寶
應城北，舊居景物荒寒，泫然欲涕，撫玉田西泠春感韻〉：

〔註65〕陳匪石：《舊時月色齋詞談》，見陳匪石《宋詞舉外三種》（南京：江
　　　　蘇古籍出版社，2002年），頁212。

〔註66〕〔清〕朱彝尊：〈解佩令‧自題詞集〉《曝書亭集》（臺北：臺灣商務
　　　　印書館，1967年），卷25，頁224。

〔註67〕〔清〕屬鶚：〈論詞絕句〉《樊榭山房集》（上海：上海古籍出版社，
　　　　1992年），頁509。

拚空畫。記款雁絃詩，呼蛩絮酒。奈蓬蒿徑悄，西風漸非
舊。屏山影裡珠塵散，不獨斜陽瘦。近黃昏、月蛻虛廊，
煙蟠廢甃。　　寂寂暮寒驟。賸敗葉侵階，冷蘿垂岫。問
訊青琴，梅邊斷腸否。十年贏得西州淚，門外重回首。更
無聊、數近昏鴉暝柳。（《馮詞》，頁 4）

　　此詞用張炎〈探芳信・西湖春感，寄草窗〉韻，張炎原詞有「銷
魂忍說銅駝事，不是因春瘦」〔註68〕，寄感春以發故國之思。而馮煦
則抒以感舊，重過鄉里城北，「蓬蒿徑悄，西風漸非舊」，人事已非。
下闋言敗葉侵階、冷蘿垂岫，訴寫景物荒寒。重過舊地，宛如羊曇重
過西州，觸景傷情，而今只剩昏鴉點點，垂柳依依。全詞用張炎詞韻，
清空騷雅，相若張炎。又如馮煦〈百字令・集玉田句，題蓉曙申江話
別圖〉，更自注集張炎句出處：

天涯倦旅（月下笛・甬東積翠山舍），倚危樓一笛（八聲甘
州）、散人來否（臺城路・爲湖天賦）。社燕盟鷗詩酒共（蝶
戀花・飲杏花下作），肯被水雲留住（清波引・湖湘送別廉
使）。斷碧分山（瑣窗寒・悼王碧山），平波卷絮（高陽臺・
西湖春感），卻是陽關路（虞美人・憶柳曲）。東瀛柳色（臺
城路・寄太白山人陳又新），依依心事最苦（齊天樂・遷居）。
　　涼意正滿西洲（聲聲慢・與碧山泛舟），煙隄小舫（又・
題夢窗自度曲），如把相思鑄（卜算子）。欲趁桃花流水去
（唐多令・懷西湖），只恨剪鐙聽雨（甘州・餞周草窗西歸）。
萬里潮生（桂枝香・送葉賓州東歸），一番春減（龍吟曲・
客中留別友人），遠思愁徐庾（摸魚子・寓澄江喜魏叔皋
至）。雁書休寄（念奴嬌・懷雲友），此時愁在何處（又・
客中送友）。（《馮詞》，頁 42）

　　馮煦常有集句之作，如其詩〈萃錦吟題辭〉爲集唐人詩句而成。
（《馮稿》，頁 484）〈椀鞠錄序〉爲集當朝清人駢文而成。（《馮稿》，
頁 885）〈湘鄉相國六十壽序〉爲集《文選》而成。（《馮稿》，頁 989）

─────────

〔註68〕吳則虞編校：《山中白雲詞》（北京：中華書局，1983 年），頁 52。

其〈何子清哀辭〉爲集《楚辭》而成。（《馮稿》，頁1523）各類文體皆有集句之作，而集句詞作惟有集張炎句的〈百字令〉。詞寫發於羈旅，訴陽關、西州別離之苦，剪燈聽雨、傷春寄雁，思舊感傷。全詞清空騷雅，特別集以張炎句，可見馮煦對其詞的接受，與周濟批評立場完全不同。

　　馮煦對張炎的關注，又如《蒿叟隨筆》特別補錄王昶所序〈山中白雲詞跋〉、〈書張叔夏年譜後〉兩篇小文，馮煦於前述其緣由：「王幼霞侍御刻《山中白雲詞》，甄采精博，出諸刻之右。偶閱蘭泉司寇（王昶）集中有〈山中白雲詞跋〉一篇，其詞甚新，座右無王刻，錄之以俟校正。其跋曰：『……』又有〈書張叔夏年譜後〉一篇，云：『……』。」（《馮筆》，頁 589～592）由於馮煦讀王昶集發現此兩篇跋文，而手邊恰無王鵬運四印齋所刻詞本的《山中白雲詞》，便先將兩篇跋文抄錄，以待來日校正。可見馮煦對張炎文獻的珍視。

（二）獨評朱彝尊、厲鶚

　　馮煦《宋六十一家詞選》的論詞只針對宋代，而無涉及清代。其〈論詞絕句〉論及清詞亦少，僅評朱彝尊、厲鶚、納蘭性德三家。不提清初已享盛名「擅詞場、飛揚跋扈」的陳維崧，論宋詞亦不提「斂雄心，抗高調，變溫婉，成悲涼」的辛棄疾。辛棄疾爲周濟《宋四家詞選》的主要人物，馮煦〈論詞絕句〉卻不評稼軒，反而論南宋典雅詞人較多，有史達祖、吳文英、姜夔、周密、王沂孫、張炎，對南宋辛派詞人辛棄疾、劉過、陳亮、劉克莊完全不提。隱隱可見馮煦個人偏好南宋姜、張一派，與浙派論詞的取向相近。馮煦〈論詞絕句〉作於光緒13年（1887），此時常派勢力日盛，但馮煦竟完全不評常派詞人。有清以來詞家甚眾，何以馮煦只著眼此三家？前文已述納蘭詞近於秦觀等人，具「得之於內」的詞心，故評價自高。而另外兩家的朱彝尊、厲鶚全爲浙派核心人物，此表示馮煦對浙派的推尊。〈論詞絕句〉評朱彝尊、厲鶚言：

> 金風亭長詩無敵，更有詞名壓浙西。一囅遺纂樊榭叟，馬
> 塍西畔子規啼。（《馮稿》，頁458）

朱彝尊（1629～1709，號竹垞，又號金風亭長），為浙派領袖。馮煦以「更有詞名壓浙西」，言朱彝尊詞名顯重，與詩相比，有過之而無不及。其後浙派以厲鶚（1692～1752，號樊榭）繼之。在浙派論詞尤尚清雅、推尊姜張的影響下，形成「家白石，戶玉田」的風氣。「馬塍西畔子規啼」，據夏承燾〈（姜夔）行實考·行跡〉可知，「馬塍」為姜夔卜居處，後葬於此，後世也有弔祭詩作。〔註69〕厲鶚與姜夔皆布衣江湖，二人詞淒清淡雅有其相近處。沈軼劉《繁霜榭詞札》言：

> 杭州詞人厲鶚，為浙詞中堅……其所為詞高迥清絕，涼月
> 一龕，秋雪盈肘，詞境在花外、馬塍間。〔註70〕

所謂「詞境在花外、馬塍間」，即其詞與姜夔有所相近。張宏生〈浙西別調與白石新聲〉一文也探討厲鶚與姜夔詞接近關係。〔註71〕馮煦獨評浙派二家，言及當年的浙派風氣，並欣賞其如姜夔的淒清典雅。常派論詞以「貴渾成」為審美標準，對姜張等「清而不厚」卻是批評。相較之下，馮煦對姜張詞多予肯定，獨評浙派的現象，更可見馮煦對浙派的肯定。

（三）對姜夔詞之追慕推尊

浙派論詞視姜夔為典範，朱彝尊以「姜堯章氏最為傑出」〔註72〕，汪森〈詞綜序〉言「鄱陽姜夔出，句琢字鍊，歸乎醇雅」〔註73〕，而常派論詞並不強調姜夔，反而有所批評。周濟視姜夔「放曠故情淺」、「局促故才小」、「白石詞如明七子詩，看是高格響調，不耐人細思」

〔註69〕 夏承燾認為：「（姜夔）居西馬塍即在開禧間，下數至卒年嘉定間，已久居十餘年矣。……西馬塍在西湖知湖墅，白石荒塚，清代鮑廷博、許增諸人即求訪不得。」參見氏著：《姜白石詞編年箋校》（上海：上海古籍出版社，1998年），頁235。

〔註70〕 沈軼劉：《繁霜榭詞札》，見劉夢芙編：《近現代詞話叢編》，頁209。

〔註71〕 張宏生：《清詞探微》（上海：上海古籍，2008年），頁285～300。

〔註72〕 〔清〕朱彝尊：〈詞綜發凡〉，《詞綜》，頁10。

〔註73〕 〔清〕汪森：〈詞綜序〉，《詞綜》，頁1

（《叢編》，冊 2，頁 1634）相較之下，馮煦相當重視姜夔。《蒿盦論詞》評言：

> 白石為南渡一人，千秋論定，無俟揚搉。《樂府指迷》獨稱其〈暗香〉、〈疏影〉、〈揚州慢〉、〈一萼紅〉、〈琵琶仙〉、〈探春慢〉、〈淡黃柳〉等曲。《詞品》則以詠蟋蟀〈齊天樂〉一闋最勝。其實石帚所作，超脫蹊逕，天籟人力，兩臻絕頂，筆之所至，神韻俱到。……又何事於諸調中強分軒輊也。野雲孤飛，去留無迹。彼讀姜詞者必欲求下手處，則先自俗處能雅，滑處能澀始。（《馮論》，頁 3594）

同於浙派所論，馮煦亦以姜夔為南宋之冠。沈義父《樂府指迷》以〈暗香〉、〈疏影〉等詞為最佳，楊慎《詞品》最喜〈齊天樂〉詠蟋蟀一詞，可見對姜夔的公認評價。馮煦視姜詞皆「神韻俱到」，不必從作品中強分高下。故若詞欲學姜夔，「下手處」須由淺入深，先能去俗就雅，先掌握澀處，才不會因其「野雲孤飛，去留無迹」而迷途於虛空。馮煦對姜夔可謂心慕手追，《宋六十一家詞選》選其詞 33 闋，幾近全選。〈論詞絕句〉則重視姜詞的「清」：

> 垂虹亭子笛綿綿，吸露餐風解蛻蟬。洗盡人間煙火氣，更無人是石湖仙。（《馮稿》，頁 457）

「垂虹」句指姜夔攜侍女小紅歸苕溪。馮煦以蟬「吸露餐風」喻姜夔雖為漂泊江湖，但其人其詞卻能清雅脫俗，宛若洗盡人間煙火。「石湖」為范成大（1126～1193，號石湖居士），指其賞識姜夔，二人交遊的詞林佳話。

馮煦自作詞中更能時見有意追步姜夔的情形，如：

1. 多用姜夔自度詞牌。共計有：〈徵招〉計 5 闋、〈角招〉計 1 闋、〈淒涼犯〉2 闋、〈暗香〉3 闋、〈疏影〉1 闋、〈長亭怨慢〉3 闋、〈琵琶仙〉4 闋、〈霓裳序第一〉2 闋、〈石湖仙〉1 闋、〈一萼紅〉2 闋。總共 24 闋，占《蒿盦詞》148 闋的 16%。〔註74〕今存姜夔詞集

〔註74〕此以陳乃乾編《清名家詞》所收馮煦《蒿盦詞》，進行統計。

有十七首自注工尺旁譜的詞,可知自度曲有十七〔註75〕,而馮煦即用十種。

2. 喜步姜夔詞韻。有:〈石湖仙·江上晚霞圖,白石壽石湖居士韻,爲薛丈題〉、〈一萼紅·楚寶讀書也,園極水木之勝,爲圖記之,予賦此詞用白石老仙韻〉、〈一萼紅·題楚寶竹居圖,次白石韻〉、〈百字令·丙午七月二日,菱湖觀殘荷,臞盦前輩用白石老仙韻成此闋,予亦繼聲〉、〈百字令·再用白石老仙韻答臞盦前輩〉、〈探春慢·己未生日秦郵道中作用白石韻〉、〈石湖仙·次白石均壽周湘舲妃張夫人六十〉。

3. 詞作與姜夔有關。其〈滿江紅·題子威南窓春牧圖〉,詞牌乃特以姜夔所改的平調〈滿江紅〉,(馮煦師喬守敬亦用平調〈滿江紅〉,見第三章),詞中言「算此情、搖挹石湖仙,深復深」,以范成大爲喻。又〈百字令〉言「晚蟬高樹,重吟白石新句。」(《馮詞》,頁49)

4. 詞句偶合姜夔。〈齊天樂〉首句「庾郎先自傷遲暮」(《馮詞》,頁44)似姜夔〈齊天樂〉首句「庾郎自先吟愁賦」,可見有意無意間馮煦追步姜夔詞程度。

5. 詞風類於姜夔。馮煦其詞多半幽冷淒清,近於姜夔的騷雅。又如姜夔好作小序,詞多精美,與常派周濟批評姜夔詞序的態度不同。(詳下章)

馮煦接受浙派的原因與喬守敬有關。喬守敬爲馮煦習詞的啓蒙恩師,其詞取法南宋,尤擅詠物詞,其精工體物,幾近於浙派。喬守敬活動年代較早,應受當時詞壇的浙派勢力影響。而也造就馮煦後來對浙派論詞的接受。

〔註75〕十七旁譜詞牌爲〈鬲溪梅令〉、〈杏花天影〉、〈醉吟商小品〉、〈玉梅令〉、〈霓裳中序第一〉、〈揚州慢〉、〈長亭怨慢〉、〈淡黃柳〉、〈石湖仙〉、〈暗香〉、〈疏影〉、〈惜紅衣〉、〈角招〉、〈徵招〉、〈秋宵吟〉、〈翠樓吟〉。

第五章　馮煦詞研究

　　馮煦詞作以羈旅、寄贈、題畫三類最多。羈旅、寄贈詞多發於懷人感舊，寄託身世悲感，筆調幽冷淒清。題畫詞則因畫命題，緣事而發，晚年題畫詞有漸趨晦澀，句意難明的情形。馮煦其他登臨懷古、傷悼、諷刺政治、論詞長短句等詞，數量雖少，但內容豐富，亦有可觀。

　　馮煦詞近兩百闋，其中卻不見艷詞與詠物兩類。馮煦不作艷詞與其詞學思想有關，馮煦擇詞尤雅，排斥淫褻。個性上，馮煦純篤溫厚，並非旖旎浪漫多情之徒，故不喜作艷詞。而馮煦何以不作詠物詞？一并檢閱馮煦集中詩作，詠物詩的比例也相當低。（單以《蒿盦類稿》而言，李金堂統計詩共 759 首。〔註1〕）而筆者檢閱其詠物詩，只檢得 8 首，其比例相當小。〔註2〕馮煦詠物賦作比重還比詩詞多，有銀蒜、牧笛、水仙花、秋柳賦作，可知馮煦並非不善詠物，而是於詩詞不為而已。馮煦不作詠物詞，觀金應珪所言「詞壇三蔽」可知其因。

〔註 1〕參見李金堂：〈清代金陵學人傳略（三）——馮煦傳〉，《南京高師學報》1995 年 6 月第 11 卷第 2 期，頁 4。
〔註 2〕筆者檢閱馮煦詠物詩作，《蒿盦類稿》幾無詠物詩，而《蒿盦續稿》僅有一組詩作涉及詠物，共寫梅、蘭、水仙、山茶、牡丹、碧桃、月李、石菖蒲八首詩作。馮煦集中詠物詩作比例相當小。見馮煦：《蒿盦類稿・續稿・奏稿》，頁 1741～1743。

三蔽中，淫詞、游詞占其二。前已說明馮煦不作艷詞。而不作詠物詞的現象，可表示馮煦爲詞有意避免「義不出乎花鳥」、「理不外乎應酬」的游詞之弊。此與其師喬守敬詞善於精工詠物，差異較大，可見馮煦爲詞的自我特色。下文探討馮煦的羈旅寄贈、題畫寫景、紀壽傷悼、政治諷諭、登臨懷古各類詞作，並論述其詞作與論詞的關係。

第一節　羈旅、寄贈詞

　　馮煦十二歲依附母家朱氏，十四歲喪父，十五歲恩師喬守敬辭世，二十二歲奔母喪，二十五歲摯友毛次米病歿。馮煦屢經人事別離，有深厚的身世悲感。馮煦早年自號「蒿盦」，晚年改號「蒿叟」。魏家驊〈馮公行狀〉言：「（馮煦）再宅憂，又號蒿盦。」（〈馮公行狀〉，頁 940）所謂「宅憂」，即爲父母服喪。馮煦終生以「蒿」爲號，正是緬懷故親舊友而發。馮煦詞題材以羈旅、寄贈爲多，筆調幽冷淒清，抒發感舊懷思情緒。成肇麐〈蒿盦詞序〉概括馮煦詞：

> 君今年五十，肇麐四十有六。蓋自總角而弱冠，而壯，而強，而逮五十之年，吾兩人之蹤跡，數離數合，且跡疏而心愈親者，未嘗不一一見之所爲詞也。……少小所習，長大有不能忘，薄技且然，矧足以寫性情之鬱伊，而藉著友生聚散之跡者哉。（《馮詞》，頁 2）

馮煦多感「友生聚散之跡」，以詞發其「性情之鬱伊」。成肇麐即是一例，馮、成二人交誼匪淺，馮煦《蒿盦詞》關乎成肇麐者，即 17 闋，數量不少，篇篇皆爲二人「跡疏而心愈親」的寫照。下文分別從羈旅、寄贈詞作探討馮煦詞中「性情之鬱伊，與幽冷淒清的筆調。

　　馮煦十歲隨母赴河南依附外祖朱士廉，十二歲返回江蘇寶應，主要由母家朱百川等人照料。同治七年（1868）馮煦移家金壇，此後往返金陵、夔州，又入京爲官、外任於皖夔等地，最後重返寶應、避亂滬上。馮煦一生輾轉奔波各地，使其純篤溫厚的個性，更添不少飄零之感。馮煦〈霜葉飛‧秋暮過虧園同次米賦〉：

峭寒如雨。簾陰暗、斜陽猶戀庭宇。苔花吟老斷無人，奈
此情緒。渾不記、留題甚處。暗蟲蝕盡東牆樹。且共倚危
闌，怕寸碧煙空，薄遊今非故。　　曾是選石延雲，洗瓢
邀月，爛藤香裏同住。年年散髮弄涼秋，有幾多淒楚。莫
更問、琴歌酒賦。庾郎先自傷遲暮。算我亦飄零久，負了
沙邊，舊盟鷗鷺。(《馮詞》，頁2)

據朱德慈〈馮煦行年考〉可知，此詞作於同治2年癸亥（1863）。馮
煦自同治元年與毛次米等諸子受學於朱氏虧園，從學於成孺。馮煦〈毛
次米哀辭〉記：「壬、癸二歲，同學於朱氏虧園，蹤跡益密邇。」（《馮
稿》，頁1527）上闋見虧園景色慘澹，物不如昔，感嘆此遊非故。下
闋感舊過往延雲邀月、同歌共賦，而今卻是自傷遲暮，飄零無依，有
負鷗盟。全詞淒冷，暗蟲蝕樹、庾郎自傷，感傷飄零情緒。馮煦此時
尚未離開寶應，而詞卻盡是滄桑。馮煦自幼隨母朱氏輾轉各地，寄於
母家籬下，身世悲感深植於馮煦內心，時時藉詞抒發。幽冷淒清遂為
詞中最顯著的筆調。

　　馮煦羈旅多以舟行，觀其前後詞作可知梗概。如〈高陽臺·甲戌
中冬予有夔州之役漱泉送予江上賦此別之〉、〈三姝媚·荻港道中作〉、
〈霓裳中序第一·孤舟夜泊寒月微茫海上斷鴻渺無消息愴然賦此〉、
〈壺中天·經黃州赤壁下示洪雨樓〉、〈垂楊·漢南道上煙水淒絕寒柳
蕭蕭似閔人搖落者因賦此解也他日漱泉見之當亦以為有桓郎之感
也〉、〈瑣窗寒·二十一日過湘南一小湖微陰作寒垂垂有雪意遠峰數點
如野鳥掠帆去沙水明瑟時有漁舟三兩溯洄菰蘆中湖上邨落柴門晝閉
不復知世有勞人也〉、〈琵琶仙·舟中望白帝寄漱泉〉。可知為馮煦同
治13年甲戌（1874）赴夔州任文峰書院山長，主要以舟航沿長江向
西，途經荻港道（安徽繁昌縣）、黃州赤壁（湖北以東嘉魚縣）、漢南
道（湖北武漢西南）、湘南（湖南以北），最後至白帝城（四川重慶以
東），可見馮煦西向行跡。下舉兩闋馮煦舟旅詞作，以探馮煦羈旅情
緒，如〈霓裳中序第一·孤舟夜泊寒月微茫海上斷鴻渺無消息愴然賦

此〉：

> 涼蟬弄翠鑿。卸卻征帆潮又落。秋樹乍驚夜鵲。但煙暗戍
> 旆，星垂江閣。音書曼託。怕去鴻、猶怨漂泊。愁無語、
> 一鐙廢驛，冷笛勸孤酌。　　天角。片雲寥邈。歎似鐵、
> 重衾正薄。宵來歸夢更惡。葉響幽坊，雨過涼幕。舊游渾
> 似昨。奈負了、霜前素約。頻延佇、春迴征岸，寄我小梅
> 萼。（《馮詞》，頁 19）

又如〈三姝媚‧荻港道中作〉：

> 斜帆天際小。對蕭蕭荒陂尚銜殘照。斷塔搖煙，戰半林黃
> 葉，似愁難掃。幾點輕漚，應笑我、塵欺茸帽。故壘西邊，
> 雙角吟秋鬢絲催老。　　知否蘿陰孤嘯。怕閉了哀絃，更
> 添淒悄。舊約匆匆，問片雲涼嶼，甚時垂釣。莫上層樓，
> 人漸遠、江南寒早。一寸相思難寄，征鴻又渺杳。（《馮詞》，
> 頁 19）

〈霓裳中序第一〉為孤舟夜泊作。上闋似用杜詩〈旅夜書懷〉「星垂
平野闊，月湧大江流」句意，描寫舟泊夜景。夜月潮生、棲鵲驚飛，
只剩戍旗、冷月相伴，音信難託，倍感孤獨。下闋寫舟客夜夢，同聽
疏雨，舊游恍惚如昨，而今卻仍負素約，愴然神傷。詞末用陸凱寄梅
典，以喻對諸友的思念。〈三姝媚〉為馮煦於荻港道中作。荻港位於
安徽繁昌，處長江中下游南岸。詞上闋寫舟航感懷，斜帆渺於天際，
沿途所見斷塔搖煙，添人愁思。「應笑我」、「故壘西邊」句似發蘇軾
〈念奴嬌〉（大江東去）感懷。只是蘇軾「早生華髮」終能體悟古今
人生如夢，而馮煦「塵欺茸帽」、「鬢絲催老」卻極為沉重，有嘆老嗟
卑之感。下闋仍寫羈旅懷思，「舊約匆匆」、「甚時垂釣」皆為馮煦當
年憧憬與友共釣淮南的舊約。馮煦詞中時見惦記昔時舊約。相思難
寄，以詞發之，成為其舟旅感懷的主要內容。

　　舟旅以外，重過舊居有感亦為馮煦羈旅詞的題材。如〈一枝花‧
曉經秦郵過故居作〉：

> 帆影收殘驛。問訊漚邊消息。未黃寒柳外、曉風急。湖水

湖煙，一抹傷心碧。甚處尋秦七。衰草微雲，依然舊日詞
筆。　霜重城陰濕。歸路暗驚非昔。東徧三五畝、薜蘿
宅。十載塵顏，算只有積波識。俊游忘不得。認禿樹荒祠，
乳鴉猶離色。（《馮詞》，頁7）

又如〈探芳信・重過寶應城北舊居景物荒寒泫然欲涕撫玉田西泠春感
韻〉：

拚空畫。記款雁絃詩，呼螿絮酒。奈蓬蒿徑悄，西風漸非
舊。屏山影裡珠塵散，不獨斜陽瘦。近黃昏、月蛻虛廊，
煙蟠廢甃。　寂寂暮寒驟。賸敗葉侵階，冷蘿垂岫。問
訊青琴，梅邊斷腸否。十年贏得西州淚，門外重回首。更
無聊、數近昏鴉暝柳。（《馮詞》，頁4）

〈一枝花〉為秦郵故居作。秦郵位於江蘇，即高郵，由秦始皇於境築
高臺、設郵亭而得名。馮煦所生長的寶應縣，地屬高郵。馮煦見故居
衰景，如秦觀〈滿庭芳〉所言「山抹微雲，天黏衰草」，蕭索寂寥。
重經故居，卻驚景物已非，十載風塵歸來，而今只剩頹波相識。全詞
情景交融，湖水湖煙、衰草微雲、露重城濕、宅生薜蘿、禿樹荒祠與
詞人心境形成一片淒冷憂傷的氣氛。〈探芳信〉用張炎〈探芳信・西
湖春感寄草窗〉韻，馮煦重過舊居，感嘆而今蓬蒿徑悄，西風非舊，
敗葉侵階，冷蘿垂岫，景物寒荒。十年羈旅贏得西州淚，再回首卻是
無奈，而今人事已全非。全詞頹唐寂寞，情景淒涼。

馮煦羈旅詞以〈秋宵吟・柝聲〉〈聲聲慢・艣聲〉〈長亭怨慢・鈴
聲〉三闋較特殊。此三闋為馮煦聞聲有感，寄寓其羈旅感懷，非描摹
物象。故此歸為羈旅詞，而非詠物詞。如〈聲聲慢・艣聲〉：

游絲弄暝，波影搖寒，傷春人在蘭舟。倦枕重聽，無奈夢
與雲流。東風一枝正緩，算垂楊、猶學輕柔。淒咽處，帶
斜陽遠水，脈脈悠悠。　記否瞿唐清曉，賦劍南愁句，
水調應羞。蕩漾如煙，添了隔浦蓮謳。誰招五湖舊隱，倚
征篷、欲訴還休。人去也，恁沙邊、驚起野鷗。（《馮詞》，
頁28）

全詞瀰漫愁思。人在舟中，倚枕愁悶，重聽艫聲，夢隨雲水流去。後用溫庭筠〈夢江南〉「斜暉脈脈水悠悠」句，情感淒咽不能自言，而託之於斜陽遠水。猶憶昔時與人作詞賦句，而今卻倚征篷，隨波逐流，身不由己。篷為船帆，征篷即征帆。人已去也，舟隱舊約難尋，愁感萬端，欲訴還休，有愧鷗盟，只能任其相猜。馮煦於羈旅行役境遇下，時常惦記共隱淮南的素願，而這類詞多表現馮煦詞幽冷淒清的本色。

馮煦一生輾轉各地，與友遠別，故其詞多有寄贈之作。而寄贈對象幾乎以成肇麐為主。成肇麐〈蒿盦詞序〉言：「吾兩人之蹤跡，數離數合，且跡疏而心愈親者，未嘗不一一見之所為詞也。」（《馮詞》，頁2）表示彼此數離數合、跡疏心親的見證。前章已述馮成交遊，而下文以馮煦寄贈成肇麐詞為主，探討其作情感特色。（成肇麐歿後，馮煦晚年與朱祖謀互動較多，《蒿盦詞賸》寄贈對象以朱為主。然而以馮煦詞寄贈總數量，朱不及成。）

同治8年（1869），馮煦〈寄伯琴拂青即送漱泉之淮南〉詩二首，為送成肇麐赴淮南作。如其詞〈長亭怨慢·漱泉有淮南之游甚難為別因倚此解送之春水方生予亦將歸江上不自知其繁絃促柱也〉與此相關：

> 又殘夢、東風吹醒。鷁上離亭。斷腸誰省。疏柳微黃，數聲寒笛亂雅暝。碧雲何處，渾墮入、斜陽影。迴首望平蕪。只一角、城陰愁憑。　　銷凝。怕落邊屐悄，忘卻舊游門徑。西窗暗雨，忍猶憶、剪鐙同聽。算我亦、客思如潮。待重載、空江煙艇。且緩緩催歸。說與子歸應肯。（《馮詞》，頁3）

又如〈水調歌頭·送漱泉歸淮南並為伯琴芾卿問〉：

> 朔雁下平楚，江上峭帆開。勞勞南北何事、茸帽暗塵霾。幾點疏林倦鳥，一抹亂山斜照。分手石城隈。今夜揚州月，橫笛弄潮來。　　前游地，歸不得，重徘徊。西窗暗雨乍歇、銀燭漸成灰。為問潘郎淒緊，更念劉郎蕭瑟，相見且銜杯。歲晚莫迴首，殘客尚天涯。（《馮詞》，頁8）

〈長亭怨慢〉詞序說明作意：「漱泉有淮南之游，甚難為別，因倚此解送之。春水方生，予亦將歸江上。不自知其繁絃促柱也。」〈水調歌頭〉序提到「送漱泉歸淮南，並為伯琴苃卿問」，對照馮煦詩，可知詞亦於同治8年（1869）作。序中伯琴為潘咏（1790～1836，字伯琴，江蘇寶應人），苃卿為劉嶽雲（1849～1917，字佛青，一作弗卿、苃卿，江蘇寶應人）兩闋詞為送成肇麘作，〈長亭怨慢〉用李商隱〈夜雨寄內〉詩「何當共剪西窗燭」，以訴思念不捨。而此時馮煦亦歸江上，詞末「算我亦、客思如潮」、「說與子歸應肯」，表達願與君往的心意。〈水調歌頭〉「分手石城限」，石頭城即金陵，可知成肇麘離開金陵，赴往淮南。詞末所言「潘郎」、「劉郎」，應喻潘咏、劉嶽雲二人。

又如馮煦同治13年（1874）赴夔，成肇麘送行於江，馮煦以〈高陽臺・甲戌中多予有夔州之役漱泉送予江上賦此別之〉賦別：

> 人去天寒，江空歲晚，與君攜手層嵐。帶一分酸，離心未飲先酣。十年水驛郵慣，奈而今、不是江南。盪秋魂、一尺荒波濕了征衫。　桓郎已自傷搖落，問歸鴻聲裏，此別何堪。短鬢難搔，衰楊一樣鬈鬈。（自注：秋來髮種種落且竟有數莖白者昔潘安仁三十二賦秋興有二毛之嘆予正似之）斜陽尚在孤城角，近黃昏、不見征帆。待何時、月下幽坊，玉塵重譚。（《馮詞》，頁18）

馮煦將赴夔任文峰書院山長，全詞可見其「帶一分酸，離心未飲先酣」的不捨。馮煦生長於寶應，後入金陵書局，此行赴夔，可謂首次離開江南。赴夔前後心情之忐忑，於其該年詩作〈于夔雜詩〉可見（見前文〈馮煦行跡考述〉）。相較其詩，此詞較更為感傷，先以桓溫「樹猶如此，人何以堪」典故，自傷搖落，後用潘岳鬢白典故，其年三二始見白髮，有二毛之嘆。馮煦與潘岳同，其「髮種種落，有數莖白者」，正為馮煦一直以來屢屢面對親友離合的滄桑之感。成肇麘送行馮煦後，歸途亦作〈渡江雲・夢華入蜀送之江干他鄉遠別益難為懷歸途馬

上賦此〉表達不捨：

> 清笳凝遠戍，漸催暝色，江上去潮寒。大隄攜手處，蕭蕭
> 驚風，倦柳莫重攀。天涯此別，念鄉園、更阻層巒。遙望
> 極、斜陽帆影，低轉古城灣。　　歸鞍。驚沙慘淡，橋葉
> 飄搖。隔相思不斷。嗟我亦、頻年寄旅，帶減圍寬。人生
> 聚散秋鴻跡，問甚時、飛倦知還。書縱寄、林花卻與誰看。
> （《漱泉詞》，頁 4b）

對於馮煦遠赴他鄉，成肇麐感言「天涯此別，念鄉園、更阻層巒」，
如題序所言「遠別益難爲懷」。此詞於歸途馬上而坐，可見離情難抑。
下闋寫送行後，歸途意興闌珊。感嘆人生聚散不定，只好自問何時「飛
倦知還」。縱有書信相寄，二人分隔，林花如今只能獨賞。

　　馮成二人時以詞寄贈往來，如彼此各有〈甘州〉一闋，即爲相互
贈答之作。如成肇麐〈甘州・八月之望散步元（玄）武湖上憶己卯中
春偕夢華來遊瞬已七易歲矣〉：

> 渺殘荷盡處是高城，秋水一灣明。看亂山排闥，疏雲侵檻，
> 霜鷺零星。遙指雞鳴天半，倒景漾觚稜〔註3〕。木葉蕭蕭下，
> 漸滿魚罾。　　前度湖光依舊，祇西風無賴，吹瘦朱菱。
> 任官橋數徧，約略記來程。乍凝懷、曲江濤涌，儘年時、
> 賦筆老枚乘。斜陽裏、行歌歸去，且續朝醒。（《漱泉詞》，
> 頁 13a）

又如馮煦〈甘州・答漱泉淤玄武湖見懷之作即用其韻〉：

> 去南鴻、影裏望江城，秋色向人明。算衰楊斷岸，枯荷殘溆，
> 曾照星星。還共探春湖上，單舸亸霜稜。負了漚家約，曉日
> 魚罾。　　爲報北來何事，只酒邊芒角，消盡吳菱。夢淮東
> 舊迹，煙草一程程。又臨醒、白沙如雪，問荒山、疲馬幾時
> 乘。君歸也，鐙前疏雨，且覓初醒。（《馮詞》，頁 36）

從成詞題序「憶己卯中春偕夢華來遊，瞬已七易歲矣」可考己卯爲光
緒 5 年（1879），而七易歲後爲光緒 12 年（1886），此詞作於此年 8

〔註 3〕稜，當作「稜」。

月望，玄武湖位於金陵。成詞對湖憶友，「倒景漾觚稜」觚稜爲殿堂高處。詞景木葉紛落，魚罾漸滿，西風襲來，湖光依舊。朱淩應指菱，爲水生植物，秋天果實成熟，是爲菱角，呈紫黑色。詞末成肇麐嘆年時已老，行歌夜歸，醉憶往昔。而馮煦以詞應答，用成詞韻。全詞回憶往年春日遊湖，料想而今秋湖衰楊枯荷，亦照映夜空。馮煦自嘆赴北京師（馮煦此年於京應試，後任翰林編修），所爲何事，而辜負彼此淮水舊約。詞末「君歸也，鏡前疏雨，且覓初醒」，「覓」爲「覓」。爲設想成肇麐歸後，應追憶往昔初識以至而今的點滴回憶。

　　馮煦羈旅、寄贈詞作，內容多爲感舊懷友，追憶往事，時時感嘆有負於淮南共隱之約，亦感嘆而今已老，自傷遲暮。而羈旅詞又比寄贈詞更沉重憂傷，無論舟旅或重過舊宅，詞多幽冷淒清，孤單落寞。

第二節　題畫、寫景詞

　　馮煦詞以題畫之作數量最多。若連同題冊、扇詞作，馮煦塡圖詞數量《蒿盦詞》中共 42 闋（共佔 42/148，約 28%），而晚年《蒿盦詞賸》有 19 闋（共佔 19/40，約 50%）。題畫詞爲數雖多，但評價卻不高。朱德慈以譚獻所評「時有澀筆，能入不能出」歸納馮詞缺失。認爲：「澀筆的表現有：強行借代（如〈西子妝〉『半弓殘白』之直接用『半弓』代月）、重複纏雜（如〈憶舊游〉『吳霜半入青鏡皤』之『吳霜』與『皤』重複）、句意不明（如〈浣溪紗〉『渾如庾信在江南』）等。整篇能入不能出則體現在相當多的題畫與次韻兩類詞中，晚年所作的《蒿盦詞賸》中，這種弊病尤甚」﹝註 4﹞所言甚是。馮煦的題畫詞優劣參差，有其晦澀難明之弊，然其中亦不乏佳篇，可供欣賞。（馮煦題塡詞圖諸闋詞，因與論詞較相關，故於第六節探討，暫不列入本節範圍）至於馮煦寫景詞，其數量遠不及題畫之作。寫景詞與部分題畫詞性質相近，差別惟在「眞景」與「圖景」之分。故寫景詞亦附於

﹝註 4﹞朱德慈：《常州詞派通論》，頁 173。

本節探討。

馮煦的題畫詞以〈憶江南・題何雪園先生出處十二圖〉最爲生動。所賦圖景爲：「立雪聽經」、「牧豕遺經」、「山樵供爨」、「河水負渡」、「蚊香照讀」、「雪夜負米」、「宵征遇鬼」、「六州夜擠」、「滇雲遠眺」、「秋風裙屐」、「鹿門歸帆」、「塵寰夢覺」共 12 闋小令。下舉 5 闋探討：

冬學晚，弦誦在南鄰。快雪蕭蕭偎凍雀，落梅香裏證聞根。
何地不程門。（立雪聽經）

平林織，荷斧幾經過。重向蘄陽山下去，一繩幽徑入雲多。
猶唱鐵樵歌。（山樵供爨）

闌暑後，竟夕走雷聲。擁鼻微吟秋樹下，一簣冷碧碎於星。
何事更囊螢。（蚊香照讀）

前路暝，澹月上塵襟。記得楚辭吟怨句，一篇山鬼重相侵。
惻惻女蘿陰。（宵征遇鬼）

黑石渡，戍火正淒迷。鬼雨冥冥山月墮，短衣匹馬又淮西。
孤憤咽征鼙。（六州夜擠）（《馮詞》，頁 34～35）

「立雪聽經」描繪冬日雪下聽經，「弦誦」原指樂歌聲與讀書聲，此指講經活動。馮煦以「程門立雪」比喻聽經虔敬。據弦誦、程門典故可知爲聽講經學。而詞中「證聞根」爲佛家眼、耳、鼻、舌、身、意六根之一，可知以觀世音菩薩「耳根圓通」以喻聽經所感。「山樵供爨」描繪山樵負斧踏歌下山。首句如李白〈菩薩蠻〉「平林漠漠煙如織」句，對應詞題「供爨」，此應指炊煙。「蚊香照讀」描繪夏夜讀書。「闌暑」指暑氣將盡，可知夏末。「雷聲」指旁人睡夢鼾息。因蚊香而「擁鼻」，讀書而微吟。詞末以車胤囊螢借光典故，以應詞題蚊香照讀的情貌。「宵征遇鬼」描繪夜行遇鬼，聯想至《楚辭》山鬼篇中薜荔女蘿、魑魅魍魎的情景。「六州夜擠」描繪夜中征人群行，戍火、鬼雨、孤憤、征鼙，情景沉重悲苦。此 5 闋題畫小令形象鮮明，如聽經圖的靜致，供爨、照讀圖的生動、遇鬼、夜擠圖的陰鬱，詞皆有其

細緻處，毫無晦澀之弊。

　　題畫詞又如〈浣溪紗・題仲瑩畫〉，亦爲佳作，毫無晦澀：

　　　　獨抱秋心此命騷。庭陰修竹晚蕭蕭。更誰清話似參寥。

　　　　　　鏡裏白雲閒似夢，尊前黃葉下如潮。遠峯眉翠未全

　　凋。（《馮詞》，頁 37）

趙以炯（1857～1906），字仲瑩，光緒 12 年（1886）中狀元，授翰林
院修撰，而馮煦於此年殿試中探花，授翰林編修。二人同榜有名，於
京相識。光緒 14 年（1888）馮煦有詩〈戊子五月二十日有湖南副考官
之命紀〉「有客同占益部星」句，下注「謂仲瑩同年」。（《馮稿》，頁 59）。
此詞爲題仲瑩畫，畫名未詳。（馮煦此年詩有〈題仲瑩風雨歸舟圖〉，
然內容與此詞描繪完全不同，可知詞〈題仲瑩畫〉應非題風雨歸舟圖。）
詞寫庭竹蕭蕭、黃葉紛落、遠翠未全凋，可知爲秋景。詞亦抒情悟理，
以秋心喻愁，發騷人之嘆，而「清話似參寥」，參寥子爲宋僧道潛別
號，連同詞下闋所言鏡中雲浮相連，其中隱然似有禪悟。

　　馮煦題畫詞如〈掃花游・題陳沆小象〉、〈水調歌頭・題蒯子範先
生坐翠微圖〉內容以人物形象爲主，與題畫景不同。如〈水調歌頭・
題蒯子範先生坐翠微圖〉：

　　　　公也古循吏，杖節出夔州。千家山郭如畫，嵐翠上南樓。

　　　　天遣婆娑老子，消受隱囊紗帽。來領峽中秋。萬里控邛僰，

　　　　何用覓封侯。　　梧竹暗，風日美，足淹留。中興絳灌何

　　　　限、四顧邈無儔。卻有渝童巴女，歲歲朱旐銅鼓，輚輶拜

　　　　前騶。我起爲公舞，一嘯看吳鉤。（《馮詞》，頁 22）

蒯德模（1816～1877），字子範，同治 3 年（1864）任長州知縣，屢
平反疑獄，判八百餘牘。同治 9 年（1870）後擢四川夔州知府，勤政
愛民，勸民種桑，頗有佳績，在夔四年，後卒於官。入《清史稿・循
吏傳》。馮煦同治 13 年（1874）入夔州任文峰書院山長，即受蒯德模
所邀。馮煦光緒 2 年（1876）詩有〈題蒯子範先生坐翠微圖〉（《馮稿》，
頁 355）。而所謂「坐翠微」，應非指翠微亭、翠微寺（此兩地皆非於
夔州），而杜甫於夔所作〈秋興〉八首，有「千家山郭靜朝暉，日日

江樓坐翠微」句,「翠微」意為山景,馮煦此詞應同於此意。上闋稱頌蒯德模可謂循吏,杖節任夔,雖去京遠,但何妨自適於此。詞用當地名物,「邛」指邛杖,以四川邛峽山所產竹而成,「僰」為四川西南少數民族。以喻蒯德模能治理夔地。下闋言夔州地偏,雖無周勃(絳侯)、灌嬰人物可匹,但卻有渝童巴女、武夫鄉人(韎韐為武士祭服)相迎相敬。詞末馮煦「一嘯看吳鉤」,期盼蒯德模將來壯志可伸,一展雄才。全詞曠放,風格頗似東坡。雖名為題畫,然卻充滿對際遇的勉勵。

馮煦題畫詞以〈西河·題建侯江上春歸圖用美成韻〉屬於佳篇。詞為:

> 游歷地。年年燕子能記。廢池喬木厭言兵,角聲又起。誰撾馬策過西州,青蕪回首無際。　暮帆影,愁更倚。鄉心一縷初繫。雜花生後亂鶯飛,夕陽倦壘。蟲編蠹簡渺秋煙,爭禁清淚如水。　與君執手醉舊市。瀚塵襟、長干南里。共話滄桑身世。算庾郎歸也,斷腸詞賦。都付瀟瀟吳船裏。(《馮詞》,頁32)

此詞用周邦彥〈西河·金陵懷古〉韻,頗有今昔滄桑之嘆。首闋情景極似姜夔〈揚州慢〉上半「廢池喬木,猶厭言兵」、「解鞍少駐初程」、「清角吹寒」、「薺麥青青」,詞以殘景悲其傷亂。次闋寄託羈旅鄉愁於草長鶯飛、夕陽故壘,而感嘆蟲蠹嚙籍,渺如秋煙,人生際遇滄茫,儒冠所為何事。末闋直抒其情,與君執手同醉,共話滄桑身世,寄付感慨與詞。全詞雖為題畫之作,然更能融合身世際遇與今昔滄桑,愴然感慨溢於景圖、詞作之間。

馮煦晚年《蒿盦詞賸》中題畫詞所佔大半,但其詞難解,能入不能出,如朱德慈所言晦澀之弊尤甚。雖然如此,然馮煦晚年題畫詞亦有可觀,如〈浣溪紗·題寒燈客讀圖〉:

> 記否卷施第二圖,一庭秋樹劇蕭疏,青燈如豆抱殘書。
> 　我亦早承慈母訓,而今寸草黯將枯,霜前淒絕夜嗁烏。(《馮詞賸》,頁9a)

詞上闋描述秋夜疏冷，青燈客讀的景象，下闋回憶母親教誨，以孟郊〈遊子吟〉「誰言寸草心，報得三春暉」自言有愧，最後以窗外烏啼作結，以顯客旅孤寂，或有慈烏之喻。全詞以融合客旅、夜讀、思親種種情境，發其愁思。馮煦晚年題畫詞又如〈如此江山·題宗湘文江天曉角圖用卷中自題均圖成於咸豐戊午今甲子一周矣世變滄桑不堪回首卷中諸老零落都盡倚鐙譜此不自知其辭之怨抑也〉，寄託哀怨：

> 角聲淒咽荒烟際，牢愁又還吹起。鄉樹雲迷，戌樓月暗，不分飄蕭如此。頹然老矣。甚雁杳江空，尺書難寄。獨自披圖，一襟羈思澹於水。　　西津峭帆曾倚。算滄桑換後，詞客餘幾。鶴反孤城，鵑嗁故國，賸有孤羈身世。不知許事，只殘夢尋難，徂年逝易。莫話前游，黃蘆棲斷壘。（《馮詞賸》，頁 8b）

此詞題宗湘文「江天曉角圖」。宗源翰（1834～1897），字湘文，江蘇上元人，為晚清收藏家。此圖成於咸豐 8 年戊午（1858），而今馮煦題詞時為民國 13 年甲子（1924），從咸豐至民國，已改朝換代，時局全非。馮煦有感滄桑，「回首卷中諸老零落都盡，倚燈譜此」，其辭怨抑而不自知。上闋以角聲淒咽、雲迷月暗衰景開端，發頹然老去、羈思難寄感慨。下闋「詞客餘幾」指諸老零落，而「鶴反孤城」典故為丁令威成仙化鶴而歸，感慨城是人非。「鵑嗁故國」為蜀帝杜宇死後魂化杜鵑，哀嗁故國。馮煦感嘆世變無常，隱然有故國之思，而詞中「不知許事」、「只殘夢尋難」、「莫話前游」可見其辭怨抑消沉之甚。此與其早年詞作時時回憶舊游的心情不同。民國後馮煦易號「蒿隱」，亦表示其心境轉變。比起早年詞作感傷友生聚散的幽冷淒清，晚年部分詞作更表現感於滄傷無常，而哽噎難言的消沉抑鬱。

最後探討馮煦為數不多的寫景詞。以〈江南好·伊園八詠為六舟丈賦〉為代表。此組詞共 8 闋，似仿白居易〈江南好〉組詞，首句皆以「伊園好」開端，分詠「春暉草堂」、「溫雪山房」、「東籬」、「容與」、「桫華永好」、「抱甕廬」、「待月處」、「臥遊廊」8 題。下舉 3 闋說明：

> 伊園好，一室小於舟。載取圖書虹貫月，底須人海更湛浮。
> 容與任天游。（容與）
>
> 伊園好，如締漢陰交。力少功多成世運，機心機事日相高。
> 抱甕敢辭勞。（抱甕廬）
>
> 伊園好，一撫少文塵。萬里河山同聚米，百年身世本勞薪。
> 等是倦游人。（臥遊廊）（《馮詞》，頁 47～48）

六舟丈為陳彝（1827～1900，字聽軒，號六舟）。馮煦有〈上陳六舟
丈書〉三篇，又有詩〈題心巢詩六舟丈遺墨喬多友先生所藏也即用卷
中均〉，詩有「伊園春盡蓮池冷」句，下自注「六舟丈伊園也」。（《馮
稿》，頁 1723）「容與」應為室名，詞言此室小於舟，而令人安閒自
適，容與天遊。「抱甕廬」以漢陰老人抱甕灌園事，言能忘卻得失機
心，運順自然。「臥遊廊」有感「百年身世本勞薪」，同是倦遊人，於
此臥遊暫忘塵勞。馮煦以小令組詞詠景，詞多依景名發揮，抒發哲理，
與其大部分詞作傷感思舊、幽冷淒清的風格不同。總觀馮煦題畫、題
景之作，除卻其晦澀詞作，仍有許多佳篇。其中小令較為鮮明生動，
而長調則依題而風格不同，其中不乏沉重滄桑之作。

第三節　傷悼、紀壽詞

　　馮煦的傷悼、紀壽詞作為數不多，然此類詞作頗能表現馮煦對人
事離別、時光逝去的感嘆。即便壽詞，亦不失淒冷悲沉，與其羈旅等
作風格相若。較早的傷悼詞作為〈角招・丹陽隱公橋弔張將軍國梁同
夢軒師賦〉：

> 下空畫。歸帆乍捲，危橋野鳥偏憩。斷垣波外瘦。廢塔暝
> 煙，猶挂疏柳。將軍去後。早恨咽、樵童漁叟。一角孤雲
> 渺渺，帶叢笛不勝悲，向城陰回首。　　知否。大招賦又。
> 蟲沙甚處，遣怨歸橫岫。暗苔碧透。斷甲埋沙，哀茄催堠。
> 家山似舊。忍客裏、來澆尊酒。譜入神絃共奏，怕斜日、
> 拂靈旐，黃昏驟。（《馮詞》，頁 12）

曾惠（？～1873），字二泉，號夢軒。據《清代珠卷集成》可知曾惠為馮煦的受知師。〔註5〕馮煦光緒 11 年（1885）詞〈憶舊遊〉序提到：「乙酉三月二十四日，阻風三義壩客桃園，時屢泊於此金二十年矣。二泉師之沒，亦一終星。」（《馮詞》，頁 35）所謂「一終星」為 12 年。〔註6〕推算則為同治 12 年（1873），馮煦此年有詩〈七月二日過二泉師宅〉，亦為傷悼其師作，可考曾惠卒於此年。〈角招〉一闋為馮煦同曾惠弔張國梁作。張國梁（？～1860），字殿臣，為清軍名將，力抗太平軍，其驍勇善戰，收復失土有功，咸豐 10 年（1860）遭太平軍包圍，撤退丹陽，策馬渡河不幸溺斃。上闋寫弔處橋邊衰景，歸帆、危橋、野鳥、頹波、廢塔，蕭條寂寞。後以向秀〈思舊賦〉典聞笛感舊，悲從中來。下闋寫祭弔追思。哀笳悲鳴，「蟲沙甚處」、「斷甲埋沙」，將軍戰死。家山似舊，而已無法重見。最後奠酹尊酒，神絃曲奏，靈旗於黃昏輕揚。全詞淒涼蒼茫，哀思融於情景之中。

馮煦亦以詞傷悼亡妻，如〈百字令·乙未七月十八感賦是日亡婦五十生日也〉：

> 哀蟬正咽，掩虛堂、又損霜前衰葉。小簟輕衾眠未得，況復嫩涼時節。楚魂難招，吳趨莫問，陳迹如煙滅。滄桑陳事，夢迴爭忍重說。　　百歲能幾光陰，斷腸分手，兩度聽啼鴃，錦瑟年休更數。可奈冰絃都折。薊北雲孤，淮南草暗，回首成騷屑。潘郎老矣，鬢絲今又將雪。（《馮詞》，頁 46）

馮煦同治 9 年（1870）娶妻吳氏（見第二章），而詞序所記「乙未七月十八感賦，是日亡婦五十生日也」，乙未為光緒 21 年（1895），此年已故吳氏年五十，推算可知吳氏生於道光 26 年（1846）七月十八，年幼於馮煦三歲，而吳氏卒於何年，仍待查考。詞上闋思念亡妻，傷

〔註5〕顧廷龍編：《清代珠卷集成》（臺北：成文出版社，1992 年），冊 57，頁 8。

〔註6〕楊伯峻：《春秋左傳注·襄公九年》：「十二年矣，是謂一終，一星終也。」（北京：中華書局，1993 年），頁 970。

秋時節，哀蟬正咽、衰葉漸凋，而孤身寂寞，愁不成眠。伊人已去，
楚魂難招。下闋以李商隱〈錦瑟〉「錦瑟無端五十絃」，以喻亡妻五十
生日，而「冰絃都折」指吳氏不幸逝世。詞末以潘岳鬢白典，發傷哀
悼。（而潘岳亦以悼亡詩著名）全詞戚哀，馮煦於亡妻五十生日而賦，
而己亦年過半百，過往滄桑，往事爭忍重說，再回首卻已成騷屑。馮
煦與其妻互動，《近代名人小傳》有則軼事可參：

> （馮煦）甚畏其妻，在蜀日納一妾，妻怒而錮之幽室中，
> 殊不敢就與語也。又有婢小具姿首，煦教之識字，妻以爲
> 有他，既逐婢，日詈煦不輟，辛再拜謝罪，始已。〔註7〕

馮煦於蜀納妾，其妻怒將妾錮於幽室。而後馮煦又教婢識字，其妻甚
怒，「日詈煦不輟」。後馮煦再拜謝罪，方得其妻原諒。可見馮煦對其
妻的敬畏。

　　馮煦悼亡詞〈水龍吟〉用稼軒體以代〈大招〉，有其特色。如〈水
龍吟・秋暮悼退盦時沒且三月矣用稼軒體以代大招〉：

> 秋兮燈暈虛堂些，愁兮絮寒螿些。誰招楚魂，香凋酒殢，
> 碧山荒些。說劍談玄，疏聲如雲，憶南岡些。奈乘風歸也，
> 鶴裝烟駕，蕭蕭振，衰楊些。　　春盡兮空江些。相逢共、
> 御離觴些。白沙黃竹，重尋斷夢，冷殘陽些。退筆埋雲，
> 哀絃咽雨，劇淒涼些。朗吟兮夜壑，百年過翼，齊彭殤些。
>
> （《馮詞》，頁 37）

此詞屬獨木橋體（又稱福唐體），基本上用同一字押韻。而自辛棄疾
將「兮」、「些」、「只」來源自《楚辭》的〈招魂〉、〈大招〉等篇的聲
詞，置入詞中。這些聲詞原非韻腳，韻腳爲此聲詞的上一字。辛棄疾
以此法爲詞，擴大獨木橋體的範圍。〔註8〕辛棄疾有〈水龍吟・用些

〔註7〕沃丘仲子：《近現代名人小傳》，頁349。
〔註8〕參見羅忼烈：〈宋詞雜體〉，見《羅忼烈雜著集》（上海：上海古籍出
　　　版社，2010年），頁286～309。不過劉尊明〈宋代詞體福唐體考辨〉
　　　有不同看法，認爲「辛棄疾的〈柳梢青〉、蔣捷的〈水龍吟〉『醉兮瓊
　　　瀣浮觴些』、〈瑞鶴仙〉『玉霜生穗也』等即是福唐體，卻並不盡然。」

語再題瓢泉，歌以飲客，聲韻甚諧，客皆爲之酹〉，置「些」於每句末，而後蔣捷〈水龍吟·效稼軒體招落梅之魂〉亦從此體爲之。馮煦此詞疑似爲悼何日愈作。何日愈（1793～1872），字雲畡，號退庵。馮煦另有〈祭何雲畡先生文（代）〉（《馮稿》，頁 1587）爲代筆之作。此詞「說劍談玄，疏髯如雲」可探其人形象，而春盡空江、斷夢殘陽、退筆埋雲、哀絃咽雨等意象融合傷悼與衰景，詞末「百年過翼，齊彭殤些」感嘆歲月短暫，年歲有時。全詞用第二部「江、陽、唐」平聲韻，據王易《詞曲史·構律》：「韻與文情關係至切，平韻和暢，上去韻纏綿，入韻迫切，此四聲之別也。東董寬洪，江講爽朗，……此韻部之別也」〔註9〕如蘇軾〈江城子〉（十年生死兩茫茫）以詞悼亡，亦用江陽韻，情感皆爲激昂朗暢。

　　馮煦紀壽詞數量極少，約莫 3 闋而已。馮煦《蒿盦類稿》贈壽序文頗多，初計已 40 篇，其贈壽詩作亦多，可見與紀壽詞數量懸殊。馮煦紀壽詞內容多感友生聚散、憶昔傷今，較少爲應酬交際、逞才使氣而作，故風格仍側近於幽冷凄清，少有賀壽之意。獨馮煦晚年《蒿盦詞賸》〈石湖仙·次白石均壽周湘舲妃張夫人六十〉一闋例外，此詞屬於賀壽。下文依序說明。

　　馮煦早年詞集《蒿盦詞》紀壽之作，僅〈壽樓春〉一闋，詞前有序：

> 予共祖兄弟四人，予次在末。兩兄並早世，小春從兄亦旅沒臨安。其幸而在者，小艎從兄耳。兄生道光丁亥閏五月七日，一尊爲壽，輒以五月代之。其閏者，道光丙午、咸豐丁巳、同治乙丑、光緒丙子，迨今甲申而五矣。往在己

又認爲「蔣捷〈水龍吟〉『醉兮瓊瀣浮觴些』一詞，通篇皆於叶韻字與『些』字相連使用，調下題曰『效稼軒體招落梅之魂』，二詞皆不言效『福唐體』。且蔣捷在題中明言『效稼軒體』。由此可見，在宋代詞人看來，他們通篇叶『也』、『些』、『難』等字韻之作，並非就是『福唐獨木橋體』。」參見劉尊明：《唐宋詞綜論》（北京：中國社會科學出版社，2004 年），頁 89～90。

〔註 9〕王易：《詞曲史》，頁 178～179。

－177－

未，從兄歸里中，舍陳氏西樓。庚申依兄南村暨來江表，兄亦繼至。每話舊游，歷歷如昨。而兄年五十有八，予亦越四十。諸父諸兄罕有存者，南村既易主，陳氏樓亂後墟矣。上下三十年疇，昔弦誦之地，遂不可問。世變日亟，予亦少少衰。而兄神識聰彊，過予遠甚，爰賦此解紀之。(《馮詞》，頁 33)

據序可知馮煦有祖兄弟四人，馮煦年最幼。所謂同祖兄弟，指同堂兄弟。〔註10〕「兩兄並早世，小春從兄亦沒臨安，幸而存者小艛從兄耳」，小春爲馮聶（生卒未詳），小艛爲馮履和（1827～1900？，原名晨，後更名爲履和，字小艛）。〔註11〕馮履和有《浪餘詞》一卷，詞共 190 闋。〔註12〕馮煦〈浪餘詞序〉記：「兄五十始學爲詞，頡精小令，以唐五代爲宗，而尤服吾家正中翁《陽春一集》。於宋則研磨歐晏，唯妙唯肖。紙窗竹屋，鐙火青熒，輒手一編，吟諷不輟，務得當而後即安。」〔註13〕龍榆生〈清詞經眼錄〉亦記：「清季倚聲之學，極盛一時，然皆相尚以爲慢詞。尟專精於小令者。履和集中則十之七爲令曲。如……，淒清哀怨，不媿雅音也。」〔註14〕可知馮履和精於小令，以南唐馮延巳、北宋晏歐諸公爲法。馮煦作此詞時年已過四十，而馮履和年五十八。二人久別重逢，感嘆世變日亟，故里非昨。〈壽樓春〉詞爲：

〔註10〕〔清〕梁章鉅、鄭珍：《稱謂錄》（北京：中華書局，2002 年），頁 69。
〔註11〕據馮煦〈浪餘詞序〉記載：「予同祖兄二人，皆世父春艛公子也。長曰聶，字小春。次曰晨，後更名履和，字小艛。並長子十許齡。小春兄客授四方，卒殉庚申杭州之難。」見〔清〕馮履和：《浪餘詞》（民國 15 年刻本），頁 1。
〔註12〕馮履和《浪餘詞》今爲上海師範大學圖書館館藏，民國 15 年刻本。筆者所計詞共 190 闋，前有馮煦民國 15 年序，後有馮寶民國 5 年跋。關於文獻取得，特別感謝臺灣大學中文所博士班陳建男學長、清華大學中文所博士班黃郁晴學姊的幫助。
〔註13〕〔清〕馮履和：《浪餘詞》，頁 1。
〔註14〕龍榆生：《龍榆生詞學論文集》（上海：上海古籍出版社，2009 年），頁 576。

羅西堂青袍。算端陽閏後，芳俎頻邀。卻趁漚移前席，燕
歸新巢。驚五度、風吹簫。又渡頭、重歌離騷。記曲沼蓮
疏，曾樓梧令，夢與斷雲遙。　　同懷感，心忉忉。奈淮
南清角，浙右驚濤。賸有衰鬢如雪。古荊初苞。還執手，
臨江皋。願百年、同棲蓬蒿。任海內風塵，從兄去尋涪麓
樵。（予家舊在涪山之麓）（《馮詞》，頁 33）

上闋「算端陽閏後，芳俎頻邀」，指馮履和生日在閏五月。「驚五度」
指詞序所言「一尊爲壽，輒以五月代之。其閏者，道光丙午（1846）、
咸豐丁巳（1857）、同治乙丑（1865）、光緒丙子（1876），迨今甲申
（1884）」，而今重逢話舊，百感交集。下闋感嘆而今「衰鬢如雪」年
華老去，「古荊初苞」故里漸荒。最後執手訴願，希冀百年能共棲海
內。馮煦爲其從兄壽，不漫言「松椿龜鶴」、「千春百歲」等祝頌常語，
〔註15〕而表現彼此於衰世下的相知相惜。其所遇所感，性情眞切。

馮煦晚年詞集《蒿盦詞賸》壽詞有二闋，風格不同。如〈探春慢·
己未生日秦郵道中作用白石韻〉：

秃樹初黃，晴湖乍坼，殘鴉猶戀荒野。葺帽欺寒，漁罾弄
暝，記否江干車馬。（自注：庚戌初度野宿浦子口）今又逢
初度，賸幽緒、一襟難寫。故人卅載依依，（自注：謂邵伊）
倚舷聊共清話。長恨雲昏石老，嗟海表鶴歸，霜鬢盈把。
楓塞魂孤，竹林塵暗，忍憶舊時游冶。楚些休重賦，只點
雪、霜鴻翩下。問訊西窗，疏梅應破遙夜。（《馮詞賸》，頁
9b）

又如〈石湖仙·次白石均壽周湘舲妃張夫人六十〉：

雲停黃浦。有趙管詞仙，偕隱深處。曾共五湖游，學鴟夷、
扁舟自去。鳶魚眞樂，且認取、霄淵翔舞。誰與。紀篋彤、

信嫩於古。菰蘆數叢卷雪，擘鷺箋、重哦俊句。讀畫聽香，
依約一樓煙雨。眉介春醁，鬢消秋縷。更諧琴柱。還寄語。
前身合住瓊府（《馮詞賸》，頁 10a）

〈探春慢〉爲自壽作，己未爲民國 8 年（1919），馮煦時已七十七歲。
全詞於秦郵道中作，感舊憶往，回顧此身。詞中禿樹、殘鴉等意象，
正如馮煦詞淒冷蕭疏的筆調，表達其性情之鬱伊，對身世飄零，手足
離散的感傷。羈旅行役半生，而今「海表鶴歸」，又過秦郵道中，心
情如往年所賦〈一枝花・曉經秦郵過故居作〉，沉重感慨。「雙鬢盈把」，
再回首此生已老矣。馮煦「忍憶舊時游冶」，「忍憶」表示其面對過往
的心情。往事不勘回首，但寧可承受感傷，亦不能不懷念往事。「楚
些休重賦」指馮煦一生所作哀辭、傷悼詩詞，馮煦一生經歷的人事別
離，而今種種感嘆已難以言喻，由任霜鴻翻下，西窗寒梅猶待天明。
此詞沉重消極，可見馮煦晚年回憶此生的心境。

〈石湖仙〉爲壽周湘舲妃張夫人六十而作，純爲賀壽祝頌。周湘
舲爲周慶雲（1864～1934，字景星，號湘舲，別號夢坡），其夫人張
氏，震澤人。章炳麟〈周湘舲墓誌銘〉紀載：「周子諱慶雲，自號湘
舲。考諱味詩，姚同縣董氏。配震澤張夫人，子延礽。」〔註16〕周慶
雲於張氏六十壽，出資放生會，以代祝壽。釋印光〈烏程周夢坡居士
夫人誕期放生碑記〉記載：「烏程夢坡居士周慶雲者，南潯望族也。
樂善好施，世德相承。……而居士與其德配張夫人，恪守家規，篤信
佛乘，唯以利人濟物爲懷。今其夫人年周華甲。亦欲仰嗣徽音，出資
五百圓，於杭州西溪秋雪庵起放生會，以代祝壽之儀。」〔註17〕華甲
即花甲，爲年六十歲。周慶雲出資五百圓起放生會以代祝壽，表示夫
婦二人都虔誠於佛教放生活動。（馮煦晚年亦參與放生會，參見第二
章）此詞上闋以趙孟頫、管道升夫婦比喻周慶雲、張氏，彼此歸隱自

〔註16〕錢仲聯編：《廣清碑傳集》（蘇州：蘇州大學出版社，1999 年），頁
　　　 1297。
〔註17〕釋印光著、張育英校注：《印光法師文鈔》（北京：宗教文化出版社，
　　　 2000 年），頁 1493。

樂，兩情和悅。後用《詩經》「彤管」典稱頌張夫人信美於古。同時「彤管」亦爲畫筆，相應以管道升（管氏善畫）形容張氏的才德。下闋仍爲祝頌張氏，「重哦俊句」、「讀畫聽香」諸句，表現其生活的雅致。值得注意的是，下闋的「眉介春醪，鬢消秋縷。更諧琴柱。還寄語。前身合住瓊府」，竟然與馮煦早年詞作偶合。其《蒿盫詞》〈石湖仙・江上晚霞圖用白石壽石湖居士韻爲薛丈題〉有「酒浣塵襟，鏡悄秋縷。好移琴住。頻寄語。前身合在瓊府」（《馮詞》，頁 29），兩組詞句極似。兩詞同用姜夔詞韻，可表示馮煦對張氏、薛時雨的敬意。然而一爲題畫詞，一爲紀壽詞，而一爲早年《蒿盫詞》作，一爲晚年《蒿盫詞賸》作，可見其爲詞的襲取。

　　總觀馮煦的傷悼、紀壽之作，風格多半淒冷悲沉，有感而發。其他如〈石湖仙〉的贈壽之作，雖不失雅致，但隱然有傾於應酬的意味。此類詞作價值較低，然所占比重亦少。

第四節　政治諷諭詞

　　周濟曾言「詩有史，詞亦有史」（《叢編》，冊 2，頁 1630），晚清時局動盪，政壇混亂，詞人同時身爲文人，對家國政治亦多關心，而以詞筆反映當時政治社會狀況。馮煦亦有以詞影射政治之作，然爲數不多，而其隱晦難明，往往令人費解。朱德慈《常州詞派通論》曾以馮煦〈浣溪紗〉（幾日偷窺宋玉牆）一闋爲例，逐句說解其所涉指時事。[註18] 錢仲聯《清詞三百首》對此亦有說解。[註19] 此皆指引後人對馮煦此詞的解讀。下文筆者依循前人所示例，試圖探討馮煦此類詞作。首先是朱德慈所解讀的〈浣溪紗〉，詞爲：

　　　幾日偷窺宋玉牆。吳孃學步劇郎當。更扶殘夢下瀟湘。

　　　　燕外笑桃和雨散，鶯邊舞絮逐風狂。爭知前度有劉郎。（《馮詞》，頁 44）

[註18] 朱德慈：《常州詞派通論》，頁 167～168。
[註19] 錢仲聯：《清詞三百首》（長沙：岳麓書社，1999 年），頁 287～291。

朱氏認爲此詞作於光緒 21 年（1895），爲諷刺吳大澂（1835～1903，字清卿，號恒軒，又號愙齋，江蘇省吳縣人）兵敗日本而作。首句以宋玉〈登徒子好色賦〉有女登牆偷窺東家之子，諷刺吳大澂與東鄰日本開戰。次句以「邯鄲學步」典故，諷刺吳大澂身爲文人強欲統兵，導致慘敗。其「吳孃」，即針對「吳大澂」（朱德慈認爲乃喻吳某人，錢仲聯則以吳大澂乃江蘇吳縣人爲喻）。三句言吳大澂兵敗革職，退還湖南。下闋「燕外」暗喻燕地之外，「笑桃」爲「笑逃」之諧言雙關。末句以劉禹錫詩「前度劉郎今又來」，指兩江總督劉坤一（1830～1902，字莊硯）反對吳大澂貿然出戰，因吳大澂執意而兵敗。吳大澂敗後，日本一方欲與議和簽約，而劉坤一反而主戰。〔註20〕全詞影射甲午、乙未間中日戰爭，委婉而多諷。〔註21〕

上述〈浣溪紗〉詞共一組四闋，其他三闋應所諷同事，詞爲：

> 總嚮扶桑日不紅。漫吹羌篴怨東風。而今離訊斷南鴻。
>
> 穠李摶雲欺弱植，香蘭咽露挦深叢。底須重問碧翁翁。
>
> 春在愁中與夢中。晚鶯雛燕各西東。東皇無計惜殘紅。
>
> 乍采靡蕪棲曲逕，又攜芍藥下疏櫳。恁時相見太匆匆。
>
> 瓊島冥冥隔霧中。蘭橈去後綠波空。舊湔裙處一相逢。
>
> 化鶴千年無翼返，靈犀一點有心通。莫將消息誤東風。

（《馮詞》，頁 43～44）

第一闋「扶桑」爲太陽歸處，所喻日本。「日不紅」有貶斥日本奸邪之意。羌篴爲羌笛，同此句「怨東風」，所指對日戰事。「訊斷南鴻」似爲諷刺吳大澂兵敗退歸湖南一事。下闋首句用「夭桃穠李」意，暗

〔註20〕趙爾巽編：《清史稿・劉坤一傳》：「日本犯遼東，九連城、鳳凰城、金州、旅順悉陷。北洋海、陸軍皆失利，召坤一至京，命爲欽差大臣，督關內外防剿諸軍。坤一謂兵未集，機未備，不能輕視。……二十一年，前敵宋慶、吳大澂等復屢敗，新募諸軍實不能任戰。日本議和，要挾彌甚。下坤一與直隸總督王文韶決和、戰之策。坤一以身任軍事，仍主戰而不堅執。（北京：中華書局，1977 年），卷 413，冊 39，頁 12049。

〔註21〕參見朱德慈：《常州詞派通論》，頁 168。

喻兵敗退逃。其中「穠李」似爲諷刺李鴻章忍辱簽訂馬關條約，受外侮欺壓（馮煦亦曾上書彈劾李鴻章，見第二章）詞末「底須重問碧翁翁」詞意難明，似爲鴨綠江防戰敗事，此且存疑。第二闋以傷春暗諷時事，「東皇無計惜殘紅」所喻日本，亦有清廷對日無可奈何意味。第三闋詞錢仲聯曾有說解，首句「瓊島」指島國日本，「隔霧中」指李鴻章赴日議和，此行狀況未卜。「蘭橈」只李鴻章乘舟赴日，「湔裙」本爲正月士女酹酒洗衣，以避災厄。此喻再度與日本議和簽約。湔裙度厄似有簽約免難意味。「化鶴」句爲遼東人丁令威化鶴而歸典，以喻割讓遼東予日本。最末兩句用李商隱「心有靈犀一點通」典，諷刺李鴻章其心與日本相通，有賣國之意。〔註22〕

馮煦對甲午、乙未間中日戰爭、議和前後感到痛心不滿，多以詞影射時事。其光緒二十年甲午（1894）詩〈而今〉，更可見對時事的諷刺。詩爲：「一樹西園郁李花，狂蜂浪蝶競妍華。而今更乞天孫巧，始信文家勝質家。」（《馮稿》，頁498）李花恐爲諷刺李鴻章，「文家勝質家」更貶責前後參與戰事人員的名不符實。又如其詞〈浣溪紗〉，對中日戰事深有諷意：

> 織室栖雲事有無。金錢十萬也應輸。一衿離緒又黃姑。
>
> 　紫府丹書除舊籍，紅牆碧漢渺靈圖。盈盈脈脈近何
> 如。（《馮詞》，頁45）

「金錢十萬也應輸」、「紫府丹書」所指戰敗簽約賠款。「紅牆碧漢渺靈圖」似喻中日戰敗以致國土喪失。又如〈百字令·乙未清明〉爲中日戰爭有感而發：

> 阮郎游屐，算年時、蹴徧軟紅香土。剗地東風能幾日，又見
> 飛英如雨。北渚鷗閒，南園蜨鬧，春色渾無主。吹愁不醒，
> 羽觴還醉芳杜。　　記否二曲人家，朝朝冷食，誰疊叢祠鼓。
> 隄上踏青歌未歇，只有當年張緒。槐火方新，榆錢自擲，莫
> 問湔裙處。望中華表，再來遼鶴能語。（《馮詞》，頁44）

〔註22〕參見錢仲聯：《清詞三百首》，頁288～289。

又如〈齊天樂・三月九日作〉：

> 庾郎先自傷遲暮，東風又吹羈緒。別嶼帆空，孤礁暗角，贏得斷萍零絮。鵑啼正苦。奈雨暝煙昏，夢歸無據。雙屐繞迴，李花又送隔牆去。　彈棊昨經別墅，是誰持急劫，將斷還誤。客燕無依，羣鶯自擾，爭忍東皇孤負。哀絃漫撫。恁彈澈霜辰，更無人寐。望極扶桑，海天渾未曙。（《馮詞》，頁44）

〈百字令〉作於乙未清明，乙未即光緒21年（1895），此年清廷與日本簽訂馬關條約。此詞與前作〈浣溪紗〉可參照對看，藉傷春而寄託對受日本侵略的哀痛。上闋「南園蜨鬧」、「春色無主」似喻外侮犯土。下闋似寫清明寒食時節，堤上踏青歌未歇，而今只剩張緒柳。以張緒門前柳典故，感嘆物是人非。如《南史・張緒傳》稱：「緒吐納風流，聽者皆忘飢疲，見者肅然如在宗廟。雖終日與居，莫能測焉。劉悛之爲益州，獻蜀柳數株，枝條甚長，狀若絲縷。時舊宮芳林苑始成，武帝以植於太昌靈和殿前，常賞玩咨嗟，曰：『此楊柳風流可愛，似張緒當年時。』其見賞愛如此。」〔註23〕而詞末與〈浣溪紗〉寓意類同，「莫問湔裙處」影射與日本簽約，「遼鶴」暗指割讓遼地，「望中華表」則有家國之嘆。

　　錢仲聯認爲〈齊天樂〉作於光緒21年（1895）三月九日，此二月二十四日李鴻章於馬關與日本伊藤博文開始談判，三月五日訂立停戰協定，至簽訂馬關條約則在三月二十三日。錢仲聯認爲「別嶼」指丁汝昌所守劉公島，「孤礁」指澎湖，「暗角」比喻海軍覆沒慘敗。「斷萍零絮」指漂離失散的士兵。「雙屐才迴」指張蔭桓、邵友濂赴日議合，遭拒。後句「李花又送隔牆」指李鴻章再赴日談判。下闋「客燕」、「群鶯」指清廷群臣戰和意見的紛擾。「扶桑」指日本，而最末「海天渾未曙」指對馬關談判結果未知與憂心。〔註24〕

〔註23〕（唐）李延壽：《南史・張緒傳》（北京：中華書局，1975年）卷31，冊3，頁810。

〔註24〕參見錢仲聯《清詞三百首》，頁290～291。

馮煦的政治諷諭詞，多影射光緒甲午（1894）、乙未（1985）中日戰爭前後時事。詞作乍看淒婉，實則隱晦，句句針對時事人物而發，憤慨國恥。此與馮煦其他類型詞作（如羈旅、傷悼諸作）差異較大。

第五節　登臨懷古詞

成肇麐〈蒿盦詞序〉言：「又一年（同治八年），相見於江寧，江寧江山雄偉，其城北諸峯，又至窅邃，為自昔幽人窟宅，年少健步，春秋佳日，折相與披榛莽，窮暫巖，求六朝以來故蹟所在，及曩時名賢之游躅，有所興發，則寄寓諸詞。」（《馮詞》，頁 1）所謂「求六朝以來故蹟所在」、「及曩時名賢之游躅」皆寄寓諸詞，可知馮煦詞有其登臨懷古之作。此類詞作數量較少，但亦具特色，尤其是晚年《蒿盦詞賸》亦有此類詞作，風格異於馮煦其他大部分的詞作。下文依序探討。

《蒿盦詞》的登臨懷古詞，多作於馮煦入金陵之後。如〈滿江紅・同二泉師登金山作〉：

> 攜手危嵐，賸舊隱、重到未荒。汀州外、亂帆孤壘，何限淒涼。北府興衰歸逝水，東山樂哀附殘陽。奈十年、兵甲倦登臨，秋樹蒼。　　漂零久，思故鄉。百端恨，對茫茫。算白漚無恙，尚識清狂。更倚天風凝望極，大江東去海雲黃。問甚時、歸去理魚竿，煙嶼旁。（《馮詞》，頁 11）

此詞為馮煦同曾惠登金山作。據曾惠卒於同治 12 年（1873），可知此詞作於此年以前，為馮煦於金陵時期所作。金山位於江蘇丹徒縣西北，與焦山對峙，又稱浮玉山。詞上闋記登臨所見，亂帆孤壘，滿目滄茫，有感六朝舊事。「北府」始於東晉，建於當時首都建康北方廣陵，故稱北府。「東山」指東晉謝安。上闋見六朝舊蹟，而感嘆亂世。「奈十年、甲兵倦登臨，秋樹蒼」，有似姜夔〈揚州慢〉「自胡馬窺江去後，廢池喬木，猶厭言兵」。下闋發羈旅思鄉感嘆，望極天際、看盡潮漲，自問何時能釣隱淮南，以還宿願。

馮煦〈卜算子‧屈沱女嬃擣衣處〉亦爲此類佳作，如：

> 楚甸晚蕭蕭，橘柚寒無際。斷續清砧斷續猿，實下三聲淚。
>
> 月暗女蘿叢，山鬼窺鐙至。巴峽秋濤下汨羅，猶似申申詈。（《馮詞》，頁 23）

據《水經注》記載：「屈原有賢姊，聞原放逐，亦來歸，喻令自寬全。鄉人冀其見從，因名曰『秭歸』。即〈離騷〉所謂『女嬃嬋媛以詈』也。……縣北一百六十里，有屈原故宅，累石爲屋基，名其地曰樂平里。宅之東北六十里，有女嬃廟，擣衣石猶存。」〔註25〕可知女嬃擣衣處位於湖北秭歸縣。女嬃相傳爲屈原之姊。全詞頗有楚騷風情，「楚甸」、「橘柚」、「女蘿」、「山鬼」、「汨羅」與楚攸關，意象鮮明。上闋「斷續清砧斷續猿」、下闋「巴峽秋濤下汨羅」，以聲貫串。詞末「猶似申申詈」，呼應〈離騷〉「女嬃之嬋媛兮，申申其詈予」。

馮煦於光緒 22 年（1896）後離京外任，先後歷任安徽、四川等地。〈百字令‧沔縣謁諸葛武侯祠〉即爲此期詞作。詞爲：

> 陳雲似墨，挐叢祠、常與軍山終鼓。廢壘蕭蕭伊沔上，萬壑松濤猶怒。鶴下層霄，猿吟邃谷，彷彿靈旂駐。宗臣遺象，望中猶想綸羽。　　記否古驛沙黃，風斜雨驟，遲我西征賦。世事如棊經幾劫，不數三分割據。起陸龍蛇，處堂燕雀，爭得南陽顧。倚天舒嘯，石琴煙際重撫。（《馮詞》，頁 48）

據馮煦光緒 29 年癸卯（1903）詩有〈武侯祠凌宵花下作〉，可知詞應亦同於此時作，該年馮煦署四川布政使。沔縣諸葛武侯祠歷來多有文人弔作。祠內有諸葛武侯遺像，故言「宗臣遺象，望中猶想綸羽」。下闋緬懷武侯，遺憾其西征北伐未果，三分天下難成。後以三顧茅廬典，言爭拜諸葛亮於南陽，以喻其賢能。詞末「倚天舒嘯」，言諸葛亮胸有大志，《三國志‧諸葛亮傳》裴注言「每晨夜從容，常抱膝長

〔註25〕〔北魏〕酈道元注，楊守敬、熊會貞疏：《水經注疏》（南京：江蘇古籍出版社，1989 年），冊下，頁 2836～2837。

嘯」〔註26〕，而「石琴」句應指諸葛亮喜好〈梁父吟〉一曲，可見其人形象。

　　馮煦晚年《蒿盦詞膡》亦有懷古詞作，數量極少但風格獨出。如〈滿江紅・同古微前輩賦精忠柏敬次岳忠武韻〉：

　　　　蕭艾披昌，逖今世、眾芳衰歇。留一木、孤撐天宇，寸心尤烈。七百餘年陵谷變，英靈猶戀西湖月。算亭陰、鬼雨怒濤飛，聲悲切。　　離九節，凌冰雪。傳海外，何生滅。悵撫柯舒嘯，唾壺敲缺。古殿苔封蟲蝕篆，空枝春盡鵑嘔血。問南朝、遺蘗檜分尸，屛王闕。（《馮詞膡》，頁 12b）

此詞爲同朱祖謀拜岳王墓所作（詞詠精忠柏作，然此以內容歸於懷古，不歸入詠物），「精忠柏」相傳爲岳非當年於風波亭遇害，而亭外柏樹亦枯死，後遭兵火毀爲九段。清末時移置於西湖岳王墓旁，色黑，堅如石。此詞次岳飛韻，言精忠柏如岳飛英靈，百年烈心仍在，而岳飛當年含冤遇害風波亭，至今鬼雨怒濤，恨猶未雪。此詞用入聲韻，悲亢淒緊。馮煦歷晚清而入民國，甚能感受當年岳飛北伐抗金，卻遭奸臣陷害的憾恨。南宋半壁江山遭金人奪去，而朝廷積弱，苟且偏安，正如晚清受列強入侵，而清廷割地賠款，無能以抗。馮煦感於歷史、國事，以此詞寫其悲憤。

　　馮煦此類詞作多擇以〈滿江紅〉、〈百字令〉爲詞牌，此多爲豪放詞家所慣用。蔣兆蘭《詞說》所記：「三十年前，與南昌萬盟論詞，有足紀者，附錄於此。一日，調如〈賀新郎〉、〈沁園春〉、〈滿江紅〉、〈水調歌頭〉等曲，皆不易塡，意謂其易涉粗豪也。」（《叢編》，冊5，頁 4638）所謂易涉於粗豪，乃爲豪放詞家所喜用，如陳維崧《湖海樓詞》大量用以〈賀新郎〉。馮煦詞近婉重雅，風格幽冷淒清，豪放自非其詞主流，而何以馮煦嘗試於豪放詞筆？筆者推測原因有三。（一）馮煦曾選宋六十一家詞，熟諳兩宋名家詞作，而馮煦選詞不薄

〔註26〕〔晉〕陳壽：《三國志》（北京：中華書局，1982 年），冊 4，頁 911。

辛派豪詞，故亦有所涉獵。（二）馮煦嘗從師薛時雨，奉手且久，而薛時雨爲人爲詞雄放坦率，故受其影響。（三）觀察馮煦《蒿盦詞》有〈金縷曲〉二闋，皆用癯庵前輩韻。〈金縷曲〉即〈賀新郎〉，而癯庵前輩爲陳啓泰。陳啓泰（1842～1909），字寶孚，一字伯平，號癯庵，湖南長沙人，有《癯庵遺稿》，內有詞一卷。〔註27〕陳啓泰明喜好辛派豪詞，從其詞明顯可知其詞作偏好。如〈滿江紅‧席間與友人論詞〉：

> 今夜尊前，爲默數、千秋詞客，應除却、旗亭勝侶。沈香仙伯，一自金荃開豔體。南唐西蜀彌纖仄，直沿流、爭唱柳屯田，風斯極。　　秦與晏，喧歌席。坡一變，融詩筆。怪當時樂府，俳謠錯出。南宋名家何婉約，姜張吳史工堪敵。但誰饒、壯語壓辛劉，鏘金石。〔註28〕

又如〈摸魚兒‧自題小象〉：

> 趁留將、鏡中遺蛻，子孫他日瞻拜。刁騷衰鬢今如許，豪氣昔年何在。君莫嘅。祇一去、西臺便隔千凡界。蓬山不再。算畀汝銅符，十年贏得，局促此形態。　　書中味，不必求他甚解。古懽聊契千載。斸斸漢宋嗤餘子，文字亦輕流輩。詞酷愛。又不近、風流小晏秦淮海。麤疏未改。慣西抹東塗，評量兩宋，却喜稼軒派。〔註29〕

〈滿江紅‧席間與友人論詞〉上自南唐五代，下至宋季，略述各家詞人特色，而「但誰饒、壯語壓辛劉，鏘金石」，可知其對辛派豪詞的重視。〈摸魚兒‧自題小象〉更明顯可見偏好。自言其詞粗疏未改，不近小晏秦七，「評量兩宋，却喜稼軒派」。再觀馮煦有〈金縷曲‧題次珊前輩日照樓餞別圖用癯盦前輩均〉、〈金縷曲‧再疊前韻送伯平前輩之吳門〉兩闋，皆爲用陳啓泰韻，可知受其豪詞影響。

〔註27〕〔清〕陳啓泰：《癯庵遺稿》，今存臺北國家圖書館藏民國初鉛印本。
〔註28〕〔清〕陳啓泰：《癯庵遺稿‧詞》，民國初鉛印本，頁8。
〔註29〕〔清〕陳啓泰：《癯庵遺稿‧詞》，頁1。

第六節　詞作與論詞之關係

　　馮煦詞集中偶有「題他人詞集後」、「題填詞圖」之作，此類以詞題詞集、詞人畫像之作，是爲「論詞長短句」。論詞長短句能兼具詞作與論詞雙重特質，頗爲特殊，值得關注。另外，馮煦身爲晚清詞論家，論詞多精到允當，而同時又兼爲詞人。其詞作與詞論之間是否能相匹配，足以實踐其詞論？本節先探討馮煦的論詞長短句，再比較其詞作與論詞之間的差異。

一、論詞長短句

　　馮煦的論詞長短句有「題人詞集」、「題填詞圖」兩種。數量極少，且皆一時之作，零散而不成系統。此與其〈論詞絕句〉有意識、有系統的整組評論不同。（馮煦於〈論詞絕句〉前，更作〈論六朝詩絕句〉，可見並非偶然而作。見第四章）

　　馮煦《蒿盦詞》論詞長短句僅一闋，爲題祖兄馮履和《浪餘詞》而作。如〈清平樂・題小艖兄詞後〉：

　　　　羈鴻無迹，一卷吹空碧。老去填詞愁惻惻。付與戍笳漁笛。
　　　　　　夢迴春草蘢蘢。嫩寒猶勒征衫。安得對牀清話，一鐙
　　　　疏雨淮南。（《馮詞》，頁 37～38）

前文已述馮煦序馮履和《浪餘詞》，記述其詞專尚小令。（見前節〈傷悼紀壽詞〉）而此闋〈清平樂〉內容與〈浪餘詞序〉的論詞不同，反而更側重於馮履和其詞情感。馮履和生平事蹟未詳，而上闋「老去填詞愁惻惻」可知其詞筆調，頗似朱彝尊〈解佩令〉自言其詞「老去填詞，一半是、空中傳恨」，詞情淒苦。而詞中「羈鴻」、「戍笳」、「征衫」可知彼此遠別。（此意象皆有羈旅意味，然未知此所喻爲馮履和抑或馮煦自己）詞末懷念彼此，感歎何能再「對牀清話」，共隱淮南。全詞不似論詞，反而更近於寄贈述懷之作。

　　馮煦晚年《蒿盦詞賸》的論詞長短句本有四闋，惟其〈水調歌頭・題古微前輩彊村校詞圖〉乃爲代林開謩作，（詳見前文〈馮煦

與朱祖謀〉一節註腳〕若不計此詞則爲三闋。此三闋爲題「塡詞圖」、
「校詞圖」而作，下文舉例說明。如〈采桑子‧題塡詞圖用林畏廬
同年韻〉：

> 玉笙吹徹東風峭，軟水溫山。何事相干，獨倚西窗弄嫩寒。
> 　　新詞且付青琴按，莫絮陳歡。羈思無端，暝柳如煙忍
> 更看。（《馮詞賸》，頁 3a）

此詞用林紓（1852～1924，字琴南，號畏廬）韻，爲題塡詞圖作。筆
者未見林紓詞，不過據林紓《畏廬續集》〈徐又錚塡詞圖記〉可知此
塡詞圖似與徐又錚有關。〔註 30〕徐樹錚（1880～1925），字又錚，號
鐵珊。此詞用馮延巳〈謁金門〉典，《南唐書》載：「延巳有『風乍起，
吹皺一池春水』之句，元宗嘗戲延巳曰：『吹皺一池春水，干卿底事？』」
〔註 31〕而言其「獨倚西窗弄嫩寒」，可見其詞不從軟紅偎香，而是孤
獨淒涼（馮煦〈論詞絕句〉評周密詞有「獨倚西窗第幾欄」句，可見
在此言其詞近草窗）。下闋又言其「莫絮陳歡」、「羈思萬端」，可知其
詞沉悲，非歡愉遊冶之作。

又如〈霜花腴‧題古微前輩彊村校詞圖即用其乙卯哈園九日均〉：

> 峭寒虛閣，有蛻翁、霜前重訴凋零。竹所微吟，藜牀獨據，
> 爭知塵外陰晴。舊狂步兵。算幾經、笳戍旗亭。況而今、
> 靈瑣無歸，胸中五嶽鬱難平。　　長此困花媷酒，甚身如
> 秋燕，一樣伶俜。袒柳鉏黃，模姜範史，消磨滄海餘生。
> 曲闌自憑。問九天、疇揆余晴。且相逢、月底修簫，野鷗
> 來莅盟。（《馮詞賸》，頁 5a）

此詞爲題朱祖謀「彊村校詞圖」作。據陳建男〈「彊村校詞圖」題詠
與民初上海文人群體〉考察，「彊村校詞圖」共有四副，該文指出：

> 1915 年，住在上海的朱祖謀請顧麟士（鶴逸、西津，1885

〔註30〕 林紓：《畏廬續集》，見林慶彰編：《民國文集叢刊》（臺中：文听閣
　　　　圖書公司，2008 年），第 1 編，冊 9，頁 103～104。
〔註31〕 〔清〕張宗橚：《詞林紀事》，見朱崇才編：《詞話叢編續編》，冊 2，
　　　　頁 839。

～1930）為他繪製《校詞圖》。1916 年秋天，吳昌碩、吳徵（待秋，1878～1949）、王雲（竹人，1866～1950）三人合繪《校詞圖》為彊村老人祝壽。1916 年冬天，朱祖謀又請何維樸（詩蓀，1842～1922）為他繪《校詞圖》。到 1925 年春天，吳昌碩再度為彊村繪《校詞圖》。除了吳昌碩等三人合作之圖未有題詠，另外三幅圖畫均有題詠。1933 年龍榆生刻《彊村遺書》時，將三幅圖畫之題詠附在卷末，依照文、詩、詞的順序排列，名之為《彊邨校詞圖題詠》，由葉恭綽題字。1933 年在龍榆生主編的《詞學季刊》第一卷第一號刊登三人合繪之《校詞圖》，1935 年第二卷第四號又刊登吳昌碩所繪《彊邨校詞圖》，這是目前所能看見的兩幅。〔註32〕

馮煦〈霜花腴〉所題「彊村校詞圖」為題顧麟士所繪。此詞作於民國 4 年（1915）乙卯，即用該年朱祖謀〈霜花腴・九日哈氏園〉韻。據《欽定詞譜》可知〈霜花腴〉為吳文英自度曲，因詞有「霜飽花腴」而名。〔註33〕朱祖謀素好夢窗詞，〈霜花腴〉亦為所喜詞牌。（朱祖謀〈丹鳳吟〉詞有「俊賞霜花腴譜」句）馮煦晚年與朱祖謀交遊頻繁，此詞言同為遺老、避居滬上的感受，「況而今、靈瑣無歸，胸中五嶽鬱難平。」至下闋則言詞，「祖柳鉏黃，模姜範史，消磨滄海餘生」，指其晚年不問世事，而投入於詞學，博通精研南北宋詞家。詞末「且相逢、月底修簫，野鷗來涖盟」似指朱祖謀所加入逸社、春音詞社（兩社均成立於民國 4 年（1915）），為當時文人群體所相邀參與。

　　馮煦的「論詞長短句」與〈論詞絕句〉不同。〈論詞絕句〉乃有系統評賞唐宋詞各家本色。「論詞長短句」為緣事而發，所題皆所識時人，如馮履和、朱祖謀，內容多就彼此交遊際遇有感而發，幾無論

〔註32〕陳建男：〈「彊村校詞圖」題詠與民初上海文人群體〉，發表於 2010 年北京大學中國文學系主辦「活在『現代』的『傳統』：國際博士研究生及青年學者專題研討會」，時未出刊。

〔註33〕〔清〕王奕清編：《欽定詞譜》（長沙：岳麓書社，2000 年），冊下，卷33，頁 1021。

詞意味。然此並非馮煦不善於評賞論析時人詞。前述馮煦作序馮履和詞即是一例，又如馮煦題王頤正（1840？～1880，字子登，有《痕夢詞》一卷）、周作鎔（1813～1860，一名在鎔，字陶齋，一字瀟碧，有《瀟碧詞》，一作《蕡月詞》一卷）等人詞序，能就彼此認識而給予評價，如：

> 子登之詞婉約而不靡，清雋而不剽，在頻伽、蓉裳之間。
> 不幸早死，存者數十闋耳。令子登不死，充其所至，則孕
> 周育秦，含姜吐張，必有能自致于古者。天實奪之，又可
> 謂子登之止於是哉。（〈王子登詞序〉，《馮稿》，頁 858）

> 戊辰暮秋，交陶齋於京口。予年二十許，陶齋長予十餘齡，
> 猶慘綠少年也。溫雅善詼諧，清言娓娓，常傾其座人。……
> 尤工於詞，出入碧山玉田間。……予與陶齋憑短几，瀹苦
> 茗，縱論南北宋詞家流別，閒爲小令娛樂。含風茹騷，如
> 怨如慕，荒傖麤儈，奔走其際者，不知予與陶齋作何語，
> 輒相目而笑，予語陶齋亦自笑也。（〈蕡月詞序〉）〔註34〕

所評王頤正其詞婉約清雋，在郭麐（號頻伽）、楊芳燦（號蓉裳）間。馮煦看重其詞能有周、秦、姜、張潛力，只惜天不假年，存詞不多。而言周作鎔其人溫雅詼諧，常傾其座人，其詞出入碧山、玉田間。嘗論南北宋詞家流別，又作小令自娛，含風茹騷，如怨如慕。反觀馮煦「論詞長短句」雖未能建構出論詞系統，然卻能以合韻合律的詞體形式，就彼此交識而深入論及其人其詞。

　　另外，據馮乾《清詞序跋彙編》又見馮煦三首題辭，亦以長短句形式呈現。即「半櫻詞題辭」〈側犯・用彊村韻〉、「亭秋館詞鈔題辭」〈浣溪紗〉兩闋，暫附於後：

> 頹齡久倦。眼明忽見新詞卷。難遣。正酒祓花消舊游換。
> 吳戈漫宙合，只恐儒冠賤。飄轉。問可有、吹簫小紅伴。
> 　　南湖俊約，殘照雷峰遠。雙槳又、泛青溪，疏柳露華
> 晚。桓笛休邀，謝棋還勸。藜杖尋秋，與君吟遍。（〈側犯・

〔註34〕馮煦：〈蕡月詞序〉，見龍榆生編《詞學季刊》，第 2 卷第 4 號，頁 128。

半櫻詞題辭用彊村韻〉）〔註35〕

一駐春明碧幰車（庸庵尚書曾尹京兆）。飛窮仙系冠清華。生來詞筆燦生花。　　曾向梁園吟暮雪，又從吳苑譜朝霞。漢皋解珮更柔嘉。（〈浣溪紗・亭秋館詞鈔題辭〉）

恨雨顰烟渺紫都。劇憐曙後一星孤。步虛仙烏夜歸無。　　記否波光兼飲漾，鬧紅一舸與鷗俱。新詞傳唱遍西湖。（〈浣溪紗・亭秋館詞鈔題辭〉）〔註36〕

二、詞作與論詞之差異

馮煦曾編選《宋六十一家詞選》，評述兩宋詞家本色，多能「去短從長，折衷今古」，論詞持平，對示人習詞有所助益。馮煦亦能為詞，《蒿盦詞》、《蒿盦詞賸》篇篇在目，於海內有其評價。然而馮煦其詞是否能與其論詞意見匹配，以作為其詞學的實現？關於馮煦其選詞論詞的評價，前文已作說明，大抵認為其選詞就雅，議論精當，持平折衷，不存門戶偏見。而馮煦其詞評價，如下數則：

錢仲聯〈近百年詞壇點將錄〉：「蒿盦早生於半塘、大鶴、彊村諸家，而歿後於半塘、大鶴。詞名早著，《蒙香室詞》無愧正宗雅音。」〔註37〕

汪辟疆《光宣詩壇點將錄》：夢華中丞，詞極清麗，詩亦淵永可味。〔註38〕

譚獻《復堂詞話》：「閱丹徒馮煦夢華蒙香室詞，趨在清真、夢窗，門徑甚正。心思甚邃，得澀意，惟由澀筆，時有累句，能入而不能出。此病當救之以渾。單調小令，上不侵詩，下不墮曲，高情遠韻，少許勝多，殘唐北宋後成罕格。夢華有意於此，深入容若、竹垞之室，此不易到。」（《叢編》，冊3，頁4000）

〔註35〕馮乾：《清詞序跋彙編》，頁 2075。
〔註36〕馮乾：《清詞序跋彙編》，頁 1147。
〔註37〕錢仲聯：《夢苕盦論集》，（北京：中華書局，1993年），頁 405。
〔註38〕汪辟疆：〈光宣詩壇點將錄〉《汪辟疆文集》，頁 392。

冒廣生《小三吾亭詞話》:「金壇馮夢華中丞煦,早飲香名,填詞大手。《蒙香室詞》,多其少作,幽咽怨斷,感遇爲多。」(《叢編》,冊4,頁4722)

王闓《今傳是樓詩話》:「中丞(馮煦)詩詞稿,均以刊行。……詞學白石玉田,工力亦勝」〔註39〕

朱祖謀〈蒿盦詞賸序〉:「君詞辮香石帚,又出入草窗玉田間。數十年前,吾鄉詞宗譚復堂大令已傾心斂手,固無俟孝臧妄贅一語也。」(《馮詞賸》,頁1)

錢仲聯認爲其詞「無愧正宗雅音」,汪辟疆認爲其詞「極清麗」,合之可知其詞清雅不俗。譚獻則指出其詞「惟由澀筆,時有累句,能入不能出」之病,表示其詞尚不夠渾化。而其小令情韻自勝,能得納蘭、朱彝尊之妙,難能可貴。冒廣生認爲馮煦《蒿盦詞》「幽咽怨斷,感遇爲多」,王闓認爲其詞學姜、張,共力亦勝,朱祖謀序《蒿盦詞賸》也認爲其詞「辮香石帚」、「出入草窗、玉田」。綜觀諸評,可知馮煦詞內容與風格,較側近於浙派所崇尚的姜張一派。若以前文就馮煦各種題材詞作觀之,亦能體會其詞幽冷淒清、低迴哀傷的主要特色。

若依此馮煦詞特色,比對其〈論詞絕句〉評姜夔詞「洗盡人間煙火氣」、張炎「石老雲荒眇眇愁」、周密「可堪人比垂楊瘦」(《馮稿》,頁457)風格頗爲類似,而馮煦詞更是有意識地追慕姜夔、接受張炎。以此而言,馮煦詞實能向宋人習取精華,又因其個性與際遇,而形成其詞幽冷淒清的特色。大致而言,馮煦其詞尚能無愧於其論詞、選詞的地位。

不過,馮煦其詞難免有未盡其論詞的部分。其大醇小疵處,大致有三:(一)由於馮煦本身的個性與際遇,其詞只能形成一種主要風格,無法因應宋詞名家各種風格。其性情溫厚,際遇多受人事離合,故影響其詞作的淒冷哀傷,使詞無法如東坡之詞曠、稼軒之詞豪。(二)

〔註39〕王闓:《今傳是樓詩話》,見沈雲龍主編《近代中國史料叢刊續編》,冊678,頁125。

馮煦論詞尚雅棄俗，其詞大多亦能夠清空騷雅。其評蔣捷詞「好用俳體」，如蔣捷〈水龍吟〉仿稼軒體純用「些」字，馮煦言此「皆不可訓」、「不可謂正軌也」。然而馮煦自己也犯此失雅之舉，其〈水龍吟・秋暮悼退盦時沒三月矣以稼軒體代大招〉句句皆用「些」字，正與其論詞意見相悖。（三）馮煦重視辛派詞人，敬佩其詞嶔崎磊落、忠憤君國的態度。但馮煦其詞對政治時事的態度，卻不如辛派詞作勇於直言，反而以大量用典影射暗喻時事，使此類詞作晦澀難明，乍看往往不知所云。此恐因於馮煦仍在朝爲官，對自身處境安危不得不加以考量。馮煦曾評夢窗詞「卒焉不能得其端倪」，表示病其晦澀。馮煦此類詞作，亦同樣過於晦澀。譚獻評其「惟有澀筆」、「能入不能出」諸評，不無道理。

第七節　馮煦其詞小序

　　本章最後討論馮煦的詞小序。張海鷗〈論詞的敘事性〉論及詞序的產生，認爲「當詞人覺得詞調或詞題之敘事尚不盡意時，便將詞題延展爲詞序，以交代、說明有關這首詞的一些本事或寫作緣起、背景、體例、方法等等。」〔註40〕該文亦考察兩宋詞序發展，表示唐五代詞尚無序體，而以北宋張先最先將詞題延長爲序，但詞題與詞序區別並不分明，而後以蘇軾、黃庭堅較善於作詞序。至南宋作詞序者更多，辛棄疾、姜夔皆作詞序，其中以姜夔最爲顯著，其詞無題無序者僅3首，不但大量作序，其中更不乏精美小品。〔註41〕

〔註40〕張海鷗：〈論詞的敘事性〉，《中國社會科學》第 2 期，2004 年，頁152。

〔註41〕以上參考張海鷗：〈論詞的敘事性〉，《中國社會科學》第 2 期，2004年。張海鷗認爲：「詩、文、賦之序，自漢至唐已經豐富多彩，但詞序的出現卻比較晚，唐五代詞尚無序體。張先最先將詞題延長爲序，但他 60 首另有題序的詞，題與序並不分明，其短者兩字，長者數十字，其中勉強可視爲詞序者僅三例。……在較早使用詞序的人中，蘇軾作詞序多於張先。據《全宋詞》所收蘇軾詞，有題序者257首，

　　朱德慈《常州詞派通論》已關注馮煦詞小序價值，認為「即便獨立出來，亦是自足雋妙的小品。」〔註42〕筆者認為馮煦詞好作小序，與其追慕姜夔不無關係。前章已述馮煦為詞傾心於姜夔的表現，而姜夔為詞好作小序，常派詞家周濟曾對此批評：

> 白石好為小序，序即是詞，詞仍是序，反覆再觀，如同嚼蠟矣。詞序作詞緣起，以此意詞中未備也。今人論院本，尚知曲白相生，不許複沓，而獨津津於白石詞序，一何可笑。（《叢編》，冊二，頁 1634）

周濟批評「詞」與「序」二者若語意重復，反覆觀之則味同嚼蠟，失去韻味，有畫蛇添足之弊。「獨津津於白石詞序，一何可笑」可知周濟對姜夔詞序的批評。相較於此，馮煦不因前人批評而卻步，其詞長調多作小序，雅緻宛如小品文。如：

> 己巳三月，予羈建康。十四日之夜暝。飲己醉，同蘋香、漱泉過長橋，坐盤石上。新月娟娟弄清影，遠笛掩抑欲吹之墮。起尋南苑廢池，晚風颸愁碧，荇藻交映，沉寥無人，煙語亦疾，一星漁火明滅，茭蘆間如聞山鬼幽嘯者。相與罷去，沿緣至青溪，遙山微茫，雲樹隱隱可辨。時有棹歌掠波往來，使人絕去世俗營競。漏三下乃歸，因成此解紀之。時漱泉將歸淮南，予亦欲去建康，聚散不恆，良會未易，得離索之感慨焉。憑生不自知其詞之愴惻也。（〈琵琶仙〉，《馮詞》，頁 5）

其中標明「公舊序云」者 17 首，另有未標「序」字而實為序者 15 首，共 32 首詞有序文。其序也比張先更長。……北宋詞人中最善於詞序者，除了蘇軾，就屬黃庭堅了。據《全宋詞》，他的詞序有 22 篇。……蘇、黃之後，南宋人作詞序者更多，辛棄疾、姜夔皆擅此道。辛詞用序與蘇、黃相似，重在敘事；姜詞用序則於敘事之外，更詳於音樂性的說明。據夏承燾《姜白石詞編年箋校》所收詞 84 首，有題序者 81 首，無題無序僅 3 首。……他的序文亦如蘇、黃等人，不論所敘內容長短，皆簡明扼要，有些還很幽美，宛若小品文。」見氏著：〈論詞的敘事性〉，頁 152～153。
〔註42〕朱德慈：《常州詞派通論》，頁 172～173。

閏十月十五日之夜飲蘋湘許酒闌。蘋湘送予長橋下，澹月
如煙，寒水一碧可鑑。數家樓閣，搖盪疏影，雅似淮西舊
游。去年與潄泉時復有此，今潄泉已歸寶應。予與蘋湘亦
意緒非昔。生不百年，清游有幾，使夜夜有月，已非今夜，
成迹一渺不可追。感賦此解，並寄潄泉。（〈玲瓏四犯〉，《馮
詞》，頁9）

二十一日，過湘南一小湖。微陰作寒，垂垂有雪意。遠峰
數點，如野鳥掠帆去。沙水明瑟，時有漁舟三兩，溯洄菰
蘆中。湖上邨落，柴門晝閉，不復知世有勞人也。（〈瑣窗
寒〉，《馮詞》，頁21）

十二月五日，大雪。舟過峽中，萬山皆縞素。其上雲氣迷
濛，與天一色。山半楓柏蕭蕭，時露丹碧。下則奔濤千尺，
如噴銀沫。野鷗數點，拍拍過江去。此身恍在冰壺，曾不
知世俗塵壒。此西征最勝處，亦三十二年中第一奇遇也。
擬作峽中泛雲圖，先爲此解紀之。（〈暗香〉，《馮詞》，頁21
～22）

丙子夔州元夕，次泉被酒不歡，與予躡月上南城，迤邐至
城東望。峽門一道，斜界秋練、赤甲、白鹽諸山，搖落寒
翠，蹟畔夕煙舒卷，如團雪。市囂漸遠，惟聞灘聲瀺瀺，
與人語相亂。予與次泉或潮或諷，各有身世之感。彼汨沒
黃塵者，當不復開如吾兩人也，因各以此解紀之。（〈霓裳
中序第一〉，《馮詞》，頁26～27）

〈琵琶仙〉序記三月十四羈旅金陵，與曾行淦（生卒不詳，字蘋香，
一作蘋湘，江西長寧人）、成肇麐夜飲同遊即景，所見南苑廢池，晚
風盪碧，荇藻交映，夜闌寂靜無聲，僅漁火與星明滅，茭蘆間風聲如
山鬼幽嘯。遂罷去至清溪，時有棹歌批波往來，漸忘卻世俗營營。「漏
三下乃歸」，約於寅時而歸。〈玲瓏四犯〉序記閏十月十五與曾行淦飲
罷，相送長橋所見。寒水可鑑，疏影搖盪，遂追憶當年舊游於此。感
嘆「生不年百，清游有幾」，「使夜夜有月，已非今夜」，往昔難追。〈瑣
窗寒〉序記二十一日過湖南一小湖，天色陰寒，略有雪意，所見遠峰

數點,漁舟三兩,野鳥掠飛,柴門晝閉,清淨幽雅,如隱逸心境,塵勞漸忘。〈暗香〉序記十二月五日舟行峽中,所見雪景、雲霧、山色、奔濤,恍若置身冰壺,如仙境般洗淨俗塵。此「峽中泛雲圖」,只讀文字,已歷歷如繪。〈霓裳中序第一〉序記元夕於夔州與次泉上南城東望,所見峽門諸山,蹟畔夕煙舒卷如團雪,塵囂漸遠。遂與次泉相訴身世之感,時灘聲與人聲相參差。綜觀上述五則詞小序,皆記以人事時地,行文精美雅緻,誠如小品佳作。

馮煦的詞小序能令人知其作緣由與情感。其詞小序有其明顯現象,即悲多歡少,往往感於悽愴悲傷。此亦造就其詞幽冷凄清的筆調。從下表可見:

詞牌	詞序	出處詞集
凄涼犯	同蘋湘徘徊方塘之上,野風襲人,灑然襟抱,明月在水,荇藻交映。俯仰身世,憂從中來,敢此解兼寄次米。	蒿盦詞
迷神引	過露筋祠,叢樹荒煙。愴然成弄。	蒿盦詞
探芳信	重過寶應城北,舊居景物荒寒,泫然欲涕。	蒿盦詞
琵琶仙	予羈建康十四日之夜暝,……時漱泉將歸淮南,予亦欲去建康,聚散不恆,良會未易,得離索之感概焉。憑生不自知其詞之愴惻也。	蒿盦詞
菩薩蠻	九日薄飲既闌,同蘋湘徘徊長橋,雲波明瑟。愴然賦此。	蒿盦詞
琵琶仙	研孫歸湘中,悒悒言別。夜更與蘋湘飲酒,半沿緣長橋下。煙月微茫,寒水自碧,凄然其爲懷也。	蒿盦詞
琵琶仙	往與拂青過畫川講院,諧際甚歡,未幾別去。秋九月以事來白田,拂青臥病,苦不得出。予亦意緒闌珊,不復一問,陳跡後更有海陵之役,孤舟野泊,時涉遐想。拂此以寄拂青,強起聽之,當爲予悄然以悲也。	蒿盦詞
霓裳中序第一	孤舟夜泊,寒月微茫,海上斷鴻渺無消息。愴然賦此。	蒿盦詞

詞牌	詞序	出處詞集
高陽臺	次泉先德曾守夔州，匆匆二十年矣。次泉復客於此，其所居，即逐馬嬉游處也。酒邊花下，時有身世之感。<u>予哀其遇，賦此感之。</u>	蒿盦詞
憶舊游	時屢泊於此，今二十年矣。二泉師之沒，亦一終星。城郭猶是，人民已非。何必丁令威化鶴歸來而後云爾哉。感觸前塵，<u>愴然賦此。</u>	蒿盦詞
齊天樂	往在乙丑爲宿遷王子沉題一行看字，得百字令調。今忽忽二十三年矣。……同題者若二泉師、還之丈，亦化爲異物。聚散存沒之感，不能無愴。於中揀卷一歌，<u>不自知其詞之怨抑也。</u>	蒿盦詞
百字令	丙午七月二日，菱湖殘荷，膧庵前輩用白石老仙均成此闋。予亦繼聲，兼憶東華舊遊，玉堂天上，<u>不知其詞之怨抑也。</u>	蒿盦詞
虞美人	日月不居，春韶又屆。<u>黯然譜此於邑彌襟。</u>	蒿盦詞賸
虞美人	戊辰孟陬與井南同客京口。叢梅始花，臨賞甚適。今忽忽四十有六年矣。井南既久爲陳人，予亦頹然七十。鄉樹早春，欲歸不得，<u>再疊前韵以寫離憂。</u>	蒿盦詞賸
高陽臺	西樓暝坐，<u>羈緒無端</u>。漚尹詞來重增於邑，次均荅之。	蒿盦詞賸
長亭怨慢	春且半矣。餘寒猶殢，獨夜空齋，<u>黯然羈抱</u>。撫此成漚尹，即用其送予歸白田均。	蒿盦詞賸
高陽臺	南園偶涉霜序，以淒俯仰百端，<u>愴然成弄</u>。兼柬東寅梅訪。	蒿盦詞賸
紫萸香慢	戊午孟冬二十五日，同紹伊過淞西二園。景物淒寂，游屐罕至，<u>慨然有作。</u>	蒿盦詞賸
如此江山	題宗湘〈文江天曉角圖〉，用卷中自題均。圖成於咸豐戊午，今甲子一周矣。世變滄桑，不堪回首。卷中諸老零落都盡。倚鐙譜此，<u>不自知其辭之怨抑也。</u>	蒿盦詞賸

　上表可見馮煦詞小序多有「不自知其詞悽愴」、「不知其詞之怨抑也」、「愴然賦此」等語，可知其填詞往往出於悲愁哀傷心情。此與馮煦詞寫其「性情之鬱伊」，而呈現幽冷淒清的風格。

第六章　結　論

第一節　馮煦詞學及其詞研究之總結

　　鑒於前人研究對馮煦的忽視與疏誤，本論文從馮煦詞人、詞作、詞論（詞選）三方向作出探討，以體現馮煦於詞史的一席地位。

　　生平方面，馮煦其母仁明慈儉，其父有士人志節，逐漸薰陶馮煦為人性情。其後雙親辭世影響馮煦深遠，以「蒿庵」為號，可知其追念雙親，而其詩亦時見馮煦對父母的追思。馮煦此生從道光自民國，歷經數代變動，而其生又屢經人事離別，如雙親馮元棟、朱氏，其師喬守敬、成孺、薛時雨紛紛辭世，摯友毛次米早夭，成肇麐遇難，使馮煦身世之悲濃厚。馮煦一生先後歷經寶應、金陵、京師、皖黆、滬上五期。此可分為三階段觀察：（一）寶應、金陵為馮煦性情與人際的奠定時期，馮煦的重要師友都於此期相識。（二）京師、皖黆為馮煦任官遭遇的時期，由於自身清正廉潔，不懼強權，使馮煦於宦途受人排擠，慘遭打擊，最後觸怒滿漢糾葛，而罷官歸鄉。（三）辛亥後，馮煦避亂滬上，改號蒿叟。此期馮煦已為大清遺老，時而流連滬上文人集會，共遣故國之悲，對政治的情感較為消極。整體而言馮煦無論於何種時期，其生多有羈旅感傷，時以抒發其懷鄉思鄉、感嘆際遇的

情感。另方面，儘管馮煦此生悲多歡少，然其致力於賑災、放生等義舉，有始有終，相當積極。

交遊方面，以喬守敬、成肇麐、薛時雨三人與馮煦相處較爲重要。喬守敬爲馮煦習詞啓蒙恩師，馮煦十五歲從其學。成肇麐與馮煦自幼相識，二人交垂五十年，交情深厚，彼此亦相互論詞。薛時雨同爲馮煦師輩，彼此於金陵書院所識。三人各自有詞集傳世，從中喬守敬詞仍承浙派詞風，其詠物詞最爲突出，種類多樣，精工寫物，仍有游詞餘習，寄託深意不多。成肇麐詞與馮煦最相近，二人遭遇所感相契，其詞抒發亂世哀感，風格淒冷沉重。而薛時雨詞直不奧，如其爲人，其詞磊落處猶如東坡，而寄情處又似白石。其詞多依東坡者，爲個性寬闊與蘇軾相投，其詞如白石者，乃受詞壇浙派風氣影響。

此外，馮煦所編《宋六十一家詞選》乃承毛晉所刻《宋六十名家詞》進行編選，而喬守敬、成肇麐、薛時雨三人恰好與此有關聯。喬守敬爲馮煦師時，「日手毛氏《宋六十一家詞》一編」，囑咐馮煦「是刻實其淵叢，小子識之」。表示對此叢本的重視，日後馮煦編選詞選，乃繼承師志。其次，成肇麐與馮煦同居飛霞閣，「相與研精聲律，商榷同異。縱覽古今作者升降而折衷於大雅」，而馮煦編成《宋六十一家詞選》亦由「成子漱泉審正之，再寫而後定」，表示馮、成對此編選的討論。最後，薛時雨亦同喬守敬，也曾讀過毛晉刻《宋六十名家詞》。薛時雨對詞作的態度較爲寬廣，益於馮煦「折衷古今，去短從長」持平廣納的編選態度。三人當中，以喬、成二人對馮煦編《宋六十一家詞選》影響較大。

民國後馮煦與朱祖謀於滬上互動較多，馮煦晚年《蒿盦詞賸》詞作多與朱祖謀相關。由於朱祖謀學詞時間較晚，年過四十方從王鵬運學詞，此對於馮煦十五學詞，而後形成其《蒿盦詞》、《宋六十一家詞選》影響較小。二人彼此「同爲避秦人」，共遣故國之悲。本論文亦透過馮、朱等人活動，發現馮煦尚有集外零散詞作，爲清名家詞本、蒿盦類稿本所未有。共輯得〈八聲甘州〉一闋，作爲補遺。

　　詞論方面，本論文先探討《宋六十一家詞選》的外圍主題，說明詞選本編選的背景過程與動機。馮煦編纂詞選的動機，緣由於往年喬守敬囑咐應重視毛本，而馮煦即從毛本所收各家詞作，加以選粹，成為一編，以助後人學詞。本文進而探討馮煦對毛本的論詞批評與文獻校訂，從馮煦《蒿盦論詞》對毛晉、楊慎論詞的批評，可見其對前人觀點的反思。說明馮煦雖然選詞範圍不出毛本，但對各家詞亦有自我看法，並非盲從於前人。

　　本論文進而切入馮煦詞學的核心，針對《蒿盦論詞》、〈論詞絕句〉與所作若干詞序為主，探討馮煦對詞體、詞史、詞風、詞品、詞心、詞筆、習詞等看法。詞體方面，馮煦肯定詞亦可寄托比興，「詩有六義，詞亦兼之」，其推尊馮延巳，即表示詞能寄託家國，發憂生念亂之旨。馮煦又以〈東坡樂府序〉論述詞體特性，所謂「詞有四難」即詞尚要眇、可剛可柔、寄託言志、易於側豔四端，皆須拿捏得宜。詞史方面，馮煦檢討令詞盛於唐季、慢詞盛於宋季的是否必然，最後表示「詞，衰世之作也」不能成立，以釐清詞史發展。再從馮煦《蒿盦論詞》、〈論詞絕句〉中各詞人相互連結的傳承關係與特殊定位，可助於理解兩宋詞史發展，以建構出兩宋詞史發展脈絡。如北宋詞人多傳承於南唐，而南北宋詞關鍵處在於北宋詞無椎鑿痕跡，而南宋詞漸於字句求工。可知馮煦甚能掌握兩宋詞史的脈絡。

　　詞風詞品方面，馮煦論詞就雅棄俗，認為詞「是雅非鄭」，對淫褻俗俚之作皆有批評。如對柳永、黃庭堅、石孝友詞皆作指瑕，而給予清空騷雅的姜夔詞極高評價。馮煦論辛派詞人方面，儘管辛派詞作與馮煦私自偏好相差較遠，而於論辛派詞人時，馮煦多為欽佩其嶔崎磊落、忠憤愛國的情操。同時亦評比各辛派詞人，如楊炎正筆力不健，不及劉過，而劉過又為稼軒附庸，可見彼此高下層次。另外，馮煦對於一些品格受誹議的詞人，亦給予同樣關注，客觀看待。如對毛滂、史達祖、王安中、曾覿等人，認為「詞為文章末技，固不以人品分升降」，不因人廢詞。

　　詞心方面，馮煦視詞貴其「一往而深」、「得之於內」的詞心。詞人中，以李煜、秦觀、二晏、李清照、納蘭性德最能發揮此旨，而又以秦觀最爲突出。詞筆方面，馮煦對各家詞人彼此各異的「填詞筆法」，多能兼容並蓄。如論柳永「曲處能直，密處能疏」，〈東坡詞序〉所言「直者揉之使曲」，而論周邦彥則舉陳子龍、毛先舒、張綱孫等前人觀點，認爲周詞能渾的至高境界。由於各家詞人本色不同，馮煦對詞筆的曲直渾密都予以包容肯定。唯一所批評者，即模擬之弊。馮煦對方千里、呂濱老刻意模仿周詞，貌合神離，徒有襲跡，給予評價不高。

　　綜上所見可知，馮煦評騭各家詞人，不但兼容並蓄，「折衷今古，去短從長」，更適應各家本色而作不同主題的討論，使其論詞更能立體深刻，並非只是依循各家作以平面論述而已。

　　本論文從馮煦的「選論搭配」可知馮煦於持平客觀論詞之外，隱然有所自我偏好。馮煦《蒿庵論詞》的「所論之詞」與《宋六十一家詞選》的「所選之詞」，立場大致一致。而少數不入選的「所論之詞」，似與馮煦個人偏好有關，幾乎都爲辛派豪詞。原因辛派豪詞並非馮煦個人偏好。如馮煦〈論詞絕句〉不評辛派詞人的現象，正表現出此主觀意識。是故馮煦探討這些豪放詞，須出於折衷持平的客觀態度，而至實際選詞時，則有較大的選擇空間，能依個人主觀作出增減。

　　馮煦筆記中尚發現其他詞學資料。馮煦自《宋六十一家詞選》再摘錄「斷句之佳者」，錄於筆記。（簡稱爲「隨筆摘詞」）可知馮煦從毛本《宋六十名家詞》到《宋六十一家詞選》，再到「隨筆摘詞」，總共進行兩個層次摘選，目的在於示人習詞。本論文比對「毛本原詞」、「馮選收詞」、「隨筆摘詞」三者數量，其中有 21 家詞人未受馮煦所摘句。除卻詞作本身數量不多與馮煦個人偏好之外，唯一特例者爲姜夔。合理推測爲：馮煦認爲其詞篇篇可讀，故無須特別斷句選之。由此可見馮煦隱然予以姜夔的特殊地位。

　　詞派接受方面，本論文探討馮煦對常、浙二派的接受，認爲馮煦能兼融彼此，形成自己的詞學思想，幾乎少有門戶之見。如對寄託、貴渾等觀念的接受，與常派多相合。又如認同譚獻所編《篋中詞》的「旨隱辭微」，異於前人王昶、黃燮清所選。前人研究多只著眼馮煦與常派的論點，如朱德慈《常州詞派通論》以馮煦爲「守成型常派詞人」。本論文又以馮煦論詞與詞作探討其對浙派的接受，可分三項。（一）對張炎的接受，如馮煦詞用張炎韻，另又集張炎句，並特別抄錄二篇〈山中白雲詞跋〉、〈書張叔夏年譜後〉。（二）馮煦〈論詞絕句〉獨評浙派詞人，不評陽羨、常派詞人。肯定朱彝尊、厲鶚的論詞與地位。（三）論詞推尊姜夔詞，而己作亦趨步於姜夔，如多用姜夔自度詞牌、喜步姜夔詞韻、詞作與姜夔有關、詞句偶合姜夔、詞風類於姜夔。可知馮煦受近於浙派而崇尙姜張的一面，並非僅是墨守常派而已。

　　詞作方面，本論文以《蒿盦詞》、《蒿盦詞賸》爲主，討論馮煦詞作。共分爲羈旅寄贈、題畫寫景、傷悼紀壽、政治諷諭、登臨懷古五大類。馮煦大量詞作多呈現幽冷淒清的風格，內容感於身世離合、感舊憶往，此以羈旅寄贈、傷悼紀壽一類爲顯著。而其小令亦有清新生動之作，別開生面，如其題畫、寫景一類。至於政治諷諭詞諸作，句句多意有所指，隱晦難明，不亦解讀。而登臨懷古諸作，則偶涉豪放，有慷慨悲沉之作。而馮煦的「論詞長短句」，雖未能就此再建構出一套論詞系統，然卻能以合韻合律的詞體形式，就彼此交識而深入論及其人其詞，有其價值。

　　馮煦「其詞與其論詞的比較」方面，其詞能雅不俗，尚能遵循其論詞意見，然其中亦有所失，即爲無法因應各體、詞偶涉俳體、詞過於隱晦三方面。

　　本論文附論馮煦詞小序的價值，認爲其文精美雅緻，可供作小品欣賞。又，馮煦的詞小序大量表示其詞哀怨悲沉心情，此可呼應其詞幽冷淒清的風格。

第二節　馮煦詞學及其詞研究之未竟

　　本論文已針對馮煦的身世背景、活動交遊，以至其選詞、論詞、詞作各方面探討，約略呈現其詞史地位。不過，本論文限於篇幅與文獻，對於「馮煦詞學及其詞研究」主題的探討仍有未竟之志。本論文最後提出思考，作為延伸議題，以俟日後研究者關注。

一、馮煦對詩詞觀念的差異

　　馮煦不僅為晚清詞家，亦為晚清詩人。其《蒿盦類稿》有詩六卷，《續稿》有二卷（實為一卷半），詩作數量恐逾千，包含詠史懷古、羈旅感舊、題畫酬唱、有感時事等各種題材，可謂豐富。馮煦其詩亦有其評價，如陳衍《近代詩鈔》言馮煦「壯年詩多悽咽之音，蓋經喪亂後所作也」〔註1〕，錢仲聯《夢苕盦詩話》言「馮夢華煦倚聲當家，絕句清雋，亦逼漁洋」〔註2〕，汪辟疆《光宣詩壇點將錄》更立馮煦為「天劍星立地太歲阮小二」，評言：「夢華中丞，詞極清麗，詩亦淵永可味。嘗見其手書七言絕句，風神秀逸，絕類清城」〔註3〕許楠《清末詞人馮煦研究》亦探討馮煦其詩特色。而本論文所引用馮煦其詩，尚只作為探究馮煦行跡與心境的史料，皆遺憾未能將馮煦詩、詞相作比較，以突顯馮煦其詞特色。

　　馮煦詩、詞有異，已有跡可尋。如王賡《今傳是樓詩話》言「中丞（馮煦）詩詞稿均已刊行，……詞學白石、玉田，工力亦勝，故詩中間用詞意，韻味又自不同。」馮煦如何「詩中間用詞意」，其韻味又如何不同，皆耐人尋思。又如馮煦評陸游所言：「《提要》以為詩人之言，終為近雅，與詞人之冶蕩有疏，是也。」（《馮論》，頁3593）其實《四庫提要》此處所言詩人、詞人不同，乃就近雅、冶蕩而言，

〔註1〕陳衍：《近世詩鈔》（臺北：臺灣商務印書館，1961年），冊中，頁974。

〔註2〕錢仲聯：《夢苕盦詩話》，見張寅彭編《民國詩話叢編》（上海：上海書店，2002年），冊6，頁171。

〔註3〕汪辟疆著，王培軍箋證：《光宣詩壇點將錄》（北京：中華書局，2008年），頁576。

即雅俗的差異。因於《四庫提要》並無如常州詞派的尊體概念，而是以爲「詞曲二體，在文章、技藝之間。厥品頗卑，作者弗貴，特才華之士以綺語相高耳」〔註4〕馮煦評陸游本應彰顯其身爲辛派詞人，而能「屛除纖豔」的沉鬱本色，肯定其詞近雅不俗。但馮煦卻不從常派的尊體概念作解釋，反而表示認同《四庫提要》分別詩詞之異，以肯定《四庫提要》陸游詞不失其詩人之雅的觀點。又如馮煦評史達組所言「詞爲文章末技，不以人品分升降」（《馮論》，頁 3587），此將詞置於「文章末技」，與「其爲人也，溫柔敦厚，詩教也」的詩有明顯差異。

再如馮煦《蒿盦詞》，成肇麐作序言：「君於學無所不通……而君雅不以自名，惟孜孜焉究心天下之大計，以備當代一日之用，宜於詞彌無取焉。然而少小所習，長大有不能忘，薄技且然，矧足以寫性情之鬱伊，而藉著友生聚散之跡者哉。」（《馮詞》，頁 2）從此序可知馮煦所關心的仍是經世經國的文章大事，而詞只是「少小所習，長大有不能忘」的文章末技，「宜於詞彌無取焉」。由此可見馮煦置詞於邊緣地位。其實早在林玫儀《晚清詞論研究》已論及於此，林玫儀認爲馮煦雖重諷諫寄託，但仍無法完全脫離「詞爲小道」的觀念，此與常派以尊體而主寄託有所分別。〔註5〕誠爲始有遠見。綜上所述，可知馮煦對詩詞的觀念不同，並非完全如同常派過於提倡尊體，而縮減詩詞間的差異。

二、馮煦後人及其詞的傳承

馮煦遺囑最末有〈蒿叟自著〉一篇，自言其著作清單，有：

《類稿》三十二卷，已刻，十二冊。

《續稿》三卷，已刻，一冊。

《奏稿》四卷，已刻，電奏稿應補刻，二冊。

〔註 4〕〔清〕紀昀總纂：《四庫全書總目提要・詞曲類序》，冊 4，頁 5445。
〔註 5〕參見林玫儀：《晚清詞論研究》，頁 183～185。

《賸稿》十六卷，詩九詞一文六，刻未及半。

《雜俎》四卷，刻一卷。

《隨筆》四卷，蘇盦刻。

《又筆》四卷。

《尺牘》若干卷，在靜川處。

《叢稿》若干卷，象贊楹帖之屬。

《睢寧縣志》半部，附於叢稿之內。

《宿遷縣志》，書成後邦人意見不同，至今未刻。如將來能自刻亦入叢稿之首，或仍單行。（以上見於《馮筆》，頁 672），

馮煦著作豐富，但仍有待整理、輯佚。其《蒿盦賸稿》原已「刻未及半」，所存不知多少，筆者僅見其中《蒿盦詞賸》一卷，對於馮煦晚年文獻的掌握仍相當有限。而其《尺牘》、《叢稿》若干卷的散見各處，其中篇章亦不知是否與其他著作重複，來往書信於何人更難以得知。

因於文獻的不足，對於馮煦是否有弟子從其學詞，其中互動，難究其竟。目前可知魏家驊（1862～1933，字梅蓀）、劉鍾琳（1877～1931，字叔璋，號朴生）、蔣國榜（1893～1970，字蘇盦）都為馮煦後學。如馮煦曾與魏、劉二人一同賑災，〈義賑芻言〉提及：「出守鳳陽，幾於無歲不災，無歲不賑。皆門下士魏梅蓀、劉朴生相助為理，而朴生尤勤。……避地滬上，朴生復與予立義賑協會。」（《馮筆》，頁 345～346），魏家驊更從馮煦習佛，建放生池，如：「魏君梅蓀（魏家驊）與予志同。辛亥而後，茹素諷經。甲子，建放生池於三汊河，予與印光師贊助之。」（《馮筆》，頁 361～372）而蔣國榜於民國 16 年（1927）為馮煦〈遺囑〉作跋，最後署名：「丁卯重九前二日，門下晚學生蔣國榜謹跋」（《馮筆》，頁 674）可知其師生關係。

此外，馮煦與後輩詞人的互動，亦有待考察。如王嘉詵（1861～1919，原名如曾，字少沂，一字邵宜，晚號蟄庵），據朱德慈《近代詞人考錄》可知，有《蟄庵詞》一卷，《劫餘詞》一卷，與其《養

眞室集》附錄合刊，有民國十三年彭城王室刻本。〔註6〕。王嘉詵年
幼於馮煦，但早於馮煦過世，據朱德慈所考錄，馮煦曾爲王嘉詵作〈王
邵宜墓誌銘〉，附於《養眞室集》。筆者認爲此爲馮煦晚年所作序文（至
少於 1919 年後作），除了附於王嘉詵集後，亦可能於馮煦《賸稿》文
六卷。但是此《賸稿》「刻未及半」，恐爲散佚。再者，王嘉詵《蟄庵
詞》、《劫餘詞》今存於上海師範大學圖書館，筆者憾而未得。對於馮、
王之間是否有詞學上的互動，只能有待日後研究關注。

〔註 6〕朱德慈：《近代詞人考錄》，頁 163。

附錄：〈成肇麐繫年簡編稿〉 ^{〔註1〕}

　　成肇麐（1847～1901），字漱泉，江蘇寶應人，官至直隸靈壽知縣，光緒丁丑聯軍攻入，自投井而死，諡恭恪。有《漱泉詞》一卷，其作傷時感懷，現爲上海師範大學圖書館館藏。另編有《唐五代詞選》三卷，以緣情寄託爲旨。其文集《強恕堂文存》，今未見，柯愈春《清人詩文集總目提要》亦未譜錄。其父成孺（原名蓉鏡，字芙卿，晚號心巢），晚清經學大儒。其友馮煦，晚清著名詞家，編有《宋六十一家詞選》，與成肇麐交誼至深。

　　朱德慈《近代詞人考錄》列成肇麐爲一家，嚴迪昌《近代詞鈔》選收成肇麐詞六首爲：〈阮郎歸〉（傷禽倦客共踟蹰）、〈河瀆神〉（叢樹捭曾扉）、〈清波引〉（夢迴沙渚）、〈渡江雲〉（清笳凝遠戍）、〈瑞鶴仙〉（濕雲低遠港）、〈夜飛鵲〉（飄塵盪無際）。清陳廷焯《白雨齋詞話》評成肇麐《唐五代詞選》歸於雅正，最爲善本。

　　　成肇麐（1847～1901），字漱泉，江蘇寶應人。同治十二
　　年舉人，官河北滄州、直隸靈壽等縣知縣。八國聯軍進逼
　　靈壽時投井死，諡恭恪。詳馮煦〈清故靈壽縣知縣增太僕
　　寺卿銜諡恭恪成君墓誌銘〉（《蒿庵類稿》卷二六）、民國

〔註1〕此繫年簡編稿，爲拙作《馮煦詞學及其詞研究》完成後，陸續增補編　整而成，僅供參考。

《寶應縣志》卷十二〈人物志〉。有《漱泉詞》一卷，光緒末刻本。另《唐五代詞選》三卷。（朱德慈《近代詞人考錄》）

成肇麐《唐五代詞選》，刪削俚褻之詞，歸於雅正，最爲善本。唐五代爲詞之源，而俚俗淺陋之詞，雜入其中，亦較後世爲更甚。至使後人陋《花間》、《草堂》之惡習，而並忘緣情託興之旨歸。豈非操選政者加之屬乎。得此一編，較顧梧芳所輯尊前集，雅俗判若天淵矣。（陳廷焯《白雨齋詞話》）

成肇麐爲晚清詞家，然嚴迪昌《清詞史》、莫立民《近代詞史》似未多著墨介紹，故本文試爲之繫年，以明其人其事，可備日後探析。此外，臺北故宮博物院藏《江蘇寶應成氏族譜圖系》今未及見，此資料只能留待日後補正。

祖父：成載勳，字熙積，號雲舫。

府君姓成氏，諱載勳，字熙積，號雲舫先生。先世由豐城徙蘇。阡四君始遷寶應，以孝友世其家，至貞懿先生而益顯。貞懿之子曰名宦君、州倅君。名宦君，諱康保，康熙己未進士，以內閣中書出爲台州府同知，祀名宦，是爲府君之五世祖。州倅君，諱康俊，縣學生，候選州同知，是爲府君之本生五世祖。名宦君生中翰君，孝悌寬恕，纂述等身。四傳至文學君，既冠而卒，節孝，喬太母擇緦小功之賢者爲之後，越十年不果。府君生，喬太母語訓導君曰：「若數世惇厚斤斤然，守禮法，燕翼之謀爲子券焉。盍孫於我乎。」遂以爲後。訓導君者，府君父也。……府君事訓導君、周孺人凡四十年，誠慤恭謹，有如一日然。（成孺〈孝清先生府君家傳〉）

先生名蓉鏡，二親喪後更名孺，字芙卿，一字心巢。曾祖惠洤，本生曾祖邦殿。祖林椿，本生祖綏。考載勳。曾祖妣氏喬，本生曾祖妣氏喬。祖妣氏劉，本生祖妣氏周。妣氏劉，行誼載先生所爲家傳中。生嘉慶二十一年九月十九

日，卒光緒九年十二月初九日。年六十有八，葬縣城北台
墟莊楊家花園祖塋之次。（馮煦〈成先生行狀〉）

父：成孺（1816～1883），江蘇寶應人，生於嘉慶二十一年九月十九
日，卒於光緒九年十二月初九日。原名蓉鏡，字芙卿，晚號心巢。諸
生。年逾五十應聘入曾國藩幕，校書金陵書局。性情至孝，因未忍去
母而絕科舉。

> 成孺，原名蓉鏡，字芙卿，晚號心巢，諸生。生有至性，
> 年四歲家祭趨蹌拜跽如成人，五齡入小學通孝經大義。父
> 疾不解帶者期年，及歿擗踊哀泣三日不絕，聲氣絕而復屬
> 者再。授經養母，扶持左右，必躬必親。母所欲，百計致
> 之，忘力與財。……以未忍一日去母側，遂絕科舉，不與
> 省試。……光緒九年卒年六十八，國史省志均有儒林傳。
> 子肇麐，諡號恭恪，別有傳。弟子甚眾，多知名士。同邑
> 姚江潘詠、曲阜孔廣牧、金壇馮煦其尤著者，均有著述。（民
> 國《寶應縣志》）

> 江蘇揚州府寶應縣成孺行狀，光緒九年十二月初九，寶應
> 成先生卒。先生江淮大儒，百行純備，而孝尤絕人。……
> 先生學凡三變，二十功詞章，三十功考證，四十攻義理，
> 爲之必要其成，行之必蘄其安。著書凡數十卷……。先生
> 名蓉鏡，二親喪後更名孺，字芙卿，一字心巢。曾祖惠淦，
> 本生曾祖邦殿。祖林椿，本生祖絨。考載勳。曾祖妣氏喬，
> 本生曾祖妣氏喬。祖妣氏劉，本生祖妣氏周。妣氏劉，行
> 誼載先生所爲家傳中。生嘉慶二十一年九月十九日，卒光
> 緒九年十二月初九日。年六十有八，葬縣城北台墟莊楊家
> 花園祖塋之次。（馮煦〈成先生行狀〉）

弟：成肇鳳

　成毓麐

> 子三，長肇麐，同至癸酉舉人，大挑一等直隸知縣。次肇
> 鳳，殤。次毓麐，前卒。（馮煦〈成先生行狀〉）

子嗣：子成靜生，成靜生（1899～1947），字翊青，江蘇寶應人。

另有女二人。

子一靜生，難廕知縣。（《清史列傳‧忠義》、民國《寶應縣志》）

娶陶氏，生女二。年越五十始舉子，靜生，妾某出也。（馮煦〈清故靈壽縣知縣增太僕寺卿銜謚恭恪成君墓誌銘〉，下文皆簡稱〈成君墓誌銘〉）

成肇麐，字漱泉，江蘇寶應人，成孺子。同治十二年舉人，光緒六年大挑知縣，後發直隸，後署滄州、靜海，後補靈壽縣。光緒二十六年拳匪變起，聯軍入京師，肇麐陷於其中，義不受辱。二十七年三月初一，為全民命，投井死。謚恭恪。（成肇麐生平概見於馮煦〈清故靈壽縣知縣增太僕寺卿銜謚恭恪成君墓誌銘〉、民國《寶應縣志‧人物志》、《清史列傳‧忠義》、《清史稿‧忠義》）

《清史稿》：「成肇麐，江蘇華亭人。」仲南謹案：成肇麐為江蘇寶應人，屬揚州府。華亭屬松江府。

民國《寶應縣志》：「（成肇麐）著有《唐五代詞選》、《宋六十一家詞選》、《彊恕堂文存》、《漱泉詞》諸書。」仲南謹案：《宋六十一家詞選》實馮煦所編選，非成肇麐所著。成肇麐僅為協助校訂審正。馮煦〈宋六十一家詞選序〉：「……是刻或為煨燼以予得之之難而海內傳本不數數覯也。乃別其尤者，寫為一編，復郵成子漱泉審正之。再寫而後定，遂壽之木以質同好。刊譌糾闕，一漱泉力也。」

道光二十七年（1847）丁未一歲

道光二十七年七月二十有一日生。

馮煦〈成君墓誌銘〉：「生道光二十七年七月二十有一日。」

咸豐四年（1854）甲寅八歲

在寶應，始識馮煦。

馮煦（1844.1.20～1927），字夢華，號蒿庵，江蘇金壇人，幼隨母朱氏遷寶應，投靠堂舅朱百川（1822～1872，東之）。馮煦為成肇麐堂兄。

馮煦〈成君墓誌銘〉:「漱泉,予從母之子,弱予四歲,與
予交垂五十年。……咸豐甲寅,識漱泉寶應外家,兄弟以
百數,獨親予。」

同治三年(1864)甲子十八歲

在寶應,始與馮煦別。

馮煦〈成君墓誌銘〉:「同治甲子,予北之燕,既又客桃源,
復南之吳。與漱泉別五歲。」

同治六年(1867)丁卯二十一歲

友毛次米病逝。毛次米(1842~1867),名鳳虎,字子若,更字
次米,揚州甘泉人。

馮煦〈毛次米傳〉:「君姓毛氏,名鳳虎,字子若,更字
次米。揚州甘泉人。……蓋人十三四,再丁大喪,體素
清贏,毀脊幾殆,事母孝謹,能得其歡心。……十五善
屬文,十八奉母居寶應,依其姑之子朱,朱又予之所自
出也,因得數見君。君嚴冷,少所可,獨與予如舊相識,
予之交君始此也。……益肆力於古,能爲漢魏之文,淡
雅修潔,凌跨一代。於詩法杜陵,有怨悱之旨。後更好
爲詞,皆以夭折不竟其學。……君之沒也,以肺疾,初
不甚劇,以事歸揚州,竟卒於舟。疾革時,神明不衰,
手《漢書》一卷,吟諷自若,既而棄書臥跡之暝矣。時
丁卯春二月十三日也。計君生二十有六年,生而孤寒,
少而飢乏,長而憂患,重以國是之憤激,家難之湮鬱,
蓋終其身無一日之歡焉。」

成肇麐〈蒿庵詞序〉:「歲丁卯,次米下世,逾年,君迻家
金壇,獨旅居蘇鎮間。」

成肇麐《漱泉詞·淒涼犯·過毛次米故居》:「鵜鴣喚澀。
落花老、頹垣一半寒碧。薄帷靜掩,因風乍起,欲搴窗隔。
芳蕤脈脈。恨蕉萃江淹采筆。只當時、膏鑪綺席,宛轉鑑
顏色。 重覓聯吟地,滿壁愁絲,背鐙難擘。玉尊酹土,

燕歸來、也曾相識。孤壟陳荄，怎忘卻明朝冷食。問遙天、
去鳥甚處，弄怨翼。」

同治八年（1868）己巳二十二歲

在江寧，馮煦來會。馮煦來江寧入金陵書局。

馮煦〈成君墓誌銘〉：「來江寧居城東，潄泉亦侍心巢先生
於屈子祠。」

蔣國榜〈金壇蒿庵先生家傳〉：「曾文正公移設書局於江陵
冶城，東南彥碩萃集。同治己巳，公入書局，師友之間，
猶及侍汪君士鐸、張君文虎、戴君望等。若丹徒韓比部弼
元、溧陽強君汝詢昆仲，皆預公廣師之列。講貫之友，若
毛次米、成肇麐、孔廣牧、潘詠、顧雲、鄧嘉緝、陳作霖、
蔣師轍等，相與商榷今古，學乃益富。」

成肇麐〈蒿庵詞序〉：「歲丁卯，……又一年，相見於江寧，
江寧江山雄偉，其城北諸峯，又至窅邃，爲自昔幽人窟宅，
年少健步，春秋佳日，折相與披榛莽，窮暨巖，求六朝以
來故蹟所在，及曩時名賢之游躅，有所興發，則寄寓諸詞。」

同治九年庚午（1870）二十四歲

去客嘉定。

成肇麐〈蒿庵詞序〉：「又越一年，肇麐去客嘉定，遭難離
人事，僕僕彭寧趾，雖時聚首，而游興亦少衰減矣。」

同治十年辛未（1871）二十五歲

在江寧，與馮煦同舍小長干里。

馮煦〈成君墓誌銘〉：「辛未同舍小長干里，出則連袂，入
則接席。如是者亦五歲。」仲南謹案：此謂五歲，時間或
有誤差，俟日後再考。

同治十二年癸酉（1873）二十七歲

鄉試中舉。

民國《寶應縣志》：「肇麐，同治癸酉舉人。」

同治十三年甲戌（1874）二十八歲

馮煦將赴夔，爲之送別。成肇麐似亦離鄉。

> 馮煦〈成君墓誌銘〉：「甲戌予遊夔州，復與漱泉別三歲。」

> 成肇麐〈蒿庵詞序〉：「同光之交，君連歲入蜀，所至恆多憂時懷遠之作。」

> 成肇麐《漱泉詞·渡江雲》題序：「夢華入蜀，送之江干，他鄉遠別，益難爲懷。歸途馬上賦此。」

> 成肇麐《漱泉詞·霓裳中序第一》題序：「得夢華夔州書卻寄」

> 成肇麐《漱泉詞·解連環》題序：「雨雪泥塗，欲歸未得。時甲戌十二月十日也。」

光緒元年乙亥（1875）二十九歲

冬，得馮煦書札，似有北征之想。

> 馮煦《蒿庵隨筆》：「偶於舊書中檢得乙亥冬十月荊州道中與漱泉、端甫、季子、禮卿書一通。……錄之以識不忘：……漱泉北征有資否？得仲兄消息否？白雲輪船與楊仁山兩寄朱提及呂宋錢以我度之，如家中簡嗇當可畢今歲，故不再與曉蓮丈相通。若竟不足，漱泉仍謀之慰農丈、禮卿亦可。恐禮卿同偪仄耳。」

光緒三年丁丑（1877）三十一歲

在江寧冶城之飛霞閣，同馮煦校書。

> 馮煦〈成君墓誌銘〉：光緒丁丑戊寅間，校書於冶山之巔，閣三楹，予居東頭，漱泉居西頭，去地數十尺，絕遠塵埃。夏五六月風諓諓自北窗至，解衣槃礡，旁若無人。霜月之夕籌鐙共讀，一字得失往復再巳而後安。」

> 成肇麐〈蒿庵詞序〉：「丁丑中夏，乃付同居冶城之飛霞閣，閣踞山巔，與鍾阜石城相峙，頮眴塵闒如越世，雲煙朝夕，瑰奇變幻，千端萬態，讎勘之隙晷，益相與研精聲律，商榷同異。」

成肇麐《漱泉詞・洞仙歌》題序：「丁丑五月偕夢華寓冶城
之飛霞閣上，層臺聳出，鍾阜石頭諸勝環帶左右。時於月
夜憑高舒嘯，不自覺其在塵世也。來兩載先後他去，迴矚
舊遊，悵然有作。」

光緒五年己卯（1879）三十三歲

春二月，與馮煦同遊玄武湖。

成肇麐《漱泉詞・甘州》題序：「八月之望，散步玄武湖上。
憶己卯中春，偕夢華來遊，瞬已七易歲矣。」

光緒六年庚辰（1880）三十四歲

大挑知縣，然因父成孺命，未就。留金陵書局，後赴徐州書院。
終至光緒九年（1883）成孺卒後，方調赴直隸。

民國《寶應縣志》：「肇麐同治舉人，光緒六年，大挑知縣。
父不欲其遽官，遂就金陵書局分校，旋主講徐州書院。迭
丁父母艱服終，後調赴直隸。」

《清史列傳》：「肇麐由舉人於光緒六年大挑知縣分發直
隸。」仲南謹案：成肇麐乃待至父成孺卒，方任直隸。《清
史列傳》籠統其言，應以分辨。

成肇麐《漱泉詞・轆轤金井》題序：「曉登徐州快哉亭。」

光緒七年辛巳（1881）三十五歲

同夢華飲於飛霞閣。

成肇麐《漱泉詞・浪淘沙》題序：「辛巳冬同恭甫、夢華飲
飛霞閣上。」

光緒九年癸未（1883）三十七歲

與馮煦北征，似應會試。十二月成孺卒，歸寶應宅憂。

馮煦〈成先生行狀〉：「生嘉慶二十一年九月十九日，卒光
緒九年十二月初九日。年六十有八，葬縣城北台墟莊楊家
花園祖塋之次。」

馮煦〈成君墓誌銘〉：「癸未與漱泉北征，出則連袂，入則

接席。其年冬漱泉宅心巢先生憂，予弔之寶應。」

光緒十一年乙酉（1885）三十九歲

留江寧。獨游玄武湖。

馮煦〈成君墓誌銘〉：「乙酉予之徐州，漱泉留江寧。」

成肇麐《漱泉詞·甘州》題序：「八月之望，散步玄武湖上。憶己卯中春，偕夢華來遊，瞬已七易歲矣。」

光緒十二年丙戌（1886）四十歲

北上直隸，以候知縣選，其間回翔於天津。時馮煦在翰林，京師、天津相距未遠，成肇麐以事入都，雖亦與馮煦往來，後又與馮煦分別。

成肇麐《漱泉詞·瑞鶴仙》題序：「十月之杪，束裝北度，泊燕子磯，阻風雨不得下。」仲南謹案：此詞束裝北度，燕子磯位於金陵，似即將啓程之作。然成肇麐此前光緒九年癸未（1883）亦有北上之舉，然因光緒九年冬十二月成孺卒，後未成。成兆麐九年冬當回鄉奔喪，至十一年仍在江寧。與此詞題序「十月之杪」詞情似未盡合。此詞題序言「束裝」，似遠行之舉，故暫繫於光緒十二年北上應官之時，俟日後再考。

成肇麐《漱泉詞·望海潮》題序：「候潮大沽口。」仲南謹案：大沽位於天津東，臨渤海灣，爲出海港口，上沿永定河即可通京師，與成肇麐「以知縣之直隸回翔天津」若合，故暫繫於此年，以俟日後再考。

馮煦〈成君墓誌銘〉：「乙酉予之徐州，漱泉留江寧。明年予通籍官翰林，漱泉亦以知縣之直隸，迴翔天津，相距不三舍，數以事至京師，至必爲彌月留。漱泉清才雅尚，俯同群辟，予亦以國步多艱，鬱鬱不自得。無復昔者之樂矣。」

成肇麐〈蒿庵詞序〉：「自吾兩人先後江寧北度，而譚諧之歡，幾幾不可復得。津門距都才兩日程，相別三載，未獲一執手勞問。」

光緒十三年（1887）丁亥四十一歲

七月在江寧，所編《唐五代詞選》書成。

馮煦〈唐五代詞選序〉：「……而陽春一錄，罕覯傳本，世
有好事願以是編徵之。彊圉大淵獻重九日，金壇馮煦。」

仲南謹案：「彊圉大淵獻」乃太歲紀年法，對應干支，參《爾
雅・釋天》，彊圉屬丁，大淵獻屬亥。可知此序作於光緒十
三年丁亥。又，臺灣商務印書局本《唐五代詞選》前所錄
馮煦〈唐五代詞選序〉，序後明言「彊圉大淵獻」，然而馮
煦《蒿庵類稿》卷十六刻本序後未註明。臺灣商務印書局
出版爲民國十七年印本，故此暫從之。

成肇麐〈唐五代詞選序〉：「光緒十三年秋七月，成肇麐書
於江寧冶城山舍。」

光緒十七年辛卯（1891）四十五歲

前奉檄山西賑饑，有宦績，加同知銜。冬十二月既望至古北口。

民國《寶應縣志》：「奉檄振山西饑，查放戶口，必親不假
手胥吏，多所全活。十七年敘籌振功，加同知銜。」

《清史列傳》：「十七年敘籌賑功，賞加同知。」

成肇麐《漱泉詞・木蘭花慢》題序：「辛卯冬十有二月既望，
驅車出古北口感賦」仲南謹案：古北口關，位於直隸省順
天府密雲縣東北。

光緒十八年壬辰（1892）四十六歲

受薦，補建昌縣，力辭不就，後以直隸州知州用。

《清史列傳》：「直隸總督李鴻章檄辦熱河，教匪善後事宜，
奏保補缺，後以直隸州知州用。」

民國《寶應縣志》：「十八年總督李鴻章檄辦熱河，教匪善
後，撫恤泯庶備至。都統嘉異之，議彙奏補建昌。力辭不
就。旋保補缺，後以直隸州用。」仲南謹案：建昌縣位於
直隸省承德府東北，成肇麐力辭不就。後以直隸州知州用，
未詳至於何地。

冬十一月作爲馮煦《蒿庵詞》作序。

成肇麐〈蒿庵詞序〉:「光緒壬辰冬十有一月,寶應成肇麐。」

光緒十九年癸巳(1893)四十七歲

春末于役代邊,來往直隸北境,五月經清水河。

成肇麐《漱泉詞・望江南》題序:「癸巳春末于役代邊,五月道出清水河,其廳治荒陋,僅比南中一小邨鎮。偶於寓舍題避。」仲南謹案:清水河位於直隸宣化府宣化縣北。宣化府境內僅兩廳,一爲府境至北之「獨石口廳」,另爲西北之「張家口廳」。

成肇麐《漱泉詞・寒垣春》題序:「清明前二日葉柏壽道中。」仲南謹案:葉柏壽道位於直隸省承德府建平縣。光緒十九年成肇麐於役代邊,故暫繫於此年。

後署滄州。

《清史列傳》:「十九年署滄州知州。」

民國《寶應縣志》:「十九年署滄州知州。」仲南謹案:滄州縣位於直隸省東南天津府境內。

民國《滄縣志・知州表》:「成肇麟十八年任。」仲南謹案:《滄縣志》作「成肇麟」,所錄十八年任,其他史傳記爲十九年,彼此略有誤差。此暫並存,俟日後再考。

光緒二十一年乙未(1895)四十九歲

送馮煦之鳳陽。

馮煦〈成君墓誌銘〉:「乙未,予出鳳陽。漱泉送予海舶,相持泣,年日衰,跡日遠,合并不可期治。」

光緒二十二年丙申(1896)五十三歲

署靜海,宦績有聲。

《清史列傳》:「二十二年署靜海。」

民國《寶應縣志》:「二十二年屬靜海,勤政愛民,百廢具舉。期滿去任,百姓攀轅泣送十里。」

《靜海縣志》:「成肇麐,字叔泉。舉人,光緒二十二年到任,清慎和平,公正自矢,寬厚而民不敢欺。是純儒作宰,本良心以化民。著有《禹貢參考》。

光緒二十五年己亥(1899)五十歲

補靈壽縣,宦績有聲。

《清史列傳》:「二十五年補靈壽縣,縣固僻遠,多盜賊。肇麐誅破姦滑,殄其支黨,然後興學校,養生徒,潔己修禮,志行之士莫不宗之。未數月風教大洽。」

民國《寶應縣志》:「二十五年補靈壽縣,縣固僻遠,多盜賊。肇麐誅破姦滑,殄其支黨,然後興學校,養生徒,潔己修禮,志行之士莫不宗之。未數月風教大洽。」

馮煦北覲,經靈壽訪成肇麐。相與拜陸清獻祠。

馮煦〈成君墓誌銘〉:「己亥,北覲,遇漱泉天津歸,復過漱泉靈壽。同拜陸清獻祠。予戲謂漱泉曰:『好爲之,它日並清獻祠也』。鳴呼熟謂別財(才)一歲,漱泉果並清獻祠邪。仲南謹案:陸隴其(1630~1692),曾知靈壽,以清正廉潔稱,死諡清獻,從祀孔廟。此年馮煦同拜陸清獻祠,馮煦本出戲言,勸勉成肇麐努力爲官,卒後可並立於陸祠。然不料一語成讖,後成肇麐陷庚子拳亂、聯軍合逼,義不受辱,爲全民命,自沉而死。

此年子靜生生。成靜生(1899~1947),字翊青,江蘇寶應人。

馮煦〈成君墓誌銘〉:「取陶氏,生女二。年越五十始舉子,靜生,妾某出也。」

《清史列傳》:「子一靜生,難蔭知縣。」

光緒二十六年庚子(1900)五十四歲

光緒二十七年辛丑(1901)五十五歲

義和拳亂,聯軍攻入京師,禍延靈壽。布政使廷雍檄至令迎犒,成肇麐身陷兩難,爲全民命,亦不願助紂爲虐,義不受辱,終於二十七年三月初一,自沉於井而死。死前自繕遺牒附絕命詩由間道達府。

絕命詩中有「屈體全民命，捐軀表素懷」句。

> 《清史列傳》：「二十六年拳匪變起，聯軍入京師，縱兵旁
> 掠，延及靈壽。責供牲畜糧芻甚厲。肇麐壹不應，又自念
> 義不受辱，作絕命詩見志，中有『屈體全民命，捐軀表素
> 懷。』之語。即於二十七年三月初一日投井死。將死時自
> 繕遺牒附絕命詩由間道達府，具言『連日洋兵紛至，西向
> 力攻，自係大局決裂，若再接待供應，是以臣子助攻君父，
> 私心何安！守土之義，避無可避，勢處萬難，只有一死。』」
> （民國《寶應縣志》所紀載亦同）

> 《清史稿》：「光緒二十七年，京師和議梗，聯軍西上，覃
> 及邑境，責供牲畜糇糧甚厲，肇麐壹弗應。俄而布政使廷
> 雍檄至，令迎犒，肇麐自念：『不迎犒，無以全民命。迎犒，
> 則以中國臣子助攻君父。事處兩難，守土之義無可避，惟
> 有一死耳！』迺繕遺牒遣人間道達府，滕之以詩曰：『屈體
> 全民命，捐軀表素懷。』馮煦〈成君墓誌銘〉：「其殉也以
> 聯軍西躪靈壽，義不辱，投署旁井死之，光緒二十七年三
> 月初一日夜將半也。年五十五。……靜生，妾某出也，某
> 後漱泉一月亦歐血死。」

總督李鴻章上疏以告成肇麐死於難事。成肇麐死於難，諡號「恭
恪」。恭恪之名，蓋本其性「恪守官箴，夙懷忠憤」。

> 民國《寶應縣志》：「奏入。諭曰直隸靈壽知縣成肇麐恪守
> 官箴，夙懷忠憤，本年二月間見大局阽危，地方蹂躪，深
> 維守土效忠之義，勢處萬難，誓以一死報國，洵屬從容就
> 義，大節凜然，深堪褒尚。」

> 《清史列傳》：「李鴻章據以告疏……，照知府例從優賜恤，
> 並加恩予諡，准於死事地方建立專祠，宣付國史館立傳以
> 彰忠節，尋贈太僕寺卿銜，予諡恭恪，賞雲騎尉世職襲次，
> 完時以恩騎尉世襲固替，並廕一子入監，以知縣候銓。」

> 《清史稿》：「李鴻章狀死事以上，謂其能伸大義，降敕褒
> 嘉，贈太僕寺卿，諡恭恪，予世職。明年，允直督請，建

直隸省城專祠。」

光緒二十八年壬寅（1902）

光緒二十九年癸卯（1903）

　　光緒二十八年，直隸總督袁世凱奏請建專祠於靈壽。光緒二十九年兩江總督魏光燾、江蘇巡撫恩壽亦請建專祠於江蘇寶應。二十九年，友劉丙輝葬成肇麐於某地。

> 《清史列傳》：「二十八年直隸總督袁世凱復疏，請追贈布政使階銜，照布政使例從優議恤，並在直隸省城添建專祠以示旌異。奉旨著淮其於直隸省城添建專祠。二十九年兩江總督魏光燾、江蘇巡撫恩壽，復循江蘇紳民請，於原籍捐建專祠，春秋官爲致祭，據以上聞。俞旨可之。」

> 馮煦〈成君墓誌銘〉：「後二歲某月某日，其友劉丙輝葬漱泉某鄉某原」

光緒三十一年乙巳（1905）

　　寶應成恭恪祠建成。

光緒三十三年丁未（1907）

　　奉成肇麐神主於堂。

光緒三十四年戊申（1908）

　　八月，馮煦作〈成恭恪寶應祠堂記〉。

> 馮煦〈成恭恪寶應祠堂記〉：「俞旨可之，後二年乙巳，祠成。在寶應城東南隅。……丁未（光緒三十三年）夏四月二十二日奉恭恪之主於堂。……光緒戊申八月，拜寶應祠下。

參考書目

一、馮煦文獻

1. 《蒿盦詞》，（清）馮煦，清名家詞本，冊 10，上海：上海書店，1982年。

2. 《蒿盦詞賸》，（清）馮煦，民國十三年刻本。

3. 《蒿盦類稿・續稿・奏稿》，（清）馮煦，《中國近代史料叢刊》本，臺北：文海出版社，1969年。

4. 《蒿庵隨筆・蒿叟隨筆》，（清）馮煦，《中國近代史料叢刊本》，臺北：文海出版社，1966年。

5. 《蒿庵論詞》，（清）馮煦，詞話叢編本，北京：中華書局，2005年。

6. 《宋六十一家詞選》，（清）馮煦編，臺北：文化圖書公司，1956年。

7. 《蒿盦雜俎》，（清）馮煦，《清代詩文集彙編》本，上海：上海古籍出版社，2009年。

二、傳統文獻（按作者年代排序）

（一）經、史、子部

1. 《春秋左傳注》，楊伯峻注，北京：中華書局，1993年。

2. 《爾雅今注》，徐昭華注，天津：南開大學出版社，1999年。

3. 《三國志》，（晉）陳壽，北京：中華書局，1982年。

4. 《世說新語箋疏》，（南朝宋）劉義慶，余嘉錫箋疏，北京：中華書局，2007年。

5. 《南齊書》，（梁）蕭子顯，北京：中華書局，1987年。

6. 《水經注疏》（北魏）酈道元注，楊守敬、熊會貞疏，南京：江蘇古籍出版社，1989 年。

7. 《南史》，（唐）李延壽：北京：中華書局，1975 年。

8. 《藝文類聚》，（唐）歐陽詢編，上海：上海古籍出版社，1999 年。

9. 《海錄碎事》，（宋）葉廷珪，北京：中華書局，2002 年。

10. 《宋史》，（元）脫脫編，北京：中華書局，1985 年。

11. 《漢魏六朝百三家集題詞注》，（明）張溥著，殷孟倫注，北京：中華書局，2007 年。

12. 《汲古閣書跋》，（明）毛晉，潘景鄭校訂，上海：上海古籍出版社，2005 年。

13. 《曝書亭序跋‧潛採堂宋元人集目錄‧竹垞行笈書目》，（清）朱彝尊著，杜澤遜、崔曉新點校，上海：上海古籍出版社，2010 年。

14. 《燕京歲時記》，（清）富察敦崇，筆記續編本，臺北：廣文書局，1969 年。

15. 《秦淮志》，（清）曹仁虎，南京：南京出版社，2007 年。

16. 《四庫全書總目提要》，（清）紀昀編，石家莊：河北人民出版社，2000 年。

17. 《寒松閣談藝瑣錄》，（清）張鳴珂，續修四庫全書本，冊 1088，上海：上海古籍出版社，2002 年。

18. 《越縵堂讀書記》，（清）李慈銘，上海：上海書店，2000 年。

19. 《稱謂錄》，（清）梁章鉅、鄭珍，北京：中華書局，2002 年

20. 《寶應縣志》，（清）馮煦，臺北：成文出版社，1970 年。

21. 《太平天國資料》，鄧之誠、謝興堯編，近代中國史料叢刊續輯本，冊 335，臺北：文海出版社，1974 年。

22. 《清代硃卷集成》，顧廷龍編，臺北：成文出版社，1992 年。

23. 《碑傳集補》，閔爾昌輯，近代中國史料叢刊本，冊 994，臺北：文海出版社，1973 年。

24. 《廣清碑傳集》，錢仲聯編，蘇州：蘇州大學出版社，1999 年。

25. 《清史稿》，趙爾巽，北京：中華書局，1998 年。

26. 《清儒學案》：徐世昌編：北京：中華書局，2008 年。

27. 《民國人物碑傳集》，唐文權、卞孝宣編，北京：團結出版社，1995 年。

28. 《近現代名人小傳》，沃丘仲子，北京：北京圖書館出版社，2003 年。

（二）集部：全集、別集、選集類

1. 《南唐二主詞校訂》，（南唐）李璟、李煜，王仲聞校訂，2010 年。

2. 《全唐五代詞》，曾昭岷等編，北京：中華書局，1999 年。

3. 《二晏詞箋注》，（宋）晏殊、晏幾道，張草紉箋注，上海：上海古籍出版社，2009 年。

4. 《蘇軾文集》，（宋）蘇軾，孔凡禮點校：北京：中華書局，2008 年。

5. 《蘇軾詩集合注》，（宋）蘇軾，上海：上海古籍出版社，2001 年。

6. 《蘇軾詞編年校注》，（宋）蘇軾，鄒同慶、王宗堂注，北京：中華書局，2007 年。

7. 《東坡樂府箋》，（宋）蘇軾，龍榆生箋，上海：上海古籍出版社，2009 年。

8. 《樂章集校注》，（宋）柳永，薛瑞生校注，北京：中華書局，2007 年。

9. 《淮海居士長短句箋注》，（宋）秦觀，徐培均箋注，上海：上海古籍出版社，2009 年。

10. 《李清照集箋注》，（宋）李清照，徐培均箋注，上海：上海古籍出版社，2009 年。

11. 《清眞集箋注》，（宋）周邦彥，羅忼烈箋注，上海：上海古籍出版社，2009 年。

12. 《清眞集校注》，（宋）周邦彥，孫虹校注，北京：中華書局，2007 年。

13. 《張孝祥詞校箋》，（宋）張孝祥，宛敏灝校箋，北京：中華書局，2010 年。

14. 《稼軒詞編年箋注（定本）》，（宋）辛棄疾，鄧廣銘箋注，上海：上海古籍出版社，2007 年。

15. 《夢窗詞彙校箋釋集評》，（宋）吳文英，吳蓓箋校，杭州：浙江古籍出版社，2007 年。

16. 《姜白石詞箋注》，（宋）姜夔著，陳書良箋注，北京：中華書局，2009 年。

17. 《姜白石詞編年箋校》，（宋）姜夔，夏承燾校，上海：上海古籍出版社，1998 年。

18. 《蔣捷詞校注》，（宋）蔣捷，楊景龍校注，北京：中華書局，2010 年。

19. 《山中白雲詞》，（宋）張炎，吳則虞校，北京：中華書局，1983 年。

20. 《草窗詞校注》，（宋）周密，史克振注，濟南：齊魯書社，1993 年。

21. 《花外集》，（宋）王沂孫，吳則虞注，上海：上海古籍出版社，1988年。

22. 《納蘭詞箋注（修訂本）》，（清）納蘭性德，張草紉箋注，上海：上海古籍出版社，2008 年。

23. 《宋六十名家詞》，（明）毛晉輯，上海：上海古籍出版社，1989 年。

24. 《陳維崧集》，（清）陳維崧，陳振鵬標點，上海：上海古籍出版社，2010 年。

25. 《曝書亭集》，（清）朱彝尊，臺北：臺灣商務印書館，1967 年。

26. 《詞綜》，（清）朱彝尊編，上海：上海古籍出版社，1978 年。

27. 《樊榭山房集》，（清）厲鶚，上海：上海古籍出版社，1992 年。

28. 《紅藤館詞》，（清）喬守敬，清稿本。

29. 《曾國藩全集》，（清）曾國藩，北京：中國華僑出版社，2003 年。

30. 《藤香館詞二種》，（清）薛時雨，清名家詞本，冊 9，上海：上海書店，1982 年。

31. 《藤香館詞》，（清）薛時雨，續修四庫叢書本，冊 727，上海：上海古籍出版社，2002 年。

32. 《金壇圍城紀事詩》，（清）于桓，近代中國史料叢刊續輯本，冊 335，臺北：文海出版社，1974 年。

33. 《中白詞》，（清）莊棫，清名家詞本，冊 10，上海：上海書店，1982年。

34. 《復堂詞》，（清）譚獻，清名家詞本，冊 10，上海：上海書店，1982年。

35. 《復堂類集》，（清）譚獻，叢書集成本，冊 161，臺北：新文豐出版社，1989 年。

36. 《清詞一千首》（即《篋中詞》），（清）譚獻輯，羅仲鼎編校，杭州：西冷印社出版社，2007 年。

37. 《漱泉詞》，（清）成肇麐，光緒末年刻本。

38. 《唐五代詞選》，（清）成肇麐編，臺北：臺灣商務印書館，1965 年。

39. 《彊村語業箋注》，（清）朱祖謀，白敦仁注，成都：巴蜀書社，2002年。

40. 《彊村詞賸稿》，（清）朱祖謀，彊村叢書本，冊 10，上海：上海古籍出版社，1989 年。

41. 《彊村集外詞》，（清）朱祖謀，彊村叢書本，冊 10，上海：上海古

籍出版社，1989 年。

42. 《沈曾植集校注》，（清）沈曾植，錢仲聯校注，北京：中華書局，
    2001 年。

43. 《彊邨校詞圖題詠》，龍榆生輯錄，彊邨叢書本，冊 10，上海：上
    海古籍出版社，1989 年。

44. 《飲虹簃論清詞百家》，盧前，清名家詞本，冊 10，上海：上海書
    店，1982 年。

45. 《癯庵遺稿》，（清）陳啟泰，民國初鉛印本。

46. 《浪餘詞》，（清）馮履和，民國十五年刻本。

47. 《半塘定稿》，（清）王鵬運，清名家詞本，冊 10，上海：上海書店，
    1982 年。

48. 《畏廬續集》，（清）林紓，臺中：文听閣圖書公司，2008 年。

49. 《近世詩鈔》，陳衍，臺北：臺灣商務印書館，1961 年。

50. 《印光法師文鈔》，釋印光著、張育英校注，北京：宗教文化出版社，
    2000 年。

51. 《汪辟疆文集》，汪辟疆，上海：上海古籍出版社，1988 年。

52. 《清代女詞人選集》，張珍懷編，合肥：黃山書社，2009 年。

53. 《近代詞鈔》，嚴迪昌，南京：江蘇古籍出版社，1996 年。

54. 《清詞三百首》，錢仲聯編，長沙：岳麓書社，1999 年。

（三）集部：詞話、詩話、詞譜類

1. 《詞話叢編》，唐圭璋編，北京：中華書局，2005 年。參考所收詞
   話如下：

   《詞源》，（宋）張炎。

   《樂府指迷》，（宋）沈義父。

   《介存齋論詞雜著》，（清）周濟。

   《宋四家詞選目錄序論》，（清）周濟。

   《詞概》，（清）劉熙載。

   《賭棋山莊詞話》，（清）謝章鋌。

   《白雨齋詞話》，（清）陳廷焯。

   《復堂詞話》，（清）譚獻。

   《近詞叢話》，徐珂。

   《人間詞話》，王國維。

《小三吾亭詞話》，冒廣生。

《忍古樓詞話》，夏敬觀。

《柯亭詞論》，蔡嵩雲。

《聲執》，陳匪石。

2. 《詞話叢編續編》，朱崇才編，北京：人民文學出版社，2010 年。
   參考所收詞話如下：

《詞林紀事》，（清）張宗橚。

《清詞玉屑》，郭則澐。

《夢桐詞話》，唐圭璋。

3. 《近現代詞話叢編》，劉夢芙編，合肥：黃山書社，2009 年。參考
   所收詞話如下：

《繁霜榭詞札》，沈軼劉。

《填詞叢話》，趙尊岳。

《分春館詞話》，朱庸齋。

4. 《舊時月色齋詞談》，陳匪石，宋詞舉外三種本，南京：江蘇古籍出
   版社，2002 年。

5. 《蕙風詞話・廣蕙風詞話》，（清）況周頤著，孫克強輯考，鄭州：
   中州古籍出版社，2003 年。

6. 《後山詩話》，（宋）陳師道，歷代詩話本，冊上，北京：中華書局，
   2004 年。

7. 《光宣詩壇點將錄》，汪辟疆，王培軍箋證，北京：中華書局，2008
   年。

8. 《今傳是樓詩話》，王揖，近代中國史料叢刊續輯本，臺北：文海出
   版社，1974 年。

9. 《夢苕盦詩話》，錢仲聯，民國詩話叢編本，上海：上海書店，2002 年。

10. 《欽定詞譜》，（清）王奕清編，長沙：岳麓書社，2000 年。

11. 《唐宋詞格律》，龍榆生，上海：上海古籍出版社，1999 年。

三、近人專著（按出版年代排序）

（一）詞學專著

1. 《歷代詞話敘錄》，王熙元，臺北：臺灣中華書局，1973 年。

2. 《詞與音樂關係研究》，施議對，北京：中國社會科學院出版社，1985
   年。

3. 《宋南渡詞人》，黃文吉，臺北：臺灣學生書局，1985 年。

4. 《宋詞四考》，唐圭璋，南京：江蘇古籍出版社，1985 年。

5. 《南宋詞研究》，王偉勇，臺北：文史哲出版社，1987 年

6. 《張炎詞研究》，楊海明，濟南：齊魯書社，1989 年。

7. 《清代詞學四論》，吳宏一，臺北：聯經出版公司，1990 年。

8. 《碧山詞研究》，王筱芸，南京：南京出版社，1991 年。

9. 《東坡樂府研究》，唐玲玲，成都：巴蜀書社，1992 年。

10. 《蘇軾詞研究》，劉石，臺北：文津出版社，1992 年。

11. 《靈谿詞說》，繆越、葉嘉瑩，臺北：正中書局，1993 年。

12. 《詞話學》，朱崇才，臺北：文津出版社，1995 年。

13. 《唐宋詞流派史》，劉揚忠，福州：福建人民出版社，1999 年。

14. 《清代詞學的建構》，張宏生，南京：江蘇古籍出版社，1998 年。

15. 《柳永論稿》，宇野直人，上海：上海古籍出版社，1998 年。

16. 《唐宋詞流派史》，劉揚忠，福建，福建人民出版社，1999 年。

17. 《清詞史》，嚴迪昌，南京：江蘇古籍出版社，2001 年。

18. 《姜夔與南宋文化》，趙曉嵐，北京：學苑出版社，2001 年。

19. 《嘉道年間的常州詞派》，徐楓，臺北：雲龍出版社，2002 年。

20. 《中國詞學史（修訂本）》，謝桃坊，成都：巴蜀書社，2002 年。

21. 《明代詞選研究》，陶子珍，秀威資訊科技公司，2003 年。

22. 《清末四大家詞學及詞作研究》，卓清芬，臺北：國立臺灣大學出版委員會，2003 年。

23. 《詞學史料學》，王兆鵬，北京：中華書局，2004 年。

24. 《清代詞學》，孫克強，北京：中國社會科學出版社，2004 年。

25. 《唐宋詞綜論》，劉尊明，北京：中國社會科學出版社，2004 年。

26. 《南宋江湖詞派研究》，郭鋒，成都：巴蜀書社，2004 年。

27. 《徘徊於七寶樓臺——吳文英詞研究》，田玉琪，北京：中華書局，2004 年。

28. 《清代吳中詞派研究》，沙先一，北京：人民文學出版社，2004 年。

29. 《晚清詞學的思想與方法》，皮述平，北京：學苑出版社，2004 年。

30. 《宋代詠物詞史論》，路成文，北京：商務印書館，2005 年。

31. 《中國古典詞學理論史》（即《中國詞學批評史》），方智範等著，上海：華東師範大學出版社，2005 年。

32. 《嚴迪昌自選論文集》，嚴迪昌，北京：中國書店，2005 年。

33. 《朱彝尊「詞綜」研究》，于翠玲，北京：中華書局，2005 年。

34. 《中國近世詞學思想研究》，朱惠國，上海：上海古籍出版社，2005 年。

35. 《詞曲史》，王易，南京：江蘇教育出版社，2005 年。

36. 《湖海樓詞研究》，蘇淑芬，臺北：里仁書局，2005 年。

37. 《清代辛稼軒接受史》，朱麗霞，濟南：齊魯書社，2005 年。

38. 《清代詞學發展史論》，陳水雲，北京：學苑出版社，2005 年。

39. 《夢窗詞研究》，錢鴻瑛，上海：上海古籍出版社，2005 年。

40. 《姜夔與宋代詞樂》，劉崇德、龍建國，南昌：江西高校高版社，2006 年。

41. 《辛派三家詞研究》，蘇淑芬，臺北：文史哲出版社，2006 年。

42. 《宋詞詮釋學》，李劍亮，北京：人民文學出版社，2006 年。

43. 《會通與適變——東坡以詩為詞論題新詮》，劉少雄，臺北：里仁書局，2006 年。

44. 《常州詞派通論》，朱德慈，北京：中華書局，2006 年。

45. 《柳永及其詞之論衡》，杜若鴻，杭州：浙江大學出版社，2006 年。

46. 《晚清詞研究》，莫立民，北京：中國社科院出版社，2006 年。

47. 《晚清民初詞學思想建構》，楊柏嶺，合肥：安徽大學出版社，2006 年。

48. 《中國詞史》，黃拔荊，福州：福建人民出版社，2007 年。

49. 《宋詞與民俗》，黃杰，北京：商務印書館，2007 年。

50. 《詞話史》，朱崇才，北京：中華書局，2007 年。

51. 《清代詞體學論稿》，鮑恒，北京：人民文學出版社，2007 年。

52. 《元初宋金遺民詞人研究》，牛海蓉，北京：中國社會科學院出版社，2007 年。

53. 《宋詞題材研究》，許伯卿，北京：中華書局，2007 年。

54. 《明清詞派史論》，姚蓉，桂林：廣西師範大學出版社，2007 年。

55. 《明清詞研究史稿》，朱惠國、劉明玉，濟南：齊魯書社，2007 年。

56. 《常州詞派與晚清詞風》，遲寶東，天津：南開大學出版社，2008 年。

57. 《常州詞派研究》，黃志浩，北京：中國社會科學出版社，2008 年。

58. 《清代詞學批評史論》，孫克強，上海：上海古籍出版社，2008 年。

59. 《清詞的傳承與開拓》，沙先一、張暉，上海：上海古籍出版社，2008年。

60. 《宋金元詞籍文獻研究》，鄧子勉，上海：上海古籍出版社，2008年。

61. 《清詞探微》，張宏生，上海：上海古籍，2008年。

62. 《清代臨桂詞派研究》，巨傳友，上海：上海古籍出版社，2008年。

63. 《清初清詞選本考論》，閔丰，上海：上海古籍出版社，2008年。

64. 《詞學研究方法十講》，王兆鵬，北京：北京大學書版社，2008年。

65. 《宋詞研究入門》，王兆鵬，南京：鳳凰出版社，2008年。

66. 《斷烟離緒——錢鴻瑛詞學論集》，錢鴻瑛，上海：上海古籍出版社，2008年。

67. 《唐宋詞通論》，吳雄和，杭州：浙江古籍出版社，2008年。

68. 《吳梅詞曲論著集》，吳梅，南京：南京大學出版社，2008年。

69. 《辛棄疾研究》，辛更儒，北京：人民文學出版社，2008年。

70. 《群體的選擇——唐宋人詞選與詞人群體通論》，蕭鵬，南京：鳳凰出版社，2009年。

71. 《清詞話考述》，譚新紅，武漢：武漢大學出版社，2009年。

72. 《宋南渡詞人群體研究》，王兆鵬，南京：鳳凰出版社，2009年。

73. 《南宋辛派詞人研究》，單芳，成都：巴蜀書社，2009年。

74. 《詩詞越界研究》，王偉勇，臺北：里仁書局，2009年。

75. 《近代上海文人詞曲研究》，李康化，上海：上海人民出版社，2009年。

76. 《龍榆生詞學論文集》，龍榆生，上海：上海古籍出版社，2009年。

77. 《中國文學流派學初論——以常州詞派爲例》，侯雅文，臺北：大安出版社，2009年。

78. 《近代詞史》，莫立民，北京：人民文學出版社，2010年。

79. 《清代論詞絕句初編》，王偉勇，臺北：里仁書局，2010年。

80. 《宋人詞選研究》，薛泉，哈爾濱：黑龍江人民出版社，2010年。

81. 《宋詞比較研究》，房日昕，合肥：安徽大學出版社，2010年。

82. 《詞話理論研究》（即《詞話學》），朱崇才，北京：中華書局，2010年。

83. 《詞體審美特徵論》，曹艷春，成都：巴蜀書社，2010年。

84. 《流變與審美視域中的唐宋豔情詞研究》，蔣曉城，南昌：江西人民出版社，2009年。

85. 《唐宋俗詞研究》，何春環，北京：中央民族大學出版社，2010 年。

86. 《二晏研究》，唐紅衛，天津：南開大學出版社，2010 年。

87. 《東坡詞研究》，鄭園，北京：北京大學出版社，2010 年。

88. 《唐宋詞在明末清初的傳播與接受》，陳水雲等著，北京：中國社會科學院出版社，2010 年。

89. 《南宋遺民詞人研究》，丁楹，南京：鳳凰出版社，2011 年。

（二）其他文史專著

1. 《詩詞散論》，繆鉞，臺北：臺灣開明書店，1982 年。

2. 《夢苕盦論集》，錢仲聯，北京：中華書局，1993 年。

3. 《明清之際士大夫研究》，趙園，北京：北京大學出版社，1999 年。

4. 《中國制度史》，呂思勉，上海：上海教育出版社，2002 年。

5. 《清詩史》，嚴迪昌，杭州：浙江古籍出版社，2002 年。

6. 《古典詩學的現代詮釋》，蔣寅，北京：中華書局，2003 年。

7. 《科舉制度與近代文化》，楊齊福，北京：人民出版社，2004 年。

8. 《詹安泰文集》，吳承學、彭玉平編，廣州：中山大學出版社，2004 年。

9. 《清史史料學》，馮爾康，瀋陽：瀋陽出版社，2004 年。

10. 《中國科舉史》，劉海峰、李兵，上海：東方出版中心，2004 年。

11. 《清代科舉考試述錄及有關著作》，商衍鎏，天津：百花文藝出版社，2005 年。

12. 《唐詩學史述論》，黃炳輝，上海：上海古籍出版社，2008 年。

13. 《清末民初的晚明想象》，秦燕春，北京：北京大學出版社，2008 年。

14. 《民國乃敵國也——政治文化轉型下的清遺民》，林志宏，臺北：聯經出版公司，2009 年。

15. 《羅忼烈雜著集》，羅忼烈，上海：上海古籍出版社，2010 年。

（三）工具書

1. 《中國叢書綜錄》，上海圖書館編，上海：上海古出版社，1982 年。

2. 《詞學研究書目 1919～1992》，黃文吉編，臺北：文津出版社，1993 年。

3. 《詞學論著總目 1902～1992》，林玫儀編，臺北：中央研究院中國文哲研究所籌備處，1995 年。

4. 《清詞別集知見目錄彙編》，吳熊和、林玫儀、嚴迪昌編，臺北：中央研究院中國文哲研究所籌備處，1997 年。

5. 《清人室名別稱字號索引（增補本）》，楊廷福、楊同甫編，上海：上海古籍，2001 年。

6. 《全宋詞典故辭典》，范之麟編，武漢：湖北辭書出版社，2001 年。

7. 《近代上海詞學繫年初編》，楊柏嶺編，上海：上海教育出版社，2003 年。

8. 《近代詞人考錄》，朱德慈，北京：中國社會科學出版社，2004 年。

9. 《清代人物生卒年表》，江慶柏編，北京：人民文學出版社，2005 年。

10. 《清代士人游幕表》，尚小明，北京：中華書局，2006 年。

（四）學位論文

1. 《晚清詞論研究》，林玫儀，臺北：國立臺灣大學中國文學研究所博士論文，1979 年。

2. 《中晚期常州詞派研究》，朱德慈，南京：南京師範大學中國文學系博士論文，2003 年。

3. 《清末詞人馮煦研究》，許楠，江蘇：蘇州大學中國文學系碩士學位論文，2006 年。

4. 《馮煦詞學研究》，吳婉君，臺南：國立成功大學中國文學研究所碩士論文，2009 年。

四、期刊論文

1. 〈馮煦和他的殿試策〉，王同策，《古籍整理研究學刊》第 2 期，1985 年，頁 28～31。

2. 〈姜石帚非姜白石辨〉，夏承燾，《詞學季刊》，上海：上海書店，1985 年，第 1 卷第 4 號，頁 18～22。

3. 〈石帚非白石之考證〉，楊鐵夫，《詞學季刊》，上海：上海書店，1985 年，第 1 卷第 4 號，頁 22～25。

4. 〈映庵詞評〉，葛渭君輯，《詞學》第 5 輯，1986 年，頁 199。

5. 〈馮煦的詞論探析〉，宋邦珍，《輔英學報》第 13 期，1993 年 12 月，頁 248～253。

6. 〈清代金陵學人傳略（三）——馮煦傳〉，李金堂，《南京高師學報》第 11 卷第 2 期，1995 年 6 月，頁 1～5。

7. 〈談馮煦的品格論〉，曹保合，《北京教育學院學報》第 2 期，1996 年，頁 50～53。

8. 〈晚清詞論中的「詞品與人品」說〉，金鮮，《中國學術年刊》第 18 期，1997 年 7 月，頁 221～238。

9. 〈論詞的敘事性〉，張海鷗，《中國社會科學》第 2 期，2004 年，頁 148～161。

10. 〈江南通儒馮煦〉，曹春保，《金壇名人》，北京：方志出版社，2005 年，頁 90～96。

11. 〈馮煦《宋六十一家詞選》的選詞與論詞〉劉興暉，《中山大學學報（社會科學版）》，第 47 卷第 6 期，2007 年，頁 65～70。

12. 〈近代詞學師承論〉，歐明俊，《上海大學學報（社會科學版）》第 14 卷第 5 期，2007 年 9 月，頁 75。

13. 〈馮煦「論詞絕句」十六首之三略論〉，陳龍欣、朱小桂，《作家雜誌》第 8 期，2008 年，頁 120～121。

14. 〈汪曾祺先生沒錯——也說驚闃〉，陳新，《閱讀與寫作》第 12 期，2002 年，頁 20～21。

15. 〈譚獻與浙西詞派〉，劉深，《古籍研究》，2008 卷下，2009 年，頁 190～196。

16. 〈試述馮煦的詞學研究〉，劉翠、劉石，《詞學》，第 23 輯，2010 年，頁 334～342。

17. 〈論馮煦詞學的浙派面相——以師友、論詞與詞作為主要考察對象〉，許仲南，《有鳳初鳴年刊》，第 6 期，2010 年 10 月，頁 339～356。

18. 〈馮煦、成肇麐交遊考及其詞作論詞〉，許仲南，發表於政治大學中文系主辦「道南論衡 2010 年全國研究生漢學學術研討會」，未出刊。

19. 〈「彊村校詞圖」題詠與民初上海文人群體〉，陳建男，發表於 2010 年北京大學中文系主辦「活在『現代』的『傳統』：國際博士研究生及青年學者專題研討會」，未出刊。